Gestern, Morgen, Heute

Jo Wilhelms

1. Auflage

Verantwortlich für den Inhalt:
Johannes Wilhelm Paar
Brieger Weg 2
53119 Bonn

Prolog

Ein sanfter Wind wehte über die Brücke, wirbelte vertrocknete Blätter auf und ließ Staub tanzen. Er hob eine Plastiktüte und trug sie bis zu den Füßen eines Mannes.

Still stand dieser da, blickte gedankenverloren in die Ferne. Ein Fahrradfahrer forderte klingelnd Platz und der Mann trat dichter an das Geländer. Knirschend zerbrach eine Scherbe unter seinem Schuh. Er sah an sich hinunter und entdeckte Reste einer zerbrochenen Bierflasche. Garniert von weiteren Hinterlassenschaften, geleerten Chipstüten, Pappschachteln und Zigarettenkippen.

An einem guten Tag hätte er das Stillleben womöglich mit einer sarkastischen Pointe kommentiert. Doch es war kein guter Tag, seine Stimmung befand sich an einem Tiefpunkt. Wie so oft in letzter Zeit. Mit dem herumliegenden Müll konnte er gut leben. Doch sein innerer Unrat stellte ein weit größeres Problem dar.

Er fühlte sich müde, so unglaublich müde. Obwohl, müde das falsche Wort sei, dachte er und verfiel in einen seiner scheinbar endlosen Selbstmonologe. Es war früher Nachmittag, er war ausgeschlafen und körperlich frisch. Nein, müde war nicht korrekt. Erschöpft? Innerlich erschöpft? Ja, das passte. Wie sagten die Menschen heutzutage? *Ausgebrannt* oder *Burnout*. War er ausgebrannt? Abgebrannt? Wie ein Feuer, dem neues Holz fehlt? Wie ein verendendes Teelicht, wo ein verglimmender Docht an einem winzigen Rest flüssigen Wachses klebt?

Ausgebrannte Menschen haben zu viel gegeben, sich dauerhaft überfordert. Doch auf ihn traf das nicht zu. Er hatte nicht alles gegeben. Stattdessen hatte man ihm alles genommen. Ihm sein Leben entrissen und ihn mit nichts außer der Kleidung an seinem Körper zurückgelassen. Mittellos und vereinsamt. Sie hatten ihn im Nirgendwo ausgespuckt und vertrieben. Mit dem Schmerz der Erinnerung und ohne Hoffnung auf ein Ende.

Seitdem war er ein Verfluchter, verdammt zu leiden. Doch er hatte gekämpft, sich Mühe gegeben zu vergessen. Seinen furchtbaren Verlust. Den Umstand, dass er sie niemals wiedersehen, in den Armen halten oder ihren Namen in ihr Ohr flüstern würde. Er hatte die Realität akzeptiert, sich mit dieser Existenz arrangiert. Hart hatte er daran gearbeitet, Schmerz und Erinnerung tief in seinem Inneren zu begraben. War in den Jahren immer routinierter geworden. Er hatte versucht, das Beste aus der Lage zu machen, trotz allem ein halbwegs guter Mensch zu bleiben und erfolgreich darum gerungen, nicht zu verbittern.

Was ihn ermüdete, war nicht sein eigenes Leben, sondern das der anderen. Es war diese Welt und die Menschen, die in ihr lebten.

Unter der Brücke fuhr eine Bahn. Er sah Menschen hinter den Scheiben sitzen. Wenige waren, so glaubte er, wahrhaft glücklich. Viele gestresst, traurig oder resigniert. Manche voller Missgunst oder Wut. Andere hatten Angst. Und dann gab es noch die, deren Gedanken mit Hass vergiftet waren. Er war es leid, so unglaublich leid, wollte den ewigen Kreislauf des Lebens und Sterbens nicht mehr ertragen. Könnte er zumindest seiner eigenen Existenz ein Ende setzen. Doch er wusste, dass dies sinnlos wäre und seit Langem hatte er gelernt, die Verzweiflung darüber nicht an die Oberfläche steigen zu lassen. Ja, er hatte sich im Griff.

Mehr als das. Es gab Zeiten, in denen hatte er gewagt zu Glauben, zu Hoffen. Sich an dem Gedanken genährt, dass es Wunder geben könne. Dass sie immer wieder geschehen würden. Hatte von Erlösung geträumt, seiner Erlösung.

Und gewartet, zu lange gewartet. Zurück blieb Leere und Erschöpfung. Die Hoffnung war beinahe aufgebraucht. Nur noch ein glimmender Docht. Es war zu spät, er würde nicht mehr ins Leben zurückfinden. Sein Körper war vital, doch seine Seele beinahe tot.

Er sah auf die Gleise hinunter. Auf die Hochspannungsleitungen. Wie schön wäre es, direkt auf sie zu springen. 15.000 Volt, die ihn pulverisierten und vernichteten.

Er badete in der Vorstellung. Durchlebte einen wundervollen Tagtraum. Phantasierte, wie süß und köstlich ein Ende wäre.

Der Klang einer Stimme riss ihn zurück in die Realität. Sie sagte: »Das macht keinen Sinn.«

Viva Berlin

Vorwärts

Deutschland, September 2017.

Büsche, Bäume und Häuser huschen wie flüchtige Schatten an meinem Fenster vorbei. Allerdings ist das totaler Quatsch, ich bin es, die vorbeihuscht. Im ICE von Köln nach Berlin und der fährt so schnell, dass alles in der Nähe unscharf wird. Aber diese gehuschten Schatten sehen auch irgendwie gut aus und ich versuche sie zu fotografieren. Der dritte Versuch ist ein Treffer und ich poste das Bild.

Eine Anzeige behauptet, dass der Zug mit 250 Sachen durch die Landschaft fegen würde. Krass, denn außer einem Säuseln ist nicht viel zu hören. Das Auto meiner Freundin Marie heult schon bei 120 wie drei Waschmaschinen im Schleudergang.

Ich fläze mich in meinen Sitz zurück. Mir gegenüber sitzt eine Frau, so um die 30. Braune, hochgesteckte Haare, dunkelblauer Businessfummel und ein Buch in der Hand. In dem liest sie, seitdem sie in Wuppertal zugestiegen ist. Jetzt blickt sie über den Rand des Buches hinweg und bemerkt, dass ich sie ansehe. Hoffentlich starre ich nicht. Anscheinend nicht, denn die Frau lächelt, legt ihr Buch beiseite und stellt sich als Jenny vor. Sie ist nett.

Jenny blickt nach oben, zu meinem Koffer.

»Urlaub?«

»Ne. Umzug.« Ich grinse.

»Minimalist?« Jetzt muss ich lachen, denn mein Koffer ist nicht sehr groß.

»Da ist nur das Nötigste drin. In zwei Wochen bringen Freunde den Rest.«

»Ah, verstehe.« Jenny lächelt wieder. »Lass mich raten. Studium?«

Ich nicke.

»Ich werde an der HTW Kommunikationsdesign studieren«, sage ich. Obwohl das in den letzten Wochen schon so oft gesagt habe, verspüre ich immer noch etwas Aufregung. Vielleicht liegt es daran, dass der Zug in knapp einer Stunde Berlin erreichen wird. Und ich mein neues Leben.

Ich kann es kaum erwarten endlich anzukommen. Doch scheint ein Teil von mir Köln aufs Verrecken nicht verlassen zu wollen. Vielleicht steht ja mein linkes Bein immer noch am Gleis 2 des Hauptbahnhofs und zwingt mich jetzt in einen emotionalen Riesenspagat.

Kein Wunder. In Köln wurde ich geboren, bin dort in Kindergarten und Schule bis zum Abi gegangen, habe dort die ganzen 19 Jahre meines bisherigen Lebens verbracht. In Köln habe ich schlechte und vor allem viele gute Zeiten erlebt. Und unglücklicherweise habe ich dort meine allerbeste Freundin, Azra, zurückgelassen, die ich wie eine Schwester liebe. Neben Mama ist sie einer der wichtigsten Teile meines Lebens.

Ich denke an meine Freunde und unsere kleine Clique: Azra, natürlich, dann Marie, ihr Freund Niklas und Leon. Wir waren von der 5. Klasse an bis zum Abi eine unzertrennliche Gemeinschaft. Ich werde die Zeit vermissen. Das scheint der Lauf der Dinge zu sein. Die Schulzeit ist vorbei und unsere Leben springen auseinander wie Billardkugeln beim Eröffnungsstoß.

Eigentlich wollte Mama mit mir den Umzug machen, aber ihre Firma hat sie wieder einmal spontan nach London geschickt. Daher bekomme ich in zwei Wochen Besuch von Marie und Niklas. Die bringen den ganzen Rest mit. Kleidung, Bücher, Bilder, Zeichenblöcke und so weiter.

»Warum Berlin?«, reißt mich Jenny aus meinen Gedanken.

»Den Studiengang gibt es nicht in Köln, aber ich bin ein Stadtmensch. Da blieben nur Hamburg und Berlin übrig. Berlin zieht mich fast magisch an. Ich meine nicht wegen der Partys.« Ich werde leicht rot. »Sondern wegen des Vibes. Es ist eine echte Metropole. In der fast alles möglich ist.«

»Verstehe«, sagt Jenny. Ein versonnenes Lächeln zeigt, dass sie es wirklich versteht.

Ich wünschte mir, Azra würde auch nach Berlin ziehen. Sie studiert Biochemie, leider aber in Köln, denn für Berlin fehlt ihr das Geld. Zumindest im Moment. Wir hoffen, dass irgendwann einen Wechsel nach Berlin möglich ist. Als wir uns am Bahnhof zum Abschied umarmten, wollten wir uns nicht mehr loslassen. Uns liefen Tränen über die Gesichter, während wir uns „ewige Liebe" schworen. Ich weiß, ich weiß, ein wenig zu dramatisch. Vor allem, weil Berlin nicht so weit weg ist. Etwas über vier Stunden mit dem Zug und nur eine Flugstunde entfernt. Aber trotzdem, der Abschied ist schlimmer als Zahnschmerzen. Wir haben in den letzten Jahren so viel Zeit gemeinsam verbracht, dass es sich jetzt anfühlt, als hätte man mir einen Arm abgerissen. Ein wichtiger Teil von mir scheint zu fehlen, ist nicht mehr an der Stelle, wo er hingehört.

Wiederum reißt mich Jenny aus meinen Gedanken. Sie fragt, wo ich wohnen werde.

»In Friedrichshain, am Boxhagener Platz«, sage ich stolz. Der liegt, wie ich herausgefunden habe, voll in einem Szeneviertel. Die Berliner nennen ihre Viertel *Kiez*. Den Boxhagener Platz selbst nennt kaum einer mit vollem Namen, alle sagen nur *Boxi*. Überhaupt scheinen die Berliner für alles einen Namen zu haben. *Gold-Else* ist die Siegessäule, eine Eventhalle heißt wegen ihrer Form *schwangere Auster*. Die Gedächtniskirche haben sie *hohler Zahn* getauft und so weiter. Wie auch immer, ich freue mich riesig, mitten in einem Szene-Kiez zu wohnen.

»Am Boxi, netter Kiez«, bestätigt Jenny, »ist aber inzwischen sauteuer. Wen hast du für die Wohnung umgebracht?«

»Meinen Onkel. Naja, Quasi-Onkel, also Patenonkel. Die Wohnung gehört ihm und er vermietet sie mir zum symbolischen Preis.«

»Wie praktisch. Ich bin fast ein wenig neidisch.« Jenny verzieht ihr Gesicht, lächelt aber dabei.

»Das ist nicht nötig. Ich muss mir die Wohnung mit seinen Möbeln teilen und habe keine Ahnung, was mich erwartet.«

Jenny lacht, ich verziehe auch das Gesicht und zwinkere.

Die Wahrheit ist, ich weiß wirklich nicht, was mich erwartet, denn ich habe die Wohnung noch nie gesehen. Sie gehört Max, und er ist mehr Freund als Onkel, denn er war ein Kollege und der beste Freund meines Vaters. Nach Papas Tod war Max immer für mich da. Max ist ein toller Mensch und hat mir Fahrrad fahren, auf zwei Finger pfeifen und Alkohol trinken beigebracht.

Jetzt arbeitet er bei einer Firma, die irgendetwas mit Sicherheit macht und sagte, es wäre ja nicht seine Hauptwohnung und er sei sowieso zu selten da. So hätte er wenigstens jemanden, die ihm die Vasen abstauben würde. Von wegen. Die wandern als erstes in den Keller. Aber vielleicht war das auch nur ein Scherz. Bei Max weiß man das nie so genau. Die Schlüssel hat er mir per Post geschickt und ich bin schon extrem gespannt.

Mama hat mir zu dem besonderen Anlass ein 1. Klasse Ticket organisiert und die gefällt mir voll gut. Die Sitze sind breiter, es sind auch nur drei Sitze pro Reihe. Einer auf der einen Seite des Gangs und zwei auf der anderen.

Ein weiterer Vorteil sind die Mitarbeiter des Boardrestaurants, die bis an den Platz kommen. Vor allem, wenn sie so hübsch sind wie der große Blonde, der gerade durch unseren Wagen geht und Bestellungen aufnimmt. Auf Azras und meiner *1-7 Hammerskala* zur Bewertung von Männern entspricht er der Kategorie fünf: *Süß*. Er kommt an unseren Tisch und lächelt.

»Haben Sie noch einen Wunsch?«, fragt er und ich überlege kurz, ob ich ihn höher bewerten soll. Jenny und ich schütteln den Kopf und er geht weiter. Ihr scheint er auch zu gefallen. Wir grinsen uns an und müssen spontan kichern.

Jenny greift wieder zu ihrem Buch und ich schaue mich um. Auf der anderen Seite in einem Vierer mit Tisch sitzt ein älterer Mann mit Bart, Jeans, schwarzes Shirt mit V-Ausschnitt. Der hämmert die ganze Zeit auf seinem MacBook herum und schaut grimmig auf den

Bildschirm. Seine Lippen bewegen sich und ab und zu höre ich ein Schimpfwort. Spricht der etwa mit seinem Mac? Klarer Fall von Dachschaden.

Ihm schräg gegenüber sitzt eine Frau, die genau das gleiche macht, allerdings ohne Lippenbewegungen, Grunzen und Fluchen. In dem Zweier hinter dem Vierer sitzt eine Oma. Die nickt immer wieder weg und wenn ihr ein kleiner Schnarcher rausrutscht, wacht sie auf und schaut sich irritiert um. Gerade jetzt gibt sie einen mittelschweren Sägeton von sich, reißt den Kopf hoch und ich kichere. Jenny schaut mich fragend an.

»Schon gut«, sage ich und winke ab.

In der Reihe vor dem Vierer sitzt der Stereotyp eines Hipsters. Vollbart, Haare nach hinten mit einem Mini-Pferdeschwanz, coole Jeans, Holzfällerhemd, am Haken hängt eine Lederjacke. Ich schätze ihn auf Mitte dreißig, also uralt. Wäre er ein paar Jahre jünger, bekäme er eine hohe fünf auf unserer Skala, möglicherweise sogar eine knappe Kategorie sechs: *Heiß*.

Dafür müsste er allerdings ab und zu lächeln, was er aber die ganze Zeit nicht macht. Er starrt verkniffen aus dem Fenster. Neugierig beobachte ich ihn eine Weile. Er wirkt traurig und ich frage mich, ob er Sorgen hat. Vielleicht vermisst er jemanden, so wie ich gerade Azra und Mama. Aber vielleicht auch anders, so wie ich Papa vermisse. Jetzt verkrampfen sich seine Hände und es ist klar. Er ist traurig, sogar supertraurig.

Schnell versuche ich, an etwas anderes zu denken, denke an … keine Ahnung … irgendetwas … Mist. Es ist zu spät, die Traurigkeit springt auf mich über. Meine Kehle schnürt sich zu und ich spüre heißen Druck auf den Augen. Das hat man davon, wenn man mit zu viel Empathie geschlagen ist. Von dem Gefühlsleben anderer kann ich mich nur mit Mühe abgrenzen. Sehe ich Tränen, muss ich fast reflexhaft mitweinen. Funktioniert auch bei Fernsehen oder Kino, sogar Büchern. Dummerweise auch bei den Heulschnepfen diverser Modelcastingshows. Peinliche Momente sind da Garantie. Und dumme Sprüche, wie »Oh Julia, hast du auch an die Großpackung Taschentücher gedacht« oder »zieht eure Schwimmwesten an, Julias ist dabei.« Einmal habe ich im Kino in der Hoffnung, dass der Schmerz mich ablenken würde, ein ganzes Päckchen scharfe Hustenbonbons in den Mund gesteckt. Vergebens, ich heulte trotzdem wie ein Schlosshund und hatte am nächsten Tag heftigen Dünnpfiff.

Jetzt hebt der Hipster in einer schnellen Bewegung eine Hand und wischt mit einem Finger in seinem Augenwinkel. Das war's, prima Julia! Nun laufen auch bei mir die Tränen. Bevor der Hipster oder gar Jenny es mitbekommen, schaue ich aus dem Fenster und schirme meinen Kopf mit der Hand ab. Tue so als wäre ich geblendet.

Meine *empathischen Antennen* oder *Sensoren*, wie ich sie manchmal nenne, können schwer nerven.

Eine Stimme aus den Lautsprechern erlöst mich von meiner tränenreichen Peinlichkeit und teilt uns mit, dass wir in Kürze Berlin-Spandau erreichen.

Jenny packt ihr Buch weg. Kurz darauf steht sie auf, zieht ihre Jacke an, greift ihren Trolley, wünscht mir einen guten Start ins Studium und geht in Richtung Ausgang.

Als Nächstes erreichen wir den Hauptbahnhof, und dann mein Ziel: die Endstation Berlin Ostbahnhof. Von hier aus sind es nur ein paar Stationen mit S-Bahn und

Straßenbahn. Die wird hier „Tram" genannt und ich finde, das klingt schwer romantisch. Da ich mich schon vorher gut über alles informiert habe, weiß ich, wie ich durch den Bahnhof komme, welche Bahnen ich nehmen muss und wie das hier mit dem Ticket läuft. Drei verschiedene Nahverkehrsapps hatte ich mir runtergeladen, bin den Weg auf Street-View mehrfach abgelaufen und hatte damit Azra und Marie schwer belustigt.

Marie unterstellt mir Kontrollsucht. Frechheit. Es ist halt so, dass ich gerne plane und versuche, Überraschungen zu vermeiden. Das gibt Sicherheit, ist meiner Meinung nach sehr erwachsen und hat überhaupt nichts mit Kontrollsucht zu tun.

Nach nur einer Station mit der S-Bahn wechsele ich in eine Tram. Der Rest der Fahrt geht schnell, denn es sind nur noch vier Stationen. Ein kurzer Fußweg und endlich stehe ich vor dem Haus. Keine Haustür. Kurzzeitig bin ich verwirrt. Doch dann entdecke ich ein ziemlich abgerocktes Blechtor. An ihm kleben Plakatreste und es ist voller Graffiti. Das Tor führt in einen Innenhof und zur Haustür. Die Wohnung liegt im vierten Stock, ich trage den Koffer die Treppe hoch, schließe auf und juchze laut.

Ich bin da.

Das Neue Leben

Nach einem Rundgang liege ich auf dem Bett und kann mein Glück nicht fassen. Die Wohnung ist der Hammer. Die Vasen gibt es nicht. Das war tatsächlich einer von den blöden Max-Scherzen. Die Bezeichnung kleine Zweiraumwohnung offensichtlich auch.

Ich habe mir so eine Art Schlafzelle mit angeschlossener Wohnküche vorgestellt, aber der Schuppen ist riesengroß. Die Böden sind aus altem Parkett und die Decken unglaublich hoch. Im Schlafzimmer befinden sich ein breites Bett, ein ausladender Schrank, eine Kommode, ein großer, alter Wandspiegel und ein ebenso alter Tisch. Trotzdem sieht es luftig aus.

Das Wohnzimmer ist mehr als nur geräumig und erinnert an ein Loft. Am Fenster in Richtung Boxi steht ein Eames-Sessel mit extra Fußteil. Es gibt noch zwei Sofas, einen Essbereich mit Tisch plus vier Stühle. Eine Büroecke mit einem prall gefüllten Bücherregal nebst coolem altem Schreibtisch. Und immer noch genügend Platz, um zu tanzen. An der hohen Decke hängen fette Lampen an langen Kabeln. Es gibt auch Stehlampen im Retro-Look.

Der Style der Wohnung ist krass. Trotz der vielen alten Möbel wirkt sie überhaupt nicht alt. Im Gegenteil. Durch die Kombination mit Neuem sieht sie einfach nur gut und voll angesagt aus. So einen Geschmack hätte ich Max gar nicht zugetraut.

Dann die Küche. Ein eigener Raum, mit einem amerikanischen Kühlschrank. Der Trumm hat sogar einen Eiswürfelbereiter. Ich sehe schon sommerliche Mojitos vor meinem geistigen Auge. Auf einer der Arbeitsflächen steht eine fette Küchenmaschine, die ich wohl niemals anrühren werde. Und ein vor Chrom starrendes Espressodings mit tausend Hebeln und Hähnen. Dafür muss ich wohl noch einen weiteren Studiengang belegen. Zum Glück gibt es hier an jeder Ecke einen Coffeeshop, denn Einschalten werde ich das Monster bestimmt nie.

Ich gehe zurück ins Wohnzimmer. In der Luft hängt ein angenehmer Duft. Nicht oll oder muffig, sondern frisch und im Hintergrund eine Mischung aus Holz, Leder und einem Hauch von Vanille. Ich drehe mich noch einmal um meine eigene Achse und bin selig.

Max ist so lieb, im Flur hing an einem Spiegel ein Umschlag mit der Aufschrift *für Julia* und eine Nachricht darin.

Hallo Julia,
ich hoffe, es gefällt dir in der Wohnung und wünsche dir einen guten Start in dein neues Leben.
Fühl dich hier wie zu Hause, denn ab jetzt ist es genau das. DEIN Zuhause.
Du darfst alles benutzen und mach dir keine Sorgen, falls etwas kaputt geht. Ist sowieso nur altes Zeug, für das ich einen Lagerplatz brauchte. ;)
Das Wi-Fi heißt „HauAb" und der Schlüssel lautet: Dh765$G45uHGro
Wenn irgendetwas sein sollte, ruf mich einfach an, die Nummer hast du ja. Wenn du der alten Dame hier gegenüber (Frau Ankler) ab und zu einen Strauß Tulpen mit-

bringst, wirst du sie als Freundin nie wieder los ...
Hab Spaß und lass es rocken.
LG Max
P.S. Ich habe dir ein paar Vorräte zum Essen und Trinken dagelassen. Bitte alles „vernichten".

Im Kühlschrank finde ich eine Flasche Schampus mit einem *Trink mich bitte* Post-it dran und jede Menge frische Lebensmittel. Milch, Käse, Gemüse. Wann hat Max das denn alles reingelegt, ich denke, er ist nie hier? Aber, einem geschenkten Gaul ...

Als Erstes texte ich Mama, dann Azra, dass ich gut angekommen bin und alles ok ist. Danach fotografiere ich jeden Raum aus etlichen Blickwinkeln und poste ein gelungenes Bild vom Wohnzimmer. Es dauert nicht lange, bis erstaunte und sogar neidischen Kommentare nur so reinpurzeln.

Die nächste Aktion gilt Max, bei dem ich mich überschwänglich bedanke. Ich schicke ihm ein Selfie von mir in seiner Wohnung und verspreche, ihn zum Essen auszuführen, wenn er mal wieder nach Berlin kommt.

Mit Azra habe ich ein gemeinsames Album in der Cloud und da kopiere ich die restlichen Fotos rein. Dann lege ich mich auf das Bett, klappe den Mac auf und skype mit Azra fast zwei Stunden lang. Als wir enden, ist es schon spät, ich bin hundemüde und schaffe es gerade noch, mir die Zähne zu putzen und zum Bett zu wanken. Kaum hat mein Kopf das Kissen berührt, schlafe ich auch schon ein.

Nachdem mich viel zu früh die Sonne geweckt und ich dann erst gemerkt habe, dass es dicke Vorhänge zum Abdunkeln gibt, dusche ich ausgiebig. Wie anscheinend alles hier, ist auch die Dusche riesig, da passen locker vier Leute rein.

Ob Max reich ist? Ich wusste gar nicht, dass man mit Security so viel Geld verdienen kann. Er wollte mir nie erklären, was er genau macht. Einmal sagte er, wenn er es mir verraten würde, müsse er mich danach töten. Hahaha. Blödmann.

Heute ist Samstag, der letzte Tag im September und auf dem Plan steht eine Ortserkundung meines Umfeldes. Falls dann noch Zeit ist, schaue ich mir auch noch den Rest von Friedrichshain an.

Kurz nachdem ich die Wohnungstür abgeschlossen habe, höre ich die gegenüberliegende Tür auf dem Flur und heraus tritt eine ältere Dame mit weißen Haaren und einem freundlichen Lächeln.

»Ah, da ist ja die neue Nachbarin«, ruft sie entzückt aus, »Herr Wynter hatte sie angekündigt. Sie sind seine Nichte, nicht wahr? Nein, das war es nicht. Was war es denn noch?«

Sie überlegt, ich gehe auf sie zu und schüttele ihre Hand.

»Er ist mein Patenonkel«, erkläre ich ihr, »Gewissermaßen, wir sind nicht verwandt.«

Die alte Dame nickt und lächelt«

»Patenonkel. Ja genau, das sagte er.« Ihr Lächeln wird noch strahlender. »Er ist so ein netter und höflicher Mensch, auch wenn ich ihn selten zu Gesicht bekommen habe.«

Frau Ankler erzählt, sie wohne schon seit fast 50 Jahren in der Wohnung und sei seit zehn Jahren Witwe, nachdem ihr *geliebter Wolfgang von ihr gegangen sei*. Das ist so rührend, dass ich nur mit Mühe meine Tränen zurückhalten kann. Sie bemerkt es und drückt mir den

Arm.

»Sie haben ein gutes Herz«, sagt sie, »aber machen sie sich keine Gedanken. Das Leben geht weiter und ich freue mich über jeden neuen Tag, an dem ich lebe und die Sonne scheint.«

Sie lacht fröhlich und wir verabschieden uns.

Auf dem Boxi ist anscheinend jeden Samstag ein Wochenmarkt. Er ist ziemlich groß, die Verkaufsstände gehen einmal komplett um den Platz. Von allem gibt es etwas. Ich brauche fast eine Stunde, um mir alles anzusehen und bin begeistert, so einen schönen Markt direkt vor der Haustür zu haben. Schade, dass ich so eine hundsmiserable Köchin bin.

An einem Coffeestand kaufe ich mir einen Cappuccino, um meinen Koffeinspiegel auf normal zu heben. Dann erkunde ich die Straßen rund um den Boxi. Es ist der Hammer. Überall finde ich interessante Shops und sehe jede Menge Jungs der Kategorie fünf und sogar sechs. Das ist fast wie im Süßwarenladen.

Viele der Häuser sind alt und mit tollen Fassaden. Gerade so kann ich dem Zwang widerstehen, nach Hause zu laufen, um die Stifte zu holen. Außerdem fehlen sowieso meine Zeichenblöcke, die erst in zwei Wochen mit Marie kommen.

Dafür fotografiere ich ausgiebig. Andauernd bleibe ich stehen und muss zwanghaft alles festhalten. Es ist aber auch gemein. Hier sieht jedes zweite Haus unverschämt interessant aus. Ich gehe hin und her durch die Straßen und kann mich kaum sattsehen. Mein knurrender Magen erinnert irgendwann daran, dass auch er satt sein will, denn außer einem Joghurt und einem Apfel habe ich noch nichts gegessen.

Glücklicherweise mache ich gerade die Entdeckung des Tages, denn ich stehe vor einem kleinen Häuschen mit dem Namen *Haferkater*. Die machen Porridge, also Haferschleim. Durch die Potter-Bücher weiß ich natürlich, dass das nichts Schleimiges, sondern eine typisch englische und schottische Frühstücksmahlzeit ist.

Ich wähle den *Bärenkater* und bekomme für wenig Geld eine große Schale, die bis oben mit Porridge und Früchten gefüllt ist. Der winzige Laden hat nur wenige Plätze und ist gut besucht. An einem Tisch mit einem hippen Pärchen ist glücklicherweise noch ein Platz frei und ich setze mich.

Meine Laune ist kaum noch zu steigern und Wellen des Glücks durchfluten mich. Der Laden, die Musik aus den Boxen, die Leute und Friedrichshain sind einfach nur gut und ich fühle mich so unglaublich angekommen. Als gehörte ich schon immer hier hin.

Das ist verwirrend, weil ich bisher Köln als die schönste Stadt im Universum betrachtet habe.

Ein weiteres Mal durchquere ich den Kiez und arbeite mich nach Süden durch. Dabei komme ich an ein Gewerbegebiet und dahinterliegende Bahngleise. Über die Gleise führt eine Straße mit einer Brücke in Richtung Süden. Sie hat dicke Stahlbögen und sieht, wie ich finde, romantisch und klassisch aus. Name und Baujahr sind mit großen Lettern in den Querträgern integriert. Ich gehe erst auf der einen Seite hinüber und dann auf der anderen zurück. Dort bleibe ich auf der Mitte stehen und sehe die Haltestelle Warschauer Straße. Auch den Fernsehturm kann ich von hier sehen. Unter mir fahren S-Bahnen und Züge hindurch.

Es fällt mir schwer, mich von dem Ort loszureißen und das ist irgendwie schräg. Wirklich schön ist es hier nicht. Klar, die Aussicht über die Gleise Richtung Fernsehturm hat etwas und die Brücke sieht hübsch aus, aber es ist nur eine Brücke. Vor allem liegt hier erschreckend viel Müll herum. Auf der Straße selbst ist ordentlich Verkehr, gemütlich ist anders.

Und trotzdem ist es, als steckten meine Füße in einer klebrigen Masse. Sie wollen nicht weg. Mein Magen knurrt wieder. Voller Schreck sehe ich, dass es schon nach fünf ist. Trotzdem bleibe ich noch ein paar Minuten, dann drehe ich mich endlich um und gehe nach Hause. Natürlich erst, nachdem ich etliche Fotos geschossen habe. Schließlich muss ich alles noch Azra zeigen.

Zu Hause angekommen poste ich die besten Shots des Tages und skype stundenlang mit Azra. Als ich den *Haferkater* erwähne, lacht sie und sagt, dass es den doch auch am Kölner Hauptbahnhof gäbe. Habe ich Dummerchen natürlich nie gemerkt. Ich zeige mich unbeeindruckt, freue mich aber insgeheim. Dann skype ich noch mit Mama, die gerade in einem Londoner Hotel ist.

Da die Uni erst am Mittwoch anfängt, beschließe ich, die nächsten Tage zum Kennenlernen der Stadt zu nutzen. Mein Vorhaben beginnt mit einem Desaster. In zwei Tagen, am Dienstag, ist Feiertag, die Stadt ist übervoll und ich Depp habe mir die klassischen Touri-Ziele ausgesucht. Es ist so voll, dass mir die Leute fast auf die Füße treten. Das wird auch am Montag nicht besser.

Am Feiertag bleibe ich in Friedrichshain und unternehme einen langen Erkundungsgang Richtung Osten bis nach Lichtenberg. Auf dem Rückweg schaue ich mir den Bahnhof Ostkreuz an. In Entfernung sehe ich *meine* Brücke.

Da ich mir gestern für den Übergang einen neuen Zeichenblock gekauft habe, entscheide ich, sie heute zu zeichnen. Also kehre ich kurz zur Wohnung zurück, packe Block, Stifte und Kreiden ein, denke sogar an ein Lunchpaket und gehe zur Brücke. Dort erstelle ich mehrere Studien aus verschiedenen Perspektiven.

Die Brücke

Es ist Freitag und ich habe gerade den dritten Uni-Tag hinter mir. Allerdings hat das Studium noch gar nicht richtig angefangen, sondern die drei Tage dieser Woche sind Orientierungstage der Erstsemester. Ich lerne den Betrieb kennen, unsere Dozenten, die Räume und natürlich auch die anderen Studies.

Mein Kopf ist überflutet mit Eindrücken. Alles ist neu, aufregend und beeindruckend. Der Campus ist auf dem Gelände eines ehemaligen Kabelwerkes untergebracht. Und alles sieht gigantisch gut aus. Mehrere Stockwerke hohe, alte Fabrikgebäude aus ockerfarbenen Ziegelsteinen. Üppige, aus vielen kleinen Elementen bestehende Industriefenster. Gerades, minimalistisches und elegantes Design. Im Innern ist alles nagelneu und vom Feinsten. Es ist inspirierend und ich verstehe langsam, warum viele Künstler und Designer sich für ihre Arbeit schöne Orte ausgesucht oder erschaffen haben. Die Mensa ist direkt an der Spree gelegen und draußen gibt es Sitzplätze, ja sogar Strandkörbe. Hier wird es im Sommer bestimmt hammergeil sein. Und hammervoll.

Meine Dozenten und die anderen Studies scheinen sehr nett zu sein. Nach drei Tagen weiß man das natürlich noch nicht. Ein paar werden sich im Laufe der Zeit mit Sicherheit als Nervensägen herausstellen. Egal, ich muss ja nicht jeden mögen. Hübsche Jungs gibt es auch, aber ich bin ja nicht zum Knutschen, sondern zum Studieren gekommen. Obwohl ... das eine schließt das andere ja nicht unbedingt aus. Aber das ist eine hypothetische Betrachtung, denn bei dem Thema bin ich eher eine Anti-Expertin.

Heute Abend steigt eine inoffizielle Freshman-Party und ich freue mich darauf, ein paar Leute besser kennenzulernen. Als Location hat man sich für eine Cocktailbar auf dem Prenzlauer Berg entschieden.

Als ich ankomme, ist der Laden erst halbvoll. An der Bar bestelle ich einen Mojito und blicke mich nach interessanten Leuten um. An einem Tisch sehe ich zwei Frauen, deren Gesichter mir dunkel bekannt vorkommen. Als ich genauer hinsehe, bemerke ich, dass sie Händchen halten. Das ist interessant und ich gehe zu ihnen. Bevor ich sie erreiche und mich vorstellen kann, begrüßt mich eine der beiden.

»Hey«, sagt sie und lächelt breit, »dich habe ich schon in der Uni gesehen. Ich bin Anna und die Zuckersüße neben mir ist Luisa.«

Ihre Freundin errötet zart, bleibt aber still.

»Ich bin Julia.«

Anna ist eine sehr hübsche Brünette mit Mittelscheitel und glatten, langen Haaren. Lang sind auch ihre Beine, sogar superlang. Ich hätte gerne solche Beine. Meine sind zwar nicht kurz, aber so unsportlich dünn. Fast wie bei Flamingos. Ihre hingegen sind gazellengleich, sportlich, schlank und straff.

Sie bemerkt meinen Blick.

»Gefallen dir meine Beine?«, fragt sie frei heraus.

»Ich bin nur neidisch«, gehe ich ebenso frei heraus zu. Bei peinlichen Momenten neigt mein Kopf dazu, die

Farbe von Tomaten zu imitieren und spüre, wie mir die Röte ins Gesicht schießt.

Anna lacht, aber es ist ein offenes und herzliches Lachen. Sie ist offensichtlich die extrovertierte der beiden. Man könnte auch sagen, die vorlautere, aber gerade das gefällt mir. Anna ist, wie sie erzählt, eine originale Berliner Göre und im Stadtteil Wedding großgeworden.

Luisa wirkt im Vergleich etwas zugeknöpfter, doch ich spüre ein großes und warmes Herz hinter der Schale. Vielleicht liegt es daran, dass sie ein Nordlicht ist und ursprünglich aus Kiel kommt. Kennengelernt und verliebt haben die beiden sich bei einem Praktikum in Karlsruhe. Inzwischen wohnen sie zusammen im Stadtteil Schöneberg.

»Und wo wohnst du?«, fragt Luisa.

»Direkt am Boxi.«

»Wahnsinn. Wie bist du denn darangekommen?«, will Anna wissen.

»Sie gehört einer Art Patenonkel, der sie mir für einen Symbolpreis vermietet. Für eine Euro.« Ich grinse.

»Frechheit. Ich will auch so einen Onkel«, beschwert sich Anna künstlich, »aber das erklärt, wie du das finanzieren kannst. Hätte ja auch sein können, dass deine Eltern reich sind. Bekommst du Bafög?«

»Nein. Meine Mutter verdient nicht schlecht, aber ich finanziere mich durch eine Halbwaisenrente und einer Unfallversicherung«, erkläre ich.

Ich spüre eine Hand auf meinen Arm. Es ist Luisas.

»Das tut mir leid«, sagt sie und ihr Blick strahlt Wärme aus. Dann schießt sie auf Anna einen strafenden Blick ab.

»Ist schon ok«, sage ich, »es ist schon sehr lange her. Ich war fünf.«

»Das macht es nicht besser«, erklärt Luisa und streichelt meinen Arm. Ich wusste, doch dass sie ein großes Herz hat.

Wir reden noch eine Weile, dann tauschen wir unsere Nummern aus.

Ich gehe wieder, rede noch mit anderen Studies, lerne eine Schwedin namens Wilma kennen, einen Daniel und eine etwas überdrehte Franziska. Nach dem dritten Mojito, den ich besser ausgelassen hätte, wird mir schwummrig. Ich verabschiede mich, werde von Anna und Luisa fest in den Arm genommen und gehe zur Tram. Auf der Rückfahrt entscheide ich mich spontan, frische Luft zu tanken und fahre eine Station weiter als nötig. Der Weg führt mich am RAW-Gelände vorbei. Es ist kurz nach Mitternacht und hier ist die Hölle los. Das Gelände war früher einer der beste Szeneecken für Insider, gilt jetzt aber als Partymeile für Touris mit Ballermann-Ambitionen.

Nur wenige Meter weiter wird es ruhiger. Die nächste Straße rechts führt zu der Brücke, der ich, wenn ich schon einmal hier bin, einen Besuch abstatten möchte. Doch meine Pläne werden durchkreuzt. Ich will gerade auf sie zugehen, da sehe ich eine dunkle Gestalt mitten auf der Brücke stehen. Tagsüber hätte mich das nicht gestört, doch angesichts der Uhrzeit drehe ich um und gehe. So ein Mist.

Am nächsten Morgen brummt mein Schädel. Nach einer Dusche, einem Kaffee und einem weiteren *Bärenkater* sieht die Welt wieder anders aus und das Glücksgefühl stellt sich wieder ein. Berlin ist so geil. Und es dauert nur noch eine Woche, dann kommen Marie und Niklas. Heute steht eine Stippvisite des Prenzlauer Berges auf dem Programm. Die Gegend wirkt etwas aufgeräumter als Friedrichshain und lädt zum Streunen ein. Ich entdecke einen Wochenmarkt, Plätze, Cafés und Restaurants, interessante und kreativen Läden, in denen ich Stunden verbringen könnte. Ich erreiche die Stargarder Straße und esse bei *Hokey Pokey* das beste Eis meines Lebens.

Langsam werde ich müde. Auf dem Rückweg klicke ich mich in der Tram durch Dutzende neuer Fotos. Das eine oder andere Bild bearbeite ich nach und lege es in das gemeinsame Album. Dabei passe ich dumme Nuss mal wieder nicht auf, vergesse auszusteigen und bemerke es erst zwei Stationen weiter.

Auf eine passende Tram zu warten lohnt sich nicht und daher gehe ich den Weg zu Fuß. Gedankenverloren laufe ich wie mit Autopiloten und merke erst nach dem Abbiegen, dass ich geradewegs auf die Brücke zulaufe. Das Ding scheint mich wirklich magisch anzuziehen.

Genau in der Mitte, wo man die beste Sicht hat, steht jemand. Schon wieder. Aber diesmal ist es mir egal. Naja, fast. Als ich näherkomme, entpuppt sich dieser Jemand als männlich und verdammt gutaussehend. Ich schätze ihn auf Anfang, Mitte zwanzig. Mit ein paar Seitenblicken schaue ich verstohlen zu ihm hinüber, aber er scheint mich nicht wahrzunehmen. Gut.

Ein zarter Wind bläst von Süden und trägt einen Hauch seines Eau de Toilettes in meine Nase. Es ist weder süßlich noch würzig, von allem etwas und so komplex, dass ich es nicht eingeordnet bekomme. Möglichst unauffällig rücke ich etwas näher und schnuppere. Er scheint mich immer noch nicht beachten und starrt weiter geradeaus. Ich dehne meine Nasenlöcher und sauge seinen Duft ein. Er gefällt mir so gut, dass ich mich wie elektrisiert fühle.

Mit einem weiteren Seitenblick checke ich ihn ab und betrachte sein dunkelbraunes, wuscheliges Haar, das Kinn mit Dreitagebart, und die schwarze Lederjacke. Er trägt dunkle, abgerockte Jeans und hat einen, alle Achtung, ziemlich knackigen Hintern. Lange Beine und schwarze Lederboots runden das perfekte Bild ab.

Von dem hübschen Äußeren abgesehen, scheint ihn allerdings eine Art dunkle Aura zu umgeben, deren Herkunft ich nicht zu greifen vermag. Um besser sein Gesicht zu erkennen, schiebe ich mich möglichst geräuschlos und langsam näher ans Geländer.

Was ist das für ein Ausdruck in seinem Gesicht? Trauer? Nein, das trifft es nicht. Er wirkt düster, verschlossen, resigniert und müde. Als wenn er eine zentnerschwere Last tragen würde. Mich durchläuft es heiß und kalt und ein entsetzlicher Gedanke schießt mir durch den Kopf. Ich schaue über das Geländer nach unten, versuche die Brückenhöhe zu schätzen. Vielleicht sieben bis zehn Meter, ein wenig mehr in der Mitte. Also nicht sehr hoch. Wäre die Brücke nicht so niedrig, sondern deutlich höher, dann …

Will der sich umbringen? Hier? Jetzt? Hier bringt sich doch keiner um und schon gar nicht am späten Nachmittag.

»Julia, du siehst 'mal wieder Gespenster«, sage ich mir. Natürlich nicht laut. Der Tag hat mich wohl etwas überdreht und durcheinander gemacht und ich weise mich innerlich zurecht.

Daher schaue ich zur Ablenkung nach Westen, wo sich der Fernsehturm, das Wahrzeichen Berlins, vom

Himmel und dem Rest der Stadt abhebt. Doch in einer Ecke meines Bewusstseins bohrt der Gedanke immer weiter. Nervend, wie ein Juckreiz und er gibt keine Ruhe. Zappelt und hüpft wie ein kleines Mädchen mit voller Blase.

Ich rolle innerlich mit den Augen, gebe dem Gedanken nach und lasse ich einen weiteren, prüfenden Seitenblick folgen. Und meine Beunruhigung wächst. Keine Ahnung, wie und warum ich das denke, aber alles in mir schreit: Der Typ will sterben.

Einem spontanen und starken Impuls folgend und alle meine Schüchternheit vergessend, rücke ich einen Schritt näher und spreche ihn an.

Ich sage: »Das macht keinen Sinn.«

The dark knight

Alexander

Meine Ansprache hat ihn wohl einen klitzekleinen Moment verwirrt. Er dreht sich zu mir um und schaut mich irritiert an.

»Bitte was?«

Oh Gott, ist der süß. Ein Hundeblick aus grün-blauen Augen. Der ist keine sechs, der ist die äußerst rare Kategorie sieben: *Traummann*.

Nach einer Weile merke ich, dass mein Mund offen steht. Ich frage mich, ob mir gerade Speichel aus den Mundwinkeln läuft und klappe ihn schnell zu. Da ich merke, dass ich auf dem besten Weg bin, wieder einmal knallrot anzulaufen, schlage ich den frechsten Ton an, den ich mich traue.

»Es macht keinen Sinn. Die Brücke hier ist viel zu niedrig. Um dich sicher umzubringen, solltest du dir etwas Höheres aussuchen. Der Fernsehturm zum Beispiel wäre sehr passend.«

Nun scheint er verblüfft zu sein oder ist er etwa sauer? Der Hundeblick wandelt sich. Er kneift die Augen ein wenig zusammen, die mich jetzt aufzubohren scheinen. Obwohl, es liegt keine Aggression oder Unfreundlichkeit in ihnen. Sie sind … düster. In seinen Augen schwebt eine Art dunkle Tiefe. Ja, ja, das klingt bescheuert und total klischeehaft, aber etwas Besseres fällt mir nicht ein.

Einen Augenblick verharrt er so und mustert er mich prüfend. Sein Ausdruck ändert sich, es stiehlt sich ein

Grinsen hinein und er sieht noch süßer aus. Geht das überhaupt? Obwohl das Lächeln, wie ich bei genauerem Betrachten feststelle, eine spöttische und sarkastische Note aufweist.

»Nun«, referiert er, »objektiv betrachtet, ist dies nicht ganz zutreffend. Darf ich deine geschätzte Aufmerksamkeit auf diese Leitungen hinweisen?« Er zeigt nach links auf Drähte, die parallel über den Schienen verlaufen. »Das sind die Fahrdrähte für die Züge der Deutschen Bundesbahn«, erörtert er wie ein Oberlehrer vor einer Gruppe eingeschlafener Fünftklässler. Seine Stimme wird spöttisch. »Hochspannungsleitungen. Sie führen eine Wechselspannung von 15.000 Volt und sind für einen potenziellen Suizid superb zweckdienlich. Exitus par excellence. Ein Blitz, ein Knall, Finito. Ende, Aus, Applaus.«

Ich spüre, wie mir die Farbe aus dem Gesicht weicht. Ein Junge meiner Schule war vor ein paar Jahren auf einen Güterwagon geklettert und obwohl er die Oberleitungen nicht berührte, hatte ihn ein Schlag getroffen, in Brand gesetzt und getötet. Das war ein riesiger Schock. Fabian, so hieß er, war nett und beliebt und für viele von uns war dies der erste nahe Kontakt mit dem Tod. Ich weiß noch, wie sehr ich in Mamas Armen geweint hatte. Etliche Schüler benötigten psychologische Betreuung. Die Erinnerung schnürt mir die Kehle zu.

Das scheint dem Typen nicht aufzufallen. Im Gegenteil. Er setzt er noch einen drauf und schiebt einen makabren Spruch hinterher.

»Gnädigste«, sagt er vor Sarkasmus triefend, »ich versichere dir, diesbezüglich keinerlei reale Intentionen zu hegen. Die letzten Male haben sich als zu schmerzhaft erwiesen und mir meine Lieblingsjeans gründlich ruiniert.« Er schafft es, dabei absolut ernst auszusehen. Sein Grinsen ist verschwunden und in seinen Augen liegt etwas wie bittere Ironie.

Gnädigste? Spinnt der? Meint er, wir wären hier im Mittelalter? Will der mich verarschen? Mit so einem widerwärtigen Gag? In mir kocht Ärger hoch, doch mit Mühe beherrsche ich mich und behalte die Lautstärke meiner Stimme im Griff.

»Darüber macht man keine Witze, Gnädigster«, belehre ich ihn pampig. »Selbstmord ist etwas Furchtbares. Das Leben ist viel zu wertvoll, um es wegzuwerfen.«

Etwas geschieht in mir, ohne dass ich mein Gehirn einschalte. Plötzlich höre ich mich in einem sanften Tonfall weitersprechen.

»Ich kann doch sehen, dass dir eine schwere Last auf der Seele liegt. Aber du bist doch noch so jung, nicht viel älter als ich. Unser Leben hat gerade erst angefangen. Es kann noch so viel geschehen, ja, sogar ein Wunder. Sie geschehen immer wieder.«

Letzteres sage ich im Brustton der Überzeugung und erkenne mich selbst nicht wieder. Was rede ich für ein dämliches Zeug? Wer bin ich und was habe ich mit meiner Julia gemacht?

Unerwarteter Weise erzielt meine Ansprache Wirkung. Für einen winzigen Moment entgleiten ihm alle Gesichtszüge. Keine Sekunde später hat er sich jedoch wieder gefangen. Er schaut mich mit neuem Interesse prüfend an und lächelt dabei merkwürdig. Unter seinem Blick habe ich das Gefühl, ein unbekanntes Insekt zu sein, das man studieren müsse. Das gibt mir den Rest. Mir schießt das Blut in den Kopf. Ziemlich laut belle ich ihn an.

»Und es ist kein Grund, sich über andere Menschen lustig zu machen oder sie herabzusetzen. Vor allem, wenn sie sich um dich sorgen, freundlich zu dir sind und, und … ach, vergiss es.«

Wutschnaubend drehe ich mich um und stampfe davon.

»Ich werde es mir merken, Gnädigste«, höre ich ihn amüsiert hinter mir herrufen. Mein Wutausbruch scheint ihm auch noch Spaß zu machen. »Ich heiße übrigens Alexander, dann kannst du mich beim nächsten Mal mit Namen anschreien.«

Beim nächsten Mal? Von wegen.

Blödmann!

Der chillige Abend auf dem Sofa mit einem Buch aus dem Regal will nicht gelingen. Andauernd schweifen meine Gedanken ab. Die Begegnung mit diesem Typen, Alexander, wie er sich nennt, geht mir nicht aus dem Kopf. Warum sieht er auch so gut aus? Dann dieser Duft. Ein weiteres Mal frage ich mich, welches Parfum er trägt. Ganz zu schweigen von diesem Hundeblick, als er fragte: »Bitte was?« Zum Verlieben.

Obwohl er so ein unglaublicher Hingucker ist, denke ich über andere Dinge nach, wie zum Beispiel seine dunkle Aura. Und die Last, die er mit sich herumzutragen scheint. Es war nicht die klassische Trauer, falls es die überhaupt gibt. Es war … komplexer. Als gäbe es nichts auf der Welt, was er nicht schon gesehen hätte und er nur noch einschlafen und niemals mehr aufwachen wolle.

Das kommt mir jetzt allerdings auch ein wenig zu dramatisch vor und ich schüttele den Kopf über mich selbst. Aber dennoch: Da war mehr.

Blöderweise finde ich ihn auch noch witzig, trotz des absolut unpassenden Sarkasmus. Das liegt wohl an seiner Wortwahl. Geschwollen, mit Sätzen wie, »Dies ist nicht ganz zutreffend«, oder, »Ich versichere dir, diesbezüglich keine Intentionen zu hegen«. Er klingt wie ein Vulkanier. Spock oder Tuvok. Ich grinse, weil ich mir Alexander mit spitzen Vulkanierohren vorstelle. Er hebt eine Augenbraue und sagt: »Faszinierend.«

Ich klappe das Buch zu und lege es beiseite. Es hat ja keinen Sinn. Warum finde ich Alexander so … faszinierend? Mist. Jetzt gebrauche ich schon selber das Wort. Ist es die Mischung aus gutem Aussehen und dunklem Geheimnis? Stehe ich auf rätselhafte Männer? Na ja, möglicherweise ein bisschen. Bevor sich meine Gedanken nur noch um diesen Kerl drehen, texte ich Azra und frage, ob sie Zeit und Lust zum Skypen hat. Sie hat und ich erzähle ihr die ganze Story.

Azra spielt die Empörte.

»Ich fasse es nicht, kaum lasse ich dich aus den Augen und du lachst dir einen Süßen an«, wirft sie mir vor.

»Von wegen anlachen«, wehre ich mich deutlich. »Wir haben uns gestritten und ich habe ihn sogar angebrüllt.«

»Klar«, gibt sie trocken zurück, »aber du hast auch gesagt, dass er es eher lustig fand.«

Stimmt, das hatte ich gesagt. Mist.

»Mir ist egal, was du an dem Kerl anziehend findest«, fährt Azra fort. »Ich freue mich, dass es endlich jemanden gibt, der dich interessiert.«

»Anziehend? Interessiert? Azra, das ist vollkommener Blödsinn! Er ist hübsch, ich habe die Situation fehlinterpretiert, wir sind aneinandergeraten und das war's.« Ich versuche die Begebenheit herunter zu spielen, denn in solchen Momenten neigt Azra dazu meine Männerbilanz anzusprechen. Die hat nicht einmal die schwarze Null erreicht. Heute habe ich absolut keine Lust, über das Thema zu reden. Azra sieht mich scharf an. Vielleicht spürt sie mein Unbehagen und ist ausnahmsweise gnädig.

»Nun gut«, belässt sie es dabei und wir reden noch über Anna und Luisa, mit denen ich heute per WhatsApp ausgemacht habe, demnächst bei ihrem Lieblingskubaner essen zu gehen.

Am Sonntag gehe ich noch einmal zur Brücke, vergewissere mich aber vorher, dass da nicht schon wieder so ein Blödmann steht. Doch ich bin alleine, genieße den Blick auf den Fernsehturm und die vielen Menschen an der Warschauer Straße und in den S-Bahnen unter mir. Worüber die wohl gerade nachdenken? Über das, was sie heute Abend kochen? Oder, dass morgen wieder Montag ist und sie keine Lust auf die Arbeit haben? Bestimmt sind eine Menge verliebt. Vielleicht haben sie aber auch Liebeskummer.

Froh, dass ich mit solchen Problemen nichts zu schaffen habe, drehe ich mich in Richtung Boxi und gehe langsam schlendernd einen langen und umständlichen Weg nach Hause. Nicht ohne im Vorbeigehen in die verschiedenen Cafés, Restaurants und Shops hineinzusehen.

Als ich vor einer Scheibe stehen bleibe und in mein Spiegelbild schaue, ist es mir, als wäre auf der anderen Straßenseite jemand, der mich beobachtet. Ich drehe mich um. Kein Mensch zu sehen. Obwohl ich mich klar geirrt habe, fühlt sich das komisch an. Blöd. Daher gehe ich auf direktem Weg nach Hause. Immer wieder bleibe ich spontan stehen oder drehe mich um, aber außer einer Familie, die ihre Kleine mit dem Dreirad ausführt und einer Oma nebst Dackel ist nichts zu sehen. Als ich den belebten Boxi erreiche, ist dieses Gefühl wieder verflogen.

Das Wochenende ist viel zu schnell vorbei. Die Orientierungstage sind beendet, der Unibetrieb hat regulär angefangen. Das hält mich im Schwung und gestern Abend bin ich um zehn Uhr wie ein Stein eingeschlafen. Die ersten zwei Tage der neuen Woche sind wie im Flug vergangen. Heute haben wir Mittwoch und ich sitze in einer Vorlesung zum Thema *Geschichte der Typografie 1*.

Die Professorin ist eine angegraute Frau, Ende fünfzig. Sie trägt eine Jeans und einen knatschgelben Rollkragenpulli. Ich fühle mich optisch angeschrien und kann kaum hinschauen. Und ebenso schwer hinhören. Sie referiert über den *sehr aufregenden Wechsel der Schriftrichtung auf Kreta um 1000 vor Christus*.

Also für die Griechen war es bestimmt aufregend. Für Prof. Clausen ist es dies anscheinend auch, denn sie redet sich in Rage. Es ist absurd. Sie spricht so euphorisch über das Thema, als ginge es hier um die Abschaffung von Hunger, AIDS und Atomwaffen. Mit leuchtenden Augen und wedelnden Händen erzählt sie über die *älteste europäische Adaption des phönizischen, konsonantischen Alphabets* und schaut gespannt in die Runde, als warte sie darauf, dass jemand von ihren Ausführungen des Themas zu einem intellektuellen Höhepunkt getrieben zu stöhnen anfängt.

Irgendwie springt ihre Begeisterung nicht auf mich über und mir fallen vor Langeweile und Müdigkeit fast die Augen zu. Wie Alexander wohl in der Rüstung eines Griechen aussähe, frage ich mich und mir schwebt eine Szene aus Troja vor Augen, allerdings ohne Brad Pitt, sondern mit Alexander im ärmellosen Metall und mit Langhaarmähne. Da war doch vorher diese Stelle, wo Achilles relativ unbekleidet im Zelt ... Stopp. Ich rufe mich zur inneren Ordnung und beende den Tagtraum. Unter dem Tisch texte ich Azra.

»Vorlesung nervt, kann mich kaum konzentrieren«

Nach nicht einmal einer Minute kommt eine Antwort.

»Du denkst bestimmt wieder an deinen Süßen«

Sie fügt auch noch ein Herz und Kuss hinzu. Frechheit! Azra kann es nicht lassen, auf dem Thema Alexander herumzureiten.

»Gar nicht und er ist auch nicht mein Süßer«

Zum Ausdruck meiner Empörung schicke ich noch drei Wutemojis. Das hat nicht wirklich Eindruck gemacht. Wie ihre Antwort zeigt.

»Lügnerin. Natürlich denkst du an ihn«

Ich gebe mich geschlagen.

»Stimmt ... Mist«

Sie schickt mir noch zwei Küsse und ich versuche vergeblich, mich wieder zu konzentrieren. Das Thema Typografie ist zwar interessant, aber diese Frau bekommt heute leider *kein Foto* von mir.

Später gehe ich mit Luisa, Anna und anderen ein nahegelegenes Café. Es liegt direkt an der Spree, grenzt an den Campus. Durch große Fenster ist es hell und einen guten Blick auf das Wasser. Ein inspirierender Ort und wie ich mitbekomme, seit Kurzem besonders bei den weiblichen Studies beliebt. Das liegt an Roberto, dem neuen attraktiven Barista. Der ist ein Charmeur, wie er im Buche steht. Die Mädels hier schauen immer wieder zu ihm rüber und kichern albern. Er versteht es, jeder das Gefühl zu geben, dass er für sie den Kaffee mit besonders viel Liebe zubereiten würde. Und habe ich schon gesagt, dass er unverschämt gut aussieht? Ich stufe ihn auf die Kategorie sechs ein, mit Ambitionen zur Kategorie sieben. Allerdings stelle ich fest, er kommt an Alexander nicht heran. Mist. Jetzt denke ich schon wieder an diesen Blödmann.

Nachdem wir unseren Kaffee ausgetrunken haben, machen wir auf den Heimweg. Diesmal bin ich mit der S-Bahn gefahren und Ostkreuz ausgestiegen, auch wenn der Weg nach Hause länger ist. Das ist mir egal, denn nach dem ganzen Tag Sitzen ist ein Spaziergang eher wohltuend. Auf dem Weg zu meiner Wohnung ist mir unwohl. Es ist wie am Sonntag, ich fühle mich beobachtet oder verfolgt. Unbewusst erhöhe ich das Tempo und falle in einen Stechschritt. Mit pochendem Puls erreiche ich endlich den Boxi und frage mich, ob ich etwas überspannt bin, weil trotz mehrmaligen, spontanen Umdrehens alles stinknormal aussah. Doch das Gefühl reißt nicht ab. Ein weiteres Mal drehe ich mich mitten im Laufen um, wieder ist nichts zu sehen.

Es wäre besser gewesen, darauf zu achten, wohin ich gehe. Aber nein, doch nicht ich und so folgt eine weitere Episode aus der beliebten *Julia, der Trampel* Serie. Im vollen Tempo pralle ich auf jemanden.

»Mist«, entfährt es mir. Zum Glück steht die Person stabil wie ein Fels und hält mich fest. Sonst wären wohl wir beide der Länge nach hingeschlagen. Ein würzig-süßer Duft strömt in meine Nase. Oh, nein. Ahnend, was jetzt unweigerlich folgt, hebe ich meinen Kopf, der sich gerade in eine rote Laterne verwandelt. Ich schaue in das grinsende Gesicht von ... Alexander.

Ich klappe den Mund zu, damit ich nicht ganz so verblödet wirke. Alexander betrachtet mich belustigt.

»Aber, aber«, sagt er, »ist es nicht ein wenig unangemessen, sich einem fremden Mann derart in die Arme zu werfen?«

Die Peinlichkeit der Situation macht mich wütend, allerdings auf mich selber. Ich reiße den Arm los, den er noch festhält und versuche ihn anzufunkeln.

»Du ... bist nicht fremd«, entgegne ich, »immerhin kenne ich deinen Namen.« Wortlos grinst er mich weiter an. »Und außerdem habe ich mich nicht in deine Arme geworfen. Ich bin ... gestolpert.«

Ich weiß, ich weiß, das ist eine echt lahme Ausrede und daher versuche ich es mit einem Angriff.

»Es ist ja wohl vielmehr so, dass du dich mir in den Weg gestellt hast.« Keine Reaktion. »Ich wohne hier«, sage ich so langsam, als spräche ich mit einem Gehirnamputierten, der nur wenige Wörter beherrscht und tippe mit dem Zeigefinger erst auf mich und dann in Richtung meiner Wohnung. »Und ich habe alles Recht, hier zu sein. Aber was machst du hier? Stalkst du mich?«

Anstatt zu verblassen, wird Alexanders Grinsen breiter. Den Kerl kann wohl nichts aus der Ruhe bringen.

»Unsere Bekanntschaft, Gnädigste«, sagt er gedehnt, »würde ich allzu gerne um die Kenntnis deines werten Namens vertiefen. Dann hätten wir zumindest diesbezüglich einen salomonischen Gleichstand. Was den Vorwurf des Stalkens angeht, da muss ich dich enttäuschen. Aber vielleicht gefällt dir ja der Gedanke. Besitzt du eine narzisstische Ader?«

Mein Kampfeswille verpufft ins Nichts, vor allem bei dem schönen Gesicht. Stattdessen vertieft sich meine Tomatenröte. Um einen Rest Würde zu bewahren, straffe ich die Schultern, und hebe das Kinn.

»Ich heiße Julia.«

»Julia, es ist mir eine außerordentliche Freude, deine werte Bekanntschaft zu machen.« Alexander deutet eine Verbeugung an. Da schon wieder. Verarscht der mich? Fast werde ich wütend, aber in seinem Gesicht ist kein Spott zu erkennen und mein Ärger schmilzt dahin. Na ja, wenn ich ehrlich bin, schmelze auch ich dahin. Er ist aber auch zum Anbeißen süß. Dann lädt er mich, *um den Schreck des unerwarteten Aufeinanderprallens adäquat zu verdauen*, auf einen Kaffee ein.

Warum spricht er so geschwollen? Werter Name, salomonischer Gleichstand, außerordentliche Freude, adäquat zu verdauen. Kein Mensch redet so. Er ist bestimmt ein Vulkanier.

Obwohl ich gerade mal vor einer Stunde noch im Café gesessen habe, lasse ich mich breitschlagen, wieder in eins zu gehen. Seinen Hundeaugen und vor allem meiner Neugier kann ich nicht widerstehen. Alexander führt mich ins *Immer und ewig*.

Der Laden ist urgemütlich und hat prall gefüllte Regale voller Zeitschriften. Hier könnte ich den ganzen Tag sitzen, lesen und Kaffee trinken. Frühstücken oder Lunch ist hier auch möglich. Mein Cappuccino schmeckt ausgezeichnet und ich kann dem Käsekuchen nicht widerstehen, was nicht wirklich eine Überraschung ist. Eine meiner viel zu zahlreichen Schwächen.

Alexander ist ganz der Gentleman. Anstatt zu prahlen, was für ein toller Typ und wie erfolgreich er sei, dass er zweimal wöchentlich die Welt retten würde, zeigt er Interesse an mir. Es scheint nicht nur eine Masche zu sein, denn ich merke, wie er aufmerksam zuhört und hier oder da eine passende Rückfrage stellt. Er fragt, woher ich komme und ich erzähle von Köln. Dann erkundigt er sich über mein Studium und was ich an Design liebe und so weiter.

Dabei merke ich nicht, dass ich plappere wie ein Wasserfall. Über Mama, Azra, unsere Clique und dass ich am Wochenende Besuch bekomme. Erst nach einer viertel Stunde wird mir bewusst, dass nur ich rede. Wie peinlich, aber ihn scheint das nicht zu stören. Im Gegenteil, es wirkt, als lege er es darauf an. Er erzählt nichts über sich, sondern fragt konstant weiter.

Dieser durchtriebene Mistfink. Er horcht mich aus. Frechheit! Da ich jetzt hinter seine Gesprächsstrategie gekommen bin, versuche ich, den Spieß umzudrehen. Meine Antworten werden kürzer und mehr und mehr schaffe ich es, Fragen an ihn zu richten. Es ist nicht leicht, da er es gut versteht, das Thema immer wieder auf mich zu bringen. Dabei sieht er mich so süß an.

Hier in dem Café ist es warm und er hat seine Jacke ausgezogen. Er hat muskulöse, aber gleichzeitig schlanke Sportlerarme und unter dem anthrazitfarbenen Shirt zeichnet sich ein trainierter Oberkörper ab. Lecker. Seine Hände sind groß, gut proportioniert, mit langen Fingern. Der Dreitagebart gibt ihm etwas Kerniges. Es fällt mir nicht leicht, den Blick loszureißen und zu versuchen, wieder die Gesprächsinitiative zu ergreifen.

Zumindest gelingt es mir, ihm die eine oder andere interessante Info aus der Nase ziehen. Er hatte ein Startup, das sich mit Datenverarbeitung beschäftigt. Recherche, Auswertung von Metadaten, oder so. Vor einer Weile hatten sie einen *Exit*. So nennt man das, wenn man das Startup für sehr viel Geld an einen großen Konzern verkauft. Das erklärt seine recht exklusiv wirkende Kleidung.

Aber auch bei diesem Thema bleibt er bescheiden. Auf meine Frage, wie viel Geld er mit dem Exit verdient hat, weicht er geschickt jeder Form von Großkotzigkeit aus.

»Ausreichend für eine kreative Pause und zu überlegen, welche Idee ich in der Zukunft verfolgen möchte«, antwortet er im Tonfall, als gäbe er Pflegetipps für Zimmerpflanzen. Entweder merkt er, dass man mich mit Prahlerei überhaupt nicht beeindrucken kann, oder vielleicht will er es auch gar nicht.

Es scheint eher umgekehrt zu sein, als wenn er hofft, dass ich ihn beeindrucken würde. Warum ist er interessiert an mir? Ich bin zwar hübsch, zumindest hoffe ich, dass auch er es so sieht, aber als Hingucker würde ich mich nun wirklich nicht bezeichnen.

Schon wieder schafft er es, das Gespräch von sich weg zu lenken, in dem er fragt, was ich nach dem Studium vorhabe. Nicht nur das. Ihn interessiert, was ich von der Zukunft erwarte.

»Meine Zukunft?« Ich weiß nicht, ob ich ihn richtig verstanden habe. »Meinst du, ob ich mir über Haus, Karriere, oder Kinder Gedanken mache?«

»Sind dies schlechte Gedanken?«, antwortet er mit einer Gegenfrage und schon wieder bin ich diejenige, die liefern muss. Egal.

»Nein, prinzipiell nicht, das sind für die meisten Menschen recht wichtige Elemente ihres Lebens.«

»Für dich nicht?«

Jetzt wird es aber schwer privat. Will ich drauf antworten? Einem mehr oder minder Fremden?

»Ja und Nein«, weiche ich aus. »Wenn es … alles wäre.« Ich gerate innerlich und äußerlich ins Stocken. Mist! Entweder umschiffe ich das Thema, teile ihm mit, dass dies etwas zu persönlich sei, oder sage ihm frei heraus, was ich denke. Wenn es ihm nicht passt, soll er sich von anderen über den Haufen rennen lassen. Ich entscheide mich für die Flucht nach vorne.

»Das wäre mir möglicherweise … zu wenig«, gebe ich zu. »Klar, wenn man Kinder hat, schenkt man der Welt etwas … und ich meine nicht nur Steuerzahler.«

Alexander grinst.

»Man versucht doch, seine Kinder zu Menschen zu erziehen, die die Welt positiv verändern. Aber genau das haben sich meine Eltern auch für mich gewünscht. Dann wären wir bei einem Nullsummenspiel. Nur den Status quo zu erhalten, ist mir, offen gesagt zu wenig. Ich will mehr. Der Welt mehr geben, mithelfen, mitgestalten, dass sie ein besserer Ort wird. Einen Unterschied machen. Vielleicht … für das eine oder andere kleine Wunder sorgen.« Mein Kopf wird warm und ich versuche die Kurve zu kriegen. »Ich weiß, das klingt total klischeehaft und nach einer naiven Klein-Mädchen-Fantasie. Vielleicht findest du es aber auch elitär oder arrogant. Aber es ist nun einmal die Wahrheit.«

Alexander schaut mich mit einem nicht deutbaren Blick an, der nicht erkennen lässt, ob er mich für übertrieben idealistisch, total übergeschnappt oder Gottes Geschenk an die Menschheit hält.

»Ich finde das weder klischeehaft noch naiv«, sagt er schließlich. »Oder anmaßend. Auf mich erweckst du auch nicht den Eindruck, als wärest du einem Gott-

Komplex erlegen. Die Welt benötigt unbedingt Menschen mit gutem Herz, klaren Verstand und dem Wunsch, sie zu einem besseren Ort zu gestalten.« Alexander erhebt sich abrupt. »Bitte entschuldige mich kurz«, sagt er höflich. Er geht zur Theke, wechselt ein paar Worte, reicht Geld hinüber und kommt zurück. Doch er setzt sich nicht, sondern zieht seine Jacke mit elegantem Schwung an.

»Es war mir eine außerordentliche Freude und unsere Konversation ein immenses Vergnügen«, sagt er. »Leider habe ich ein wenig die Zeit aus den Augen verloren. Ich bedauere meinen übereilten Aufbruch zutiefst und bitte um Verzeihung.« Er reicht mir die Hand. »Julia«, sagt er knapp. Durch den spontanen Kurswechsel verwirrt, erwidere ich die doch etwas förmliche Geste. Als sich unsere Hände berühren, kribbelt es bis in den Oberarm hinauf. Wow. Das hatte ich noch nie. Alexander sieht mir tief in die Augen.

»Hoffentlich bis ein andermal«, sagt er und verschwindet, bevor ich den Mund zugeklappt bekomme. Ich habe noch nicht einmal seine Nummer.

Mist.

Julia

Es dauert einen Moment, bis ich kapiert habe, was gerade passiert ist. Auch, wenn ich nicht verstehe warum. Habe ich ihn mit meiner Antwort vergrault? Schließlich ist er daraufhin aufgebrochen. Oder hat er wirklich die Zeit aus den Augen verloren und muss zu einem Termin? Wie auch immer, ich kann es ja nicht mehr ändern.

»Hoffentlich bis ein andermal.«

Ja, wie denn? Mit nur einem Vornamen und ohne Telefonnummer kann ich höchstens durch die Gegend rennen, mich immer wieder umdrehen und hoffen, ihn zu treffen, anstatt Senioren zu plätten oder gegen Laternen zu knallen.

Verärgert ziehe auch ich die Jacke an und gehe zum Tresen. Als ich bezahlen will, bekomme ich zu hören, dass *mein Freund* alles bezahlt habe. Die Entgegnung, dass das nicht *mein Freund* gewesen sei, liegt mir auf der Zunge, habe aber das Gefühl, dass sich das Mädchen genau diese Antwort erhofft und mustere sie. Sie ist kaum älter als ich, hat ein hübsches Gesicht, dunkle mittellange Haare, einen Nasenring und ein schwarzes, für meinen Geschmack zu prall gefülltes Tanktop an. Ein spontanes Gefühl der Eifersucht durchströmt mich. Ich ringe mir ein falsches Lächeln ab und flöte stattdessen:

»Wirklich? Schon wieder? Wie süß von ihm!« Und verlasse das Etablissement mit ein paar Zentimeter zu hoch erhobener Nase.

Auf der Stelle laufe ich nach Hause und schicke Azra unterwegs eine Sprachnachricht, dass wir gleich unbedingt skypen müssen, werde von ihr aber eine halbe Stunde vertröstet.

Dann hört sie sich die Geschichte in allen Einzelheiten an. Über meinen Abgang und das, wie ich mir einbilde, enttäuschte Gesicht der Bedienung lacht sie sich schlapp. Es folgt ein typischer Azra-Satz.

»Du bist verliebt«, sagt sie.

»Bin ich nicht«, weise ich das entschieden zurück. »Ich habe nur meine Würde verteidigt.«

»Doch! Wohl«, entgegnet sie, »und zwar bis über beide Ohren. Endlich hat es auch dich einmal erwischt. Das ich das noch erleben darf.«

Dummerweise werde ich rot. Mist. Mein Körper ist ein widerlicher, heimtückischer Verräter, der mir in den dümmsten Momenten in den Rücken fällt. Vergeblich diskutiere ich ein wenig herum, gebe zu, dass Alexander recht süß wäre, traumhaft gut aussehe und ein guter Zuhörer sei. Das natürlich Männer interessant seien, die nicht mit ihrem Reichtum, der Größe ihres Hauses, Bootes oder sonst etwas prahlen. Dann zähle ich Minuspunkte auf. Die düstere Aura und seine geschwollene Ausdrucksweise, als wäre er einem englischen Kostümfilm entsprungen. Der Sarkasmus auf der Brücke. Der spontane Abgang. Da Azra unbeeindruckt bleibt, bringe ich mein Killerargument an.

»Ich weiß doch gar nichts über ihn«, erkläre ich ihr, »er hat es geschafft, die ganze Zeit über mich und nicht über sich selbst zu reden.« Ich mache eine Kunstpause. »Das hatte System«, füge ich hinzu und setze einen verschwörerischen Blick auf, als wäre die Erde doch eine Scheibe. Bevor Azra etwas erwidern kann, rede ich weiter. »Mit hundertprozentiger Sicherheit habe und werde ich mich nicht in einen unbekannten Typ verlieben, der sich später als Psychopath, Stalker oder Axtmörder entpuppen könnte.«

Aber unser Gespräch hat einen Punkt erreicht, an dem Sachargumente nicht mehr zählen, denn anstatt beeindruckt meinen brillanten Schlussfolgerungen zu zustimmen, lacht Azra Tränen. Die ist auch so eine Verräterin.

»Auf welcher Seite stehst du eigentlich«, frage ich sie beleidigt.

»Auf deiner Seite, mein Schatz, das weißt du doch«, antwortet sie immer noch lachend. »Ich freue mich nur, weil ich dich so liebhabe«, sagt sie sanft und ohne Gelächter.

»Aber ich bin nicht in Alexander verliebt«, beharre ich auf meinem Standpunkt. Azra ist von ihrer Meinung nicht abzubringen und wir merken, dass wir nicht weiterkommen. Daher sprechen wir über das bevorstehende Wochenende mit Marie und Niklas und das noch viel wichtigere Ende Oktober. Da dieses Jahr aufgrund des Reformationstages am 31.10. in Nordrhein-Westfalen, Dienstag und Mittwoch Feiertag sind, hat Azra beschlossen, Montag blau zu machen und für ein superlanges Wochenende zu Besuch zu kommen. Das ist fast wie Weihnachten, ich bin überglücklich und vor Vorfreude schon ganz kribbelig. Wir sprechen über all die Dinge, die wir in den Tagen unternehmen werden und sind uns endlich wieder einig.

Nachdem wir unsere Session beendet haben, ist es spät

und mein Magen knurrt. Da ich zugegeben weder die leidenschaftlichste noch talentierteste Köchin bin und es flott gehen soll, klatsche ich eine halbe Packung Tortellini in kochendes Wasser und werfe anschließend aus einer Tüte eine Handvoll Parmesanhobel darüber. Die Küche hat Max toll eingerichtet, aber bei mir hat er da Perlen vor die Säue geworfen. Beim Rausgehen mustere ich die chromblitzenden Espresso- und Küchenmaschinen mit einer Mischung aus Misstrauen, Angst und Verachtung. Ich sage mir, dass ich einen Partner bräuchte, der gut kochen kann. Damit wäre das Problem beseitigt. Doch dann stelle ich mir eine Horde maulender, heulender oder meuternder Kinder vor, die ein Riesentheater veranstalten, weil *heute Mama kocht.* Ich stöhne innerlich und verdränge den Gedanken.

Als es Zeit wird, ins Bett zu gehen, trabe ich müde ins Bad und putze mir die Zähne.

Das Gespräch mit Azra beschäftigt mich und ich denke über ihre Aussage: *Endlich hat es auch dich erwischt* nach. Es stimmt, dass ich noch nie ernsthaft verliebt war. Und ja, ich hatte bisher keine richtige Beziehung, wenn man von zwei Knutschereien auf Partys in irgendwelchen Kellern mal absieht. Mit dem Ergebnis, dass ich inzwischen 19, total unerfahren und noch Jungfrau bin. Mehr eine alte Jungfer, denke ich bitter. Marie ist bei Niklas halb eingezogen und selbst Azra, die nicht nur mit den Ansichten ihrer deutsche, sondern auch den Moralvorstellungen ihrer konservativen türkischen Familienhälfte aufgewachsen ist, hatte vor einer Weile ihr erstes Mal. Auch wenn die Beziehung später übel geendet hatte. Was soll ich denn machen? Mit einem Typen ins Bett hüpfen, nur um es endlich getan zu haben? Um nicht mehr Jungfrau zu sein und mitreden zu können? Das reicht mir nicht, ich will etwas empfinden, echte Gefühle haben, verliebt sein. Was kann ich dafür, dass das nicht richtig hinhaut?

Jungs sind toll, süß, manche heiß. Ich schaue sie gerne an, aber das war's. Der Wunsch nach mehr bleibt aus.

Vielleicht es ist mir nur noch nicht der Richtige vor die Flinte gekommen. Es ist ja nicht so, als würden sich mir alle Traummänner zu Füßen werfen. Mein Spiegelbild zeigt mir einen der Gründe.

Weder bin ich hässlich noch ein Topmodel und sicher zu kritisch mit mir. Das Einzige an mir, mit dem ich halbwegs zufrieden bin, sind meine Haare. Sonnenblond, schulterlang, glänzend und mit eingebauter Welle, die für Fülle sorgt. Geeignet für eine reiche Palette von verschiedenen Frisuren. Obwohl ich normalerweise nur drei Unterschiedliche trage. Offen, Pferdeschwanz oder hochgesteckt.

Den Rest von mir finde ich eher mittelmäßig. Mittelgroß, zu dünn, um dick zu sein, aber mir fehlen die richtigen Proportionen, alles ist so schlaksig. Und auch extrem unsportlich. Nach einem 400m Lauf falle ich um wie ein Sack Muscheln. Thigh gap habe ich nicht, brauche ich nicht, will ich nicht. Ich finde trotzdem genug zum Kritisieren. Die Nase ist zu klein und zu stubsig. Und von einem Fahrradunfall, als ich elf Jahre alt war, habe ich ein Andenken. Eine Narbe, direkt über meiner linken Augenbraue, die man zum Glück nur von nahem sieht. Kurz und bündig: Die Qualität des Rohmaterials ist überschaubar.

Es gibt einen weiteren Grund, warum das Kennenlernen traummanngleich aussehender Jungs zur Schulzeit etwas komplizierter war. Mein soziales Umfeld, sprich unsere Clique. Die war ein bunter Haufen, beginnend bei der ausgeflippten Marie mit Rasta-Mähne und Piercings. Als überzeugte Anhängerin politisch linker Standpunkte wich sie weder im Unterricht noch auf dem Hof hart geführten Diskussionen aus. Ihr Freund Niklas ist die weiße Reinkarnation von Bob Marley, nicht nur was die Frisur angeht. Obwohl Azra ein echter Hingucker ist, haftete ihr das Klischee der orientalischen Exotin an. Und Leon konnte man als den klassischen Nerd bezeichnen. Abgerundet wurde diese Sammlung von Paradiesvögeln von mir. Ich ergänzte das Ensemble um den verträumten Tollpatsch. Wir waren eher eine Zirkusnummer als Anwärter des inneren Zirkels der Stufen-High-Society.

Mobbing wie in anderen Schulen oder Highschool-Komödien gab es zum Glück nicht, man hat uns einfach komplett in Ruhe gelassen. Im wahrsten Sinne des Wortes. Wir waren größtenteils unter uns und so war der Fundus für Dates mit heißen Jungs … eher sehr übersichtlich.

Mein Spiegelbild schaut mich gedankenverloren an und mir fällt ein, dass ich schlafen gehen wollte, also trotte ich ins Schlafzimmer. Normalerweise brauche ich nicht länger als eine Minute zum Einschlafen, aber heute ist es anders. Meine Gedanken wollen nicht ruhen.

Ist ein Leben ohne *wahre Liebe* überhaupt lebenswert? Das ist der Haken an der Geschichte. Daher habe ich die Liebesangelegenheiten in eine ungewisse und ferne Zukunft gerückt, um mich nicht mit ihr zu befassen, ohne sie wirklich aufgeben zu müssen. Alexander verkompliziert alles. Klar ist der süß. Aber Azra hat nicht ganz unrecht. Ich fühle mich zu ihm hingezogen. Das ist ein neues Gefühl und macht mir ein wenig Angst. Wie soll ich das einordnen? Ist es Schwärmerei, Interesse oder mehr? Mit den Gedanken an Alexander schlafe ich endlich ein.

Am nächsten Tag haben andere Studies und ich uns in der Lücke zwischen zwei Einheiten ins Café verkrümelt. Ich rühre gedankenverloren mit dem Löffel in einem Caffè Latte herum. Marie und Niklas kommen morgen und die Zeit dehnt sich wie Kaugummi. Zum Glück machen die Leute in meinen Kursen die Zeit recht erträglich. Inzwischen hat sich eine kleine Clique gebildet, mit denen ich hier im Café sitze. Da sind Anna und Luisa. Wilma aus Göteborg. Wenn man es nicht besser wüsste, würde man nie darauf kommen, dass sie Schwedin ist, denn sie hat fast schwarze, nicht gefärbte Haare. Wilma bevorzugt auch schwarze Kleidung und hat jede Menge Tattoos auf ihrem linken Arm. Ihr Deutsch ist recht gut und reicht für die Kurse und Vorlesungen, aber wenn wir zweideutige Scherze machen, kommt sie nicht mit.

Rechts neben Wilma und an einem Croissant knabbernd sitzt Philipp. Er hat rotblonde Haare, kommt aus Magdeburg und hat eine Bude in Köpenick gefunden. Er ist irgendwas zwischen *nett* und *süß*, auf der Skala also eine 4,5. Dann haben wir da Daniel, ein Berliner Gewächs aus Steglitz. Er braucht deutlich über eine Stunde zur Uni. Daniel ist *süß*, eine hohe Fünf. Wenn er lacht, zeigen sich ansehnliche Grübchen und seine Haare haben einen witzigen Drall.

Neben ihm sitzt Franziska, ein absoluter Hingucker. Wo sie auftaucht, werden alle anderen Mädels zu Statistinnen. Franziska ist ihre Rundungen betreffend von Mutter Natur beachtlich gesegnet worden. Eine aus- beziehungsweise einladende Oberweite, die sie gekonnt in Szene zu setzen weiß, und ein Hintern, der des Öfteren für Halsverrenkungen sorgt. Ihr Vater ist irgendein höheres Tier in einem Ministerium und sie entsprechend eingebildet. Andere Mädchen stellen potenzielle Revierrivalinnen dar und werden je nach Gefährdungspotenzial geduldet, ignoriert oder bekämpft. Da ich bisher gut mit ihr auskomme, kann es nur bedeuten, dass ich ihren Standard weit unterschreite.

Daniel flirtet mit Franziska, was das Zeug hält, kommt aber nicht wirklich weiter. Er ist sehr sympathisch und viel zu nett für die Zicke. Wir mögen uns und es fühlt sich wie eine Kameradschaft an. Ist ja nicht verkehrt. Seit die Beziehung zu Leon zu Ende ging, hat mir etwas in der Kategorie gefehlt. Daniel wäre ein guter Kandidat, irgendwann einmal dieses Loch zu füllen. Außerdem habe ich keine Sorge, dass er mehr als normale Freundschaft will. Er hat mir bereits gestanden, sich unsterblich in Franziska verliebt zu haben.

Der Arme. Ein Opfer im Netz der Spinne. Sie scheint geübt darin, ihre Beute auf Abstand und voller Hoffnung an der Leine zu halten und hat so ein spezielles *Killerlächeln*, das eine Art Nervengift versprüht. Es betäubt ihre männlichen Opfer und formt sie zu willenlosen Marionetten.

Behauptet zumindest Azra. Sie hat bestimmt recht, denn mir wäre es sonst schleierhaft, warum manche Jungs bei ihrem Lächeln dermaßen abgehen. Es verfehlt das Attribut *warmherzig* meilenweit, ist freundlich wie die Zähne einer Kreissäge, einladend wie das weit geöffnete Maul des weißen Hais und aufrichtig wie das von Gollum.

Das Thema *Lächeln* sorgt dafür, dass ich wieder einmal zu träumen anfange. Über Alexander und sein Lächeln. Enthält es auch Nervengift und bin ich sein Opfer, seine Beute? Er ist so süß und geheimnisvoll. Viel komplexer als die anderen Jungs. Er hat eine dreidimensionale Tiefe.

Mit der einen Hand gedankenverloren den Löffel wie in einem Teig rührend und dem Kinn auf die andere Hand gestützt, verliere ich mich in meinem Tagtraum und bekomme von der Umgebung absolut nichts mehr mit. Als alle am Tisch lachen, reiße ich verschreckt den Kopf hoch, weil ich mich ertappt fühle, und lasse vor Schreck den Löffel klirrend in den Latte fallen. Ich laufe rot an und schaue wohl dermaßen dämlich, dass ich eine zweite Lachsalve auslöse. Das habe ich davon und von meinen blöden Tagträumen. Ich bin echt ein Trampel.

Zum Glück ist alles vergessen, als Roberto an den Tisch tritt und Luisa einen weiteren Cappuccino mit Herz bringt. Er lächelt sie dermaßen an, dass diese trotz ihrer Vorliebe für Frauen zartrot anläuft. Als Quittung erhält sie von Anna einen Kick mit dem Ellbogen. Luisa reibt sich den Arm.

»Aua, was soll denn das?«

»Es ist nur eine kleine Warnung, es sei denn, du möchtest heute Nacht auf dem Sofa schlafen«, gibt Anna als Antwort und löst die dritte Lachsalve aus.

Die Einzige, die nicht lacht, ist Franziska. So viel Aufmerksamkeit von Roberto für eine andere ist ihr offensichtlich ein Dorn im Auge. Giftig blickt sie erst auf Luisa und dann auf Roberto, der am Tresen schon wieder eine andere anlächelt.

Während wir nach dem letzten Kurs zur Tram laufen, fragen mich Anna und Luisa, ob ich Lust hätte, mit ihnen morgen Abend zum Kubaner zu gehen, aber leider muss ich absagen. Wir verabschieden uns drei Stationen später, da ich in die Tram nach Friedrichshain umsteige.

Die nächsten zwei Tage werde ich rund um die Uhr mit Marie und Niklas beschäftigt sein. Daher nehme ich mir heute Zeit, um ausgedehnt mit Mama und Azra zu skypen. Mit Mama rede ich lieber Allgemeines, über die Uni und Berlin, dass ich mich gut eingelebt habe und so weiter. Später im Gespräch mit Azra erzähle ich von dem heutigen Besuch im Café, Roberto und der Posse um Luisas Herzcappuccino in allen Einzelheiten. Allerdings kürze ich die Geschichte geringfügig. Meinen Tagtraum und das peinliche Ende lasse ich aus. Die *Julia ist endlich verliebt-Diskussion* muss nicht unbedingt neue Nahrung erhalten.

Nach dem Skypen bringe ich die Wohnung auf Vordermann. Ich putze das Bad, sauge, wische sogar die kaum benutzte Küche und liege danach erschöpft auf dem Sofa. Für den Rest des Abends klicke ich mich durch Insta und YouTube. Da mir auf dem Sofa zunehmend die Augen zufallen, gehe ich ins Bett. Die nächsten Tage werden sicher sehr lang und es ist gut, meinen Schlaftank vorher aufzufüllen.

Marie

Es ist Freitag. Marie und Niklas wollten gegen neun in Köln losfahren. Der Verkehr in und um Köln ist eine Katastrophe und selbst friedfertige Menschen können dort gelegentlich zu Gewaltfantasien neigen. Die goldene Regel lautet, zwischen sieben und neun Uhr die Region zu meiden. Noch vor Mittag traf die erste WhatsApp ein: »Stau bei Schwerte«. Gute drei Stunden später die nächste Meldung: »Stau bei Hannover«. Die Armen.

Jetzt, etliche Stunden später, sitze ich mit Marie und einem von der Autofahrt sichtlich genervten Niklas im Wohnzimmer. In einer Ecke türmen sich die Sachen, die sie mir mitgebracht haben. Erstaunlich, was alles in einen Kombi reinpasst. Es kam mir gar nicht so viel vor, als ich es in Köln vorbereitet hatte. Der sonst so geduldige Niklas hat seine *Bob Marley-Reggae-Entspanntheit* vollkommen verloren, flucht über Staus, die Ampeln in Berlin und die halbe Stunde Herumgegurke bei der Parkplatzsuche nach dem Ausladen.

Dann hat er sich abreagiert. Vielleicht liegt es aber auch an dem Staunen, mit dem er die Wohnung betrachtet. Er gibt zu, ein wenig neidisch zu sein. Marie bezeichnet ihn daraufhin als *materialistischen, konsumgeilen und elitären Snob*, boxt ihm in die Rippen und als er sie mit einer Mischung aus Entsetzen und Verletzung anschaut, können wir uns vor Lachen nicht mehr halten.

Zur Beruhigung gibt ihm Marie danach einen so intensiven Kuss, dass ihm beinahe die Luft wegbleibt. Marie sah schon immer etwas exzentrisch aus, aber mit ihrem heutigen Outfit hat sie die Messlatte höher gelegt. Ihre Rastas leuchten in Pink, Türkis und Hellblau und sie hat sie auf dem Kopf in einer Art Dutt geparkt. Ihre Kleidung ist schreiend bunt, die großen Kreolen an den Ohren wackeln und an ihren Handgelenken klimpern knallbunte und goldene Armreifen. Sie sprüht vor Energie und wirkt so munter, als wäre sie eben erst vom Frühstückstisch aufgestanden.

»Was sollen wir unternehmen?«, fragt sie hibbelig und Niklas stöhnt leise, weil ihm die Fahrt noch in den Knochen steckt.

»Was ist?«, sieht sie ihn unschuldig an. »Ich bin doch nicht so lange gefahren, um in Berlin auf dem Sofa zu sitzen.« Niklas rollt mit den Augen.

»Komisch, bis gerade dachte ich noch, ich wäre gefahren und du hättest auf dem Beifahrersitz geschlafen«, antwortet er. Das lässt mich kichern, weil das wieder typisch Marie ist. Sie wischt den Einwand mit einer klimpernden Handbewegung weg.

»Papperlapapp«, sagt sie mit einem engelsgleichen Unschuldsblick.

Wir beschließen, es heute langsam anzugehen und es morgen dafür so richtig rocken zu lassen. Gleich gegenüber am Boxi ist eine angesagte Burgerbude, in der wir heute Abend essen gehen wollen.

Wir gammeln noch ein wenig herum und gehen los, als uns die Mägen knurren. In dem Lokal ist unglaublich viel los und wir müssen eine Weile auf einen Tisch warten. In der Zwischenzeit laufen wir einmal rund um den Boxi und durch ein paar Nebenstraßen. Marie ist direkt gefangen von der Atmosphäre und haut Niklas weich auf die Brust.

»Wir ziehen nach Berlin«, bestimmt sie, »hier gefällt's mir«. Niklas reibt sich theatralisch die Brust.

»Wenn ich nicht bald etwas zu essen bekomme, ziehe ich nur noch auf den Friedhof«, knurrt er. Zum Glück piept kurz darauf mein Telefon. Unser Tisch ist frei und wir eilen zum Laden. Pappsatt purzeln wir eine Stunde später aus dem Lokal und ziehen ein paar Läden weiter, um noch Cocktails zu schlürfen.

Nachdem wir uns mit Cocktails belohnt und Niklas sich in einem Späti großzügig mit Süßkram eingedeckt hat, schlendern wir nach Hause. Vor dem Schlafengehen verstaue ich die mitgebrachte Kleidung im Kleiderschrank und schichte die restlichen Sachen etwas kompakter in einer Ecke des Wohnzimmers zusammen. Dort kann alles bis nach dem Wochenende und Besuch liegen bleiben.

Aber jetzt ist reichlich Platz für ein aufblasbares Gästebett, dass ich vor ein paar Tagen im Kellerraum entdeckt hatte. Wir pumpen es gemeinsam auf und ich verkünde, dass ich im Wohnzimmer übernachte und die beiden sich Schlafzimmer und Bett teilen *müssen*. Wie zu erwarten protestiert Marie pro forma. Nach einer kurzen Diskussion geben die beiden sich dankbar geschlagen und verziehen sich kichernd. Da wir alle müde sind, wird es bald still im Schlafzimmer und auch ich schlafe trotz des ungewohnten Bettes schnell ein.

Früher als gedacht wache ich auf und bin so voller Vorfreude und Tatendrang, dass ich nicht mehr einschlafen kann. Daher gehe ich duschen, ziehe mir die Sachen an, die ich gestern Abend rausgelegt hatte, und koche mir einen Tee. Deutlich später kommt Marie gähnend in einem ultralangen Batik-Shirt aus dem Schlafzimmer, hebt zur Begrüßung wortlos die Hand und schlurft ins Bad. Als wir alle drei angezogen sind, ist es fast halb 11 Uhr.

Ansonsten beginnt der Samstag gut. Wir gehen ins *Immer und ewig* zum Frühstücken. Die beiden finden den Laden super. Ich erkläre ihnen, dass hier jeder zweite Laden interessant und ausgefallen wäre, es von der Sorte noch Dutzende gäbe und ernte dafür Blicke zwischen Neid und Mordlust. Im netten Sinne natürlich.

In Köln gibt es natürlich auch coole Cafés. Aber nicht so viele und sie sind quer über die Stadt verstreut. Diese Dichte hier in Friedrichshain hat fast etwas Verstörendes. Es ist einfach zu schön, um wahr zu sein.

Nach dem Frühstück fahren wir gestärkt mit Tram und S-Bahn nach Mitte, um die üblichen Touri-Orte abzuklappern. Alexanderplatz, Humboldt-Forum, Unter den Linden, Brandenburger Tor und Potsdamer Platz. Zum Glück ist es heute nicht so übervoll wie vor dem 3. Oktober. Nach einer Pause bei Starbucks geht es weiter zu den Hackeschen Höfen.

Die beiden haben Spaß, aber mir wird zunehmend unwohler. Etwas beunruhigt mich. Schon im *Immer und ewig* war mir, als hätte ich dies schon einmal erlebt. Als hätte Marie den ein oder anderen Satz schon einmal gesagt, oder als hätte ich bestimmte Gäste schon einmal an dem gleichen Platz sitzen sehen. Ich tat es ab und hielt mich für bekloppt. Bei unserer Tour hatte sich das Gefühl verstärkt. Zuerst dachte ich, es wäre so, weil ich die Orte bereits besucht hatte. Aber ist das Gefühl immer noch da und hier bin ich nie zuvor gewesen.

Und das ist erst der Anfang, es wird zunehmend bizarrer. Zumindest für mich. Wir überlegen, was wir als nächstes unternehmen und Marie erklärt, sie wolle auf den Prenzlauer Berg. Ich wusste schon vorher, dass sie das sagen wird. Wie auch immer. Wir steigen in die Tram und fahren los. Als die Tram den Rosenthaler Platz überquert, meldet sich Marie.

»Lass uns hier aussteigen, da ist ein Laden, der …«

»Heißt Mein Haus am See, wie Peter Fox, ich weiß«, murmle ich wie automatisch, bevor sie weitersprechen kann.

Marie glotzt mich an.

»Wie du weißt? Woher wusstest du, dass ich das sagen will?«

»Weil du es eben schon einmal gesagt hast, Liebchen«, erwidere ich, ohne weiter darüber nachzudenken und stehe auf, weil die Tram gestoppt hat und sich in diesem Moment die Türen öffnen. Die beiden folgen mir nach draußen und Marie durchbohrt mich mit einem skeptischen Blick, als wäre ich der FDP beigetreten.

»Was ist denn?«, frage ich ohne blassen Schimmer, warum sie mich so komisch mustert.

»Ich habe das nicht schon einmal gesagt, ich habe den Laden gerade zum ersten Mal gesehen und dann hast du meinen Gedanken ausgesprochen.«

»Aber woher soll ich es denn sonst gewusst haben?«, frage ich, während wir auf *Mein Haus am See* zusteuern. Niklas versucht Marie zu beruhigen. Er behauptet, dass wir so gute Freundinnen seien, dass wir schon vorher wüssten, was die andere sagen wolle. Marie ist nicht ganz überzeugt, gibt aber Ruhe. Das Lokal ist ziemlich interessant. Die Sessel und Sofas haben eine Art Retro-DDR-Schick. Am Ende des länglichen Raumes ist eine Sitztreppe bis fast zur Decke. An den Wänden sind ausgefallene Bilder und Zeichnungen. Allerdings ist jetzt noch nicht viel los. Abends wandelt sich der Cafébetrieb zur Bar und oft legt ein DJ auf, wird uns auf Nachfrage erklärt. Klingt super. Wir gehen weiter die Brunnenstraße hinauf und plötzlich hält Niklas uns fest.

»Schaut mal da.«

»Ach ja, der Text«, sage ich und drehe mich mit Marie zu der anderen Straßenseite um. Dort steht ein Haus mit Zugang zur U-Bahn. Das Besondere jedoch ist die riesige Aufschrift auf dem Haus. In großen Lettern steht: »Menschlicher Wille kann alles versetzen« und »Dieses Haus stand früher in einem anderen Land«. Fasziniert schaue ich auf den Text und im nächsten Moment frage ich mich, warum ich das schon vorher wusste. Bestimmt habe ich schon einmal ein Bild davon gesehen.

Nachdem jeder von uns Fotos geschossen hat, gehen wir weiter bis zu einer Kreuzung und spontan nach rechts eine Straße an einem Park vorbei den Berg hoch. Oben angekommen finden wir ein Café mit Stühlen und Tischen draußen. Viele Besucher genießen die letzten Sonnenstrahlen des goldenen Oktobers, essen Kuchen, trinken Kaffee oder Wein. Es sieht einladend aus und wir setzen uns an einen freien Tisch.

Das Lokal heißt *Weinerei* und hat Selbstbedienung. Niklas, ganz der Gentleman, versorgt uns mit Kaffee und Kuchen. Er trabt insgesamt viermal rein und erntet von Marie aus Dank einen weiteren Erstickungskuss. Der Kuchen ist der Hammer und der Kaffee fantastisch.

Wir genießen die Sonnenstrahlen. Ab und zu fährt eine Tram vorbei. An diesem Ort könnte ich Stunden sitzen. Wieder überfällt mich dieses Heimatgefühl, das ich auch im *Haferkater* verspürt hatte. Marie verkündet, sich *die Nase pudern* zu wollen.

»An der Theke vorbei, nach links, die Wendeltreppe runter und geradeaus«, erkläre ich ihr den Weg. Kaum haben die Worte meinen Mund verlassen, ist mir klar, dass ich das unmöglich wissen kann. Ich war noch nie in meinem Leben hier und Niklas ist der einzige von uns dreien, der den Laden bisher betreten hat. Vor Entsetzen schlage ich mir die Hand vor den Mund. Marie und Niklas schauen mich fragend an.

»Marie«, sage ich, während ich mich wie unter Strom fühle, »das ist jetzt echt spooky, denn ich war noch nie hier. Lass uns gemeinsam gehen. Ich will wissen, wie es drinnen aussieht und ich hoffe, dass ich Quatsch geredet habe.«

Wir betreten den Laden und leider ist es genau so, wie ich gesagt habe. An der Theke vorbei, nach links, Wendeltreppe und so weiter. Ist das ein Déjà-vu? Aber ist ein Déjà-vu nicht nur ein Gefühl? Der unbestimmte Eindruck, etwas schon einmal erlebt zu haben. Meine Wegbeschreibung war jedoch genau das Gegenteil: Spezifisch und zutreffend. Wie betäubt setze ich mich wieder nach draußen. Verwirrt zermartere ich mir das Hirn nach einer schlüssigen Erklärung, finde aber keine. Das regt mich so auf, dass ich beinahe zu zittern anfange.

Niklas versucht, mich zu beruhigen. Es gebe immer eine rationale Erklärung, aber manchmal würde man sie nicht sehen. Sie würde mir sicher dann einfallen, wenn ich am wenigsten damit rechnen würde.

»Dein Wort in Gottes Ohr«, sage ich und hoffe, dass er

recht hat.

Nachdem wir noch eine Weile die Sonne genossen haben, laufen wir weiter, kommen aber nicht weit, weil Niklas an einer Kirche stehen bleibt und verkündet, dass er die Stelle aus der fünften Homeland-Staffel kenne.

»Hier wurde Carrie entführt«, sagt er und schießt ein Foto nach dem anderen.

Ich bin nie über die erste Staffel hinausgekommen und habe schon wieder ein Déjà-vu. Auch dieser Platz kommt mir merkwürdig vertraut vor. Mein Unwohlsein steigert sich. Wir biegen links in die Kastanienallee ein und folgen ihr. Hier tummeln sich ausgefallene Shops mit teilweise schrägen Produkten. Läden, die mir auf eine merkwürdige Weise dunkel bekannt vorkommen. Marie ist begeistert, betritt jedes zweite Geschäft und schaut sich in Seelenruhe um. Mein Déjà-vu-Gefühlsleben schlägt inzwischen Purzelbäume. Alles ist bekannt und gleichzeitig nicht. Ich komme mir wie in einer Zeitschleife gefangen vor. Als könnte ich mich an Bruchstücke aus dem letzten Durchlauf erinnern. Je weiter wir die Kastanienallee langgehen, desto mehr verkrampft sich mein Inneres. Eine unerklärliche Furcht und tiefsitzendes Entsetzen greifen nach mir. Ich muss mich zwingen, weiterzugehen und einen Fuß vor den anderen zu setzen.

Azra und ich hatten uns mit fünfzehn einen Horrorfilm angesehen. Die Haare auf meinem Arm hatten sich komplett aufgerichtet und ich konnte am Abend kaum einschlafen. Jetzt fühlt es sich genau wie in dem Film an. Dieses entsetzliche Gefühl der Vorahnung, weil man weiß, dass in der nächsten Szene etwas Schreckliches passieren wird.

Wir kommen an einen großen Platz, an dem sich drei Straßen und zwei Tramlinien kreuzen. Eine der Straßen ist die Schönhauser Allee. Sie ist doppelspurig mit einer Hochbahn inklusive einer Station in der Mitte.

Wir treten an die erste Ampel und es dauert eine gefühlte Ewigkeit. Danach stehen wir an einer weiteren Ampel und müssen wieder warten. Marie ärgert sich über die langen Rotphasen und zappelt ungeduldig.

»Julia!«, höre ich eine aufgeregte Stimme hinter mir laut rufen, drehe mich um und halte gleichzeitig Marie fest, die gerade losstürmen will.

Komisch, ich kann nicht erkennen, wer mich gerufen hat, aber Marie kreischt panisch auf. Dicht vor ihr rast ein Auto auf die Kreuzung, obwohl die Ampel schon rot zeigt. Für einen Moment herrscht Chaos. Autos bremsen und hupen, Menschen schreien sich an. Marie ist so schockiert, dass selbst ihr die Spucke wegbleibt und keine Schimpfwörter einfallen. Eine Premiere. Sie zittert, Niklas nimmt sie schützend in die Arme.

»Hätte Julia mich nicht festgehalten, hätte das Auto mich überfahren«, stammelt sie. Ich realisiere noch nicht ganz, was geschehen ist und blicke mich immer wieder um. Wer hatte meinen Namen gerufen? Es ist niemand zu sehen, keiner kommt auf uns zu.

Bei der nächsten Grünphase gehen wir weiter, setzen uns aber nach dem halben Weg auf die Treppen der Hochbahn. Inzwischen ist auch bei mir angekommen, wie knapp wir eine Katastrophe entkommen sind. Ich umarme Marie und halte danach eine Weile ihre Hand fest, während wir den Schock verdauen.

»Sollen wir nach Hause fahren?«, biete ich an. Aber Marie ist zäh und schüttelt den Kopf. Sie lässt sich nicht unterkriegen.

Wir warten noch fünf Minuten und geben uns einen Ruck. Von da an verläuft der Tag für mich in normalen Bahnen. Das Déjà-vu-Gefühl hört auf, aber ich bekomme das nicht so richtig mit, weil mir der Schreck noch in den Knochen steckt. Wir bewundern ein paar Geschäfte und gehen die Pappelallee hoch. Es geht weiter zu der aus meiner Sicht besten Eisdiele des Universums, *Hokey Pokey*. Trotz des Datums hat sich vor dem Laden eine ansehnliche Schlange an Wartenden gebildet, die wir jetzt verlängern.

Weiter vorne ragt ein dunkelbrauner Kopf aus der Menge, bei dessen Anblick es mich heiß und kalt durchläuft. Ist das Alexander? Was zum Kuckuck macht der denn hier? Ist er doch ein Stalker? Bevor ich mich in den Gedanken reinsteigere, fällt mir ein, dass er vor uns da gewesen sein muss. Da wäre ja eher ich der Stalker. Zur Sicherheit drehe ich mich zu Marie und Niklas und senke etwas die Lautstärke meine Stimme, damit Alexander mich weder sehen noch hören kann. Wir stehen noch einen Meter vor dem Eingang, da tritt er mit einem Eis in der Hand nach draußen.

»Julia?«, höre ich seine erstaunt klingende Stimme.

Mist.

Alexander hat wieder sein süßes Grinsen drauf und ich muss mich zusammenreißen, nicht zu lange auf seinen Mund zu starren oder noch schlimmer, anzufangen zu sabbern.

»Was machst du hier? Folgst du mir?«, dreht er den Spieß von letztens um und ich werde rot.

»Wonach sieht es denn aus?«, gebe ich gereizt zurück, »für mich sieht es aus, dass ich ein Eis essen möchte.«

Marie kichert und stellt sich vor.

»Hallo, ich bin Marie, Julias Freundin und das hier ist mein Freund Niklas.« Diese hinterlistige Verräterin. Na warte, wenn die nach Hause kommt.

»Hallo Marie, hallo Niklas, mein Name ist Alexander« Alexander lächelt. »Seid ihr hier aus Berlin?«, fragt er unschuldig, Unwissenheit vortäuschend.

Ehe ich es verhindern kann, ist eine Unterhaltung am Laufen und Marie, nicht auf den Mund gefallen, beginnt ihrerseits Alexander auszufragen. Seine Antworten sind wieder schwammig. Er wohne ein paar Straßen weiter, lebe seit wenigen Jahren in Berlin, bla, bla, bla. Erst als das Thema auf Berlin selber kommt und Marie wissen will, welche Ecken, Restaurants und Clubs er empfehlen würde, wird er sehr viel gesprächiger.

»Berlin«, sagt er, »hat eine opulente Auswahl unterschiedlichster Facetten. Für jeden Geschmack ist etwas dabei. Gibt es etwas, was du präferierst? Suchst du nach einem Restaurant, oder liegt dein Interesse mehr am Nachtleben?«

Marie überlegt kurz. »Gib uns doch einen Tipp für gutes italienisches Essen, aber ohne Sterne-Gedöns, Touris oder elitäre Snobs.« Alexander grinst, vielleicht über die *elitären Snobs*, oder darüber, dass Marie, obwohl selber eine, sich von *den Touris* abgrenzt.

»Italienische Restaurants gibt es in Berlin in Hülle und Fülle, insbesondere im Westteil der Stadt. Die Perlen sind natürlich etwas versteckt und die Fahrt ist unter Umständen lang. Auch hier auf dem Prenzlauer Berg gibt es exzellente Gastronomie. Spontan würde ich euch das *Don Camillo* empfehlen. Es liegt in der Hufelandstraße an der Grenze Prenzlauer Berg zu Friedrichshain.«

Marie hat Feuer gefangen und versucht, uns zu überreden. Sie nestelt an Niklas herum und setzt einen Bettelblick wie ihr Hund Schulz auf. Die Mühe hätte es nicht gebraucht, denn nach dem Erlebnis heute hat sie sowieso einen Wunsch frei. Italienisches Essen klingt ohnehin verlockend, und für Maries Verhältnisse recht bodenständig. Ich hatte insgeheim mit weit Exotischerem gerechnet. Liegt vielleicht noch am Schock. Wir nicken und Alexander zückt ein iPhone.

»Eine Reservierung ist an einem Samstagabend unabdingbar und unter Umständen, ohne die nötigen Kontakte unrealistisch. Glücklicherweise habe ich dort noch einen Gefallen frei. Soll ich euch einen Tisch reservieren?«

Das Angebot ist sehr nett, wir schauen uns an und checken die Uhrzeit. Es ist kurz nach halb sechs. Wir beratschlagen kurz.

»Könntest du versuchen, für halb acht einen Tisch zu organisieren?«, fragen wir Alexander. Dieser nickt, wischt in rasanter Geschwindigkeit über das Display und fängt an zu telefonieren. Kurz darauf legt er auf.

»Erledigt.«

Während der ganzen Zeit war ich Alexander gegenüber etwas zurückhaltend, weil ich Marie nicht zu viel Anlass für dumme Fragen liefern wollte. Das ist mir jetzt egal. Da er so nett ist und für uns einen Gefallen verbraucht hat, lächle ich ihn an und bedanke mich überschwänglich. Alexander wiegelt bescheiden ab. Er erklärt uns, wo die Hufelandstraße zu finden ist, und schlägt uns mehrere, zeitlich passende Routen vor, die an außergewöhnlichen Shops, Cafés und sehenswerten Stellen vorbeiführen. Kurz bevor wir uns verabschieden, lässt Marie einer von ihren spontanen Ungeheuerlichkeiten freien Lauf.

Sie fasst Alexander am Arm.

»Hast du nicht auch Lust auf italienisches Essen? Komm doch mit!«

Auweia!

Der Sprung

CSI Boxi

Es ist Sonntag und ich sitze mit einem brummenden Schädel auf einem der Sofas. Warum trinke ich bloß immer zu wenig Wasser zum Alkohol? Obwohl es ja nur zwei Gläser Rotwein und sehr viel später ein Mojito waren. Zugegeben, das mit dem Wein waren große Gläser. Große, volle Gläser. Sehr große, sehr volle. Ich lasse den Kopf in meine Hände sinken und stöhne auf.

Auf dem anderen Sofa sitzen Niklas und Marie. Genauer gesagt, Niklas sitzt auf dem Sofa und Marie ... sitzt ... oder liegt, oder wie auch immer auf Niklas und fummelt in seiner Bob Marley-Mähne. Der Kerl hat entweder eine Engelsgeduld, oder ist schwer verliebt. Vermutlich beides.

Von mir kann man das im Moment nicht wirklich behaupten. Weder das eine noch das andere. Im Gegenteil, ich bin, moderat ausgedrückt: Unausgeglichen. So ein komisches Wochenende, erst die Déjà-vus, dann die Schrecksekunde mit Marie an der Ampel. Zu guter Letzt laufen wir Alexander über den Weg und Marie hat nichts Besseres zu tun, als ihn mit zum Abendessen zu schleifen.

Von wegen Schleifen, der Blödmann ist nur allzu gerne mitgegangen. Hat uns auf dem Weg noch eine Tour gegeben, uns zu Shops und besonderen Plätzen geführt. Eine Synagoge, ein Wasserturm mit Museum. Er wusste zu allen Häusern, Straßen, Kirchen und so weiter Geschichten zu erzählen. Meine beiden Verräterfreunde klebten förmlich an seinen Lippen. Das hätte ich auch gerne, nur auf eine etwas andere Weise. Er hat so einen süßen Mund. Der Gedanke an Alexander und die Überlegung, wie es wäre, ihn zu küssen, erhellt meine Laune kurzzeitig, aber dann rufe ich mich zur Disziplin. Mein Kopf ist doch kein Schnulzenkino.

Bei *Don Camillo* angekommen, gab es Bussis links und rechts. Besonders von der weiblichen Bedienung. Auch wenn ich es mir nicht eingestehen wollte, das hat mich ganz schön gewurmt. Das Essen jedoch war göttlich und der Abend durchaus unterhaltsam. Small Talk hat Alexander voll drauf. Er zündete ein Feuerwerk an Gags, netten Anekdoten und Stadtgeschichten. All das, ohne wirklich etwas Substanzielles von sich zu geben. Im Gegensatz zu Niklas und Marie, die er geschickt *interviewt* hat. Bei mir hatte er da aber auf Granit gebissen, denn auf die Nummer falle ich so schnell nicht mehr rein. Allerdings hatte er sich diesbezüglich auch nicht viel Mühe gegeben.

Wenn ich ehrlich bin, muss ich zu seiner Verteidigung sagen, dass er höflich und aufmerksam war, uns fabelhaft unterhielt und sogar mit schlüpfrigen Limericks zum Lachen brachte. Als er einen Gang *dorthin, wo selbst der Kaiser zu Fuß hinging* nutzte, um die Rechnung für uns alle zu übernehmen, war es uns fast unangenehm, unsere Brieftaschen haben sich allerdings gefreut. Wieder alles herunterspielend schob Alexander es auf den Gefallen, den man ihm noch schuldig wäre. Die extrem herzliche Verabschiedung des Personals ließ aber eher auf ein Trinkgeld in Höhe von Vorstandsgehältern schließen.

Unsere Verabschiedung war etwas asymmetrisch.

Erst hatte Alexander viele nette Worte für Niklas übrig, danach mehr und nettere für Marie, die darüber entzückt wirkte. Im Gegensatz zu Niklas natürlich. Als ich an der Reihe war, gab es nur ein kurzes »Ciao Julia«. Dann drehte er sich um und verschwand. Wieder einmal, ohne mir seine Telefonnummer zu geben oder zumindest nach meiner zu fragen.

Blödmann!

Andererseits, was kümmert es mich? Ich will doch nichts von ihm. Oder doch? Es ärgert mich mehr, als ich vor mir selbst zugeben will. Wir drei sind dann mit der Tram zurück zum Boxi, um noch ein paar Cocktails zu zischen. Da mich die zwei *bescheidenen Gläschen* Rotwein schon halb abgeschossen hatten, blieb es bei mir bei nur einem Mojito. Im Gegensatz zu Niklas, der, seit wir das *Don Camillo* verlassen hatten, einsilbig und mürrisch wirkte. Es brauchte ganze drei Mojitos, um ihn endlich zum Reden zu bewegen.

Wie sich herausstellte, war das ganze Theater aus Eifersucht und der Angst, dass Marie sich in Alexander verknallen könnte. Er ist wirklich schwer verliebt und ich beneide Marie um ihr Glück. Als wir den Grund endlich kannten, lachte Marie nur auf.

»Aber ich liebe doch dich, du Dummerchen«, sagte sie und küsste ihn so lange, bis ihm der Sauerstoffmangel eine Nahtoderfahrung bescherte. Nachdem seine Atmung sich wieder normalisiert hatte, wirkte Niklas schon sehr viel ausgeglichener und war auch wieder zu Scherzen aufgelegt.

So sitze ich nun auf dem Sofa und lasse den sehr gemischten Tag Revue passieren. Marie rutscht von Niklas herunter, der ein fast unmerkliches Lächeln von sich gibt, setzt sich gerade hin und mustert mich finster.

Sie inszeniert ein erste Klasse Verhör, das allen gängigen Crime-Serien zur Ehre gereicht hätte. Es fehlt nur noch der harte Stuhl, ein Raum mit einer flackenden Beleuchtung und ein Pappbecher voll Kaffee, der auch als Bodenreiniger gute Dienste geleistet hätte.

Marie kaut alle Einzelheiten des gestrigen Abends noch einmal durch, zerpflückt und zerlegt sämtliche meiner Äußerungen. Sie fordert Rechenschaft über meine Handlungen und vor allem für die *Nicht-Handlungen* und Beweggründe ein.

»Warum hast du uns …«, startet sie die Befragung und schaut auf Niklas, der sich klugerweise aus der Affäre zieht und unschuldig auf das Bücherregal starrt. »Warum hast du mir Alexander verschwiegen?«, beginnt sie noch einmal.

»Verschwiegen?«, echoe ich. Bevor ich in die Gelegenheit komme, mir eine geschickte Ausrede einfallen zu lassen, feuert sie die nächste Frage auf mich ab.

»Wann hast du dir eigentlich gedacht, mich über dein Liebchen ins Bild zu setzen?«

»Liebchen?« Mehr Zeit als diese abstruse Bezeichnung zu wiederholen, bleibt mir auch dieses Mal nicht. Sie lässt mir ja noch nicht einmal Zeit, um mich angemessen über diese Unterstellung aufzuregen. Wie aus einer Maschinenpistole spucken ihre Fragen hervor.

»Wie oft habt ihr euch schon getroffen?«

»Ich…«

»Hattet ihr schon ein Date?«

»Äh…«

»Hast du ihn schon geküsst?«

Meine Güte. Holt sie denn auch mal Luft zum Atmen?

Es folgen Vorwürfe. Ich sei ja so treulos, weil sie jetzt erst von ihm erfahren würde, es wäre enttäuschend. Es geht immer weiter und hört nicht mehr auf. Ich bemühe mich, meine Ohren auf Durchzug zu stellen und über den *sehr aufregenden Wechsel der Schriftrichtung auf Kreta um 1000 v. Christus* nachzudenken. Aber ohne Erfolg. Sie merkt, dass ich innerlich abdrifte, beugt sich vor und boxt mir auf den Oberschenkel.

»Aua.« Das ist keine Besorgnis, sondern pure Neugier. Überhaupt, sie stellt alles so verdreht hin, als hätten wir schon seit Jahren eine heiße Affäre und drei uneheliche Kinder, die ich vor ihr und der Welt verheimlicht hätte. Endlich macht sie eine Pause und ich nutze die Gelegenheit, mich zur Wehr zu setzen.

Warum ich hier überhaupt zu Gericht sitzen würde. Bei einem Gericht ginge es um eine Straftat und davon könne man hier wohl schwer sprechen. Dass ich einen Typen, den ich davor erst zweimal gesehen, davon einmal angebrüllt und das zweite Mal über den Haufen gerannt hätte, könne ich wohl schwer als Breaking News präsentieren.

»Ich will überhaupt nichts von ihm und ich kenne ihn auch überhaupt nicht«, wehre ich mich und komme mir vor wie ein Papagei. Habe ich das alles nicht schon Azra erzählt? »Ich weiß fast nichts über ihn, kenne noch nicht einmal seinen Nachnamen. Ihr wart doch gestern dabei. Er redet nicht viel über sich, sondern erzählt nur eine Anekdote nach der nächsten. Er ist ein Fremder für mich.«

»Ein Fremder? Dass ich nicht lache.« Marie schlenkert mit ihren Händen und alle drei Trillionen Armreifen klimpern gleichzeitig.

»Schätzchen«, sagt sie in einem belehrenden und

etwas rustikalen Tonfall, »Schätzchen, du kannst dir vielleicht selbst etwas vormachen, mir aber nicht. Gestern sind zwischen euch Funken geflogen.«

»Gar nicht«, empöre ich mich.

»Papperlapapp.« Marie wischt mit einer weiteren klimpernden Handbewegung meinen Einwand weg. »Das waren nicht nur Funken, das war förmlich ein Funkensturm.«

Jetzt reicht es mir aber.

»Wenn ich gestern irgendwo einen Funken bemerkt hätte, wäre ich als erstes zum Feuerlöscher gelaufen und hätte ihn eingenebelt. Doch wenn du nicht bald Ruhe gibst, fliegen statt Funken Fäuste«, drohe ich ihr.

Marie lacht schallend. Warum finden alle meine Drohungen immer nur amüsant? Das ist eine absolute Gemeinheit. Ich fange innerlich an zu schmollen und schaue hilfesuchend zu Niklas, der merkwürdigerweise immer noch ein sehr großes Interesse an dem Bücherregal zu hegen scheint. Der will bloß nicht in die Schusslinie geraten. Dieser feige Verräter.

Ein weiterer Versuch, Alexander als uninteressante, flüchtige Zufallsbekanntschaft herunterzuspielen, schlägt fehl und endlich steht mir Niklas bei. Ihm geht das Alexander-Gerede wohl auch langsam auf die Nerven. Er fragt Marie, ob sie denn gedenken würde, heute noch einmal über etwas anderes, als einen anderen Mann zu sprechen. Für seinen Beistand könnte ich ihn fast küssen, aber das übernimmt schon Marie, die seine Eifersucht mit einem weiteren atemraubenden Intensivkuss belohnt.

Das Dauergeknutsche nervt, ich flüchte ins Bad und steige unter die Dusche. Aus Trotz lasse ich mir besonders lange Zeit, trödele, was das Zeug hält, mache eine ausführliche Maniküre und komme erst wieder raus, als Niklas jammert, seine Blase würde platzen.

Dann ziehen sich endlich auch die beiden an, was allerdings recht lange dauert. Das Gequietschte aus dem Badezimmer lässt darauf schließen, dass *An*-ziehen wohl eher das Gegenteil dessen ist, was gerade stattfindet.

Um nicht zuhören zu müssen, lege ich Musik auf und als beide mit leicht rosa Gesichtern unschuldig dreinblickend aus dem Bad kommen, gehen wir ins Café.

Als Marie auf der Toilette verschwindet, grinst mich Niklas verlegen an.

»Tut mir leid wegen des Verhörs.«

»Schon gut, nix passiert«, beruhige ich ihn.

Niklas nickt bedächtig und setzt eine Unschuldsmiene auf.

»Unter uns Pastorentöchtern. Ist da was dran? Ist da mehr?«, fragt er frei heraus, »ich verrate ihr auch nichts.«

Sehr lieb von ihm.

»Ehrlich? Ich weiß es nicht«, sage ich. »Azra behauptet, ich wäre verliebt, aber du weißt ja.«

»Du tust dich schwer damit, schon klar«, ergänzt er und nimmt mir die Peinlichkeit. »Hast du dich schon mal nach dem Grund gefragt?«

Niklas hat eine offene und freundliche Art, auch unangenehme Dinge anzusprechen, dass es leicht fällt, sich ihm anzuvertrauen.

»Azra behauptet, das läge daran, dass Papa gestorben wäre und ich deswegen bei Männern Verlassensängste hätte«, gestehe ich, »das sei der Grund, warum ich immer versuchen würde, die totale Kontrolle zu behalten und ich mich emotional nicht fallen lassen könne.«

»Und? Hat sie recht? Was denkst du?«

»Vielleicht. Ich bin nicht sicher. Fürchte ich ernsthaft, verlassen und nicht damit fertig zu werden? Und ziehe ich es als Konsequenz vor, deswegen eine dicke Mauer aufzubauen?«

»Das ist eine beliebte Strategie.« Niklas grinst.

»Stimmt«, gebe ich ebenfalls grinsend zu.

Marie tritt aus der Toilette und strahlt. Sie liebt diesen Laden. Mir wird schwer ums Herz, weil die schöne Zeit bald vorbei ist und ich die beiden jetzt schon vermisse. Es ging alles viel zu schnell. Nachdem wir das Café verlassen haben, möchte Marie noch einen Spaziergang um den Block machen. Niklas stöhnt, fügt sich aber. Auf dem Weg verkündet sie mir, bald wieder zu kommen, um nach mir zu schauen und auf mich aufzupassen. Von wegen. Ich bin mir sicher, da ist weniger Sorge, aber umso mehr Neugier im Spiel. Außerdem merke ich, wie wohl sie sich hier in Friedrichshain fühlt.

Nach einer langen Runde kommen wir wieder am Boxi an, steigen die Treppe hoch und laufen einer fröhlichen Frau Ankler in die Arme. Seit ich den Ratschlag von Max befolgt habe, ihr Tulpen organisiert und auf *eine* Tasse Tee in ihre Wohnung gezwungen wurde, ist sie die Liebenswürdigkeit in Person. Sie war auch vorher schon sehr nett, aber jetzt glüht sie mich förmlich an. Sie wünscht uns überschwänglich einen wundervollen Tag und wir drei betreten die Wohnung.

»Die ist aber nett«, sagt Marie.

»Ich besorge es ihr ab und zu«, sage ich knapp und Niklas bekommt vor Lachen einen Hustenanfall. »Ich rede von Einkäufen, du Ferkel«, grinse ich ihn an.

Es ist schon nach 14 Uhr und die beiden packen schnell ihre Sachen zusammen. Wir gehen zu ihrem Auto und nach langen Umarmungen fahren sie zurück nach Köln. Eine bleierne Müdigkeit überkommt mich und ich schlafe auf dem Sessel ein. Eine Stunde später wache ich auf und brauche fast eine weitere Stunde, um die Benommenheit ganz abzuschütteln. Da immer noch Nachmittag ist und ich keinen Bock habe, etwas für die Uni zu machen, beschließe ich, vor die Tür zu gehen und mich treiben zu lassen.

Wenig später stehe ich wieder einmal an der Brücke und schaue auf die Gleise. Warum bin ich immer wieder hier? So schön ist der Ort nun wirklich nicht. Bevor ich der Frage nachgehen kann, wandern meine Gedanken zu dem Wochenende zurück. Marie ist ein wahres Energiebündel. Ich bewundere Niklas Ruhe und Geduld. Aber oftmals ziehen sich Gegensätze ja auch an. Was oder wer ist denn mein Gegensatz? Gute Frage. Wer bin ich? Sollte ich vielleicht zuerst klären.

Mir fällt wieder das Verhör ein und die Traurigkeit kippt ein wenig in Ärger um. Marie ist mir mit ihren Unterstellungen echt auf den Zeiger gegangen. Je länger ich darüber nachdenke, desto mehr steigere ich mich in den Ärger hinein.

Da Marie eine gute Freundin ist, die ich von Herzen liebhabe, überträgt sich der Ärger auf Alexander, auf den ich plötzlich ziemlich wütend bin. Was bildet der sich bloß ein? Ich bin zum Studieren nach Berlin gekommen und nicht, um etwas mit einem Schönling anzufangen, der, sobald er etwas über sich selbst preisgeben soll, nicht den Mund aufkriegt. Der immer wieder urplötzlich auftaucht und dann genauso wieder verschwindet. Als könnte er wie bei Harry Potter apparieren. Der alle meine Freunde ausführlich und nett verabschiedet und für mich nur ein »Ciao« übrig hat. Der manchmal sprachlich so steif ist, als hätte er einen Stock im Allerwertesten. Der kann mir mal gestohlen bleiben.

Blödmann!

Ich beschließe, mich mehr und hauptsächlich meinem Studium zu widmen. Alexander und diese blöde Brücke können mir den Buckel runterrutschen, die werde ich beide aus meinen Gedanken verbannen.

Wutschnaubend drehe ich mich um und stampfe wie ein Elefant mit Knieproblemen nach Hause. Als ich im vierten Stock angekommen bin, ist der Zorn etwas verraucht. Dennoch erstelle ich zuerst aus Trotz eine Top-Ten Liste der hübschesten Boys meiner Uni. Obwohl Daniel auf Franziska abfährt, kommt er weit nach oben, direkt hinter den Barista Roberto.

Dann fällt mein Blick auf den kompakten Stapel mit meinen Sachen, die die beiden aus Köln mitgebracht haben. Perfekt, mit Einräumen und Dekorieren kann ich mich wunderbar ablenken. Voller Elan räume ich gute zwei Stunden hin und her, hänge Bilder auf und um, bis ich halbwegs mit dem Ergebnis zufrieden bin. Danach räume ich den Kleiderschrank ein.

Nach der Aktion fühle ich mich hundemüde. Es ist erst kurz nach acht. Für eine Studierende ist es laut Klischee erst früher Nachmittag und ganz bestimmt keine Uhrzeit zum Schlafen. Aber ich brauche mich nicht an irgendwelche Vorgaben zu halten, an ungeschriebene Gesetze, wann ich aufzustehen, ins Bett zu gehen oder zu Daten habe. Ich bin frei und unabhängig, insbesondere von blöden Personen namens Alexander. Also lege ich mich ins Bett, texte Azra, dass ich zu müde zum Skypen wäre, ich mich morgen melden würde und penne innerhalb von einer Minute ein.

Inside Out

Die nächsten Tage ziehen sich wie ein Gummiband. Das Wetter nervt. Jeder Tag grau in grau. Ich dachte, so etwas gäbe es nur im Rheinland, aber offensichtlich habe ich mich da getäuscht. Wenn ich morgens aufwache, ist es, als fehlen mir Stunden an Schlaf.

Das einzige Highlight war ein Essen mit Anna und Luisa in einer Burgerbude in Uni-Nähe, aber ansonsten gibt es nichts Besonderes zu berichten. Alles geht seinen gewohnten Gang. Jetzt sitze ich in einem meiner weniger geliebten Kurse und versuche, mich zu konzentrieren, aber es will nicht funktionieren. Zum Glück ist dies die vorletzte Einheit heute. Mich hat eine Art moralischer Kater überfallen und alles wirkt unscharf und dumpf. Was hat die Professorin gerade gesagt? Ich versuche, mich zu erinnern, aber da ist … nichts. Meine Gedanken treiben ab und ich fange an zu träumen.

Ich liege mit Azra in der Sonne an einem Pool und wir lassen uns den Rücken wärmen. Azra hat einen schwarzen Bikini an, der hervorragend zu ihrem Teint passt. Ein leichter Wind weht die Mischung aus Sommerduft, Mittelmeer und Sonnencremes in meine Nase. Aus der einen Richtung höre ich Grillen zirpen und aus der anderen Reggae-Klänge. Hier am Pool gibt es entspanntes Lachen und ab und zu ein Platschen. Es ist himmlisch. Die Wärme ist so angenehm. Es fehlt nur noch ein Mojito. Weil es ja nur eine Fantasie ist, lässt sich das schnell korrigieren. Im Nu bringen uns zwei Boys die erfrischenden Cocktails mit klirrenden Eiswürfeln im Glas. Ich hebe meinen Kopf von der Liege, öffne ein Auge und schaue auf den vor Minze strotzenden, dunkelgrünen Mojito sowie ein sonnengebräuntes Bein. Schlank, aber sportlich. Mein Blick wandert das appetitliche Bein des Boys hoch, weiter zu einem trainierten, ebenfalls sonnengebräunten und noch sehr viel appetitlicheren Oberkörper. Ich schaue in das lächelnde Gesicht. Er ist hübsch und ... es gehört Alexander. Mist. Was fällt dem ein, sich in meine Fantasie zu schleichen. Raus! Hau ab! Aber er entfernt sich nicht, sondern steht lächelnd da, sieht mich und den abgestellten Mojito an.

Ich betrachte seinen Oberkörper. Ob der in Wirklichkeit auch so gut aussieht? So trainiert, mit Muskeln wie ein Schwimmer? Ob er auch so sonnengebräunt ist? Wie er wohl ohne Kleidung aussieht? Autsch. Habe ich jetzt schon erotische Fantasien? Was kommt als Nächstes?

Bevor ich auf die Frage eine Antwort finde, spricht mich Alexander an. Mit Nachnamen.

»Frau Burmeester«, sagt er.

Zu meiner Überraschung mit einer Frauenstimme. Ich schrecke aus meinen Tagträumen auf und stelle fest, dass nicht Alexander, sondern meine Professorin mich angesprochen hat.

»Frau Burmeester«, spricht sie noch einmal im besorgten Ton. »Ist alles in Ordnung mit ihnen? Sie sind ganz rot im Gesicht!«

Rot? Rot! Oh, wie peinlich! Ich merke, dass Gesicht und Ohren glühen, murmele etwas von *akuten Darmproblemen* und entschuldige mich, um zum Schein die Toilette aufzusuchen.

Im Spiegel betrachte ich entsetzt mein Gesicht. Julia der Trampel, wird knallrot, weil sie sich eine Zufallsbekanntschaft in Badehose vorstellt. Gratuliere. Es wird immer schlimmer mit mir. Möglicherweise wäre es ratsam, meinen Geisteszustand einmal untersuchen zu lassen.

Nach einer Zeit, die mir für die Beseitigung von Darmproblemen glaubhaft erscheint, gehe ich zurück. Nach dem Ende der Einheit läuft Daniel neben mir zur Tür.

»Ist alles ok bei dir? Was war denn los?«, flüstert er.

»Mir geht's gut, aber bitte frag nicht.« Ich stöhne und Daniel lacht.

»OK«, sagt er und als Wilma und Phillip mit großen Fragezeichen im Gesicht angetrottet kommen, winkt er ab. »Ihr geht's gut.« Wilma zeigt einen aufgerichteten Daumen und die beiden ziehen weiter. Daniel ist ein Supertyp.

Nach der Uni mache ich mich schnell aus dem Staub und flitze direkt zur Tram. Nachdem ich zu Hause noch ein paar Mitschriften aus den Vorlesungen nachbereitet habe, schiebe ich mir eine Pizza in den Ofen und skype beim Essen mit Azra. Die findet das alles natürlich extrem lustig und hört erst auf zu lachen, als ich drohe, das Gespräch zu beenden. Wir reden noch eine halbe Stunde weiter und ich falle hundemüde ins Bett.

Die romantik-schwangeren Erzählungen von Mama und ihren Freundinnen über die aufregende Studienzeit sind kompletter Schwachsinn. Aufregend? Von wegen. Eintönig und trotzdem stressig. Ein Tag gleicht dem anderen. Der Wecker klingelt viel zu früh und liebte ich mein iPhone nicht so sehr, würde ich jeden Morgen mit einem Hammer darauf hauen. Duschen, Anziehen, mit der Tram zur Uni fahren. Eine Einheit nach der nächsten. In den Werkräumen arbeiten. Wenn es Lücken gibt, mit ein paar Kommilitonen im Café abhängen, Roberto beim erfolgreichen und Daniel beim erfolglosen Baggern zuschauen. Anna und Luisa beobachten, die sich verliebt anlächeln. Studiere Wilmas interessanten Tattoos oder Franziska, die wohl gerne Victoria‘s Secret Model wäre, dafür aber Annas Beine bräuchte. Wieder Vorlesungen, Kurse. Danach Projektarbeiten im Team. Mit der Tram nach Hause fahren.

Blöderweise sind diese Déjà-vus zurückgekehrt, nicht so krass wie an dem Samstag, aber doch spürbar. Immer wieder habe ich den Eindruck, bestimmte Sätze schon einmal gehört, gemacht, gesagt, oder gelesen zu haben. Ich halte es für ebenso gut möglich, dass ich mir das alles einbilde, weil mir jeder Tag wie der andere vorkommt. Abends nach Hause, zu oft Pizza, Tortellini oder Ravioli. Nacharbeiten, Projektarbeiten. Mit Azra und Mama skypen, mit Marie texten. Mein Insta liegt brach, aber ich erlebe ja auch nichts Neues. Die Nächte sind viel zu kurz und dann klingelt wieder dieser Sch… Wecker.

Trotz des Vollprogramms sind meine Versuche, nicht an Alexander zu denken, kläglich gescheitert. Regelmäßig erwische ich mich dabei. Und das ist erschreckenderweise noch nicht alles. Mir ist erst nach Tagen bewusst geworden, dass ich nach ihm Ausschau halte, wenn ich unterwegs bin. Suche sein Gesicht in der Menge. Permanent habe ich das merkwürdige Gefühl, er wäre in der Nähe, irgendwo hinter der nächsten Ecke. Natürlich ist keine Spur von ihm zu entdecken. Er hat sich seit dem Abendessen nicht mehr sehen lassen, auch nicht im *Immer und ewig*, noch in anderen Cafés, bei denen ich *rein zufällig* zum Fenster reingesehen habe.

Auch der Vorsatz, mich von der Brücke fernzuhalten, scheitert kläglich. Turnusmäßig gehe ich hin. Das ein- oder andere Mal zeichne ich sie. Nachts träume ich öfters von ihm. Mehr als einmal habe ich geträumt, mit ihm auf der Brücke zu stehen. Ich habe seine Hand gehalten, ihn geküsst und bin dann aufgewacht. Es macht mich wütend. Mein Unterbewusstsein gehorcht mir nicht. Verräter!

Ich bin eine freie, unabhängige Frau und brauche überhaupt keine Romanze. Basta.

Wir haben Ende Oktober, heute ist Dienstag und mitten in einer Vorlesung spüre ich ein kräftiges Ziehen im Bauch. Mist. Meine Tage. Luisa zieht fragend eine Augenbraue hoch, weil ich meine Hand auf den Bauch presse.

»Los Wochos?«

Ich nicke bestätigend und Luisa grinst verstehend. Wieder zuhause lege ich mich mit einer Wärmflasche ins Bett. Einen Tag später geht es mir schon besser. Vor allem, weil der Freitag nicht mehr fern ist, denn dann kommt endlich Azra zu Besuch. Ein Grund für Luftsprünge. Da fühlt sich die Uni gleich viel freundlicher an, der Bauch schmerzt nicht mehr so stark und selbst Franziska wirkt beinahe sympathisch. Ok, jetzt übertreibe ich aber.

Gut gelaunt fahre ich am Nachmittag mit der Tram nach Hause und wir sind kurz vor einer Haltestelle. Eine Omi schiebt sich, einen Einkaufs-Trolley hinter sich herziehend, Richtung Tür. In diesem Moment klingelt die Bahn mit einem »ring, ring, ring« und bremst heftig. Die Omi kippt kurz vor mir, wie vom Beil gefällt nach vorne und reißt ihren Trolley mit sich. Ihr Kopf schlägt auf eine Sitzkante. Es kracht fürchterlich. Dann landet sie mit einem dumpfen Aufschlag zwischen den Sitzreihen. Blut fließt über den Boden.

Entsetzt springe ich auf … und … hoppla … ich … nanu …

Ich stehe, mit einer Hand an einer Stange und mit der anderen halte ich den Arm der Omi. Die steht auch, mit dem Trolley in einer Hand. Jetzt klingelt die Tram »ring, ring, ring«, und bremst hart. Ich halte mich und die Omi fest. Nichts passiert.

»Vielen Dank, junge Frau«, murmelt sie heiser, »hätten sie mich nicht gehalten, wäre ich gefallen.«

»Keine Ursache«, erwidere ich wie ein Automat und schiebe mich ratlos zurück in den Sitz. Der Fahrer schreit aus dem Fenster und dann fährt die Tram wieder an. Was war denn das? Habe ich die fallende Omi nur geträumt oder war das ein Déjà-vu? Wenn, dann aber ein Extremes, vor allem grauenhaft blutig. Bei der Erinnerung schüttelt es mich. Den Rest der Fahrt verbringe ich wie in Trance und vergesse prompt, an der richtigen Haltestelle auszusteigen.

Auf dem unfreiwillig längeren Rückweg zur Wohnung überfällt mich Grusel. Was hat das mit den Déjà-vus auf sich? Das hatte ich früher doch nicht. Sie sind auch unterschiedlich intensiv und wirken sporadisch. Die Geschichte mit der Omi war ja fast so etwas wie Vorsehung und passt in eine durchgeknallte Science-Fiction-Serie. Vielleicht ist hier in Berlin ein Loch im Raum-Zeit-Kontinuum? Oder ich brauche einfach nur einen Doktor, der mir ein paar bunte Pillen verschreibt. Mit deren Hilfe lächle ich den ganzen Tag glücklich und sehe bunte Farben.

Ready For Take-Off

Freitag. Ich wache fröhlich auf, renne ins Bad, tanze, na ja, hopse herum, während ich die Zahnbürste wie ein Mikrofon vor den Mund halte und einen Song schmettere. Gut, dass mich keiner dabei sieht. Oder hört.

Wenige Stunden später befindet sich Azras Flieger im Landeanflug auf den Flughafen Schönefeld, während ich noch in der der Uni bin. Fluchtartig verlasse ich nach der Vorlesung den Campus und sprinte zur Tram. Die Zeitplanung passt auf die Minute und als ich am Bahnhof Schöneweide die Treppen hoch renne, fährt gerade die S-Bahn vom Flughafen ein.

Azra steigt aus und wir springen uns in die Arme. Das Dream-Team ist endlich wieder zusammen und vor Glück fließen Tränen. Die Welt kann nicht schöner sein, wenn man eine Freundin wie Azra hat. Wir halten uns so lange fest, dass wir die nächste Bahn fast verpassen. Am Boxi und zuhause angekommen steigen wir die Treppen hoch, ich schließe auf und wir betreten mein Reich. Azra bleibt der Mund offenstehen. Obwohl sie die Räume von Fotos und Skype kennt, wirkt sie schockiert.

»Es ist viel größer und schöner, als ich es mir vorgestellt habe«, sagt sie mehrmals. Wir packen aus und schmieden einen Plan. In dem Bemühen, ihr so viele Lieblingsstellen wie möglich zu zeigen, sind wir kreuz und quer durch die Stadt unterwegs. Wir laufen durch

Friedrichshain, durch Prenzelberg, trinken Cappuccino, essen Kuchen und natürlich Eis bei *Hokey Pokey*, obwohl die Tage jetzt schon recht kalt sind. Wir laufen weiter durch die Kastanienallee nach Mitte, bis uns die Beine wehtuen. Am Abend schaffen wir es gerade so über den Boxi zum Burgerladen. Nach einem Cheese- und einem Köfteburger schleppen wir uns vollgefressen nach Hause und mit letzter Kraft die Treppen hoch.

Wie gewohnt teilen wir uns das Bett, das haben wir seit unserer Kindheit so gehandhabt. Es ist so schön, dass Azra da ist und obwohl wir beide hundemüde sind, reden und reden wir, bis uns vor Müdigkeit sprichwörtlich die Augen zufallen. Mit der besten Freundin in der besten Stadt einen guten Tag verbringen. Wer braucht da schon eine Romanze mit Alexander vom Planeten Vulkan?

Ich stehe auf der Brücke. Direkt neben mir steht Alexander und blickt auf die Gleise. Er bemerkt mich nicht und ich betrachte sein Gesicht. Er wirkt so traurig, furchtbar verloren. Alexander beginnt zu weinen. Dicke Tränen fließen seine Wangen hinab. Ich versuche, ihn zu trösten, aber ich bin weder in der Lage, mich zu bewegen, noch zu sprechen. Mein Herz verkrampft sich und ich weine auch. Er ruft, aber es kommt kein Laut aus seinem Mund heraus. Dann steigt er auf das Geländer der Brücke. Mein Versuch, ihn davon abzuhalten, schlägt fehl, da ich immer noch gelähmt und stumm bin. Jetzt höre ich seine Stimme.

»Biehak«, ruft er verzweifelt.

Während ich mich über das komische Wort wundere, ruft er noch einmal laut »Biehak« und springt mit einem weiten Satz ab. Er verschwindet nach unten aus meinem Sichtfeld. Es gibt einen hellen Blitz und ich muss meine Augen schließen. Ein fürchterlicher Knall ertönt. Ich bin frei, kann mich endlich bewegen, und renne an das Geländer, aber es ist nichts zu sehen. Alexander ist weg. Einen Augenblick später steht er wieder neben mir und sieht auf die Gleise, fängt an zu weinen und ruft lautlos. Wieder klettert er auf das Geländer und wieder bin ich paralysiert. Mit aller Kraft versuche ich, ihn zu rufen. Presse die Worte. Mehr als ein Wimmern will mir nicht gelingen. Alexander springt.

»Julia«, ruft er jetzt. Ein Blitz und ein Knall. Endlich ist mein Mund nicht mehr blockiert und ich schreie mehrmals seinen Namen. Und wieder höre ich, wie jemand »Julia« ruft. Es ist es eine Frau.

»Julia, Julia!«

Ich schrecke hoch. Die Lampe am Bett ist an und ich schaue in Azras besorgtes Gesicht.

»Julia, was ist los?«, fragt sie. Es dauert einen Moment, bis mir bewusst ist, wo und wann ich bin. Das Shirt klebt am Körper und ich stelle fest, dass ich weine. Mein Gesicht ist nass.

»Es war nur ein Albtraum«, murmele ich. Azra zieht mich in ihre Arme und streicht mir durch das Haar. Das wirkt wie ein Dammbruch. Eine Welle der Traurigkeit und Verzweiflung reißt mich mit sich und ich weine ich wie ein Kleinkind. Sie lässt nicht los, bis die Tränen stoppen. Da Azra mein *empathisches Problem* kennt, fragt sie:

»Deine eigene Traurigkeit?«

»Teilweise«, sage ich kleinlaut. So stark hat es mich schon lange nicht mehr erwischt und ich angele mir vom Nachttisch einen Stapel Taschentücher und schnaube wie ein Elefant.

»Lass uns versuchen, noch ein wenig zu schlafen«, schlägt sie vor und ich schaue auf die Uhr. Es ist noch vor halb sechs. Mist. Azra schaltet die Lampe aus und schafft es einzuschlafen. Im Gegensatz zu mir. Um halb sieben stehe ich auf und gehe duschen.

Während wir im *Immer und ewig* frühstücken, entschuldige ich mich mehrfach, ihr den Schlaf geraubt zu haben, bin aber noch nicht in der Lage, ohne Tränen von dem Traum zu erzählen.

Und zu allem Elend fühle ich mich wieder Déjà-vu mäßig.

Nach einem Spaziergang über den Markt fahren wir wieder nach Mitte. Am Nachmittag sitzen wir auf einer Parkbank und lassen uns von der goldenen Herbstsonne wärmen. Da ich inzwischen genügend innerlichen Abstand habe, erzähle ich Azra von dem Traum. Sie wartet, bis ich ausgeredet habe und setzt einen strengen Blick auf.

»Julia Sophie Burmeester.« Auweia. Wenn sie mich bei meinem vollen Namen nennt, folgt meistens eine Predigt. Ich wappne mich für eine Standpauke.

»Weißt du, warum ich dich geweckt habe?«

»Habe ich habe gestrampelt?«, frage ich unschuldig.

»Du hast nicht nur gestrampelt, du hast auch wiederholt *Alexander, Alexander* gerufen.« Azra blickt mich ernst an.

»Gar nicht«, entgegne ich, aber ihr Blick lässt mich verstummen.

»Erst war es nur ein Wimmern«, sagt sie, »und das fand ich sogar noch um einiges gruseliger als den Schluss. Da hast du seinen Namen fast gekreischt. Ich dachte, gleich würden die Nachbarn die Polizei rufen.«

Ich schrumpfe auf der Bank zusammen und lasse meinen Kopf hängen. Dass es so schlimm um mich steht, hätte ich nicht gedacht. Diesmal ist ihre Gesprächsführung wesentlich raffinierter, denn sie versucht nicht, mir ihre Schlussfolgerungen zu verkaufen. Stattdessen verpackt sie alles in eine fiese Psychologen-Nummer und stellt nur Fragen.

»Wenn ich du wäre und du ich, wie würdest du die Situation analysieren?«, stellt sie die erste Frage. Und hat mich direkt an der Angel, denn ich komme ohne Geständnisse aus der Nummer nicht mehr heraus.

»Das du dich in Alexander verknallt hättest«, murmele ich kleinlaut.

»Und?«, fragt sie bohrend. »Was noch?«

»Dass du deine Verlassens-Ängste auf ihn projizierst hättest«, sage ich resigniert. Azra strahlt wie eine Mutter, deren Kind zum ersten Mal ins Töpfchen gemacht hat.

»Genau! Was würdest du mir, besser gesagt, dir nun raten?«

»Dass es nötig ist, mich meinen Ängsten zu stellen«, stöhne ich und bevor dieses Frage-Antwort-Spiel weitergeht, spreche ich den Rest aus. »Und das funktioniert nur, wenn ich mich für eine mögliche Beziehung zu Alexander öffne. Daher ist meine Aufgabe, uns die Gelegenheit zum Kennenlernen zu geben.«

Azras Gesicht trägt nun den Stolz einer Lehrerin, deren Schlusslicht endlich und zum allerersten Mal das kleine Ein-mal-Eins fehlerfrei aufgesagt hat.

»Prima«, sagt sie, »lass uns nicht mehr darüber reden. Jetzt ist Zeit, dass wir handeln.«

Wir? Von wegen. Sie meint mich. Aber auch das ist auch so eine fiese Psycho-Nummer.

Aber sie hat ja recht. Mir ist klar, dass ich an Alexander mehr als nur interessiert bin, wollte es mir nur nicht eingestehen. Der Gedanke, ihm näher zu kommen, löst ein gewisses Kribbeln, aber auch Angst aus. Furcht, mich so richtig zu verlieben, die Kontrolle zu verlieren, verletzbar und *verlassbar* zu sein. Macht es Sinn, weiterhin auf absolute Sicherheit zu setzen? In einer Beziehung zu leben, bedeutet Risiko für beide Seiten. Die Entscheidung, den Sprung über den tiefen Graben der Angst zu riskieren, ist alternativlos. Vertagen lässt sie sich, doch nicht verhindern.

In meinen Augen macht es Sinn, diese Entscheidung heute und jetzt zu fällen. Ängste besitzen oft die unangenehme Eigenart, sich mit der Zeit zu verstärken, statt abzunehmen. Und Alexander scheint zumindest ein kalkuliertes Risiko wert zu sein. Falls wir uns noch einmal begegnen, werde ich aktiv versuchen, ihn näher kennenzulernen. Ihm oder uns eine faire Chance zu geben und entstehende Gefühle nicht im Keim zu ersticken.

Azra und ich hängen noch eine Weile in der Sonne ab und streifen weiter durch die Stadt bis hin zu *Don Camillo*. Da ich bei Alexanders Ausführungen aufgepasst habe, präsentiere ich auf dem Weg sogar kleine Infos und Geschichten. Azra schaut mich beeindruckt an.

»Woher weißt du das alles?«

Mit einem Stöhnen hebe ich den Kopf und lasse ihn in den Nacken fallen.

»Alexander«, sage ich matt und Azra lacht so lange, bis ich ihr auf den Arm boxe.

Die nächsten Tage sind wundervoll. Wir fahren kreuz und quer durch die Stadt, sehen uns viele Plätze, Straßen und Ecken an, geben zu viel Geld für Essen und Trinken aus. Brezeln uns auf und verbringen eine Nacht in einem angesagten Club. Wir reden, lachen und träumen zusammen. Nicht wie in alten Zeiten, sondern noch besser.

Leider sind die besonders schönen Zeiten gefühlt immer am schnellsten vorbei. Schon haben wir Mittwoch und sitzen in der S-Bahn Richtung Flughafen. Am Security-Check umarmen wir uns und erneuern noch einmal unseren hochdramatischen *Ewige-Liebe-Schwur*. Ich warte so lange, bis Azra durch die Security und nicht mehr zu sehen ist. Traurig schlurfe ich zur Bahn zurück. Mit einem trüben Blick aus dem Fenster denke ich über die Zeit mit Azra nach. Über Alexander haben wir tatsächlich kaum mehr geredet. Bis auf eine Stichelei, die sich Azra einfallen ließ. Sie imitierte, oder besser gesagt parodierte mein Jammern im Schlaf.

»Alexander, Alexander.«

Jedes Mal, wenn ich hier oder da drohte, in einen meiner beliebten Tagträume abzugleiten. Frechheit!

Die S-Bahn erreicht den Bahnhof Ostkreuz. Ich steige aus und wühle mich durch die Menge. Es ist ein Gedränge wie in einem Bienenstock. Die Stichelei von Azra ärgert mich immer noch und was noch schlimmer ist, dass sie mir permanent im Kopf herumspukt. Wie ein Ohrwurm. Oder ein Mantra. Was fällt der bloß ein? Endlich erreiche ich die Treppen. Angesäuert und kopfschüttelnd rezitiere ich sarkastisch Azras »Alexander, Alexander«, als ich hinter mir eine vertraute, unangenehm amüsierte Stimme vernehme.

»Höre ich da etwa meinen Namen?«

Where no women has gone before

Neues Spiel, Neues Glück

Ich stehe an einer der Treppen des S-Bahnhofs Ostkreuz und wäre sie beinahe heruntergefallen. Ausnahmsweise nicht wegen meiner Tollpatschigkeit, sondern vor Schreck ... und Scham. Eben noch habe ich Azra nachgeäfft. Besser gesagt, ich habe sie nachgeäfft, wie sie mich nachgeäfft hat. Offensichtlich etwas zu laut. Zumindest so laut, dass es jemand neben mir gehört hatte und dieser jemand war, wie könnte es auch anders sein, Alexander.

Mist. Was macht der denn hier, besser gesagt: Was macht der denn gerade jetzt hier?

Mein Kopf steht kurz vor dem Platzen, nicht nur aus Scham über diese megapeinliche Situation, sondern auch vor Wut. Ich bin wütend auf mich, da ich wieder einmal arschbombengleich in ein ozeangroßes Fettnäpfchen reingesprungen bin. Und natürlich auf Alexander. Dieser Blödmann scheint ein Talent dafür zu haben, in den ungünstigsten Momenten aufzutauchen.

Bevor mein Schädel explodiert, macht es mein Mund.

»Was machst du hier?«, belle ich ihn an und werfe ihm den giftigsten Blick zu, den ich draufhabe. Das verschlägt ihm die Sprache und er sagt eine gefühlte Ewigkeit nichts. Selbst einige der Berliner, die so einiges gewöhnt sind, schauen mich beim Vorbeilaufen an. Eine kunterbunt gekleidete, alte Frau murmelt:

»Gib's ihm, Schätzchen«.

Alexander zieht eine Augenbraue nach oben. Er beginnt amüsiert zu grinsen. Ein Ausdruck, für den ich ihm am liebsten eine reinhauen würde. Oder ihn küssen, ich bin mir da nicht ganz sicher. Mist. Hoffentlich habe ich das nicht laut gedacht.

»Hm, lass mich überlegen, wozu betreten Menschen einen Bahnhof?«, sagt er und erlöst mich zumindest von dieser Sorge. Alexander legt einen Zeigefinger an die Wange und schaut gekünstelt nach oben, als würde er angestrengt nachdenken. »Rasenmähen? … Nein! … Tennis spielen? … Hm … nein, auch nicht.«

»Lass den Blödsinn!«, fauche ich. Es ist absurd. Jetzt zieht er wieder die Augenbraue hoch.

»Ich versichere dir, dies ist kein Blödsinn, sondern Ausdruck solider Bemühung, deine Frage nach dem Grund meinen aktuellen Präsenz an diesem Ort adäquat zu beantworten.« Seine Stimme drückt feierlichen Ernst aus.

Präsenz? Adäquat? Warum redet der Kerl so geschwollen? Das ist doch eine Masche. Und meine Wut scheint einfach an ihm abzuprallen. Daher entscheide ich mich zu einem Strategiewechsel.

»Ich habe es mir anders überlegt«, sage ich gelangweilt, »ich will es gar nicht wissen.« Dann drehe ich mich um und steige die Treppe herunter. Kurz darauf höre ich seine Stimme direkt hinter mir.

»Mich treibt ein gewisses Interesse, warum du nach mir gerufen hast.«

Mist. Die Hoffnung, dass mein Wutausbruch ihn davon ablenken würde, war vergebens.

»Ich habe nicht nach dir gerufen. Sei nicht so eingebildet, es gibt viele Menschen mit diesem Namen«, belehre ich ihn, während ich die Treppe nach unten steige. Unten angekommen gehe ich zügig weiter. Ich komme keine fünf Meter weit, dann läuft er neben mir. Der gibt wohl nie auf.

»Welche denn zum Beispiel?«, fragt er belustigt.

»Alexander der Große«, antworte ich schnippisch.

»Ich bin groß.«

»Ich habe nicht gesagt: Alexander der Lange.«

»Gut, dass du den Unterschied kennst. Und? Hast du also nach Alexander dem Großen gerufen? Oder vielleicht ja auch nach Alexander dem Langen?« Sein Grinsen ist noch breiter. Blödmann.

Ich bleibe stehen und überlege, wie ich ihm eine verbale Breitseite verpassen kann. Aber da fällt mir mein neuer Vorsatz ein. Ich wollte uns ja eine Chance geben. Mist. Außerdem hat er jetzt sein Grinsen gegen den unschuldigen Hundeblick getauscht. Das ist Kampf mit unfairen Mitteln und sollte verboten sein.

»Ok«, stöhne ich. »Können wir das Thema fallen lassen? Der Kaffee geht auch auf mich.«

»Es wäre mir eine außerordentliche Freude.«

Ich stöhne ein weiteres Mal, drehe mich um und gehe los.

Auf dem Weg zum Boxi erzähle ich ihm eher unfreiwillig vom letzten Wochenende, Azras Besuch, unseren Unternehmungen. Nicht, dass ich unbedingt scharf darauf bin, ihm alles brühwarm zu präsentieren. Es ist wieder das gleiche Spiel. Alexander stellt Fragen, ich rede und er hört zu. So schaffe ich es nie, ihn kennenzulernen. Als wir am Boxi ankommen ist es nach 19 Uhr und die Coffeeshops im Umkreis haben geschlossen. Müdigkeit legt sich wie eine schwere Decke auf meine Schultern. Alexander ist aufmerksam, schaut mir in die

Augen und schlägt vor, den Kaffee auf ein andermal zu verschieben. Ich bin dankbar über den Vorschlag, benötige aber zumindest eine Kleinigkeit zu essen. Zum Glück gibt es am Boxi ein breites Angebot und holen wir uns beide eine Schawarma.

Während die Gerichte zubereitet werden, erzähle ich Alexander von der Espressomaschine in der Küche und meiner Unfähigkeit sie zu benutzen. In seinen Augen leuchtet Interesse auf und er fragt nach dem Modell oder dem Hersteller. Ich habe natürlich keine Ahnung. Wieso sollte ich mir auch eine Typenbezeichnung von einem Raumschiff merken, das ich nicht fliegen kann? Mir fällt ein, dass ich Azra ein Foto geschickt habe, suche das Bild, finde es und reiche es ihm mein iPhone. Er schaut sich das Foto gründlich an, vergrößert es und schiebt es hin und her.

»Das ist ein feines Gerät«, sagt er anerkennend, »die Handhabung mag kompliziert wirken, aber das täuscht.« Er hält kurz inne und tippt auf meinem iPhone herum. Bevor ich begreife, was er da macht, klingelt es in Alexanders Jacke. Er tippt wieder auf meinem iPhone und gibt es mir zurück.

»Ich werde dir ein paar Links zu Youtube-Tutorials zukommen lassen«, erklärt er in sachlich, aber mir bleibt fast die Spucke weg.

»Hast du meine Telefonnummer gestohlen?«, frage ich blöde.

»Gestohlen?« Er wirkt erstaunt. »Nein, natürlich nicht, sie gehört immer noch dir.« Verarscht der mich?

»Du weißt genau, was ich meine. Du hast sie dir …«, ich suche nach dem richtigen Wort, »… ergaunert.«

Anstatt einer Antwort reicht er mir meine Schawarma.

»Dein Essen«, sagt er knapp, nimmt seine an und ehe ich mich versehe, hat er mich nach draußen geschoben. Jetzt stehen wir dort und mir fällt auf, dass ich nicht bezahlt habe. Ich schaue hilflos nach drinnen. Alexander scheint meine Gedanken zu lesen.

»Es ist bezahlt, iss, solange es warm ist.« Er lächelt mich wieder so unschuldig an, dass ich ihm weder für das Telefon-Manöver noch für die ungefragte Einladung böse bin. Außerdem wollte ich ja seine Nummer und jetzt habe ich sie endlich. Wir setzen uns kurz auf eine Bank, essen stumm und dann begleitet mich Alexander höflich wie ein Gentleman bis zum Tor.

Oben in der Wohnung texte ich mit Azra, die nach einem ereignislosen Flug gut gelandet ist und in der Bahn nach Hause sitzt. Wir vereinbaren, die neuen Ereignisse morgen zu besprechen. Ich räume noch die letzten Spuren von ihrem Besuch auf und lege mich müde ins Bett. Kurz darauf kündigt ein »Pling« eine neue Nachricht an. Sie ist von Alexander und wie versprochen sind drei YouTube-Links angehängt. Ich nehme mir vor, es morgen mit dem Kaffee zu versuchen und schließe die Augen, um zu schlafen.

Doch es gelingt mir nicht, weil ich über Alexander nachdenke. Ich bin hin- und hergerissen. Nicht weil er unverschämt gut aussieht, gut duftet, oder wegen der anderen positiven Merkmale, sondern weil meine Antennen dauernd irgendwelche Schwingungen auffangen. Da ist dieses Dunkle, unendlich Traurige und Verlorene, was ich bereits auf der Brücke gespürt habe. Die Intensität hat nachgelassen, blitzt zwischendurch aber immer wieder auf. Merkwürdig, zuweilen hat es für mich sogar den Anschein, dass er sein Inneres gegen mich abschirmt. Wie eine Wand aus Blei um den Reaktorkern eines Atomkraftwerkes. Er ist sehr nett und zugänglich, aber es ist fast wie bei einem Pfirsich. Je tiefer man eindringt, desto härter wird er und zum Schluss stößt man auf einen kaum zu knackenden Kern.

Ich frage mich, ob ich mir eine Beziehung mit jemandem vorstellen kann, der sich mir gegenüber verschließt und die Antwort ist ein klares Nein. Zu einer Beziehung gehört Vertrauen. Das bedeutet nicht, dass ich alle seine innersten Gedanken kennen will. Aber Alexander hat sich bisher eher als ein Großmeister der Verschwiegenheit erwiesen. Wenn ich ehrlich bin, weiß ich fast nichts über ihn. Wo ist er aufgewachsen? Wo leben seine Eltern? Hat er Geschwister? Welche Bücher liest er? Welche Filme liebt er? Was für Musik hört er? Bei dem Gedanken, dass er Schlager oder, worst case, sogar Helene Fischer mögen könnte, wird mir ganz übel.

Ich beschließe, dass dies wirklich ein k.o.-Kriterium sei.

Obwohl ich nicht viel über ihn weiß, wirkt er trotzdem *komplex* auf mich. Mir fällt kein besseres Wort ein. Das fängt mit seiner manchmal so gestelzten Sprache an. Wo lernt man, so zu sprechen? In einem Eliteinternat? Er wirkt auch so abgeklärt, ganz anders als meine Kommilitonen, oder andere in seinem Alter. Zu guter Letzt fallen mir dann doch noch die Augen zu und ich schlafe endlich ein.

Ich stehe auf der Brücke und schaue zum Fernsehturm. Hinter mir höre ich ein Rascheln und drehe mich um. Auf der anderen Seite der Brücke steht eine junge Frau in einem blauen, altmodischen Kleid. Sie hat mir den Rücken zugewendet. Ihr Haare sind lang und rotbraun. Irgendetwas an ihr zieht mich an. Ich überquere die Straße und gehe auf sie zu. Kurz bevor ich bei ihr bin, höre ich, wie jemand ihren Namen ruft. Es klingt fremd, »Biehak« oder so ähnlich. Wer war das? Ich schaue mich um, doch wir sind alleine auf der Brücke. Da, wieder ruft sie jemand. Woher kenne ich den Namen? Jetzt dreht sich die Frau zu mir um und schaut mich an. Ich kenne sie nicht. Sie öffnet ihren Mund und schreit, aber ihr Schrei ist stumm.

Mit einem Ruck setze ich mich im Bett auf. Was war das denn für ein bekloppter Traum? Und da war wieder dieser Name, »Biehak«. Hatte den nicht Alexander in meinem Albtraum gerufen? Ich brauche eine ganze Weile, um runterzukommen und wieder einzuschlafen.

Um kurz nach fünf Uhr wache ich ein weiteres Mal auf. Aber dieses Mal schaffe ich es nicht wieder einzuschlafen. Genervt stehe ich auf, gehe in die Küche und stelle mich der Kaffeemaschine. Neben ihr steht, wie mir jetzt erst richtig bewusst wird, eine Mühle für Kaffeebohnen. Kaffeebohnen? Julia, du dumme Nuss! Ich durchsuche alle Schränke und finde nichts. Mist.

Ob Max geahnt hat, dass ich zu blöd für die Maschine bin? Womit sich die Aktion: *Selber Kaffee zubereiten* in Rekordzeit erledigt hat. Ich fotografiere die leere Mühle, schreibe »keine Kaffeebohnen«, füge einen Lacher dazu und schicke es Alexander.

Dann gehe ich ausgiebig duschen. Nachdem ich mich, weil es ja noch so früh ist, in Zeitlupe angezogen habe, lümmle ich mich in einer Kuscheldecke auf dem Eames. Als es an der Tür klingelt, schrecke ich hoch. Ein Blick auf mein iPhone zeigt 6.35 Uhr. Irritiert gehe ich zur Tür und drücke auf die Sprechanlage.

»Hallo?«, frage ich zögerlich. Direkt neben meinem Ohr klopft es an der Tür und ich springe vor Schreck einen halben Meter zurück. Ein Blick durch den Spion zeigt … einen grinsenden Alexander mit einem türkisfarbenen Päckchen in der Hand. Nachdem ich umständlich aufgeschlossen habe, öffne ich die Tür und glotze ihn fragend an.

»Guten Morgen.« Er hebt grinsend das türkisfarbene Päckchen und sieht, wie meine Augen folgen. »Kaffee. Bohnen. Für die Mühle«, sagt er langsam und geduldig, als wäre ich begriffsstutzig.

Wie betäubt trete ich beiseite und lasse ihn herein.

»Wo ist denn die Küche? Ah, ja, hier.« Auf dem Weg schaut er sich um und macht Komplimente über meine Wohnung. Er untersucht die Maschine, hebt das Dach ab und holt einen Wasserbehälter heraus. Ach, so etwas geht? Nach mehrmaligem Abspülen setzt er den gefüllten Behälter zurück und schaltet ein. Kurzzeitig brummt es.

»In 20 Minuten sollte die Maschine bereit sein«, eröffnet er mir zufrieden. Was? 20 Minuten? Was ist das denn für ein Schrott? Alexander sieht meinen ungläubigen Blick und erklärt.

»Die Maschine heizt das Wasser auf, wärmt die Brühgruppe und stellt den Dampfdruck her.«

»Ok …« Ich kapiere kein Wort, nicke ergeben und sehe ihm zu, wie er die Packung öffnet. Ein betörender Duft erfüllt die Küche.

»Der Kaffee stammt übrigens aus Köln«, sagt er zu meiner Überraschung. »Da gibt es in Ehrenfeld eine Rösterei namens *Van Dyke*, die meiner Meinung nach die besten Röstungen herstellt, die ich in den letzten hundert Jahren getrunken habe.«

Ich lache. »In den letzten hundert Jahren?«, frage ich ihn.

»Na ja, mehr oder weniger, lass uns da nicht so kleinlich sein. Diese Mischung heißt *Ehrenfelder*. Sie eignet sich perfekt für einen Cappuccino.« Alexander lächelt. »Zeigst du mir deine Wohnung?«

Ziemlich neugierig. Aber was soll's? Er ist ja jetzt hier. Und hat Kaffee mitgebracht.«

Das Bett hatte ich eben gemacht, öffne aber die Tür nur kurz.

»Schlafzimmer«, sage ich knapp, deute auf die nächste Tür. »Badezimmer« und gehe zum Wohnzimmer. »Die Wohnung gehört einer Art Patenonkel, der sie nicht benötigt und mir vermietet.« Ich grinse verlegen. »Zum, naja, extremen Freundschaftspreis.«

Als erstes schiebe ich auf dem Tisch meine Zeichnungen von der Brücke zusammen und lege sie auf ein Sideboard. Alexander betrachtet die Möbel mit ausführlicher Aufmerksamkeit und zeigt sich beeindruckt.

»Zweifellos Originale mit geschichtlicher Relevanz und viele Designklassiker.« Er untersucht den Schreibtisch. »Dieses werte Exemplar scheint aus dem Reichskanzleramt der Weimarer Republik zu stammen. Dein Oheim hat ein offensichtliches Faible für das Besondere und sündhaft Teure.« Mir bleibt der Mund offen stehen. Den Eames hatte ich erkannt, dachte aber, es wäre eine Replik. Von wegen *kleine Zweiraumwohnung* und *alter Kram*, das ist schon sehr merkwürdig. Ich werde das mit Max bei Gelegenheit besprechen.

20 Minuten später steht vor mir eine Tasse Cappuccino vor mit einem perfekten Latte-Art-Herz. Mit ge-

röteten Wangen stelle ich nach dem ersten Kosten fest, dass er fantastisch schmeckt. Woher er eine kleine Kaffeerösterei in Köln-Ehrenfeld kennen würde, frage ich Alexander und bekomme zur Antwort, dass er in der Vergangenheit in Köln geschäftliche Termine hatte und daher die Stadt kenne. Wir reden eine Weile über Köln und ich bin erstaunt, wie viel er über meine Heimatstadt weiß. Ich bekomme fast den Eindruck, dass er sich besser auskennt als ich und frage mich, wie das möglich ist. Ich versuche, ihn über seine Köln- und Startup-Zeit auszufragen. Er weicht mit zugegeben spaßigen Antworten und Anekdoten aus. Mein Empathie-Warnsystem schlägt an. Die Geschichten scheinen etwas zu kaschieren, wie unangenehme Erinnerungen. Ich spüre seine Bedrücktheit und Trauer. Um nicht in der Wunde zu bohren, wechsele ich das Thema und frage ihn, ob Berlin seine Geburtsstadt ist und wo seine Eltern leben. Alexander eiert schon wieder herum und erklärt, dass er kein waschechter Berliner sei. Er verschließt sich fühlbar wie eine Muschel. Die Bleiwand ist wieder intakt und meine Antennen empfangen nichts mehr. Ein Gefühl der Enttäuschung macht sich in mir breit. Das scheint ihm nicht entgangen zu sein, denn er mustert mich auf eine wachsame und fast medizinisch untersuchende Weise. Eine unangenehme Stille entsteht. Um davon abzulenken, schaue ich auf die Uhr und bekomme einen Schock.

»Ach du liebe Güte«, erfährt es mir. Wir haben viel zu lange geredet und mein erster Kurs fängt in knapp 20 Minuten an. Ich springe auf. »Ich, ich muss zur Uni«, stammle ich, »und … und du must, äh, sorry, gehen.«

Der verschlossene, mich mit Röntgenaugen untersuchende Alexander verschwindet und der freundliche, besorgte taucht aus der Versenkung auf.

»Gestattest du mir, dich zu fahren?«, fragt er, während ich hektisch die Tasche packe, »Das geht deutlich schneller als mit dem ÖPNV.«

»Ich weiß nicht.«

»Mein Fahrzeug steht direkt vor der Tür.« Ich willige ein, wir verlassen die Wohnung, flitzen die Treppe runter und unten angekommen stehen wir zu meiner Überraschung vor einem schwarzen Sportwagen. Er öffnet mir die Tür und ich steige ein. Drinnen sieht es aus wie in einem Raumschiff. Er tippt auf einen riesigen Monitor und der Wagen fährt los. Ich höre keinen Motor.

»Elektroauto, das ist ein Tesla«, sagt er und wir zischen beinahe geräuschlos Richtung Osten. Alexander *übersieht* diverse Stoppschilder, *vergisst* hier oder da das Tempolimit und behält recht. Es ist viel schneller, als mit der Tram. Als das Auto vor der Uni zum Stehen kommt, sind gerade mal zehn Minuten verstrichen. Um mir eine verlegene Verabschiedung zu ersparen, springe ich fast aus dem Auto, strecke den Kopf noch einmal herein, hauche ein »Danke«, mache die Tür zu und laufe schnell auf den Campus. Dabei spüre ich, dass ich schon wieder rot werde. Mist.

Obwohl es November ist, erinnern die Temperaturen eher an einen September. Die Sonne scheint und zwischen den Vorlesungen sind Bänke und Treppen voller Studies, die in der Sonne sitzen und die letzten Strahlen tanken. Die Plätze zwischen Mensa und Spree platzen aus allen Nähten. Da ich heute nur bis kurz nach 14 Uhr Uni habe, überlege ich mir, wie ich den sonnigen Nachmittag verbringe. Nicht dass es nicht genügend für die

Uni zu tun gäbe. Ich packe meine Tasche und gehe mit Franziska nebst baggerndem Daniel zur Tram. Direkt neben dem Campuseingang lehnt Alexander an einer Mauer, grinst uns an und ich komme fast ins Stolpern.

»Hallo Julia«, begrüßt er mich. Statt zu antworten, klappt mein Mund tonlos auf und zu, wie bei einem Karpfen. Franziska sieht erst wohlwollend Alexander, dann mich mit großer Skepsis an.

»Ihr kennt euch?«, fragt sie. Mit einem Tonfall, der die Absurdität dieser Bekanntschaft unterstreichen soll. Sie wendet sich Alexander zu und schießt ihr Killer-Lächeln auf ihn ab.

»Hallo, ich bin Franziska«, quäkt sie im unschuldigen Klein-Mädchen-Tonfall.

»Dieses Miststück«, denke ich empört, »verliert keine Zeit und versucht, meinen Freu… meinen … Alexander anzugraben.« Ich riskiere einen Seitenblick zu Daniel. Er wirkt wie ein Dreijähriger, dem man den Lolli geklaut hat und lässt den Kopf hängen.

»Hallo.« Alexander antwortet Franziska zwar freundlich, aber zu meiner Genugtuung nur knapp und wendet sich mir zu.

»Julia, ich hatte dir doch einen Ausflug versprochen, hast du gerade Lust und Zeit?«, fragt er lächelnd.

»Aber klar«, antworte ich überschwänglich und wende mich an Franziska mit meinem eigenen und besten Haifischlächeln. »Wir sehen uns, ciao«. Ich umarme kurz Daniel, flüstere ihm: »Sie ist es nicht wert« ins Ohr und laufe zu Alexander, der bereits am Tesla steht und mir die Tür aufhält. Ich merke, wie sich Franziskas Blicke tief wie Speere in meinen Rücken bohren.

»Nicht umdrehen und nicht hinschauen, das wurmt sie am meisten«, sagt er leise und grinsend, während ich einsteige. Kurz darauf fahren wir los. Es ist ein Augenblick, den ich zutiefst genieße. Ein absoluter Traummann der Kategorie sieben lässt Miss *Ich-bin-die-Schönste* für mich links liegen. Kurzzeitig fühle ich mich wie ein Superstar im Blitzlichtgewitter bei der Oscar-Verleihung. Allein dafür hätte Alexander einen Marie-Ohnmachtskuss von mir verdient. Als ich breit grinsend meinen Kopf zu ihm drehe, sehe ich, dass er mich beobachtet.

»Das war ein Spaß, oder?«, zwinkert er.

Ich fühle mich ertappt und werde rot. Er lacht und mir fällt auf, dass ich ihn das erste Mal lachen höre. Es ist ein schönes, ansteckendes Lachen und ich fange an zu kichern.

»Sei nicht allzu streng mit ihr«, fügt er lächelnd hinzu, »wer weiß, wie es unter der Schminke aussieht.«

Bevor ich die Gelegenheit bekomme, über die Tiefe des Satzes nachzudenken, denn er meint ja mit Sicherheit nicht Franziskas reichhaltigen Einsatz kostspieliger Pflegeprodukte, erklärt Alexander, dass wir auf den Prenzlauer Berg fahren. Er kenne eine *angemessene Örtlichkeit, um die Vorzüge der aktuellen Wetterlage adäquat auszukosten*. Nachdem er einen Parkplatz gefunden hat und wir ausgestiegen sind, entnimmt er dem Kofferraum einen monströs großen, geschlossenen Flechtkorb.

»Picknick«, erklärt er und führt mich nach Süden in den Mauerpark, einen Hang hinauf. An seiner Rückseite ist eine schreiend bunte Mauer voller Street-Art. Ich stelle fest, dass wir nicht die Einzigen sind. Überall am Hang sitzen Leute, Gruppen und Pärchen und schauen nach Westen in die Sonne.

Wir suchen uns einen freien Fleck. Bevor wir uns auf

die oberste Stufe einer Treppe setzen, zieht Alexander zwei Schaumstoffpads aus dem Korb.

»Senioren-Outdoor-Sitze. Nicht hübsch, beinahe rufschädigend, aber ein thermischer Genuss für das Gesäß.« Ich kichere und er hat recht, die Teile sind saugemütlich und mein Po ist warm. Alexander öffnet den Korb und zaubert eine Flasche Champagner heraus. Er entkorkt ihn und füllt zwei Gläser. Es folgt eine große Schachtel mit verschiedenen Pasteten.

Während wir die unglaublich leckeren Pasteten essen, spricht Alexander über den Mauerpark und die Teilung der Stadt nach dem Zweiten Weltkrieg. Er ist der geborene Entertainer und Fremdenführer. Bildlich schildert er die Trennung zwischen Ost und West, zeigt mir, wo hier die innerdeutsche Grenze verlief, spricht über die Fluchtversuche, Fluchttunnel und den Schießbefehl auf Flüchtende. Er malt die Geschehnisse so plastisch und lebhaft aus, dass ich zeitweise das Gefühl bekomme, dass es erst gestern geschehen und Alexander dabei gewesen wäre. Woher er so viel wisse, frage ich ihn. Er erklärt, dass ich mir nicht vorstellen könne, was alles in Büchern und im Internet zu finden sei.

Inzwischen ist die Sonne schon dunkelorange und nahe am von der Stadt gezackten Horizont. Schnell schieße ich ein paar Fotos. Es wird kühler und ich ziehe die Jacke zu. Aus den Tiefen des Korbes zieht Alexander eine Fleece-Decke und legt sie mit einem Arm um mich. Zu meiner eigenen Überraschung lehne ich mich mit dem Kopf an seine Schulter. Wortlos sehen wir der untergehenden Sonne zu. Ich atme seinen Duft ein, ein tiefes Gefühl der Geborgenheit durchströmt mich und ich wünsche mir, dass die Zeit stehen bleibt. Von wegen. Nach nicht einmal fünf Minuten ist die Sonne untergegangen. Kurz darauf zieht Alexander zu meiner Enttäuschung den Arm mit der Decke weg, faltet und verpackt sie mit den anderen Resten und steht auf. Schade. Es war doch gerade so schön. Er reicht mir mit einer leichten Verbeugung die Hand. Ich kichere und stehe auf, ohne sie zu ergreifen. Hätte ich besser, denn es war wohl zu viel Champagner und ich schwanke kichernd weiter. Alexander greift meine Hand, was mir überraschend gut gefällt und wir laufen gemeinsam die Treppe am Hang Richtung Süden hinunter. In die falsche Richtung.

»Steht das Auto nicht auf der anderen Seite?«, frage ich ihn.

»Das ist korrekt«, antwortet er, »in unserem Fall lautet die Devise jedoch: Don't drink and drive. Ich habe uns einen alternativen Transport organisiert.« Als ich ihn verständnislos anschaue, grinst er und sagt »Uber.«

Ach so, sag das doch. Blödmann.

Unten an der Bernauer Straße angekommen dauert es nicht lange, bis eine schwarze Limousine vorfährt. Wir steigen ein. Auf dem Weg zum Boxi fragt Alexander, was ich, abgesehen von Italienisch und Pasteten, gerne esse.

»Burger«, platzt es aus mir heraus und ehe ich mich versehe, spricht er für Freitag eine Einladung zum Burger-Essen aus. Der Champagner stört offensichtlich meine Gehirn-Mund-Koordination. »Ist das ein Date?«, frage ich, bevor mein Verstand das Mundwerk zu bremsen vermag. Kaum ist es raus, beiße ich mir auf die Lippen und laufe knallrot an. Alexander zieht seine Vulkanier-Augenbraue hoch.

»Es wäre mir eine außerordentliche Freude, Gnädigste.«

Von wegen *Gnädigste*. Blödmann.

Kaum bin ich durch die Wohnungstür, lasse ich Tasche und Jacke fallen, renne zum MacBook und skype mit Azra, der ich alles erzähle. Angefangen bei der Treppe am Bahnhof Ostkreuz, Schawarma am Boxi, dem Traum und über Alexander in meiner Wohnung. Dann schildere ich ihr die Szene mit Franziska und dem Abend am Mauerpark. Dass er seinen Arm um mich gelegt, ich mich angelehnt und sich das unglaublich gut angefühlt hat, behalte ich allerdings für mich. Azra ist hin- und weg.

»Ein Picknick«, schwärmt sie, »Champagner im Sonnenuntergang, wie romantisch. Julia, du weißt nicht, was für ein Glück du mit ihm hast«.

»Du kennst ihn doch gar nicht«, gebe ich zurück, »ich kenne ihn ja selber nicht, er kann sich immer noch als der psychopathische Axtmörder entpuppen.« Azra wischt den Einwand mit einer lässigen Handbewegung weg, als wäre ich ein dummes Kind.

»Ein attraktiver, gebildeter, wohlhabender Mann, der dich Miss Atombusen vorzieht, Champagner und Pasteten im Sonnenuntergang serviert, die Größe hat, sein Auto stehen zu lassen und nicht einmal deine sexuelle Dehydration schamlos ausnutzt, kann nur ein echter Ritter sein. Mit Sicherheit ist er kein Axtmörder.«

Obwohl ich über die *sexuelle Dehydration* empört bin, ergeben ihre Worte Sinn. Alexander war wirklich zuvorkommend und romantisch, aber auf eine lockere, ungezwungene Weise. Ich habe mich zu keinem Zeitpunkt unwohl oder angebaggert gefühlt. Er ist so männlich, aber nicht auf diese halbstarke Macho-Art. Und ich merke, dass ich mich sehr zu ihm hingezogen fühle. Wenn ich an seinen Duft denke und wie gut es sich angefühlt hat, an ihm zu lehnen, fängt es an, überall zu kribbeln. Azras Stimme reißt mich zurück in die Wirklichkeit.

»Erde an Julia«, ruft sie, »woran denkst du?«

»Woran, woran ich denke? Ich, äh, wieso fragst du?«, piepse ich, mindestens eine Oktave höher als gewöhnlich.

»Du bist knallrot im Gesicht.« Azra scheint ein Licht aufzugehen. Sie mustert mich. »Was hast du mir verschwiegen?«, fragt sie, »sag' es und lüg' bloß nicht! Habt ihr geknutscht?«

»Geknutscht? ... Nein!«, sage ich entrüstet und spüre, wie Wangen und Ohren glühen.

»Du verschweigst mir etwas, ich sehe das in deinen Augen.« Ich schaue nach unten. »Julia Sophie Burmeester«, dröhnt ihre unerbittliche Stimme aus dem Lautsprecher und ich überlege einen klitzekleinen Moment, den Ton abzuschalten. Also gut. Ich gestehe und erzähle die ganze Geschichte.

Azra sieht nach dem Ende meiner Ausführungen sichtlich zufrieden aus. »Ich wusste doch, dass du dich verliebt hast«, sagt sie.

»Aber ich habe mich nicht verliebt«, entgegne ich ärgerlich.

»Du weißt es nur noch nicht«, wischt sie meinen Einwand beiseite. Ich kenne sie, diskutieren ist da absolut sinnlos.

Heiß-Kaltes Date

Die Woche vergeht wie im Flug und verläuft, bis auf eine mich ignorierende, sichtlich eingeschnappte Franziska, ohne besondere Vorkommnisse. Daniel durchschreitet ein Tief und ich habe Mühe, ihn aufzubauen. An einem Nachmittag sitzen wir hinter der Mensa an der Spree. Daniel schaut mit trübem Blick auf das Wasser. Seine Niedergeschlagenheit bereitet mir beinahe körperliche Schmerzen.

»Hast du Lust, eine Geschichte aus meiner Jugend zu hören?«, frage ich ihn. Daniel deutet ein Lächeln an.

»Na klar.«

»Sie ist noch gar nicht so alt, von Anfang des Jahres. Eine aus unserer Abi-Stufe gab eine Party. Auch ich und meine Clique waren eingeladen. Das hatte eher Seltenheitswert, wir waren nicht so die angesagten Gäste.«

Daniel macht, was ein guter Freund bei so einer Aussage macht. Er setzt eine Miene auf, die sowohl Empörung als auch Unverständnis ausdrückt.

»Für mich war es eine Art Schicksalsparty. Einer aus unserer Clique hieß Leon. Er war von allen Jungs der Schule mein bester Freund und wohnte in der gleichen Straße. Wir kannten uns noch vor der Grundschule, hatten viel Zeit miteinander verbracht, Spaß gehabt, viele Dummheiten und Streiche gemacht. Er war wie ein Bruder für mich.«

Daniels Mundwinkel zucken kurz. Er scheint zu ahnen, was kommt.

»Jedenfalls waren wir auf der Party. Es war eine lustige, wilde Party und wir feierten, lachten viel und tanzten. Gerade tanzte ich mit Leon, als sich die Musik zu einem Schmuseblues änderte. Ich hatte keinen Bock aufzuhören, also legte ich die Arme um seinen Hals und rückte näher. Warum auch nicht? War ja nicht das erste Mal und wir fingen an zu reden. Über das kommende Abi, über die Leute. Naja. Eben noch lachte ich über einen Gag, im nächsten Augenblick sah mir Leon in die Augen und küsste mich. Ich war so überrumpelt, dass ich mich nicht wehrte.«

»Oha«, kommentiert Daniel, ich nicke und erzähle weiter.

»Allerdings hatte ich den Kuss auch nicht erwidert. Ich fragte Leon, was das solle. Der fragte zurück, ob ich mir das nicht denken könne. Konnte ich nicht. Also zog Leon mich von der Tanzfläche in eine Ecke, weil er es mir erklären wollte. Behauptete er zumindest. Aber dann sagt er nur meinen Namen und legte mir die Hände an die Hüfte. Das war mir eindeutig zu schräg und ich verlangte auf der Stelle eine Erklärung.«

»Oje«, sagt Daniel knapp und ich nicke ein weiteres Mal.

»Er gestand mir, dass er schon seit langen in mich verliebt sei. Ich war schockiert. Vor allem, weil ich nichts bemerkt hatte. Das ist eher selten. Normalerweise kann ich gut in andere reinschauen und sehe oft, was sie bewegt. Aber in diesem speziellen Fall hatten meine inneren Antennen versagt.«

»Was hast du dann gemacht?«

»Was wohl«, antworte ich und bei der Erinnerung treten mir fast die Tränen in die Augen. Vor Enttäuschung. Oder vor Wut. Vielleicht beides.

»Ich habe ihm die Wahrheit gesagt. Dass ich keine Ahnung hatte. Habe mich sogar für mein mangelndes Feingefühl entschuldigt. Allerdings auch keine Antwort gegeben.«

»Und was hat er gesagt?«

»Er wurde ärgerlich. Behauptete, dass ich blind sein müsse und ich bloß nichts wie: *Du bist wie ein Bruder für mich* sagen solle.«

»Und? Was hast du gesagt?«

»Gar nichts und damit alles. Leon stürmte nach draußen, ich heulte auf der Toilette und es wurde nie wieder wie vorher. Er hatte danach kaum noch mit mir gesprochen und ist direkt nach dem Abi umgezogen. Nach München und macht dort eine Ausbildung.« Jetzt läuft mir doch eine Träne aus einem Auge.

»Das tut mir leid«, Daniel drückt meinen Arm und ich lächle ihn an.

»Das muss es nicht. Denn, es gibt eine gute Nachricht, und das ist der Grund, warum ich das erzähle. Endlich gibt es wieder jemanden, der sich mehr und mehr wie ein Bruder anfühlt. Das hat mir total gefehlt.«

»Aha?«, sagt Daniel und kapiert nicht, dass ich ihn meine. Ich boxe ihm auf den Arm und grinse ihn an.

»Ich rede von dir, du Dummerchen«, lache ich und sein Gesicht hellt sich auf.

»Danke«, murmelt er gerührt, »Das bedeutet mir viel.«

»Mir auch«, grinse ich und umarme ihn. »Komm, lass uns reingehen. Der Kurs fängt bald an.«

Ich freue mich auf das bevorstehende Date am Freitag wie ein Kind auf die Geschenke zu Weihnachten. Am Donnerstagabend hält mir Azra eine ihrer üblichen Predigten und schärft mir Regeln für Dates ein. Sie zwingt mich, alles zu wiederholen. Was dazugehört, was ok ist, was nicht ok ist und was ein absolutes No-Go ist. Ich wäre doch kein Kind, sondern fast zwanzig, wehre ich mich, als es mir zu bunt wird.

Ich sei aber so unerfahren wie eines, rechtfertigt sie die Aufklärungsstunde. Die Tipps für den perfekten Kuss höre ich mir nicht an und lege mir die Hände auf die Ohren. Dafür lasse mich aber überreden, ein Outfit nach dem anderen zu präsentieren, bis Azra mir die Freigabe erteilt.

Es ist Freitag und ich warte auf 19 Uhr. Ich habe meine Lieblingsjeans an, von der Azra behauptet, dass ich in ihr einen absolut knackigen Hintern hätte. Das kann mir nur recht sein. Azra drängte auf einen ausgeprägt pushigen Push-up, aber ich entgegnte ihr, dass Alexander bei einer Vorliebe für D-Körbchen eindeutig nicht der Richtige für mich sei.

Ich frage mich, welches Lokal Alexander ausgesucht hat, bezweifele aber, dass es der gegenüber liegende Burgerladen wird. Auf die Minute genau klingelt es an der Haustür und ich steige die Treppen hinunter. Am Tor wartet Alexander und er sieht einfach zum Anbeißen aus. Zur Begrüßung bekomme ich ein Kompliment für mein Aussehen und einen Luftkuss auf die Wange.

»Wie gut bist du zu Fuß?«, fragt er dann. Er betrachtet meine Schuhe und entdeckt zufrieden die schwarzen Converse. »Lust auf einen kleinen Walk von zirka 20 Minuten?«

Ich habe Lust, wir verlassen den Boxi in Richtung Norden und folgen an der nächsten Ecke der Boxhagener Straße. Auf dem Weg erzählt er mir von der jüngeren Geschichte Friedrichshains nach der Wende und den Veränderungen in dem letzten Jahrzehnt. Wir erreichen das Frankfurter Tor mit seinen schönen Kuppeltürmen. Die haben mir schon immer gut gefallen. Alexander kann auch hierzu referieren. Er spricht über den Architekten der Türme und von dem Bau der anderen Häuser an der Karl-Marx Allee, der wir ein paar Meter in Richtung Westen folgen.

Hinter einem flachen Gebäude mit der Aufschrift *Kosmos* biegen wir nach rechts ab. Alexander erklärt mir, dass das *Kosmos* 1961 als modernstes Kino der DDR eröffnet wurde und das vieles von der Architektur im Inneren an das Design der Raumfahrt angelehnt sei. Alexander weiß auch zu allem etwas, es ist beinahe unheimlich.

Fünf Minuten später stehen wir vor einem Lokal mit dem Namen *Rembrandt-Burger*. Wir folgen einer Gruppe hinein. Das kleine Restaurant ist voll und wirkt urgemütlich. Die Wände sind teilweise aus Backstein, an einer hängt ein Fahrrad. Die Besucher sitzen an rustikalen Holztischen und die Stühle erinnern mich vom Design an meine Grundschulzeit. Weil sie nicht reserviert hatten, drehen die Leute vor uns um und quetschen sich an uns vorbei. Wir sind dran und vor uns steht ein sehr hübsche Blondine mit mindestens drei Meter langen Beinen. Sie kritzelt etwas in einen Block, schaut hoch und lächelt breit.

»Alexander, goed om je te zien«, sagt sie und gibt ihm links und rechts einen Luftkuss an der Wange vorbei. Ich werde ebenfalls mit einem warmen »Hallo« begrüßt. Von dieser Szene etwas betäubt, lasse ich mich durch den Raum schieben, mir aus der Jacke helfen und finde mich sitzend an einem kleinen Zweiertisch am

Fenster wieder. Ich schaue mich um. An einer Wand hängt der Kunstdruck eines alten Gemäldes. Alexander folgt meinem Blick.

»Das ist Rembrandts Staalmeesters, auf Deutsch die Vorsteher der Tuchmacherzunft«, referiert er.

»Gibt es eigentlich etwas, das du nicht weißt?«, frage ich mit einem leicht schnippischen Unterton.

»Jede Menge«, antwortet er todernst, »zum Beispiel weiß ich nicht, wie du deinen Burger magst und was du gerne dazu trinkst.«

So habe ich das natürlich nicht gemeint, aber das erinnert mich daran, dass ich Hunger habe und deswegen vertiefe ich mich eine Weile in die Karte. So intensiv, dass ich gar nicht mitbekomme, dass das langbeinige Mädchen an unserem Tisch steht und mit Alexander auf Niederländisch spricht. Als ich hochblicke, lächelt sie mich wieder so warm und freundlich an und fragt, ob ich mich entschieden habe. In ihrem Blick liegt noch etwas anderes, eine Art Interesse, das über die Burger und Getränke hinaus geht. Ich merke, wie sich meine Wangen leicht röten, und gebe ihr meine Bestellung durch.

»Du sprichst Niederländisch?«, frage ich interessiert Alexander.

»Hier arbeiten viele Studierende. Nintje kommt aus Amsterdam. In der Stadt hatte ich eine kurze Zeit gelebt.«

»Und dabei so schnell die Sprache gelernt?«

»Es waren schon ein paar Monate und der Erwerb neuer Sprachkenntnisse fällt mir glücklicherweise leicht.«

Ich verziehe leicht säuerlich und neidisch den Mund. In Sprachen war ich nie eine Leuchte. Ich bin ja schon froh, meine eigene halbwegs gut zu beherrschen.

Alexander fragt mich, ob ich wüsste, wie Rembrandt mit Vornamen hieße. Aber darauf falle ich nicht rein. Das hatte ich letztens in einer Vorlesung gehört.

»Versuchst du mich für dumm zu verkaufen?«, stelle ich eine Gegenfrage und schiebe stolz mein Wissen hinterher. »Rembrandt ist der Vorname.«

»Der Versuch war es wert«, erwidert Alexander und lächelt, »das wissen wenige. Allerdings hätte ich es mir angesichts deines Studienganges auch denken müssen.«

Zum Glück fragt er nicht, wie der Nachname lautet, denn das habe ich schon wieder vergessen, sondern lächelt mich weiter an. Ich merke, wie sich meine Wangen röten, und schaue an Alexander vorbei. Dabei fällt mein Blick hinter den Tresen. Dort stehen Nintje, eine andere junge Frau und ein Mann mit braunen Haaren und Dreitagebart und schauen in unsere Richtung. Fast glaube ich, dass sie speziell mich ansehen. Ich blinzele kurz, nun scheint jeder von ihnen woanders hin zu blicken. Merkwürdig.

»Alexander?«, frage ich mit einer unangenehmen Vorahnung. »Ist irgendetwas Ungewöhnliches an mir, habe mich zum Beispiel bekleckert, einen Fleck an der Kleidung oder bin ich im Gesicht verschmiert?« Er schaut mich irritiert und prüfend an.

»Nein«, antwortet er nüchtern, »alles in Ordnung, ganz normal, du siehst wundervoll aus.« Weil er das im gleichen Tonfall wie die Auflistung der Architekten des Kosmos sagt, benötige ich eine Weile, um das Kompliment zu begreifen. Der Groschen fällt und ich werde wieder rot. Alexander gießt Öl ins Feuer.

»Weißt du, dass du unwiderstehlich aussiehst, wenn du errötest?« Mein Gesicht fängt an zu glühen und ich spüre, dass sich zusätzlich die Ohren röten.

»Ich prüfe das doch besser kurz nach«, sage ich und eile auf die Toilette. Es ist, wie in Berlin oft üblich, eine Unisextoilette. Vorm Spiegel prüfe ich mich, aber alles ok, so wie er es gesagt hat. Bis auf das *wundervoll.* Ich hätte es anders genannt. Akzeptabel, oder so. Ich gehe zurück an den Tisch. Kaum sitze ich, kommen die Burger. Es schmeckt himmlisch. Hier werde ich mal mit Azra, Marie und Niklas hingehen. Oder mit Mama. Ich denke an sie und so schweige ich ein Weilchen beim Essen.

»Ein Penny für deine Gedanken«, sagt Alexander und reißt mich aus meiner Versenkung.

»Ich denke an Freunde und Familie«, gebe ich zu, »das alles hier ist so neu und spannend, ich würde es ihnen gerne zeigen und mit ihnen teilen.«

Rein zufällig sehe ich zu dem Tresen, und habe wieder den Eindruck, dass mich das Personal beobachtet. Diesmal scheint sich ein Koch dazugesellt zu haben.

»Alexander«, flüstere ich, »schau dich nicht um, aber ich glaube, die beobachten uns.« Alexander hebt eine Augenbraue.

»Bist du sicher?«, flüstert er zurück.

»Ja, es ist schon das zweite Mal und jedes Mal, wenn es mir auffällt, schauen sie weg.«

»Das liegt an mir«, behauptet er, »ich habe zuletzt viel Trinkgeld gegeben. Das kommt davon, wenn man Geschäftspartner umgarnt. Jetzt überlegen sie vielleicht, ob es diesmal noch höher ausfällt.«

Ich bin noch nicht ganz überzeugt und mein Gesicht scheint Skepsis auszudrücken. Alexander zuckt mit den Schultern.

»Geldgieriges Pack«, murmelt er und ich muss kichern. Alexander gibt Nintje ein dermaßen hohes Trinkgeld, dass ich mir nicht sicher bin, ob er doch die Wahrheit gesagt hatte. Zum Abschied bekommen wir beide Wangenküsse. Beim Verlassen des Lokals ist mir, als wenn sich Blicke in meinen Rücken bohren, umzudrehen traue ich mich aber nicht.

Draußen fragt mich Alexander, ob ich Lust hätte, noch etwas zu trinken. Mir fällt der Abend ein, als wir mit Marie und Niklas zu *Don Camillo* unterwegs waren. In der Nähe des Lokals zeigte Alexander auf einen kleinen Laden und lobte ihn als *vorzügliche Weinbar, in der exzellente Produkte zu verköstigen seien*. Oder so ähnlich. Ich frage ihn, ob wir nicht dorthin gehen könnten und er reagiert ausgesprochen zurückhaltend. Meine Antennen registrieren eine Art Unbehagen und hätte er nicht letztens diesen Laden so gelobt, wäre es mir nicht so verdächtig vorgekommen. Jetzt wittere ich aber die Chance, etwas über ihn herauszufinden und so ziehe ich alle Register, um ihn umzustimmen. Ich probiere die Große-Augen-Nummer und die Ach-wie-schade-Masche, schlinge die Beine umeinander, schaue zu Boden, verändere meine Stimme und so weiter. Alles, was die Trickkiste hergibt. Es wirkt.

»Ok, dann lass uns aber zu Fuß gehen«, sagt er seufzend. Ich hüpfe gut gelaunt los und ernte einen anerkennenden Blick.

»Du Biest.« Alexander hebt einen drohenden Finger. »Dich werde ich nicht noch einmal unterschätzen.« Ich lache und greife seine Hand.

»Zeig' mir den Weg.«

Wir überqueren eine Straße und betreten einen Park. Den Friedrichshain, der dem Stadtteil seinen Namen gibt. Nach wenigen Minuten haben wir den Park durchquert, gehen an dem *Don Camillo* vorbei und stehen dann vor dem Eingang des *Ambrogio*. Alexander strafft die Schultern und öffnet die Tür. Innerlich reibe ich mir die Hände. Hier lauert ein Geheimnis. Ich kann es fast riechen.

Das Lokal ist winzig. Es hat nur drei Tische. Alexander wird auf Italienisch begrüßt. Wie viele Sprachen spricht er eigentlich? Eine Wand des Lokals ist über die gesamte Breite und Höhe mit Weinflaschen gefüllt. Am Fenster ist ein kleiner Tisch frei und wir setzen uns.

»Hast du besondere Präferenzen?« will Alexander wissen.

»Normalerweise rot und trocken. Aber du kannst mich ja überraschen«, grinse ich ihn an. Das scheint ihm zu gefallen. Er nickt, dreht sich um und spricht mit *Marco*, dem Besitzer. Marco bringt uns zwei Gläser Wein an den Tisch, erklärt uns, aus welcher Region Italiens die Weine stammen und was das Besondere an ihm sei.

Der Duft des Weines bringt mich zum Träumen. Es duftet nach Sommer, saftigem Gras und einem Hauch Melone. Wein trinken kann ja so sinnlich sein. Vor allem mit so einem süßen Begleiter. Der, wie könnte es auch anders sein, referiert über die Rebsorte *Grillo*. Ich greife mein iPhone und beuge ich mich zu ihm.

»Lächeln!« Ehe er sich wehren kann, habe ich ein Selfie geschossen. Als ich mir das Bild anschaue, lache ich. »Alexander, du solltest lächeln. Du siehst aus wie ein Schwerverbrecher.« Alexander setzt eine Miene zwischen Grinsen und Schmollen auf.

»Ich bin extrem kamerascheu.«

»Egal«, sage ich, »Widerstand ist zwecklos.«

Alexander ziert sich immer noch. »Ok«, sagt er, »versprich mir hoch und heilig, es nicht zu veröffentlichen.«

»Klar«, sage ich und die nächsten zwei Fotos sind besser. Es folgen noch ein paar Fotos des Weins und von den Wänden des Ladens. Der Tisch neben uns leert sich und während ich zusehe, wie die Gäste das Lokal verlassen, fällt mir auf, dass wir schon wieder über alles Mögliche, nur nicht über ihn reden. Ich eröffne ihm, dass es zum ersten Date gehören würde, dass man etwas über sich erzählt.

»So, so – was interessiert dich denn?«, antwortet er. Die Gegenfrage bringt mich kurzzeitig aus dem Konzept.

»Na, was wichtig ist«, antworte ich, »woher man kommt, ob man Geschwister hat, was man gerne mag, welchen Musikgeschmack man hat.«

»Musikgeschmack?«, fragt er amüsiert, »wichtig?«.

»Absolut«, verteidige ich mich »Stell dir vor, du würdest heiraten und später stellt sich heraus, dass deine Partnerin auf Helene Fischer steht«.

»Ist das deine Sorge, dass ich auf Helene Fischer stehe?« Alexander beginnt zu leise zu lachen.

»Es wäre ein k.o.-Kriterium«, gebe ich etwas kleinlaut zurück. Warum erzähle ich das alles? Ah – der Wein. Alkohol löst meine Zunge. Mist.

Aus dem Augenwinkel sehe ich, wie Marco den lachenden Alexander stirnrunzelnd anschaut. Ich frage mich, ob hier eine spaßfreie Zone ist. Lachen verboten. Besser mal ein Schild aufhängen.

»Hältst du mich denn etwa für einen potenziellen Heiratskandidaten?«

Ich kapiere jetzt erst, wie man meine Bemerkung

auch hätte auslegen können. Prima. Natürlich werde ich rot. Puterrot. Alexanders Lachen wird breiter und er hebt die Hände.

»Frieden, sorry, aber das war eine Steilvorlage. Sie nicht zu nutzen, wäre sträflich gewesen.« Marco schaut schon wieder zu uns rüber, jetzt aber mit offenem Interesse.

In diesem Moment öffnet sich die Tür. Zwei Männer und eine Frau betreten die Bar. Auch sie scheinen italienisch zu sprechen. Alexander wirkt, als würde er die Stimmen erkennen, aber er dreht sich nicht um. Meine Antennen fangen noch mehr auf. Eine Art innerliches Seufzen. Ist das der Grund, warum er sich geziert hat, dieses Lokal mit mir zu besuchen? Aus den Augenwinkeln schaue ich zu Marco. Der grinst breit. Was belustigt ihn? Die Gäste umarmen ihn, ich höre schnelles Italienisch und dann sticht aus den fremden Worten ein verständliches, lautes: »Alessandro« heraus.

Jetzt scheint es richtig interessant zu werden. Die Frau, sie ist vielleicht fünf, sechs Jahre älter als ich, dreht sich zu uns um.

»Alessandro, mio cara, dove sei stato così a lungo?«, ruft sie laut. Alexanders Gesichtsausdruck ist nicht deutbar, als er aufsteht, sich umdreht und die drei begrüßt. Es werden Wangenküsse verteilt, dann blickt Alexander mich an.

»Darf ich euch Julia vorstellen, sie studiert an der HTW und ist eine Künstlerin, meiner bescheidenen Einschätzung nach eine recht begabte. Ihr solltet ihre Kohlezeichnungen sehen.«

Mir bleibt die Spucke weg. Woher weiß er? Ach. Mist. Der Kaffee bei mir in der Wohnung. Ich glaubte, alle

Bilder schnell genug weggeräumt zu haben. Alexander stellt die drei vor.

»Das sind Sina und Antonio. Der gutaussehende Mann hier ist Gian Carlo.« Gian Carlo lacht.

»Danke, Süßer«, sagt er. Auch ich bekomme Wangenküsse, Antonio zieht unsere Stühle an den großen Tisch und unser Zweierdate findet ein spontanes Ende. Alexander wirkt ein wenig enttäuscht, aber mein Ego fühlt sich geschmeichelt. Die drei sind Teil eines Künstlerkollektivs und leben ein paar Straßen weiter in einer Mischung aus Kommune und Atelier. Ich erfahre, was sie nach Berlin verschlagen hat. Dass Gian Carlo aus Sizilien stammt. Er redet offen von seiner Familie, ihrem Unverständnis, nachdem er sich als schwul geoutet hat und wie wohl und frei er sich hier in Berlin fühlt. Sina und Antonio lernten sich in Stockholm kennen, hatten eine kurze und wilde Affäre und begegneten sich überraschenderweise zwei Jahre später hier in Berlin. Das war, wie sie sagen, Schicksal und einen Monat später heirateten sie. Sie schwärmen von Italien, dem italienischen Frühling und von Rom. Sina erkundigt sich, ob ich schon einmal dort gewesen wäre und als ich verneine, bombardieren sie mich mit Aufforderungen, die Stadt zu besuchen. Aber das ist nur der Auftakt zu einem weiteren Bombardement an Fragen: Zu meiner Person, meiner Herkunft, meinen Bildern und so weiter. Ich bin nicht sicher, ob sie jeden so aushorchen. Alexander scheint dies alles unangenehm zu sein, er wird im Laufe des Abends immer stiller und meine Antennen registrieren, dass sich über ihm eine düstere Wolke bildet.

Um den Abend nicht kippen zu lassen, greife ich zu einer spontanen Notlüge, dass mir Alexander einen Besuch an einer *ganz besonderen Stelle* angekündigt hätte und ich dies jetzt einfordern würde. Dieser ergreift den Rettungsring augenblicklich, zeigt eine bedauernde Miene, drischt hohle Phrasen wie *versprochen sei versprochen, mein Wunsch sei ihm Befehl*, steht auf und verabschiedet uns. Es folgen Küsse und Umarmungen. Sina drückt mich ganz fest.

»Besuch uns bitte einmal«, flüstert sie mir ins Ohr und nennt mir Straße und Hausnummer. »Alleine«, fügt sie hinzu. Das wird ja immer spannender. Beim Rausgehen drehe ich mich um und blicke ihr in die Augen. Wir verstehen uns und sie weiß, dass ich kommen werde.

Nachdem wir aus dem Sichtfeld der Bar hinaus sind, fasst Alexander meine Hand.

»Bereit für einen besonderen Ort?« Seine Hand ist warm und fühlt sich gut an. Es kribbelt in meinem Oberschenkel.

»Aber hundert pro. Obwohl das ja nur ein Trick war, um mit dir alleine zu sein.«

»Worüber ich auch äußerst entzückt bin, aber wenn wir schon einmal dabei sind, kann ich dir auch einen magischen Ort zeigen.«

Wir gehen zu einer Haltestelle und nach kurzer Fahrt mit Tram und S-Bahn steigen wir an der Haltestelle Bornholmer Straße aus. Der Ausgang liegt mitten auf einer Brücke. Statt weiterzugehen, lehnt sich Alexander an das Geländer. Unter uns sind die Gleise und in der Ferne ist der Fernsehturm zu erkennen. Autos fahren vorbei.

»Wir sind da«, sagt er und ich verstehe nicht. Das hier ist der magische Ort? Eine Brücke? Korrektur: eine zugige und schweinelaute Brücke. Eine Tram schiebt sich langsam und lärmend an uns vorbei. Autos dröhnen. Auf der gegenüberliegenden Seite schreien ein paar Jugendliche in Partylaune.

»Äh, magisch? Das hier?« Ich schaue Alexander fragend an.

»Du bist noch so jung. Daher sagt dir die deutsche Geschichte nicht so viel.« Was soll denn der Blödsinn? Er ist maximal fünf Jahre älter. Worüber redet er? Ist er besoffen? Was war in seinem Wein?

Aber Alexander lässt sich nicht von meiner gerunzelten Stirn und Miene beeindrucken. Er fasst meine Hand und wir gehen zum Ende der Brücke. Alexander beginnt wieder einmal zu referieren.

»Nach dem Ende des Zweiten Weltkrieges war die Stadt von den Besatzungsmächten geteilt. Es gab einen französischen, einen britischen, einen amerikanischen und einen sowjetischen Sektor. Auch der Rest Deutschlands hatte Besatzungszonen. Vier Jahre später riefen die westlichen Siegermächte die Bundesrepublik Deutschland aus. Wenige Monate später wurde auf dem Gebiet der östlichen Besatzungsmacht, im sowjetischen Sektor, die DDR gegründet. Die Beziehungen zwischen dem Ostblock und dem Westen verschlechterten sich im Laufe der nächsten Jahre zunehmend und endeten mit dem Bau der Berliner Mauer im August 1961.«

Jetzt wartet er, bis ich im mit einem Nicken zu verstehen gebe, dass ich ihm folge. Es ist ja nichts ganz Neues, aber so im Detail wusste ich es nicht mehr.

»Vorher war es für die Berliner möglich, sich in der ganzen Stadt zu bewegen. Damit war Schluss. Westberlin wurde eingemauert und komplett isoliert. Hier mitten auf dieser Brücke verlief die Grenze zwischen Ost- und Westdeutschland, also der Bundesrepublik

Deutschland und der Deutschen Demokratischen Republik. Die Fronten wurden härter. Zwischen Ost und West entstand der Kalte Krieg. Man richtete Atomwaffen aufeinander und viele Menschen hatten Angst vor einem Krieg, der die ganze Welt vernichten könne. Die anfängliche Hoffnung, dass sich bezüglich der deutschen Teilung eine Lösung ergeben könne, verringerte sich über die Jahre. Immer wenige glaubten daran. Denn die Staaten waren innerlich so weit von einander entfernt, dass keine Hoffnung mehr bestand. Man bräuchte schon … ein Wunder.«

Wir sind am Ende der Brücke angelangt. Ich erkenne einen kleinen Platz mit Gedenktafeln. Alexander fährt fort.

»Aber manchmal geschehen eben doch Wunder und am 9. November 1989 fiel die Mauer. Genau hier. Auf dieser Brücke. Deswegen ist dies ein magischer Ort. Hier geschah das, was keiner mehr zu hoffen oder zu glauben gewagt hatte. Dass die Mauer fällt. Und ich bin mir sicher, dass so gut wie keiner geglaubt hat, dass dies friedlich geschieht. Ohne Blutvergießen.«

Ich blicke Alexander verwundert an. Er wirkt extrem bewegt. Sehe ich da einen feuchten Schimmer in seinen Augen?

Etwas geschieht mit mir. Meine empathischen Antennen haben eine Signalüberlastung und ich werde mitgerissen von einer Welle der Gefühle. Ich spüre eine tiefe dunkle unterdrückte Verzweiflung. Begrabene schmerzerfüllte Trauer und etwas komplett konträres. Hoffnung. Es ist noch mehr. Das, was es am besten trifft, ist ein Spruch aus der Bibel. Glaube, Hoffnung, Liebe.

Die Gefühlswelle spült über mich weg. Reißt mich mit sich. Wie ferngelenkt ergreife ich sein Gesicht mit meinen Händen, ziehe es zu mir herunter und gebe ihm einen langen sanften Kuss auf seine Lippen. Ich ziehe ihn ganz fest an mich. Er schlingt die Arme um meinen Rücken und hält mich fest.

»Ein Wunder«, höre ich ihn murmeln, »dieser Ort ist Zeuge eines Wunders. Schon wieder.« Eine Ewigkeit stehen wir so da. Fast habe den Eindruck, dass er beginnt zu zittern. Er löst sich von mir, holt sein iPhone aus der Tasche, tippt und steckt es wieder weg. Dann drückt er mich wieder an sich. Ich lasse es nur allzu gerne geschehen.

Irgendwann, nach Minuten oder Stunden, hält ein Auto neben uns. Ein schwarzer SUV.

»Das ist für uns«, erklärt Alexander. Ich verstehe nicht und lasse mich wie betäubt zu dem Auto bringen. Alexander schiebt mich auf den Rücksitz.

»Das mag jetzt sehr überraschend kommen, aber ich muss dich um deine Geduld und dein Verständnis bitten. Leider ist es unabdingbar, dass ich für ein paar Tage die Stadt verlassen muss. Aber ich komme wieder. Versprochen.« Er schließt die Tür, sieht den Fahrer durch die Beifahrertür an, hebt den Daumen und das Auto fährt los. Mir fehlen die Worte. Ich weiß nicht, was los ist und ob ich enttäuscht, wütend, traurig, verwirrt oder alles zugleich bin. Verständnis? Geduld? Ich kapiere rein gar nichts. Die ganze Fahrt hindurch versuche ich, meine Gedanken zu sortieren, doch es gelingt mir nicht. Zu Hause angekommen lege ich mich ins Bett und heule ins Kissen.

Dann klingele ich Azra aus dem Schlaf und erzähle ihr unter Schluchzen, wie der heutige Abend verlaufen ist.

Ich lasse nichts aus, auch nicht den Kuss. Erst eine volle Stunde später habe ich mich wieder beruhigt.

Was wäre ich ohne Azra? Obwohl sie manchmal sehr emotional und leidenschaftlich ist, schafft sie es, in solchen Momenten dennoch ihre emotionale Seite abzuschalten und wechselt, wie sie es nennt, *in die Metaebene*. Sie hilft mir zu erkennen, meine Gefühle zu separieren. Da ist Enttäuschung über den seltsamen Abgang von Alexander, ich fühle mich tief verletzt, weil ich diesen als Zurückweisung empfinde. Ein großer Teil meiner Trauer speist sich aber auch aus den Gefühlen von Verlorenheit und unterdrücktem Schmerz, die ich bei Alexander gespürt habe. Wie ein Instrument schwingt meine Seele von diesen Gefühlen angeregt mit.

Nachdem Azra mir geholfen hat, meine Gefühlswelten zu ordnen, frage ich mich, was Alexander in der Vergangenheit erlebt haben mag. Möglicherweise war er so emotional mitgenommen, dass dies der Grund für seinen spontanen und merkwürdigen Abgang war.

Eine weitere Erkenntnis drängt sich mir auf und ich bin mir nicht sicher, ob sie mir gefällt.

»Azra«, flüstere ich und mir kullern wieder neue Tränen aus den Augen, »du hast recht.«

»Was meinst du?«

»Ich habe mich in Alexander verliebt.«

Eine Weile ist es still auf der anderen Seite.

»Auweia«, sagt sie schließlich, »dich hat es aber so richtig erwischt.«

»Ja«, murmele ich niedergeschlagen. Dann fallen mir die Selfies ein. »Hey ich habe ein Bild von ihm«, sage ich und schicke es ihr. Azra reißt die Augen auf.

»Julia«, sagt sie, »du hast nicht übertrieben. Der Typ

ist Kategorie sieben, aber mit 100 Punkten. Und du sagst, du wärst nicht hübsch. So einen Schönling bekommst du nicht einfach so.«

»Schon einmal von der Schönen und dem Biest gehört?«, kontere ich, »hier sind die Rollen vertauscht. Und außerdem habe ich ihn nicht. Er hat mich abgeschoben, entsorgt.« Die nächsten Tränen fließen.

»Schluss!«, sagt Azra laut, »das weißt du nicht, sondern nur dass er gesagt hat, er müsse die Stadt kurz verlassen und dass er wiederkommt.« Mit tiefer Stimme sagt sie: »I'll be back.«

»Wer's glaubt, wird selig«, murmele ich, höre aber auf zu weinen. Wir reden noch eine Weile und danach gehe ich schlafen.

The Point Of No Return

Als ich am nächsten Morgen in den Spiegel schaue, bekomme ich einen Schreck. Meine Augen sind total verquollen und ich beschließe gar nicht, oder nur mit einer verspiegelten Sonnenbrille das Haus zu verlassen. Ich schalte die Kaffeemaschine ein, denke dabei an Alexander und die unvermeidlichen Tränen rinnen mein Gesicht hinunter.

Dann gehe ich in die Küche, um die Kaffeemaschine einzuschalten. Moment, hatte ich das nicht gerade eben gemacht? Nein. Die Lampe leuchtet nicht. Merkwürdig. Ich schalte ein.

Dann gehe ich in die Küche um die ... Stopp! Was ist hier los? Ich bin total verwirrt, schalte die Kaffeemaschine ein und warte, was passiert. Es passiert nichts, die Maschine fängt an, ihr typisches Aufheizgeräusch von sich zu geben. Bizarr. Fängt das jetzt wieder mit meinen Déjà-vus an? Die hatte ich lange nicht mehr.

Ich schlurfe in die Dusche, lasse mir viel zu lange das warme Wasser über den Rücken laufen und mache mir dann einen großen Caffè Latte. Im Wohnzimmer kuschele ich mich in eine Decke und greife mir ein Buch für die Uni. *Kompendium des Industriedesigns* von Heinz Habemann. Es war am Donnerstagabend mit DHL gekommen, ich hatte es aber nur ausgepackt und auf den Tisch gelegt. Das Inhaltsverzeichnis ist ellenlang. Endlich komme ich zur Seite eins. Ich blicke auf den Text und drei Illustrationen. Die Illustrationen kommen mir vertraut vor. Ich blättere zwei Seiten weiter und sehe eine Grafik zum Thema *Zielsetzung kommunikativer und industrie-designerischer Arbeiten*. Auch diese kommt mir bekannt vor. Ich lese den Abschnitt und das ganze Kapitel eins durch. Nun bin ich mir sicher, dies alles schon einmal gelesen oder gehört zu haben. Hatte ich eine Vorlesung darüber, die ich vergessen habe? Ich schaue in mein Vorlesungsverzeichnis und durchsuche meine Mitschriften. Da war nichts.

Der ganze Tag verläuft ähnlich. Dauernd habe ich das Gefühl, dieses oder jenes schon einmal erledigt, gehört oder gelesen zu haben. Auch am Abend beim Skypen mit Azra ist es so. Sie erzählt mir gerade belustigt, dass Maries Hund Schulz sich losgerissen und die Nachbarskatze verfolgt hat.

Schon wieder.

»Ja und dann ist die Katze durch die Katzenklappe und Schulz volle Kanone gegen die Tür gerannt. Nicht schlau genug für die Klappe, aber zu schnell zum Bremsen«, sage ich gelangweilt.

»Woher weißt du das?«, fragt Azra erstaunt.

»Weil du mir das gestern schon einmal erzählt hast«, antworte ich und bücke mich nach einem Stück Keks, der mir runtergefallen ist.

»Julia!«, sagt sie mit so energischer Stimme, dass ich hochschrecke und den Kopf an der Tischkante stoße.

»Aua«, rufe ich, »was ist denn los?« Empört stiere ich in die Kamera.

»Julia Sophie Burmeester«, wiederholt sie. »Gestern warst du mit Alexander aus, und wir haben in der Nacht telefoniert und«, sie unterbricht meinen Einwand, »das mit Schulz ist heute erst passiert.« Sie schaut auf ihre Armbanduhr. »Vor genau drei Stunden und zwölf Minuten.«

Ich bin verwirrt, weil ich mir sicher bin, dass Azra mir die Geschichte schon einmal erzählt hat.

»Komisch«, murmele ich, »dann habe ich wohl nur gut geraten.«

Sonntag und Montag tritt das Déjà-vu Gefühl weiterhin auf. Dialoge, besondere Geräusche, bunt gekleidete Menschen und derlei mehr kommen mir merkwürdig vertraut vor. In der Uni ist es am intensivsten, manches hätte ich mitsprechen können. Was mich mehr beunruhigt, sind die Träume der beiden letzten Nächte, die sich um das Mädchen mit dem blauen Kleid drehten. Beim ersten Mal rannte sie über eine Wiese und fiel in ein tiefes Loch. Ich habe ihren Namen, dieses »Biehak« gerufen. Was ist denn das für ein blöder Name? Bei dem zweiten Traum war es schlimmer. Sie stand auf der Brücke, packte mich am Arm und fragte wütend: »Wer bist du?« Mir schnürte sich die Kehle zu, ich bekam eine Heidenangst und bin ich mit pochendem Herz aufgewacht.

Heute ist Dienstag und erfreulicherweise war die Nacht ohne seltsame Träume. Wir sind in der Mensa und ich rede mit Daniel. An einem weiteren Tisch unterhält sich Franziska mit zwei Studies, die ich nicht kenne. Sie hat mich seither keines Blickes mehr gewürdigt. Weil es so albern ist, muss ich immer wieder kichern. Daniel hat wohl einen Schlussstrich unter seine Bemühungen gezogen. Er verrät mir, dass Franziska unbedingt herausbekommen wolle, wer Alexander sei. Ich denke mir, dass ich ihre Erkenntnisse gerne hören würde, denn ich wüsste auch zu gerne, wer er wirklich ist, halte aber meinen Mund.

Am Nachmittag fahre ich auf den Prenzelberg. Zu den Künstlern. Wie bei vielen Häusern in Berlin kommt man auch hier durch ein Tor in einen Hinterhof. Es steht auf und ich gehe hindurch bis zu einem Haus mitten im Hof. An der mit vielen Klingeln versehenen Tür steht oben: *Atelier*. Ich strecke den Finger zur Klingel aus, aber die Tür öffnet sich und ein hübscher Typ verlässt das Haus. Die Chance lasse ich mir nicht entgehen, schlüpfe hinein und gehe durch bis in den fünften Stock. Die Tür steht halb offen und ich klopfe. Keine Reaktion. Mein zweiter Klopfversuch ist mutiger und ich höre Sinas Stimme.

»Es ist offen«, ruft sie. Ich gehe hinein, folge der Richtung, aus der ich sie gehört habe und bleibe wie erstarrt stehen. Sina sitzt splitterfasernackt auf einem Stuhl.

»Hallo Julia«, sagt sie erfreut, »komm doch rein«.

Unsicher trete ich ein paar Schritte näher und sehe Antonio an einer Staffelei. Er hat einen Pinsel in der Hand, den anderen im Mund und nickt mir zu. Nach einigen Strichen legt er beide weg und begrüßt mich.

»Bon Giorno, Julia«, sagt er, »auf dem Bild ist noch Platz. Hättest du Lust, mir Modell zu stehen?«

Mein Kopf ruckt zwischen ihm und der nackten Sina hin und her und ich fange an zu stottern. Meint er etwa nackt und erwartet, dass ich mich ausziehe?

»Ach, Antonio, mach' das arme Mädchen nicht so verlegen.« Sina lacht, steht auf und zieht sich einen Umhang über. »Hier in Berlin ist man in Künstlerkreisen ziemlich locker, was Nacktheit angeht. Lass dich von Antonio nicht verunsichern, das war nur ein Scherz.«

»No dopo tutto«, protestiert dieser, »ich erkenne wahre Schönheit.«

»Vorsicht«, warnt ihn Sina, »du weißt, wie gut ich mit

Blumentöpfen werfen kann.«

»Caffè?«, fragt Antonio, ich nicke und er verlässt das Zimmer. Aus einem anderen Raum höre ich das typische Mahlen und Brummen. Kurze Zeit später kommt er mit drei kleinen Tassen und einem Topf Zucker auf einem Tablett zurück. Wir setzen uns in eine Sitzecke auf abgewetzte alte Ledersofas. Der Espresso schmeckt vorzüglich. Antonio erklärt mir, guter Espresso sei heiß wie die Hölle, schwarz wie der Teufel, rein wie ein Engel und süß wie die Liebe.

»Si, süß wie die Liebe«, wiederholt Sina und wirft Antonio einen Luftkuss zu, »womit wir schon beim Thema wären« und betrachtet mich.

»Liebe?«, wiederhole ich dämlich.

»Ach Schätzchen«, entgegnet sie und klingt fast wie Marie. »Lass es mich so sagen: Wer bist du und was hast du mit unserem Alexander gemacht?«

»Mit Alexander gemacht?«, echoe ich schon wieder blöde. Ich kapiere rein gar nichts.

»Ja, mit Alexander«, lässt sich jetzt Antonio vernehmen, »dem dunklen Lord, Darth Vader, Blofeld, Agent Smith, Nosferatu, der Mischung aus George Clooney und Grumpycat.«

Sina stöhnt. »Mama mia, Antonio! Nicht jeder Mensch hat deinen dämlichen Filmtick. Außerdem glaube ich, sie weiß es noch nicht einmal.« Sina sieht mir direkt in die Augen. »Julia«, sagt sie ernst. »Ich kenne Alexander seit drei Jahren. Er ist nett, höflich, gebildet, zurückhaltend, redet oft wie ein Beamter. Er hat ein gutes Herz und ist ein durch und durch liebenswerter Mann. Aber es gibt zwei bemerkenswerte Besonderheiten. Erstens: ist er stets etwas ... melancholisch. Er lächelt zwar, aber seine Augen wirken ... traurig. Und Zweitens: Er geht nie alleine mit Frauen aus. Jedenfalls kamen wir am Freitag in das *Ambrogio* und als erstes sahen wir Alexander alleine mit einer Frau, mit dir, und ihr wirktet … recht vertraut. Dann erzählte uns Marco, dass er Alexander lachen gehört hätte, sogar schallend. Das ist nicht der Alexander, den wir kennen. Keiner hat ihn bisher lachen gehört. Alexander lacht nicht, niemals!«

»Sage ich doch«, brummt Antonio. »Der dunkle Lord.«

»Ach, sei still, stupido«, schneidet Sina ihm das Wort ab. »Fakt ist«, sagt sie und richtet ihre Aufmerksamkeit wieder auf mich, »was immer du auch mit ihm angestellt hast, ist ein Wunder.« Ein Wunder? Schon wieder dieses Wort. In meinem Kopf rotieren die Gedanken.

»Ich, ich habe nichts mit ihm angestellt«, antworte ich lahm, »wir sind uns nur andauernd und zufällig über den Weg gelaufen und irgendwie ist mehr daraus geworden.« Sina zeigt ein feines Lächeln. »Nicht das, was ihr jetzt denkt«, sage ich schnell und merke, dass ich in Gefahr stehe, rot anzulaufen. »Es war das erste Date. Wir sind nicht zusammen.«

Um zu verhindern, das Thema *zusammen* zu vertiefen, frage ich die beiden, wie sie Alexander kennengelernt haben und was sie von ihm wissen. Sie erzählen mir, wie er vor drei Jahren auf einer Vernissage aufgetaucht war, sie miteinander ins Gespräch kamen und lange über Kunst und Rom redeten.

»Über Rom?«, frage ich nach.

Antonio klärt mich auf, dass Alexander ein paar Jahre in Rom gelebt hätte. Obwohl ich nie die Mega-Leuchte in Mathe war, frage ich mich, ob Alexander wirklich Anfang, Mitte 20 ist. Eine Erklärung wäre, dass er dort in seiner Kindheit oder Jugend gelebt hat. Ich erkundige mich nach Familie oder anderen Informationen, wo er wohnt, wie alt er ist, doch das wissen die beiden auch nicht.

»Ich muss dich enttäuschen, Julia«, teilt mir Sina mit, »alles was wir über ihn wissen, haben wir gesagt, vor allem das Wichtigste: Das Eis taut.«

Das ist das Stichwort für Antonio, der direkt Figuren aus einem Uralt-Batmanfilm und Game of Thrones ausspuckt. Sina verdreht die Augen.

»Mama mia, der Kerl macht mich wahnsinnig. Man könnte meinen, dass er neben dem Malen nur Filme und Serien im Kopf hat, Idioto.« Antonio beugt sich vor und küsst Sina zärtlich hinter ihr Ohr.

»Nur dich habe ich im Kopf, il mio amore«. Sina stößt eine Mischung aus Schnurren und Seufzen aus.

»Er ist so ein süßer Charmeur, dass ich ihm nicht fünf Minuten lang böse sein kann.«

Ich lache und stehe auf und danke den Beiden. Lasse Gian Carlo Grüße ausrichten. Wir verabschieden uns mit Küssen und Umarmungen. Kurz bevor ich das Zimmer verlasse, ruft mir Sina noch hinterher.

»Ach, übrigens Julia.« Ich stoppe und drehe mich noch einmal um. »Bei Alexander ist rein gar nichts zufällig, du hast sicher beim allerersten Mal einen besonderen Eindruck hinterlassen.« Sie lässt den Umhang fallen und setzt sich, wie Gott sie schuf, auf den Stuhl. Ich bewundere kurz ihre Figur und das Selbstbewusstsein, mit dem sie sich nackt bewegt, steige das Treppenhaus hinunter und fahre nach Hause.

Unterwegs denke ich über meinen Besuch bei den beiden nach. Was meint Sina damit, dass ich schon bei der ersten Begegnung mit Alexander einen besonderen Eindruck hinterlassen hätte und was soll ich denn zum Kuckuck mit ihm angestellt haben? Ich verstehe es nicht und finde in meiner Erinnerung keine außergewöhnlichen Vorkommnisse. Niemand hat ihn bisher lachen gehört? Es ist kaum zu glauben. Ok, bei unseren ersten Begegnungen war er eher ernst und erst später herzlicher und humorvoller, aber ist das nicht normal, wenn man sich kennenlernt? Bei uns ist es doch ein ganz normales Kennenlernen, wie es in der Welt tausendfach passiert. Bis auf die Tatsache, dass ich ihn umgerannt hatte. Das ist wohl schlecht der entscheidende Unterschied. Jedenfalls habe ich keine Vorstellung darüber, was bei uns anders sein soll.

Die ganze Woche höre ich nichts von Alexander, kein Text, kein Anruf und ich frage mich, ob ich die Initiative ergreifen und ihm texten soll, lasse es aber. Azra hat mir davon abgeraten und mir empfohlen, Alexander die Zeit zu geben, die er bräuchte. Sie glaubt nicht, dass er mich abserviert hat, sondern irgendetwas verarbeiten müsse.

Also arbeite ich viel für die Uni, hänge mit Anna und Luisa einen Abend bei dem Kubaner ab, trinke viel zu viel Mojitos, flirte mit dem netten Besitzer und genieße den wundervoller Abend.

Es ist Freitag und als ich nach der Uni den Boxi erreiche, sehe ich vor dem Haus den Tesla. An ihm lehnt ein lächelnder Alexander.

Ich bleibe wie angewurzelt stehen und fühle mich wie gelähmt. Natürlich freue ich mich, ihn endlich zu sehen, aber ich bin auch verletzt und dieses Lächeln ist einfach zu viel. Als wäre nichts geschehen. Als hätte er mich nach einem Kuss nicht einfach abgeschoben.

Mir schießt das Blut in den Kopf, diesmal aus Wut. Ich ziehe meine Tasche näher an mich und gehe hoch erhoben Hauptes zu dem Eingangstor. Das Lächeln entgleitet seinem Gesicht und bevor ich das Tor erreiche, steht Alexander dort und versperrt mir mit einem Arm den Weg.

»Geh weg«, fauche ich ihn an.

»Julia, bitte«, sagt er, »bitte lass uns sprechen.« Sein Gesicht drückt echte Reue und Verzweiflung aus. Die Wut verpufft. Mist. Ich lasse die Schultern hängen und schaue Alexander an.

»Ist dir klar, dass dir nach der Nummer 99,999 Prozent aller Frauen einen Arschtritt gäben, der dich bis zum Mond befördern würde?« Alexander lächelt schief.

»Schon« sagt er in einem geknickten Tonfall, »aber die interessieren mich nicht, sondern nur die Eine«.

Nice try. Dieser Schmeichler kommt mir nicht so einfach davon. Ich schnaube.

»Die Eine«, sage ich unerbittlich, »verdient sowohl eine ehrliche und hingebungsvolle Entschuldigung, sowie eine verdammt gute Erklärung. Sonst wird aus *die Eine* ganz schnell *die Keine*.«

Azra hatte mir ans Herz gelegt, nicht zu weich zu sein und Regeln zu setzen. Ich bin überrascht, wie gut es mir gelingt, die Ratschläge umzusetzen.

»Du hast absolut recht«, sagt er in einem noch zerknirschteren, müden Tonfall, »du hast ja recht.« Er strafft die Schultern und fasst sanft meine beiden Hände. »Julia, wenn du erlaubst, würde ich dir gerne etwas zeigen. Wärst du bereit, mir eine Stunde zu opfern und mir so lange zu vertrauen?«

Ich überlege. Auf die eine Stunde kommt es nicht mehr an.

»Ok, eine Stunde, die Uhr tickt«, sage ich. Sein Gesicht hellt sich auf.

»Komm, schnell, schnell«, ruft er und eilt zu seinem Auto, hält mir die Tür auf und ich steige ein. Es ist Berufsverkehr und es geht nicht vorwärts. Alexander schaut besorgt auf die Uhr, seine Unruhe ist deutlich zu spüren. Ich ergebe mich in mein Schicksal.

»Eine Stunde zuzüglich Berufsverkehr, entspann dich.«

»Ich danke dir von Herzen«, sagt er und atmet auf.

Krass, der ist ja richtig durch. Nach über 40 Minuten erreichen wir den Prenzlauer Berg und Alexander benötigt weitere zehn Minuten, bis er entnervt einen Parkplatz gefunden hat.

»Es passt aber auch nichts«, murmelt er etwas ungehalten.

Durch das Gekurve habe ich die Orientierung verloren und keinen blassen Schimmer, wo wir sind. Alexander schreitet zügig auf einen Eingang eines mehrstöckigen Häuserblocks zu und ich folge ihm. Er schiebt die Tür auf und wir steigen die Treppe eines schönen Altbaus bis zum Ende nach ganz oben. Dort ist eine Tür, die sich klickend öffnet. Dahinter erstreckt sich ein Flur mit vier weiteren Türen, die an eine Hochsicherheitszone erinnern. Sie sind, wie auch die Rahmen aus mattglänzendem Stahl. Keine hat sichtbare Schlösser. An einer Tür ist eine Tastatur mit Zahlen. Ohne dass Alexander einen Schlüssel benutzt oder das Tastenfeld bedient, klickt es auch in der Tür. Er drückt sie auf.

»Komm herein«, sagt er. Ich bleibe stehen.

»Was ist das, Alcatraz? Eine Forschungsstation, die Zentrale der CIA?«

»Es ist meine Wohnung, komm«, sagt er. Langsam gehe ich hinterher. Hinter mir, wie in einem Horrorfilm, fällt die Tür zu. Allerdings ohne Knarren und ohne Knall. Einfach nur ein sattes »Klack«.

Die Lichter in der Wohnung scheinen automatisch anzugehen und ich sehe mich um. Wir stehen in einem großzügigen Flur. Alexander betritt den nächsten Raum, ein großes Wohnzimmer mit hoher Decke. Minimalistisch, aber einladend. Von hier führen zu beiden Seiten Türen und Durchgänge zu weiteren Zimmern. Alexander schreitet durch einen Bogendurchgang in ein Nachbarzimmer.

»Hier entlang, vertraue mir«, sagt er und ich komme in eine Art Bibliothek. Der Raum erscheint mir riesig. Die Wände sind voller Bücher bis an die Decke. Aber auch im Raum stehen mehrere Regalreihen. Ich entdecke einen antiken Tisch mit vier samtbezogenen Stühlen und zwei Ohrensessel in der Nähe einer Balkontür. Sie stehen Rücken an Rücken. Einer ist in den Raum hinein gerichtet, der andere mit Blick auf die Balkontüren.

Alexander zieht mich an der Hand und zu den Türen. Draußen ist es inzwischen dunkel geworden und wir spiegeln uns in der Scheibe.

»Helligkeit um 80 Prozent verringern«, sagt Alexander und das Licht dimmt automatisch runter. Ich bin verblüfft, kann mir aber den Sarkasmus nicht verkneifen.

»Das wolltest du mir zeigen? Eine Lichtsteuerung? Klar. Jetzt weiß ich Bescheid. Damit ist alles vergeben.«

Alexander rollt mit den Augen, als wäre ich ein zickiges Kind. Er stöhnt leise.

»Julia, erinnerst du dich, wo wir vor einer Woche

waren?«

Es kostet mich deutlich Mühe, eine zweite, noch wesentlich sarkastischere Bemerkung runterzuschlucken und ihn nicht zu fragen, ob er den Burger, den Wein oder meine Abservierung meint. Ich bleibe einfach stumm.

Alexander seufzt ein weiteres Mal. »Du machst es mir nicht leicht, oder? Aber du hast recht, das hätte ich bei Gott auch nicht verdient. Nun gut.«

Er streichelt kurz meine Hand und lässt sie dann los.

Schade.

»Ich sprach von der deutschen Teilung und dem Wunder des Mauerfalls und dieses Wunder ...«, er bricht ab und presst die Lippen zusammen, scheint mit sich zu kämpfen. »Dieses Wunder gibt mir Hoffnung«, sagt er leise, »dass vielleicht für mich ...« Ein weiteres Mal presst er die Lippen aufeinander. »Ebenfalls ein Wunder möglich ist.« Er flüstert fast.

Akustisch habe ich ihn verstanden, aber der Sinn wird mir nicht klar.

»Schaue bitte einmal nach draußen«, sagt er, öffnet die Balkontüren und stößt sie auf. Mein Blick fällt über den Balkon auf Gleise, eine S-Bahn-Station an einer Brücke. Wir haben eine direkte und klare Sicht auf die Station Bornholmer Straße und die Brücke. Sein magischer Ort. Ich verstehe. Zumindest teilweise.

»Es ergab sich die Möglichkeit, diese Wohnung in meinen Besitz zu überführen und ich habe keinen Augenblick gezögert. Ich möchte diesen Ort betrachten, wann immer mir danach ist. Wenn ich Zeiten der Traurigkeit durchlebe und leider waren diese in den letzten Jahren zu zahlreich, tröstet mich diese Aussicht. Zumindest ein wenig. Sie gibt mir Hoffnung.«

Er macht eine kleine Pause und ich spüre, wie bewegt

er ist.

»Ich stehe fast jeden Abend hier, blicke auf die Brücke und hoffe auf ein Wunder.«

Meine Antennen werden von Gefühlen überflutet.

»Julia, seitdem ich dich getroffen habe.« Er bricht ab. »Falsche Reihenfolge, Julia, ich ...« Er unterbricht sich schon wieder. Sein Gesichtsausdruck erhält einen schmerzhaften Zug und aus seinen Augen scheint alles Licht zu weichen. »Meine Biografie ist schrecklich, ich ...«

Die letzen Wort sind geflüstert, fast tonlos.

Sein Gesichtsausdruck wechselt wieder einmal, diesmal zu einer ausdruckslosen Maske. Seine Stimme verliert die Betonung, wird beinahe roboterhaft.

»Bitte nimm mein außerordentliches Bedauern und die aufrichtige Entschuldigung zur Kenntnis, dass ich die folgenden Informationen auf eine für dich absurd wirkende Vortragsweise wiedergeben werde.«

Er hat recht, es wirkt absurd, aber ich spüre, dass er einen Schutzschild vor sich selber aufbaut.

»Ich verstehe, bitte fahre fort.«

Er nickt. »Vielen Dank. Wie ich soeben anmerkte, ist meine Biografie suboptimal verlaufen. Ich war acht Jahre alt, als meine Mutter an einer Krankheit starb. Über die Umstände des Dahinscheidens meines Vaters liegen mir keine Informationen vor. Gesichert ist, dass sowohl er als auch alle weiteren direkten Angehörigen nicht mehr am Leben sind. Ich wurde überfallen und verschleppt. Man hat mich gezwungen, gefesselt und geknebelt die Ermordung der Person, die mir auf der Welt am allermeisten bedeutet hat, mit anzusehen.«

Ich schlage mir die Hand vor den Mund.

»Oh, mein Gott.«

»Wie unschwer zu konkludieren ist, haben die Ereignisse schwere Traumata bewirkt. Es hat eine beträchtliche Zeit benötigt, mit diesen mentalen Schäden adäquat zu verfahren. Bedauerlicherweise ist die in jahrelangem Training erarbeitete Kontrolle dennoch fragil. Darüber zu sprechen ist mir nahezu unmöglich. Aufgrund dessen ist diese Explikation eine Premiere und exklusiv. Ausgesprochen emotionale Ereignisse beeinträchtigen die Stabilität ebenfalls entscheidend, daher war ich gezwungen, unsere Zusammenkunft am Freitagabend abrupt und zeitnah zu terminieren. Ich bedauere die quantitative und inhaltliche Insuffizienz meines Vokabulars angesichts der Aufgabe, eine angemessene Entschuldigung zu formulieren. Vor allem im Kontext der seelischen Pein, die mein Handeln bei dir bewirkt haben muss.« Alexander atmet auf und verstummt.

Meine Seele fühlt sich wie mit Backsteinen beworfen. Diese wenigen Sätze tragen trotz der emotionslosen Aussprache und der vor Fremdwörtern strotzenden Verklausulierungen einen Schmerz und Trauer in sich, dass es mich fast zerreißt. Es ist still im Raum. Wir hören die S-Bahn und den Straßenlärm der Brücke.

Und ein Tropfen. Es sind meine Tränen, die unablässig aus meinen Augen kullern, mein Gesicht herablaufen und von meinem Kinn nach unten auf den Teppich fallen. Ich lege ihm die Hand an die Wange und er ergreift sie.

»Warte«, sagt er, »ich bin noch nicht fertig.« Seine Stimmlage normalisiert sich. »Meine Existenz glich einem nicht enden wollenden Winter. Um ehrlich zu sein, ich hatte die Hoffnung fast aufgegeben. Wollte nur noch sterben. Bis du in mein Leben getreten bist.« Er sieht mir in die Augen. »Julia, du bist ein Wunder. Mein Wunder, das Wunder des Frühlings. Vom ersten Moment an, an dem wir uns begegnet sind, ist irgendetwas in mir aufgebrochen und ich habe seitdem mehr Hoffnung, als die deutsche Wiedervereinigung mir jemals gegeben hat.«

Ich will etwas sagen, aber er spricht weiter.

»Mir ist noch nie ein Mensch wie du begegnet. Dein Herz ist voller Liebe und Güte. Ich habe das Gefühl, du könntest bis in meine Seele hineinschauen, aber interessanterweise macht es mir keine Angst, sondern ich fühle mich sicher. Nie hätte ich geglaubt, dass so etwas möglich ist. Nie hätte ich erwartet, dass ich nach allem, was mir widerfahren ist, in der Lage bin, auf diese Weise für einen anderen Menschen zu empfinden.« Alexander presst die Lippen aufeinander und scheint mit sich zu ringen. »Niemals hätte ich geglaubt, mich jemals wieder zu verlieben.«

Mir stockt der Atem. Hat er mir gestanden, in mich verliebt zu sein? Ich lehne meinen Kopf an seine Schulter und versuche, das Gehörte zu verdauen, aber mein Gehirn scheint blockiert, von der Informationsflut überlastet.

Ein Gedanke taucht aus dem Meer des Chaos auf. Alexander und ich haben trotz unserer Unterschiede eine Gemeinsamkeit. Keiner von uns hat mit dem anderen gerechnet und damit, sich zu verlieben. Aufgrund unserer Biografie. Denn auch ich habe etwas in meiner Vergangenheit, was mich diesbezüglich blockiert hat. Die Erkenntnis schlägt ein wie eine Bombe.

»Mein Vater ist tot«, höre ich mich sagen, »er starb,

als ich fünf Jahre alt war. Ich habe ihn nie richtig kennengelernt. Kann mich kaum erinnern.« Ich versuche vergeblich, die Tränen einzudämmen. »Ich bin 19 Jahre alt und war noch nie richtig verliebt. Azra sagt, es läge daran, dass ich Bindungsangst hätte und dass diese mit Papas Tod zusammenhängen. Mama hat unter seinem Tod sehr gelitten. Azra hatte nach der Scheidung ihrer Eltern auch eimerweise Tränen vergossen. Die Trennung von ihrem ersten richtigen Freund sah nicht viel anders aus. Und mein bester Freund Leon hatte mich auch verlassen. Weil er mehr als eine Bruderfigur sein wollte und ich ihm das nicht geben konnte.«

In mir bricht eine Sperre und ich rede immer weiter.

»Azra hat recht. Ich habe Angst davor, verlassen zu werden. Kann man es mir verdenken, bei all den guten Beispielen? Es mir zum Vorwurf machen, wenn ich mich schütze? Auch ich habe ein Wunder erlebt. Denn dann kamst du und reißt die Mauer ein, die ich so gut aufgebaut hatte, dass ich sie selbst nicht mehr einreißen konnte. Aber was hat es mir gebracht? Als du mich am Freitag in das Auto abgeschoben hast, da …«

Ich breche ab, lege meine Arme um seinen Hals und fange hemmungslos an zu schluchzen. Mein ganzer Körper schüttelt sich mit Weinkrämpfen. Die aufgestauten Gefühle der letzten Tage, Wochen und Jahre sind nicht mehr aufzuhalten. Es ist wie ein Dammbruch. Alexander hebt mich in seine Arme und trägt mich durch die Wohnung zu einem Sofa und setzt sich mit mir im Arm hin. Seine Hand streicht durch meine Haare, während ich alles heraus weine. Mir kommt es so vor als wären es Stunden. Vielleicht sind es aber auch nur wenige Minuten. Meine Tränen versiegen.

»Ich muss dir etwas gestehen«, sage ich nach einer

Weile und lege ihm eine Hand an die Wange. »Ich habe eine Schwäche für verlorene Seelen.«

»Da bist du bei mir genau richtig.«

Unsere Lippen finden sich und ich küsse ihn, wie ich noch nie jemanden geküsst habe. So intensiv, leidenschaftlich und vor allem, weil ich endlich etwas empfinde. Alles in mir sehnt sich nach ihm. Ich schmecke seinen Mund, das Salz meiner eigenen Tränen und spüre, wie wir uns fallen lassen, der Kuss sich verändert und wir zu einer Person verschmelzen. Mein ganzer Körper kribbelt und Hitzewellen durchströmen mich. Nach einer gefühlten Ewigkeit lösen sich unsere Lippen voneinander, ich lege meinen Kopf auf seine Brust und atme seinen Duft ein.

Alexander legt eine Hand auf meinen Rücken und mit der anderen streicht er mir durch die Haare. Der Weinkrampf hat mich total entkräftet und ich bekomme nicht mit, wie ich weg nicke. Als ich aufwache, liege ich der Länge nach auf dem Sofa. Mit meinem Kopf auf Alexanders Oberschenkel.

»Ups«, sage ich, »ich bin wohl kurz eingenickt.« Er kichert.

»Kurz? Du hast eine Stunde geschlafen«, sagt er, »und ganz süß geschnarcht.«

»Ich schnarche nicht«, sage ich entrüstet, richte mich auf und stupse ihm einen Finger auf die Brust.

»Aua«, ruft er gekünstelt, »kaum sind wir zusammen, schon werde ich geschlagen.« Ich strahle. Es stimmt. Wir sind zusammen. Wohlig kuschele ich mich wieder an ihn. Und penne ein zweites Mal ein.

Ich schlage die Augen auf und frage mich, wo ich

bin. Es ist weich, ich liege auf einem großen Bett in einer Decke eingehüllt. Ohne Schuhe, aber ansonsten habe ich, wie ich beruhigt feststelle, noch alles an. An der Decke leuchtet die Zeitanzeige eines Projektionsweckers. „23:42“ lese ich. Alexander liegt nicht neben mir. Ich stehe auf und versuche, ihn zu finden, gehe durch zwei weitere Räume, bis ich zu dem Wohnzimmer komme. Meine Güte, ist die Wohnung groß. Im Wohnzimmer ist er auch nicht. Ich finde ihn in der Bibliothek, in einem der Ohrensessel sitzend. In der Hand hält er ein alt aussehendes, braunes Buch. Er klappt es zu und schaut mich an. Neugierig blicke ich auf den Titel. Es scheint Deutsch zu sein, aber die Buchstaben sehen dermaßen komisch aus, dass ich es nicht verstehe.

»Die Geschichte vom hölzernen Bengele«, sagt er. »Es ist eine Ausgabe von 1914 und deswegen noch in altdeutscher Schrift.«

»Hölzernes Bengele?«, frage ich verwundert, »was ist das?«

»Pinocchio«, erklärt er. Ich verstehe und dann sogar den Hintergrund. Vor Rührung fange ich wieder an zu weinen. Pinocchio, der Junge aus Holz, der am Ende einer Reise voller Gefahren und Angst auch ein Wunder erlebte. Eine gute Fee verwandelte ihn in einen Menschen und er bekam eine echte Familie. Ich beuge mich zu Alexander hinunter und küsse ihn zärtlich.

»Du bist aber nicht aus Holz«, flüstere ich ihm aufmunternd ins Ohr, gebe ihm noch einen Kuss und erkläre ihm, dass ich keine Lust hätte, nach Hause zu fahren. Alexander ist alles andere als enttäuscht.

Wolke 7

Schmetterlinge Im Bauch

Wir sitzen am Frühstückstisch. Vor mir steht ein Cappuccino mit einem perfekten Latte-Art-Herz. Es sieht so schön aus, dass ich mich beinahe nicht traue, ihn zu trinken. Deshalb mache ich ein Foto und schicke es Azra.

»Solo-Julia ist Geschichte. Melde mich später«, texte ich. Es dauert keine Minute, bis eine Antwort kommt.

»Waaaaas? Glaube es nicht. Kuss«

Ich lächle und nippe an dem Kaffee. Er schmeckt unglaublich gut. Alexander hat auch so ein chromblitzendes Kaffeeteil, das mir jetzt, da ich meine Maschine schon ganz gut bedienen kann, vertraut vorkommt. Der gestrige Abend und die vergangene Nacht geistern durch meine Gedanken.

Nachdem ich mich entschlossen hatte, nicht mehr nach Hause zu fahren, hatte ich mir aus Alexanders Schrank ein langes Shirt gefischt und als Nachthemd benutzt. Er sagte, ich solle im Badschrank nach einer Zahnbürste suchen. Ich schaute nach und mir war spontan klar, was Sina mit *Alexander würde nichts dem Zufall überlassen* meinte. Sorgsam aufgereiht grinsten mich alle denkbaren und undenkbaren Artikel in mehrfacher Ausführung an. Ich fand alleine fünf neue Zahnbürsten und drei Packungen Zahnpasta. Ist er etwa eine Prepper?

Alexander eröffnete, dass ich im Bett und er auf dem Sofa schlafen würde. Ich traute meinen Ohren nicht.

Meine Güte, wie altmodisch. Nach einem kurzen Wortgefecht legte er sich zu mir ins Bett. An seine Brust gekuschelt war ich sofort eingeschlafen. Mist. Ich konnte es noch nicht einmal richtig genießen, weil es zu schnell *dunkel* wurde. Dafür war der Schlaf erholsam wie seit Langem nicht mehr.

Meine Gedanken treten wieder in die Gegenwart ein und ich merke, wie Alexander mich beobachtet. Er hat ein breites Grinsen aufgesetzt.

»Was?«, frage ich leicht schnippisch, »habe ich einen Milchbart?« Es wäre ja schließlich nicht das erste Mal, dass ich mich mit Nahrungsmitteln beschmiere oder beklecker e.

»Ne, allet jut«, beruhigt er mich mit Berliner Akzent. Ich muss kichern. Er schaut ernst.

»Ich bin dir noch eine Antwort schuldig«, sagt er und ich wappne mich innerlich.

»So? Was denn?«, frage ich gedehnt und trinke ich einen großen Schluck des köstlichen Kaffees, um Nervosität und Unsicherheit zu überspielen. Mächtiger Fehler.

»Ich kann Helene Fischer nicht ausstehen«, sagt er und kaum ist die Antwort raus, ist es auch mein Kaffee, den ich quer über den Tisch pruste. Danach kämpfe ich mit einer Mischung aus Hustenanfall, Erstickungstod und Lachkrampf. Als ich Alexander anschaue, sitzt er ungerührt in seinem Stuhl. Sein Gesicht ist voller Kaffee, der ihm vom Kinn hinunter auf Shirt und Hose tropft und er verzieht keine Miene.

»Das hätte ich jetzt nicht erwartet«, sagt er trocken. Das gibt mir den Rest und ich krümme mich auf dem Stuhl zu einem weiteren Lachkrampf. »Ich gehe jetzt wohl besser duschen«, kündigt er an, steht auf und verschwindet. Ich lache weiter, bis mir der Bauch schmerzt. Dann wische ich den Tisch, Stühle und Boden sauber. Alexander erscheint angezogen und gut duftend.

»Ich gehe auch schnell duschen«, rufe ich ihm zu und hüpfe davon. Obwohl sein Bad ein Traum ist und Platz für eine halbe Fußballmannschaft bietet, dusche ich mich im ICE-Tempo. Als ich wieder zurückkomme, sitzt Alexander am Tisch mit einem iPad in der Hand und tippt sich durch die News. An meinem Platz steht ein frischer Cappuccino mit Herz. Er ist so süß. Ich setze mich auf Alexanders Schoß und gebe ihm einen langen, sehnsuchtsvollen Kuss.

»Vielen Dank«, flüstere ich, während ich seinen Hals mit Küssen bedecke. Er legt sein iPad auf den Tisch, vergräbt sein Gesicht in meinen Haaren und hält mich fest.

Nach dem Frühstück fahre ich mit der S-Bahn nach Hause, da Alexander aufgrund des samstäglichen Wochenmarktes ohnehin keine Chance auf einen Parkplatz hätte und ich Zeit brauche, die Ereignisse des gestrigen Tages zu verarbeiten. Und um mit Azra zu skypen, aber das habe ich ihm natürlich nicht erzählt. Kaum bin ich in meiner Wohnung, legen Azra und ich los. Es ist ein intensives Gespräch. Ich lasse nichts aus und als ich von den besonders emotionalen Momenten erzähle, fange ich an zu weinen. Azra weint mit. Aus Respekt vor Alexanders Privatsphäre sage ich allerdings wenig über die Umstände seiner Biografie, außer dass er Vollwaise ist und darüber hinaus eine schrecklich traumatische Erfahrung hat. Azra versteht und bohrt nicht nach. Bei der Verabschiedung sagt sie mir, wie sie glücklich wäre, sich für mich freuen würde und dass sie mich liebt. Ich antworte, ich würde sie auch lieben und Azra legt auf.

Mit einem Tee in der Hand gehe ich auf dem Eames-Sessel in Gedanken durch, was Alexander mir über sich mitgeteilt hat. Es war kompakt formuliert, Bedeutung und Konsequenzen sind jedoch weitreichend. Ich werde einige Zeit benötigen, über alles ausreichend nachzudenken. Klar ist, dass er bis vor kurzen ganz alleine auf dieser Welt war. Ohne enge Beziehung. Keine Seele war ihm nah, niemand hatte ihm zuweilen Trost gespendet. Kein Ohr, dem er zu sagen vermochte, was er mir gestern gestanden hat.

Es ist entsetzlich, der Gedanke daran schnürt mir die Kehle zu. Eine Welle des Mitgefühls und der Trauer überrollt mich und ich weine heiße, bittere Tränen. Natürlich klingelt es in diesem Moment an der Tür. Es ist Alexander.

»Was ist passiert?«, fragt er erschreckt, als ich ihm tränenüberströmt die Tür öffne.

Ich werfe mich ihm entgegen und schlinge meine Arme um seinen Hals.

»Du arme, gequälte Seele«, schluchze ich, »du wirst nie wieder alleine auf dieser Welt sein, denn ich werde bei dir bleiben.«

»Es ist gut«, flüstert er beruhigend mein Ohr. »Alles ist gut, jetzt, wo wir uns gefunden haben.« Er schließt mit einer freien Hand die Tür. Seine Nähe beruhigt mich und meine Tränen versiegen. Alexander streicht mir die Haare aus dem Gesicht und zeichnet mit den Fingerkuppen meine Gesichtszüge nach. Unsere Lippen finden sich zu einem nicht enden wollenden Kuss.

»Jetzt ist aber Schluss mit dem Geknutsche«, sage ich danach und ziehe ihn in Richtung Wohnzimmer. »Was ist denn da drin?«, frage ich neugierig und zeige auf seinen schicken Rucksack.

»Hm«, antwortet er und bleckt die Zähne, »blitzender Stahl, scharfe, gefährliche Messer.«

»Blödmann«, antworte ich ihm fröhlich, »nice try.«

»Sieh' nach«, fordert er mich auf, zieht den Rucksack ab und hält ihn mir hin.

»Ich weiß, dass du weder Jack the Ripper, Serienkiller noch Triebtäter bist«, sage ich und ignoriere den Rucksack. »Was geht ab?«, frage ich stattdessen, »wir haben schon Mittag.«

»Ich dachte an einen Einkauf auf dem Wochenmarkt, einem kleinen Spaziergang zur Modersohnbrücke und anschließend werde ich dir ein kleines Dinner zubereiten.«

»Modersohnbrücke?«, echoe ich und übersehe dabei glatt, dass mir soeben ein Traummann, falsch, mein Traummann, gesagt hat, dass er für mich kochen will.

»Brücken tragen in der Regel Namen«, Alexander verfällt wieder in seinen Dozentenmodus, »das solltest gerade du als Kölnerin wissen. Auch da haben die Brücken Namen: Hohenzollernbrücke, Zoobrücke, Severinsbrücke, Süd…«

»Stopp!«, unterbreche ich ihn mit einem eisigen Unterton. »Ich weiß, wie meine Brücken heißen.«

»Offensichtlich nicht«, entgegnet er ungerührt, »sonst wüsstest du, dass die Brücke, auf der wir uns zum ersten Mal begegnet sind, Modersohnbrücke heißt, benannt nach dem deutschen Maler Otto Mo…«

Wieder unterbreche ich ihn, diesmal aber, in dem ich meine Lippen auf seinen Mund presse und ihn umarme.

»Sei still«, sage ich zärtlich, »ich gehe gerne mit dir dahin. Außerdem weiß ich, wie die Brücke heißt.«

Zumindest theoretisch. Schließlich ist der Name in den Querträgern mit großen Lettern eingefügt. Es ist schon komisch, ich habe von dieser Brücke in den letzten Wochen schätzungsweise zwanzig Bilder erstellt. Doch dem Namen hatte ich nie große Bedeutung beigemessen und ihn irgendwie vergessen. Während ich noch um Alexanders Hals hänge und er mir durch die Haare streicht, fällt mir wieder ein, was er nach dem Brückennamen gesagt hat und ich küsse ihn ein weiteres Mal.

»Wofür war der jetzt?«

»Dafür, dass du für mich kochst, das ist sehr süß von dir. Und sehr romantisch.« Mit etwas Einbildung glaube ich zu sehen, dass seine Augen aufleuchten.

»Na dann los«, sagt er, windet sich aus meinen Armen und gibt mir einen Klaps auf den Hintern.

»Hey!«, rufe ich empört. Aber er grinst nur und verschwindet in der Küche. Ich höre, wie er Schränke öffnet, wie Töpfe und Geschirr klappern. Er kommt zurück.

»Die Kochstube deines Oheims ist formidabel ausgestattet«, eröffnet er mir. Kochstube? Oheim? Formidabel? Ich fange an zu kichern.

»Warum sprichst du eigentlich manchmal so geschwollen?«, lache ich. Alexander runzelt die Stirn und wirkt beinahe beleidigt.

»Wieso? Ich spreche doch nicht geschwollen.«

»Aber klar«, entgegne ich, »du benutzt Wörter, die kein Mensch mehr benutzt, wie Oheim, oder formidabel. Oder stammst du etwa vom Planeten Vulkan?«

»Nein, von der Erde«, entgegnet er todernst. »Du solltest froh darüber sein«, erklärt er mit einem hinterlistigen und zweideutigen Grinsen. »Schließlich geben sich Vulkanier nur alle sieben Jahre den Freuden der körperlichen Liebe hin und so lange willst du doch nicht warten, oder?« Ich werde knallrot.

»Touché«, sage ich, »lass uns gehen. Schnell. Bitte.«

Auf dem Markt erlebe ich eine weitere Facette von Alexander. Es beginnt mit der Art, wie er das Gemüse prüft. Es betastet, hochhebt, dreht, daran riecht, gegen das Licht hält, noch einmal riecht. Als wäre er Teil einer Doku über einen Profikoch. Dann arbeitet er sich sorgsam und penibel durch das gesamte Marktangebot. Er lässt kaum einen Stand aus. Inklusive Fisch-, mehrerer Käse- und Fleischstände. Als ich bei Letzteren die Endpreise höre, falle ich fast in eine mittelschwere Ohnmacht. Aber Alexander scheinen diese sündhaften Preise nichts auszumachen. Mit gefüllten Taschen steigen wir die Treppen hinauf, bringen den Einkauf in die Wohnung und verstauen alles auf der Arbeitsfläche und im Kühlschrank. Alexander greift in seinen Rucksack und holt eine Art Rolle heraus, legt sie auf den Tisch und öffnet sie. Es ist ein Messerset.

»Du hast ein Messerset?«, frage ich überflüssigerweise.

»Habe ich doch gesagt«, grinst er und schickt mich für ein *halbes Stündchen* ins Wohnzimmer, zum *Lesen oder sonst etwas*. Er müsse vorbereiten.

Das halbe Stündchen mutiert zu einer ausgewachsenen Stunde und als Alexander ins Wohnzimmer kommt, sind mir schon fast die Augen zugefallen. Meine Tendenz zum Sofaschlaf vorausahnend bringt er einen *formidablen* Espresso mit.

Wir verlassen wieder die Wohnung und schlendern Hand in Hand über den Boxi. Die meisten Stände sind schon im Abbau und als wir wenig später an der Modersohnbrücke ankommen, steht die Sonne nur noch knapp über dem Horizont. Alexander legt einen Arm um mich. Mit meinem Kopf an seiner Schulter betrachten wir den Sonnenuntergang. Daran könnte ich mich gewöhnen.

Wieder zuhause werde ich ein weiteres Mal auf den Sessel beziehungsweise das Sofa verbannt. Mir ist untersagt, im Weg herumzustehen oder zu *gaffen*.

»Das ist eine feindliche Übernahme«, maule ich, freue mich aber insgeheim und skype in der Zeit mit Azra, die unumwunden zugibt, dass sie auch gerne einen Mann hätte, der sie bekochen würde.

Das *kleine Dinner* ist ein Paradebeispiel von Alexanders Kunst der extremen Untertreibung. Es sind sieben Gänge. Er verschwindet immer wieder für ein paar Minuten in der Küche und kommt mit der nächsten Überraschung zurück. Ich fotografiere jeden Gang und schicke es Azra, deren Kommentare zunehmend beeindruckter werden. »Bin total neidisch«, gesteht sie nach dem fünften Gang. Es ist ein fantastischer Abend und ich gehe voll wie ein Rhinozeros ins Bett. Zum Einschlafen kuschle mich wieder an ihn. Kurz bevor mir die Augen zufallen, denke ich darüber nach, dass das bisher der allerschönste Tag meines Lebens und ich noch nie so glücklich war.

Heute ist Sonntag, ein verliebtes Frühstück mit Alexander lässt den Morgen genauso gut anfangen, wie der Abend geendet hat. Es lässt mich auch die Nacht vergessen, die etwas unruhig und voller wilder Träume war, an die ich mich nur noch dunkel erinnern kann.

Mein Telefon klingelt. Es ist Mama. Sie war drei Wochen lang für die Firma unterwegs. Erst in Paris, dann wieder in London. Außer texten und ab und zu Skype hatten wir nicht viel voneinander gehört. Während wir reden stehe ich auf und schaue zum Fenster auf den Boxi hinaus. Mama fragt mich, wie spontan ich sei und lädt mich für das kommende Wochenende nach Hause ein. Sie hätte Flüge für Freitagnachmittag und Sonntagabend auf Option gebucht. Obwohl ich mich ein wenig überfahren fühle, ist der Gedanke, sie, Azra oder sogar die anderen von der Gang wieder zu sehen, fantastisch und sage zu. Ich hätte Neuigkeiten, kündige ich an, verweigere aber nähere Informationen.

Wir reden noch ein paar Minuten, dann drehe ich mich um und sehe mit Unbehagen, dass Alexander meine Zeichnungen der Brücke auf Tisch und Boden ausgebreitet hat. In dem Stapel befinden sich auch Bilder, die ich von Alexander gemacht habe.

»Du hast großes Talent«, lobt er mich. »Deine Strichführung ist minimalistisch, markiert aber das Essenzielle. Dennoch ist es keine blutleere technische Dokumentation, sondern hat emotionalen Subtext, ein Schnappschuss von Stoff und Gefühl, eingefroren in dem Moment des Betrachtens. Wenn ich mich recht erinnere, plant Gian Carlo Ende Februar eine Vernissage. Eure Bilder würden sich bemerkenswert ergänzen.«

Von dem Lob fangen meine Ohren an zu glühen. Auch Mama, Azra und die Gang haben mir oft gesagt, dass ihnen meine Bilder gefallen, aber das erwartet man schließlich von Familie und Clique. Obwohl Alexander mein Freund ist, wirken seine Worte aufgrund der analytischen Art glaubhaft auf mich.

»Meinst du das ernst?«, frage ich trotzdem.

»Aber klar«, antwortet er und zieht drei Bilder hervor. Zwei sind von der Brücke und das andere zeigt ihn.

»Bild Eins«, eröffnet er. »Die Modersohnbrücke.

Datum 20. Oktober. Ein Freitag. Dem Sonnenstand nach ist es später Nachmittag, Berufsverkehr. Den Menschen auf dem Bild ist die Eile anzusehen. Sie flanieren nicht, schauen weder links noch rechts. Sie wollen nicht angesprochen werden, sondern sind gefangen in dem Bestreben, von A nach B zu gelangen. Man spürt ihren Drang vorwärts zu kommen. Das meine ich. Das Bild ist nicht tot, es ist lebendig. Es hat Bewegung. Im Vergleich Bild zwei, wieder die Modersohnbrücke. Ohne das Datum zu kennen, sieht man, dass es ein Sonn- oder Feiertag ist. Die Menschen bewegen sich anders, sie haben Zeit, bummeln, ihre Körpersprache drückt Entspanntheit aus. Datum? Ah, 3. Oktober, ein Feiertag - quod erat demonstrandum. Fahren wir fort mit Bild Nummer drei.«

Mein Gesicht wird warm. Ich verstehe nicht, warum mir das Bild peinlich ist. Wir sind doch zusammen.

»Das Bild zeigt offensichtlich einen bemerkenswert gutaussehenden Mann.« Ich boxe ihm gegen die Schulter.

»Sei nicht so eingebildet«, kichere ich.

»Nun gut. Datum 12. Oktober. Männliche Person, die mir verdächtig ähnlich sieht, in einem mir unbekannten Coffeeshop. Im *Immer und ewig* waren wir Mittwoch, den 11. Oktober, es ist offensichtlich keine Wiedergabe einer realen Situation, sondern frei interpretiert. Mit einer bemerkenswerten Illustration meiner Gefühlslage an diesem speziellen Mittwoch.«

Ich bin verwundert, dass er das Datum unseres Besuches in dem Lokal so genau parat hat.

»Wie gesagt, das Bild zeigt unzweifelhaft mich, ist aber wieder von dieser minimalistischen Eleganz. Nicht viele Elemente, aber die wenigen reichen aus, um ganz klare Aussagen zu fällen. Nicht nur bezüglich der

Identität des Abgebildeten, sondern auch hier über den emotionalen Subtext. Die dunkle Fläche hier hinten«, er zeigt auf einen schraffierten Bereich, »kennzeichnet die innere Dunkelheit, die mich an diesem Tag, und ich erinnere mich genau, umgeben hat. Der Tag fing, ohne ins Detail zu gehen, suboptimal an. Dann bin ich dir begegnet, das war ein Lichtblick für mich und ich glaube, die Mischung aus Dunkelheit und neugieriger Erwartung des möglichen Lichtes, die ich fühlte, bei dem Betrachten erneut zu spüren. Ich bin noch nie einem so empathischen Menschen wie dir begegnet und das ist eines der Eigenschaften, die ich besonders an dir liebe. Deine Leidenschaft für das Seelenwohl anderer. Du hast ein gutes Herz und das zeigt sich in deinen Bildern.«

Das ist eines der schönsten Komplimente, die ich jemals erhalten habe, wenn nicht gar das Schönste und meine Augen werden feucht.

Moment.

Hatte er etwa gerade gesagt, dass er mich liebt? Ich weiß es ist Haarspalterei, aber für mich heißt *ich liebe dich* mehr als *ich bin verliebt*. Um was handelt es sich hier? Mein Gehirn erleidet einen kurzzeitigen Kurzschluss. Ich weiß nicht, um es mit Alexanders Worten zu sagen, *adäquat* mit der Information umzugehen, und erleide eine Schockstarre, wenn auch eine möglicherweise freudige.

»Was ist?«, fragt er irritiert.

»Äh. Subtext. Hast du mir etwa eben durch die Blume gesagt, dass du mich äh … liebst?«

»Wenn ich mich recht erinnere, beschrieb ich eine Eigenschaft, die ich an dir liebe. Dies ist ein anderer Sachverhalt«, erklärt er nüchtern. Bevor ich diese Zurückweisung richtig verdaut habe, grinst er. »Aber es ändert nicht den Fakt, dass es trotzdem zutreffend ist. Ja, Julia, es stimmt. Ich liebe dich, zumindest soweit, wie ich das als emotionaler Krüppel zu bewerten in der Lage bin.«

Eine Woge der Wärme und Zuneigung durchfluteten mich.

»Das reicht mir vollkommen«, sage ich, »und es trifft sich gut. Denn soweit, wie ich es als in Liebesdingen Unerfahrene bewerten kann, liebe ich dich auch.«

Ich weiß nicht, wer von uns beiden überraschter von unseren unverhofften Geständnissen ist, er oder ich, aber der folgende Kuss spricht Bände.

Nachdem wir uns nach gefühlten Stunden voneinander lösen, erzähle ich ihm vom Telefonat mit Mama und dem bevorstehenden Wochenende in Köln. Er freut sich aufrichtig, auch wenn er mich nur *unter Protest* ziehen lassen würde. Er besteht darauf, sowohl auf dem Hinweg als auch dem Rückweg für die *adäquate Beförderung zum Flughafen responsabel* zu sein. Ich ziere mich nur zum Schein und den Rest des Tages verbringen wir mit Schmusen und Essen.

Alexander bleibt auch die nächste Nacht bei mir. Am Montagmorgen fahre ich in die Uni und er steigt in die entgegengesetzte Tram.

Es regnet und sofern man der Vorhersage Glauben schenken kann, wird dies die Woche über anhalten. Die anderen Studies beschweren sich lauthals über das Wetter, aber ich bin noch dermaßen emotional aufgepumpt, als wäre ich auf Drogen. Alles wirkt so bunt und blumig und ich habe den Eindruck zu schweben. Das fällt auch den anderen auf und sie mustern mich besorgt.

»Alles in Ordnung mit dir, Julia?«, fragt Daniel zwischendurch, »du grinst den ganzen Morgen recht dümmlich, bist du auf Koks? Hast du irgendetwas eingeworfen?« Anna und Luisa schauen mich auch an. Sie brauchen nicht lange.

»Oh mein Gott«, sagt Luisa. »Sie hat einen Freund. Daniel, du Pfeife, so sieht frische, glückliche Liebe aus.« Ich werde rot. Anna schaut mir tief in die Augen.

»Hast du etwa auch ...« Bevor sie weiterreden kann, lege ich ihr den Zeigefinger auf die Lippen.

»Stopp, jetzt reicht's aber«. Ich drehe mich zu Daniel um. »Komm, weiter geht's.« Hinter mir höre ich Annas und Luisas Gekicher und versuche, meine Ohren zu schließen.

Die Woche vergeht wie im Flug. Einen Abend und Nacht verbringe ich bei Alexander und am Freitagmittag sitze ich mit einem prall gefüllten Rucksack im Auto. Er geht mit bis zur Security und wir küssen uns lange.

»Flieg vorsichtig«, murmelt er, »keine Loopings.«

»Ach, wie schade«, maule ich, »Spielverderber.« Dann löse ich schweren Herzens die Umarmung und reihe mich in die Schlange ein. Spontan drehe ich mich um und bevor er reagieren kann, hebe ich mein iPhone und knipse ein Foto von ihm.

Alte Stadt, Neue Julia

Die Landung ist wackelig. Ich sitze am Gang neben einem Seniorenpaar und in der letzten Minute vor Landung presst sie ihre Hand so fest auf seine, dass er davon Abdrücke bekommt. Als erstes texte ich Alexander, dass ich gut gelandet bin. Dann warten wir auf das Aussteigen. Kaum bin ich in der Wartehalle, springt mir Azra in die Arme.

»Ich bin ja so glücklich!«, ruft sie und ich drücke sie so fest, dass ihr fast die Luft wegbleibt. Mama steht hinter Azra und lacht über die Szene.

»Hallo, mein Schatz«, begrüßt sie mich und diesmal bin ich es, die ihr in die Arme springt.

Wir machen uns auf den Weg zum Parkhaus, steigen ins Auto und quälen uns durch den spätabendlichen Verkehr. Mama ist natürlich neugierig auf die angekündigten Neuigkeiten, ich fange aber erst mit der tollen Wohnung, Boxi, Friedrichshain und meinen Lieblingslokalen an. Ich bin kaum zu bremsen, erzähle von meinen neuen Freunden, dem armen Daniel, der trotz bester Vorsätze weiterhin in die Giftspinne Franziska verliebt ist. Dann von Frau Ankler und den Tulpen. Vom Mauerpark, der Brücke an der Bornholmer Straße, die, wie ich jetzt weiß, nach einem Widerstandskämpfer benannt ist und Bösebrücke heißt, und dem Mauerfall, der sich dort ereignete.

Wir biegen in unsere Straße ein und parken. Als ich die Wohnung betrete und die vertrauten Gerüche in der

Nase habe, überfällt mich ein Daheim-Gefühl. Doch als ich in meinem Zimmer stehe, ist es plötzlich ganz anders. Ich bin hin- und hergerissen, weiß nicht, wie ich mich fühle. Oder fühlen soll. Azra umarmt mich und sagt, wie schön es sei, dass ich wieder zu Hause wäre. Aber genau das ist das Problem. Bin ich wieder zu Hause? Ja und Nein. Obwohl ich nicht einmal zwei Monate weg war, fühlt sich mein Zimmer fremd an, wie Vergangenheit. Kein Museum, aber es ist nicht mehr mein Zimmer, es ist das einer Julia, die ich einmal war, jetzt aber nicht mehr bin. Azra spürt mein Unbehagen und lässt mich los.

»Juliaschatz, was ist?« Ihre dunkelbraunen Augen mustern mich.

»Nichts, ich bin auch froh, bei dir zu sein.«

»Nice try«, gibt sie unbeeindruckt zurück. »Sag schon.« Ich ziehe die Jacke aus und setze mich auf mein Bett. Azra setzt sich zu mir und ich schaue mich in dem Raum um. Sehe auf die Wände mit den Fotos und Zeichnungen, das Regal mit meinen ehemaligen Lieblingsstofftieren und auf den Schreibtisch, den ich seit meinem 12. Geburtstag besitze.

»Das ist das Zimmer eines Mädchens«, sage ich, »und es fühlt sich nicht mehr an wie meines. Die Julia, die hier gelebt hat«, ich lasse den Blick ein weiteres Mal durch den Raum gleiten, »die Julia gibt es nicht mehr.« Azra lächelt mich an.

»Das ist doch klar«, sagt sie. »Du hast in Berlin nicht nur gelernt, auf eigenen Beinen zu stehen, sondern hast in den letzten zwei Wochen eine Extremsituation durchlebt. Nach solchen Erfahrungen muss dir dies hier wie Kindergarten vorkommen.«

»Ganz so schlimm ist es nicht«, milder ich die Bemerkung ab. »Aber du hast recht, ich fühle mich schon eigenständiger und …«, ich fange an zu kichern, »gereifter«. Azra kichert mit, ich lege einen Arm um ihre Schulter und lehne meinen Kopf an ihren.

»Es ist so schön, dass du da bist«, sage ich. »Du bist mein Anker.«

»Das ist sehr süß von dir, lass' uns rüber zu deiner Mama gehen.« Sie steht auf, greift meine Hand und zieht mich mit.

Mama ist schon dabei, den Tisch zu decken und zur großen Überraschung zähle ich vier Teller.

»Wer kommt denn noch?«, frage ich und in diesem Moment klingelt es an der Haustür.

»Finde es selbst heraus.«

Kaum ist die Tür geöffnet, umarmt mich Marie wild und heftig. Ihre Wangen glühen und ihre Rastas strotzen vor Farbe. Ein betörender Duft, eine Mischung aus Minze und ätherischer Frische weht mir in die Nase.

»Ah, neuer Duft.«

»Stimmt«, kichert Marie, »den habe ich im Badezimmerschrank meiner Mutter gefunden, ihn ausprobiert, ihr abgeschwatzt und mitgenommen. *Roma.* Ganz schön klassisch, aber irgendwie auch gut.«

»Wo ist Niklas?«

»Jungswochenende«, kommt die knappe Antwort und wir betreten das Wohnzimmer. Der Tisch ist fertig gedeckt. Marie begrüßt Mama und bedankt sich für die Einladung, dann umarmen sich Marie und Azra. Auch ihr erklärt Marie, dass Niklas ein Jungswochenende hätte und murmelt etwas über schlechte Filme, Ballerspiele, Pizza und zu viel Bier.

Es klingelt wieder und ich bin verwirrt. Wer kommt

denn noch? Aber es ist nur ein Cateringservice. Mama hat sich etwas Besonderes ausgedacht und im Nu stehen mehrere Platten mit kaltem und warmem asiatischem und orientalischem Fingerfood auf dem Tisch. Mir läuft das Wasser im Mund zusammen.

Es schmeckt köstlich und es wird ein wundervoller und lustiger Abend. Obwohl Mama mehr zuhört, als selber zu reden, ist sie Teil der Truppe. Wir lachen über Maries neueste Anekdoten und Azras lustige Beschreibungen ihrer Uni, Professoren und der Studierenden. Dann lässt Marie, wie sie nun einmal ist, eine *Handgranate* fallen.

»Was ist denn jetzt mit dem hübschen Startuper, den du beim Italiener am liebsten abgeschleckt hättest«, fragt sie unschuldig und ich verschlucke mich fast an einem Stück Curryhuhn. Plötzlich ist es still im Wohnzimmer und nachdem mein Hustenanfall vorüber ist, spüre ich einen brennenden Blick von Mama auf mir ruhen.

»Oje«, murmelt Azra so leise, dass nur ich sie hören kann.

»Was ist? Habe ich ´was Falsches gesagt?«, fragt Marie wie die Unschuld vom Lande und Mama gießt Öl ins Feuer.

»Aha? Hübscher Startuper?«, fragt sie gedehnt. »Abgeschleckt? Jetzt bin ich aber neugierig.« Mir schießt das Blut in die Wangen und Marie kreischt aufgeregt.

»Erwischt!«, schreit sie, »ich habe es doch gewusst.«

Alle schauen mich erwartungsvoll an, bis auf Azra.

»Komm schon, Augen zu und durch«, flüstert sie.

Angriff ist die beste Verteidigung, sage ich mir, ignoriere meine Schamesröte und versuche den gestelzten Tonfall von Alexander zu imitieren.

»Erwischt«, wiederhole ich mit einem herablassend ironischen Tonfall, »impliziert eine Straftat, Ordnungswidrigkeit oder zumindest Verfehlung. Ein solcher Tatbestand liegt hier mitnichten vor.« Mir gefällt meine Alexanderkopie und aus dem Augenwinkel sehe ich Azra grinsen. Davon angespornt referiere ich weiter. »Ich bin eine autarke, moderne Frau, die mitten im Leben und am Anfang einer aufregenden Karriere steht.« Meine Nase reckt sich noch ein wenig mehr in die Höhe. »Für eine autarke und moderne Frau ist es weder verwerflich, ungewöhnlich, noch in irgendeiner Art besonders erwähnenswert, wenn sie hier oder da eine romantische Liaison pflegt.«

Mit meinem arrogantesten Blick schaue ich durch die komplett verblüffte Runde. Einen Moment ist es still. Dann brüllen alle vor Lachen. Das ist enttäuschend, ich fand meine Rede brillant. Marie hält sich den Bauch vor Lachen und lässt den Kopf auf die Tischplatte sinken, auch Azra krümmt sich und Mama laufen vor Lachen die Tränen das Gesicht hinunter. Es ist so eine lustige Stimmung, dass auch ich mitlachen muss.

»Romantische Liaison ist der Knaller«, kichert Azra.

»Ich fand, das *hier oder da* hat den Vogel abgeschossen«, kommt von Marie.

Mama sagt, sie sei sicher, dass eine *autarke und moderne Frau* sicher nicht extra aufgefordert werden müsse, sich nachher beim Aufräumen und Spülen zu beteiligen, was bei Azra und Marie einen zweiten Lachanfall auslöst.

»Nun sag schon, seid ihr zusammen?«, fragt Marie, nachdem sich alle beruhigt haben.

»Ja«, gebe ich unter Mamas forschendem Blick zu. »Seit einer Woche«.

Marie grinst breit und Mama sieht mich erwartungsvoll an. Sie will mehr hören, aber ich habe jetzt keine Lust.

»Ich werde dir nachher von Alexander erzählen, versprochen!«, sage ich ihr. Dann essen wir weiter und ohne groß über meine neue Beziehung zu sprechen, erzähle ich dennoch vom *Rembrandt-Burger* und dem *Ambrogio*. Mit meinen Schilderungen von Gian Carlo, der splitterfasernackten Sina und ihrem Antonio, mit seiner Vorliebe für Figuren aus Film, TV und Literatur sammle ich noch ein paar Lacher ein. Marie sagt quengelnd wie ein kleines Kind, dass sie auch nach Berlin ziehen wolle und mich unbedingt wieder besuchen müsse.

»Ich möchte auch gerne vorbeikommen«, sagt Mama. »Das mit der autarken und modernen Frau klingt gar nicht so übertrieben. Das kleine Mädchen, dass ich in den Zug gesetzt hatte, wäre niemals zu splitternackten, wildfremden Künstlern gegangen, die sie in einer Weinbar kennengelernt hat.« Sie grinst, als hätte ich mich mit Vorsatz zu einem Rudel Nackter selbst eingeladen. Pah. Ich überlege, ihr die Zunge rauszustrecken.

»Das wäre schön«, sagte ich stattdessen.

Um kurz nach neun verabschieden sich Marie und Azra, um Mama und mir noch etwas Zeit zu lassen. Vorher haben wir noch schnell aufgeräumt und uns immer wieder kichernd gegenseitig zugesprochen, *autark und modern* zu sein. Kurz darauf bin ich mit Mama alleine.

»Ich hole noch schnell etwas«, sagt sie, verlässt das Wohnzimmer und kommt kurz darauf mit einer Flasche Wein zurück. Sie schaut auf das Etikett. »Ein 2011er *Borgo la Gallinaccia*« sagt sie. »Davon hat mir Max einmal einen Karton mitgebracht und aufgetragen, ihn zu besonderen Gelegenheiten zu trinken. Ich denke, um einen solchen handelt es sich jetzt.«

Sie gießt uns zwei Gläser ein, zündet eine Kerze an und setzt sich mit mir auf das Sofa. Doch bevor Mama die Gelegenheit hat, das Glas zu greifen, rutsche ich zu ihr und umarme sie innig.

»Vielen Dank für diesen schönen Abend. Das hättest du nicht tun müssen, mich mit meinen Freundinnen zu teilen, aber es war wunderschön. Du bist die beste Mutter der ganzen Welt.« Mama küsst mich auf den Scheitel.

»Ich liebe dich, mein Schatz«, sagt sie und ich merke, dass ihre Stimme minimal zittert.

»Ich liebe dich auch«, sage ich, »immer. Und das sagt nicht nur das kleine Mädchen, sondern auch die autarke und moderne Frau.« Mama lacht und wischt sich ein paar Tränen aus den Augen.

Sie schaut mich so an, wie nur eine Mutter ihr Kind ansieht. Diese bedingungslose Liebe, mit der sie sich, ohne mit der Wimper zu zucken, vor einen heraneilenden Wirbelsturm stellen würde, nur um das Leben ihres Kindes zu retten. Mir ist das vorher nie so bewusst gewesen, aber jetzt erkenne ich es deutlich. Ich gebe ihr einen langen sanften Kuss auf die Wange. Dann setze ich mich normal auf das Sofa.

Meine Hand streicht über das an manchen Stellen schon leicht abgewetzte Leder und ich atme seinen Duft ein. Wie viele Stunden lag ich schon auf diesem Sofa und habe alleine, mit Leon oder Azra Filme und Serien geschaut? Mama und ich nehmen die Gläser und stoßen an.

Max hat einen exzellenten Weingeschmack. Schon beim Riechen betören mich die Aromen und jeder

Schluck ist eine Geschmacksexplosion. Ich nehme mir vor, Alexander von dem Wein zu berichten und fotografiere das Etikett. Dann erzähle ich Mama von Alexander, zeige ihr unsere Selfies und das Bild von Alexander am Flughafen.

»Da hast du dir aber einen Hübschen geangelt«, sagt sie und ich glühe vor Stolz. Ich erzähle weiter, lasse aber einige Punkte aus oder mildere sie ab. Als ich von der *magischen Bösebrücke* rede, wird aus der Hoffnung auf ein Wunder ein *inspirierender Beweis, dass alles möglich sei* und aus dem traumatisierten Alexander ein *Mensch, der immer noch nicht ganz den Tod seiner Eltern überwunden hat.* Als ich mit meinen Ausführungen ende, schaue ich Mama mit gemischten Gefühlen an, weil ich nicht sicher bin, ob ich jetzt ermahnende Worte hören oder mich sogar rechtfertigen muss. Doch es kommt ganz anders. Sie lächelt mich an.

»Das beruhigt mich aber sehr«, sagt sie.

Damit habe ich jetzt eher nicht gerechnet und schaue offensichtlich etwas dämlich aus der Wäsche.

»Überrascht?«

»Ja, schon«, gebe ich zu.

Mama nimmt meine beiden Hände in ihre.

»Julia«, sagt sie ernst, »auch wenn Mütter nicht immer alles an ihren Töchtern verstehen, sind sie weder blind, dumm, noch vergessen die meisten, dass sie auch einmal jung waren.«

»Ich weiß«, sage ich ein wenig genervt, weil ich ähnliche Sätze nicht das erste Mal höre.

»Warte«, sagt sie, »nun gut.« Sie strafft ein wenig die Schultern. »Ich hatte schon angefangen, mir Sorgen zu machen.«

»Häh?«

»Es ist ja nicht so, dass ich gehofft hätte, dass du mir mit dreizehn die Kondome aus der Handtasche klaust und mir mit vierzehn eröffnest, schwanger zu sein. Aber als du mit 16 immer noch mit keinem Jungen, ich weiß nicht wie es heute heißt, *gegangen bist*, war ich dann doch etwas beunruhigt. Weil es doch normal ist, dass man sich verliebt und ich habe das nie bei dir beobachten können. Ich habe mich dann gefragt, ob ich es nur nicht mitbekomme oder du vielleicht gar nicht auf Jungs ... und ob du und Azra ... und ob ich so eine schlechte Mutter wäre, dass du dich mir nicht anvertrauen könntest. Weil du glaubst, ich würde das nicht gutheißen. Oder dass du denkst, dass ich zu viel arbeite und zu wenig für dich da bin.« Sie stockt und meine Antennen empfangen Trauer und Schuldgefühle. Ich mache fast einen Hechtsprung auf Mama zu und nehme sie in die Arme.

»Nein, nein, nein«, flüstere ich und ihre Augen werden feucht. »Du bist die beste Mutter, die ich mir vorstellen kann. Es war einfach nur noch nicht der Richtige gekommen«, sage ich ihr, obwohl es nur ein Teil der Wahrheit ist. Aber sie darf sich nicht auch noch für den Tod von Papa schuldig fühlen. »Oder die Richtige«, füge ich zur Auflockerung hinzu. Mama lächelt mit feuchten Augen.

»Du hast so ein gutes Herz«, sagt sie. »Das ist dein größtes Kapital.« Eine Weile bleiben wir so sitzen, dann gießt Mama sich ein zweites Glas ein. Ich habe genug und bin auch zu müde. »Du weißt hoffentlich, dass ich mich genauso für dich freuen würde, wenn es eine Sie wäre, oder?«

»Klar«, antworte ich, doch dann schießt mir ein Gedanke durch den Kopf und ich richte mich auf.

»Moment einmal, was hast du eben gesagt? Du hast Kondome in der Handtasche?«

»Ich bin eine autarke und moderne Frau.« Sie zuckt mit den Schultern. Wir brechen in schallendes Gelächter aus und brauchen fast fünf Minuten, um uns zu beruhigen.

Mama beginnt einen neuen Satz.

»Bevor du dir die Ohren zuhältst und Lalalalala rufst, möchte ich die autarke und moderne Frau bitten, bei einer Frauenärztin vorbeizuschauen und das Thema Verhü…«

»Lalalalala«, rufe ich mit zugehaltenen Ohren und grinse über das ganze Gesicht. »Du brauchst keine Angst zu haben, wenn es so weit ist, werde ich mich darum kümmern.« Wieder einmal werde ich rot. »Aber so weit ist es noch nicht, ich bin ganz frisch verliebt und …«, Mist, das Thema ist mir so unangenehm. »Ich nehme mir die Zeit, die ich brauche. Will es langsam angehen lassen. Aber ich verspreche dir, bei nächster Gelegenheit einen Termin zu machen.«

Sie wirft mir einen Luftkuss zu und ich stehe auf, um ins Bad zu gehen. Als ich mich ins Bett lege, texte ich Alexander noch eine Millionen Herzen und dass ich mich morgen melden werde. Danach schlafe ich fast augenblicklich ein.

Azra und ich streifen durch die Kölner Altstadt. Es ist Abend und die schmalen Gassen sind voller Menschen, die in die Kneipen und Gaststätten hineingehen oder herauskommen. Manche Häuser sind superschmal und haben hölzerne Türen. Wir biegen um eine Ecke in eine Gasse, die so schmal ist, dass wir nicht nebeneinander passen.

»Azra«, frage ich, doch sie antwortet nicht. Sie ist nicht mehr hinter mir, daher gehe ich wieder zurück. Ich trete aus der Gasse hinaus und stehe unter einem großen Baum. Azra steht mit dem Rücken zu mir und schaut auf das Wasser. Aber es ist nicht der Rhein. Es ist das Meer. Azra hat ein blaues Kleid an. Dann dreht sie sich um, doch es ist nicht Azra, sondern wieder diese andere. Ich schaue sie genau an. Sie ist jung, etwa in meinem oder Azras Alter. Rotbraune, lange Haare fallen um ihr Gesicht bis zu ihren Ellenbogen herunter. Ihre Augen sind grün, oder sind sie braun? Es ist zu dunkel. Sie hat eine gerade Nase, gleichmäßige Gesichtszüge und sinnliche Lippen. Ihre Gestalt ist schlank, aber sehr weiblich. Ihre Rundungen sind perfekt. Sie ist wunderschön, ein echter Hingucker.

»Wer bist du?«, frage ich sie. Anstatt zu antworten, streckt sie ihren Arm aus und packt mich an der Schulter.

Ich schrecke hoch.

»Guten Morgen, du Schlafmütze«, höre ich und schaue in dunkelbraune Augen. Es ist hell, ich schließe meine Augen wieder und lasse meinen Kopf auf das Kissen zurücksinken.

»Azra«, murmele ich verschlafen, »wie spät ist es?«

»Kurz nach elf«, kommt die Antwort. Das versetzt mir einen Schock und ich schrecke ein weiteres Mal hoch.

»Waaas?«, rufe ich aus. Ich springe aus dem Bett, krame eilig in meinem Kleiderschrank, rufe: »Gib mir zehn Minuten« und zische wie ein geölter Blitz ins Bad. Als ich zwanzig Minuten später ins Wohnzimmer komme, sitzt Azra mit Mama auf dem Sofa. Wir beschließen, gemeinsam shoppen zu gehen.

Am Abend sitzen Azra, Marie, Niklas in unserem Lieblingsrestaurant, *Die fette Kuh* und essen Burger. Wie immer ist der Laden knallvoll und es schmeckt himmlisch. Als wir jedoch nach dem Essen eine geschlagene halbe Stunde auf die nächste Bahn warten müssen, vermisse ich mein Berlin doch sehr.

Es ist Sonntag. Mama und ich sitzen in einem Coffeeshop in der Nähe des Clodwigplatzes. Hier kommt fast ein wenig Berlingefühl auf. Wir frühstücken lange und ausgiebig. Mama spricht über ihren Job, ihre Dienstreisen nach Paris und London. Sie eröffnet mir, dass sie jetzt noch öfter dahin muss, weil das Unternehmen an einer Strategie für die Zeit nach dem Brexit arbeitet.

»Die nächsten zwei, drei Monate werde ich zum Großteil in London sein und habe leider kaum Zeit, dich in Berlin zu besuchen«, sagt sie traurig, »aber in der Woche vor Weihnachten bin ich zuhause und habe Urlaub bis ins neue Jahr hinein«.

Auch wenn Berlin jetzt schon eine Art neue Heimat geworden ist, freue ich mich dennoch auf Weihnachten in Köln. Weihnachten ist für mich ein Highlight. Meistens war Azra bei uns, da ihre Eltern sich nie richtig einigen konnten und es immer nur ein Schmalspur-Weihnachten gab. Wenn er konnte, kam Max vorbei und an einem der Tage waren auch die Omas und Opas dran.

»Vielleicht können wir ja Weihnachten in Köln und dann Sylvester in Berlin verbringen«, schlägt Mama vor und ich bin begeistert. Nach dem Frühstück fahren wir wieder nach Hause und es ist schon Zeit zum Packen. Es klingelt und Azra steht vor der Tür, weil sie mich zum Flughafen bringen wird. Sie ist so ein Schatz. Wir steigen in die Bahn, sind viel zu früh am Flughafen und sitzen deshalb noch eine Weile im *Starbucks*. Am Security-Check umarmen wir uns lange.

Der Flieger hat eine halbe Stunde Verspätung, ich texte es Alexander und dass ich mich auf ihn freuen würde. Er antwortet mir, dass er schon über die Verspätung Bescheid wisse, da er *meinen aktuellen Flugstatus kontinuierlich nachhalte* und daher einen *angemessenen Zeitpunkt zum Aufbruch extrapolieren* könne.

Nachdem endlich die Türen des Flugzeuges geschlossen sind und die Motoren laufen, rollen wir los. Und rollen und rollen und rollen. Als ich mich langsam frage, ob wir nach Berlin fahren, statt zu fliegen, schwenkt das Flugzeug herum auf die Startbahn und gibt Vollgas.

Love Welcome Home

Start, Flug und Landung verlaufen wesentlich ruhiger als auf dem Hinweg und da wir Rückenwind haben, landen wir schon nach 50 Minuten. Diesmal nicht in Schönefeld im Süd-Osten, sondern am Flughafen Tegel. Ich freue mich auf Alexander, und renne fast auf dem Weg zum Ausgang. Er steht direkt hinter der Ausgangstür, unglaublich schön wie immer und hat ein so süßes Lächeln auf. Ich springe ihm in die Arme und küsse ihn lange, bis wir Atemnot bekommen.

»Hast du noch Hunger«, fragt er mich, als wir in die kühle Luft in Richtung Parkplatz hinaustreten. Es ist erst kurz vor Sieben und ich bin heilfroh, dass er fragt. Mit meiner Antwort, dass mir schon der Magen knurren würde, wirkt er sehr zufrieden und fährt mit mir zu seiner Wohnung.

Oben, drei Stufen vor dem Ende der Treppe bleibt Alexander stehen. Fast wäre ich auf ihn aufgelaufen.

»Was ist?«, frage ich irritiert. Alexander nimmt eine meiner Hände und dreht die Handfläche nach oben. Er legt mir eine runde Scheibe in der Größe eines zwei Euro-Stückes hinein. Ich erkenne sofort, was es ist. Es ist ein berührungsloser Schlüssel. Im Schwimmbad oder der Sauna gibt es die auch.

»Ist der für mich?«, frage ich erstaunt.

»Mit der kommst du unten in das Haus und hier oben in den Flur« antwortet er, »einfach nur die Türen aufdrücken. Für die Wohnung musst du zusätzlich noch einen Code in dem Zahlenfeld neben der Tür eingeben. Der Code für deinen Key lautet *1841*. Kannst du dir das merken?«

»Klar«, sage ich, gehe die restlichen Stufen hoch, drücke die Tür auf, gehe in den Gang, stelle mich vor das Zahlenfeld und tippe den Code ein. Es macht »Klick« und die Tür ist entriegelt. Ich greife nach dem Knauf und drücke sie auf. »Tada«, rufe ich, strecke eine Hand aus und mache eine Verbeugung. Dann setze ich meine Tasche ab, umarme und küsse Alexander. »Vielen Dank für dein Vertrauen, ich liebe dich.« Ich küsse ihn noch einmal. In der Wohnung duftet es schon nach Essen und mein Magen knurrt wie ein Wolf.

»Das habe ich gehört.« Alexander lacht und läuft voraus in die Küche. Als ich das Wohnzimmer betrete, entdecke ich einen gedeckten Esstisch, inklusive Blumen und Kerzenleuchter.

»Wow«. Mehr bekomme ich nicht heraus.

»In zehn Minuten kann es losgehen.«

»Du bist so süß und so lieb zu mir«, sage ich und schlinge die Arme um ihn.« Er küsst mich hinter mein Ohr, löst sich und zündet die Kerzen an.

»Musik, James Darren, 52 Dezibel.« Musik erklingt und dieser James hört sich schwer nach Frank Sinatra an. Alexander hält mir wie ein Gentleman den Stuhl hin und ich setze mich. Auf dem Tisch steht ein Kühler, aus dem er eine Flasche Champagner zieht. Wir stoßen an, ich trinke einen Schluck und verlange nach einem Kuss. Der kribbelt mir den Oberschenkel herunter bis zu den Kniekehlen und ich habe keine Lust, ihn jemals enden zu lassen. James singt: *Fly me to the moon*. Sehr passend.

In der Küche piepst etwas, Alexander flitzt und kommt eine Minute später mit dicken Handschuhen und einer dampfenden Schale in den Händen zurück.

»Ich hoffe, dass du Lasagne magst. Vorsicht, sehr heiß«, sagt er und setzt die Schale auf meinem Teller ab.

»Machst du Witze?«, frage ich ihn zurück. »Für eine gute Lasagne würde ich töten.« Es riecht köstlich und während Alexander seine Portion aus der Küche holt, schließe ich die Augen und schnüffele am Essen. Als ich sie öffne, ist Alexander zurück und gießt mir Rotwein ein. Beim Betrachten des Etiketts fallen mir fast die Augen heraus.

»Was ist?«

»Witzig«, sage ich, »den gleichen Wein habe ich mit Mama am Freitag getrunken.« Alexander zieht eine Augenbraue nach oben.

»Bist du sicher?«, fragt er, »der wird von Marco importiert und ist eigentlich nur über ihn zu bekommen.« Als Beweis zeige ich ihm das Foto.

»Max hat ihn Mama mitgebracht, dann hat er ihn wohl in Berlin gekauft.«

»Offensichtlich«, sagt Alexander und grinst, »besitzt dein Oheim einen exzellenten Geschmack, der 2011er passt übrigens perfekt zu einer Lasagne.«

Womit mein Süßer absolut recht hat. Vor allem zu dieser Lasagne. Es ist ungelogen die Beste, die ich in meinem Leben je gegessen habe. Ich platze fast vor Glück. Mein Freund ist gutaussehend, intelligent, gebildet und ein Superkoch. Das ist fast zu schön, um wahr zu sein. James hat ausgesungen.

»Playlist Delta null fünf«, verlangt Alexander und sanfte jazzige Klänge erfüllen den Raum. Ich kichere. Alexander hat wohl zu viel *Star Trek* geschaut, wer kommt sonst auf den abstrusen Gedanken, eine Playlist *Delta null fünf* zu nennen? Aber wenn ich ehrlich bin, ist es auch dieser Hang zur Exzentrik, der Alexander so unwiderstehlich und interessant für mich macht.

Er ist inzwischen aufgestanden und steht jetzt neben meinem Stuhl. Irritiert sehe ich ihn an. Alexander setzt seiner Exzentrik die Krone auf.

»Darf ich um diesen Tanz bitten, Gnädigste?«, haucht er und streckt mir seine Hand entgegen.

»Im Ernst?«

»Über so etwas würde ich mich niemals trauen, Witze zu machen«, entgegnet er und dann lasse ich mich von ihm zur Mitte des Zimmers ziehen. Ich lege meine Arme um ihn und wir beginnen, langsam zu tanzen. So muss es im Himmel sein. Nach dem Tanzen sitzen oder besser gesagt, liegen wir auf dem Sofa. Mein Kopf ruht auf seiner Brust, er streicht mir mit den Händen durch die Haare und ich atme seinen Duft ein. Mir fallen fast die Augen zu.

»Bringst du mich ins Bett?«, murmele ich. Alexander hebt mich scheinbar mühelos hoch. Er ist so stark. Ruhigen Schrittes geht er mir in den Armen ins Schlafzimmer und setzt mich vor dem Bett ab. Erst lehne ich mich mit dem Rücken an ihn, dann recke ich meine Arme in die Höhe. Er versteht die Aufforderung und zieht mir den Pullover über den Kopf. Dabei streichen seine Fingerkuppen leicht über meine Haut und über den Stoff meines BHs. Überall fängt es zu kribbeln an. Er legt seine Hände auf meinen Bauch und küsst mir den Hals. Mein Mund gibt ungefragt ein Schnurren von sich, was ihn zum Weitermachen animiert. Seine Lippen wandern quer über Hals und Nacken von der einen auf die andere Seite und dann weiter zur Schulter. Eine Hand wandert meinen Bauch hoch. Bevor ich die Kontrolle verliere, drehe ich mich um und setze mich auf das Bett. Ich strecke ihm die Beine entgegen und er zieht mir die Socken aus. Packt meine Hosenbeine und hilf mir aus der Jeans. Verhöre ich mich oder geht sein Atem schneller?

»Du bist wunderschön«, sagt er. Ich erröte. Typisch.

»Vor allem bin ich ziemlich beschwipst«, ergänze ich, krieche unter die Decke und sehe zu, wie Alexander Hemd und Jeans auszieht. Seine Arme sind muskulös, aber nicht so lächerlich wie bei einem Bodybuilder. Eher, wie bei einem Solda ten oder Kämpfer … oder Schwimmer. Ich entscheide mich für Kämpfer, das klingt am verwegensten. Er schlüpft unter die Decke und kriecht zu mir.

»Ich würde niemals eine solche Situation ausnutzen und eine beschwipste schöne Frau verführen«, teilt er mir mit.

»Hahaha«, kontere ich und schiebe mich ihm mit meinem Rücken entgegen.

»Was ist hier mit nicht ausnutzen?«, frage ich mit gespielter Empörung, als ich gegen etwas verdächtig Hartes stoße.

»Entschuldige, auch ich bin nur ein Mann aus Fleisch und Blut«, entgegnet er lapidar.

Wie gut sich das anfühlt, sage ich ihm nicht.

»Weck mich morgen um 6:30 Uhr«, murmele ich stattdessen.

Alexander legt einen Arm um mich und die Mischung aus Alkohol, Müdigkeit, Wärme und Wohlgefühl sorgt dafür, dass ich schnell wegdämmere.

Wieder mal, wie öfters in letzter Zeit schlafe ich unruhig, es ist, als würde ich immerzu den gleichen Traum träumen, kann mich jedoch morgens nicht mehr an ihn erinnern.

Ein himmlischer Duft nach Kaffee weckt mich und als ich die Augen öffne, steht auf einem kleinen Beistelltischchen ein dampfender Caffè Latte neben mir. Kann es denn immer noch besser kommen? Eigentlich war der gestrige Abend nicht mehr steigerungsfähig, aber von seinem Liebsten mit Kaffee am Bett geweckt zu werden, setzt dem Ganzen noch einmal einen drauf. Normalerweise bin ich morgens eher schwer genießbar. Aufstehen mag ich gar nicht, zumindest nicht vor 10 Uhr. Aber so darf ein Morgen auch um 6.30 Uhr anfangen. Kaum setze ich mich auf und Schwupps, hat mir mein Liebster ein paar große Kissen in den Rücken gelegt. Schnurrend trinke ich, der glücklichste Mensch auf Erden, meinen Kaffee. Nur mit dem Argument, dass das Auto zwölf Minuten schneller als die Bahn sei, lasse ich mich dazu überreden, dass Alexander mich zum Boxi fährt. Ich muss unbedingt meine Tasche und Unterlagen für die Uni einpacken. Da er mich so schmachtend anschaut, lasse ich mich von ihm an die Uni fahren. Als wir dort ankommen, steigt er aus und hält mir die Türe auf. Ich schlinge meine Arme um ihn und gebe ihm einen langen, sehnsuchtsvollen Kuss. In diesem Moment kommt Franziska vorbei, der fast die Augen aus dem Kopf fallen. Ich verabschiede mich von Alexander, setze mein bestes und arrogantestes Lächeln auf und begrüße Franziska. Ich bin eine autarke und moderne Frau, sage ich mir als Mantra und gehe hoch erhobenen Hauptes mit ihr in die Vorlesung. Eigentlich schwebe ich mehr, anstatt meine Füße zu betätigen. Unterwegs bitcht sie herum, macht einen auf *bibisbeautypalace* und verteilt hier und da affektierte Bussies. Aber ich lasse mich gar nicht davon beeindrucken, bin viel zu glücklich und gleite mit gelegentlichem Bodenkontakt neben ihr her. Als wir den Raum betreten, schaut Franziska mich abschätzig an.

»Uh, so viel zur Schau getragenes Glück und Östrogen ist ja unerträglich«, stößt sie aus und setzt sich weit weg von mir. Ein Blick in die Runde zeigt, dass noch Platz neben Daniel frei ist. Er mustert mich kurz.

»Alles klar, Julia?«

»Mhm«, antworte ich knapp. Vor uns dreht sich neugierig Anna um.

»Hast du dir wieder Freunde gemacht?«, fragt sie, vorlaut wie immer. Dann schaut sie mich interessiert und prüfend an. Sie fängt an zu grinsen. Ein verdächtig breites Grinsen. »Du siehst aus, als hättest du Sex gehabt«, sagt sie, natürlich viel zu laut. Daniel neben mir bekommt einen Hustenanfall.

»Nein«, zische ich ärgerlich. »Abgesehen davon, dass das ziemlich privat ist, wie kommst du überhaupt darauf?« Meine zusammen gekniffenen Augen lassen Anna kalt. Sie zuckt nur mit den Schultern.

»Na ja, Luisa sieht …« Bevor sie weiterspricht, legt ihr Luisa eine Hand auf den Mund.

»Noch ein Wort und es war dein Allerletztes«, giftet sie. Daniel und ich grinsen uns an. Mit einem Blick, der vor Mordlust trieft, warnt Luisa auch uns. »Ein Wort hiervon an irgend jemanden und …« Sie zieht ihren Handrücken wie ein Messer quer über die Kehle.

Das ist zu viel. Daniel und ich prusten los.

»Du mit deinem verdammten, vorlauten, scheiß Mundwerk«, faucht Luisa Anna wütend an.

In diesem Moment betritt unser Dozent den Raum.

»Gott sei gelobt, der Pausengong«, murmelt Daniel.

Am Ende der Vorlesung sehe ich, wie Luisa Anna wieder ins Ohr zischt und ihr offensichtlich ein weiteres Mal die Socken gehörig aufpumpt. Sie ist wohl immer noch sehr aufgebracht. Anna wehrt sich und wirkt ebenfalls wütend. Oh weh, es scheint in einen richtigen Streit auszuarten. Kurz darauf sehe ich Luisa weglaufen, folge ihr und suche sie. Sie sitzt draußen in einer Nische auf dem Boden und weint. Ich setze mich zu ihr. Eine Weile schweigen wir.

»Luisa, es tut mir aufrichtig leid, dich in Verlegenheit gebracht zu haben«, beginne ich, »bitte verzeih mir.«

»Ist schon ok, ist ja nicht deine Schuld.« Sie schnieft weiter und ich nehme sie in den Arm.

»Ihr seid so ein tolles Paar, ich war oft ein wenig neidisch auf euch.« Dicke Tränen kullern ihr das Gesicht hinunter. »Schau Luisa«, sage ich aus einem Impuls heraus, »ich bin 19 und immer noch Jungfrau.« Meine Offenheit überrascht mich selbst, aber es fühlt sich in diesem Moment einfach richtig an. »Seit einer Woche habe ich zum allerersten Mal in meinem Leben einen festen Freund und bin total verliebt. Ich bin so glücklich, wie noch nie in meinem Leben. Als Anna meinen Gesichtsausdruck mit deinem verglichen hat, erkannte sie das Glück in den Augen wieder. Das ist etwas Gutes, denn es ist ein Zeichen, wie sehr sie dich liebt.«

Luisa hebt ihren Kopf, wischt ihre Tränen weg und schaut mich mit roten Augen an.

»Ehrlich?«, fragt sie, »du bist noch Jungfrau?«

»Ja«, gebe ich zerknirscht zu. »Aber das ist nicht der Punkt. Der Punkt ist, dass ihr euch liebt, dass Anna dich liebt und sie in der Lage ist, in deinen Augen zu sehen, wenn du wirklich glücklich bist. So etwas können nur Menschen, die ernsthaft lieben. Und ich weiß, dass du sie auch liebst. Ihr gehört zusammen. Sei ihr bitte nicht mehr böse.«

Luisa drückt mich lange.

»Danke, Julia«, sagt sie. »Ich glaube, ich gehe jetzt besser Anna suchen.« Sie steht auf. Ich ziehe ein Taschentuch aus der Jacke und trockne ihr ein wenig das Gesicht ab.

»Dann los«, sage ich.

Als ich die beiden eine Stunde später Hand in Hand sehe, freue ich mich wie ein kleines Kind. Daniel stellt sich neben mich.

»Warst du das?«

»Nein«, antworte ich, »das ist die Liebe und ich bin sicher, dass es nicht lange dauert und sie auch dich finden wird.«

»Schön wär's«, brummt er, »aber danke, dass wenigstens du daran glaubst.« Daniel geht in ein anderes Gebäude, weil wir jetzt unterschiedliche Kurse haben.

Ich muss drei Stockwerke höher. Beim Näherkommen höre ich eine aufgeregte Stimme, die immer lauter wird. Als ich um eine Ecke biege, erkenne ich Franziska. Sie telefoniert mit gerötetem und vor Zorn verzerrtem Gesicht.

»Oha«, denke ich mir und versuche, mich leise zurückzuziehen.

»Du Schwein«, schreit sie jetzt in das Telefon und ihre Stimme überschlägt sich. »Du dreckiges, widerliches, schwanzloses Schwein. Wie kannst du es wagen? Du Feigling! Sagst es mir noch nicht einmal persönlich, sondern servierst mich mit einem Text ab. Ich hasse dich und ich will dich nie wiedersehen.« Dann legt sie auf und fängt hemmungslos an zu schluchzen.

Immer noch mit dem Rückzug beschäftigt, knirschen

meine Schuhe. Mist. Franziska fährt herum und sieht mich entgeistert an.

»Stalkst du mich?«, keift sie, während sie auf mich zukommt. Erschreckt weiche ich zurück. »Verfolgst du mich für eine gute Story? Die hast du jetzt. Kannst es jedem erzählen. Franziska, die dumme Nuss, wurde von ihrem Lover per WhatsApp abserviert.« Sie rennt an mir vorbei und gibt mir dabei einen Bodycheck. Mir fällt fast die Tasche runter. Das tat weh und ich reibe mir die Schulter. Als sie um die Ecke verschwindet, höre ich sie wieder herzzerreißend weinen. Das schmerzt fast mehr, als die Schulter.

Eine Tür öffnet sich und Wilma schaut heraus.

»What's going on?«, fragt sie und ich gehe zu ihr.

»Nothing important, never mind.« Zwei Sekunden später steckt auch Philipp den Kopf heraus.

»Was ist denn los, Kneipenschlägerei?«, fragt er, irgendwie hoffnungsvoll.

»Ist das hier das Klassentreffen der Sensationsgierigen?«, frage ich strafend, »husch, husch.« Ich wedele mit den Händen. »Zurück ins Körbchen und organisiere mir einen guten Platz neben deinem Knackarsch.« Philipp blickt mich erstaunt an.

»Du findest meinen Hintern knackig?«

Eine Steilvorlage.

»Kein Stück«, antworte ich grinsend, »weich und aufgedunsen wie ein Hefeteig.« Philipp zeigt mir in gespielter Empörung den Finger, verzieht sich aber nach drinnen.

»What about his butt?« Mein Gag überfordert Wilmas Deutschkenntnisse. Ich folge ihr grinsend mit einem weiteren »never mind« in den Raum.

Es kostet mich große Überwindung, nach der Uni

nicht direkt zu Alexanders Wohnung durchzufahren. Aber zum einen will ich mein Studium nicht schleifen lassen und zum anderen habe ich geschafft, noch einen kurzfristigen Termin bei einer Frauenärztin zu ergattern. Der gestrige Abend hat mir gezeigt, dass es unter Umständen schneller gehen könnte, als ich ursprünglich gedacht hatte. Als ich aus der Apotheke heraustrete, fühle ich mich wie eine echte Frau. Den Rest des Tages konzentriere ich mich auf den Unistoff. Und der Aufgabe, nicht nur mit Azra und Mama, sondern auch mit Alexander zu texten und zu skypen. Da muss sich was ändern. Ich komme mir vor wie eine Nachrichtensprecherin. Oder wie eine Vogelmutter, der sich aufgerissene und hungrige Schnäbel entgegenstrecken.

Am nächsten Tag ist in der Uni keine Spur von Franziska zu entdecken. Das ist eine doppelte Überraschung. Zum einen hätte ich nicht gedacht, dass sie einen festen Freund hat, besser gesagt, hatte. Weil sie mit jedem hübschen Kerl flirtet. Zum anderen schien ihr dieser Freund wirklich etwas bedeutet zu haben. Bei aller gut gepflegten Abneigung gegen ihr Herumgebitche, empfinde ich eine Art stellvertretende Trauer. Auf Fragen, ob ich wüsste, was mit ihr wäre, zucke ich nur mit den Schultern. Das reicht den anderen.

Am Abend ist Alexander bei mir. Er hilft mir, Wasser zu kaufen und vor allem, es zu tragen. Im Flur begegnen wir Frau Ankler.

»Oh, welch ein Glück sie haben«, ruft sie entzückt. »Ein Mann, der einem die Einkäufe die Treppe hochträgt, ist Gold wert. Vor allem, wenn es so ein stattlicher ist.« Ich muss über das *stattlich* kichern, aber Alexander setzt die Flaschen ab und verbeugt sich.

»Wenn ich mich kurz vorstellen darf. Mein Name ist Relling, Alexander Relling und es wäre mir eine besondere Freude, auch ihnen bei dem Transport ihrer Besorgungen gelegentlich zur Hand gehen zu dürfen. Lassen sie es mich einfach wissen, wenn sie meine Dienste benötigen.«

»Oh, wie galant«, ruft die alte Dame erfreut, »junger Mann, sie sind wahrhaft ein Goldstück und ich werde sicher auf ihr freundliches Angebot zurückkommen.« Sie wendet sich mir zu. »Julia, auf diesen Mann sollten sie aufpassen und ihn nicht entwischen lassen.« Dann trippelt sie lächelnd auf die Treppe zu und steigt sie vorsichtig hinunter.

»Das gibt es ja wohl nicht«, sage ich in einem vorwurfsvollen Ton. »Du alter Schürzenjäger. Flirtest in meinem Beisein ganz offen mit meiner Nachbarin, komm du mir ´mal nach Hause.« Dann gebe ich ihm einen Kuss und schließe die Wohnungstür auf.

»Man muss sich alle Optionen offenhalten. Wenn du irgendwann meiner überdrüssig werden solltest, habe ich jetzt eine angemessene Alternative«, brummt er, während er mir in die Wohnung folgt.

»Darauf kannst du lange warten«, lache ich. Später liegen wir ineinander verschlungen auf einem der Sofas. Ich küsse seinen Hals. Seine Hände sind unter meinem Shirt auf Wanderschaft. Sie wechseln von meinem Rücken zur Vorderseite, von unten nach oben und umfassen die Körbchen. Mit einer Hand streiche ich ihm durch die Haare und schaue ihm in die Augen.

»Ich bin noch Jungfrau«, sage ich leise und warte auf eine Reaktion.

»Und?«, fragt er in einem gleichmütigen Tonfall, als hätte ich ihm eröffnet, dass in China gerade ein Fahrrad umgefallen sei. Er reibt mit seinen Daumen zart den Stoff über meinen Brustwarzen. Mir wird es heiß und es kribbelt bis in die Fußsohlen.

»Hey«, sage ich, richte mich in eine sitzende Haltung auf und halte seine Hände fest, »wenn du das machst … kann ich mich nicht konzentrieren und das … das ist mir jetzt wichtig.« Alexander zieht die Hände zurück. Mist, so habe ich das aber auch nicht gemeint. Er legt eine Hand an mein Gesicht.

»Gehe ich recht in der Annahme, dass es sich hierbei aber nicht um die Hauptinformation handelt, sondern dass dies nur der Auftakt war? Weil dir noch mehr auf dem Herzen liegt?« Ich nicke. Dankbar über diese Vorlage denke ich nach, wie ich es am besten ausdrücken kann und lege ich mich zurück auf seine Brust.

»Vielleicht ist dieses ganze Gerede über das erste Mal totaler Murks, weil es überhöhte Erwartungen weckt und dadurch nur zu Enttäuschungen führt. Natürlich wünsche ich mir, dass es ein besonderer Moment wird«, fange ich an und streichele seinen Oberarm. »Aber das ist nicht der Punkt. Vor gerade einmal vier Wochen war ich ein 19-jähriges Mädchen, das in ihrem ganzen Leben nie ernsthaft verliebt war. Ich war noch nicht einmal verknallt. Klar gab es Jungs, die ich ziemlich süß fand, und ein- oder zweimal hatte ich auf einer Party mit einem Jungen geknutscht. Es war nicht gerade der Knaller und auf eine Wiederholung hatte ich nie wirklich Lust. Ich ziehe nach Berlin und nach nur sechs Wochen habe ich einen Freund. Es ist alles so neu für mich. Dich zu küssen, ist total anders, es ist wie … abzuheben und zu fliegen. Ich weiß nicht mehr, wie und wo mir der Kopf steht. Wenn … wenn du mich so berührst«, ich kichere nervös, »kann ich mich kaum bremsen und würde mir am liebsten die Klamotten vom Leib reißen. Aber genau das ist das Problem. Ich habe Angst die Kontrolle zu verlieren und das will ich nicht, noch nicht. Es geht alles so schnell, geht mir viel zu schnell. Mein Kopf kommt nicht hinterher. Ich möchte es nicht nur tun, weil ich die Kontrolle verloren habe, sondern weil ich fühle, dass es der richtige Zeitpunkt ist. Aber ich möchte nicht, dass ...«, ich komme ins Stocken, »möchte nicht, dass du das Interesse an mir verlierst, nur weil ich, nur weil ich ...«, ich beiße mir auf die Lippen, »weil ich noch warten will, mit dir zu schlafen.«

Jetzt ist es raus. Julia, die kontrollsüchtige und spröde Zicke hat es wieder einmal geschafft und alles ruiniert. Doch Alexander drückt mir einen sanften Kuss auf den Kopf.

»Julia«, sagt er ernst, »ich werde nie das Interesse an dir verlieren. Das was dich in meinen Augen begehrenswert macht, geht weit über deinen, zugegeben, sehr heißen Körper hinaus«. Er seufzt. »Seit ich dich kenne, habe ich wieder Lust zu leben. Wie könnte die Frage nach Sex, genauer gesagt, noch keinem Sex nur ansatzweise dagegen konkurrieren.«

Ich rutsche etwas weiter hoch, um ihn zu küssen.

»Ich, ich liebe Dich«, flüstere ich.

»Und ich dich, vergiss das nie«, gibt er zurück. »Nimm dir die Zeit, die du brauchst. Lass uns ein Losungswort vereinbaren. Wenn du stoppen willst, weil es dir zu schnell oder zu weit geht, sag etwas wie ... *Kartoffelsalat.*«

Ich pruste los.

»Kartoffelsalat?« Meine Anspannung über das problematische Thema löst sich wie ein angestochener Ballon und ich lache, bis mir die Tränen kommen. »Die Idee ist gut, belassen wir es aber bei einem simplen *Stopp*«. Ich drehe mich auf den Rücken, greife seine Hände und schiebe sie unter mein Shirt. »Wo wir gerade beim Thema sind, was war das, was du da eben mit deinem Daumen gemacht hast?«

Ein Check der App hat ergeben, dass ich mit der S-Bahn von Alexander nur wenige Minuten länger zur Uni als vom Boxi benötige. Daher verbringe ich die restlichen Nächte der Woche bei ihm. Seine Wohnung besteht aus vier ehemaligen Einheiten. Er besitzt die ganz Etage und hat die angrenzenden Räume mit Verbindungstüren und Durchgängen versehen. Ich entdecke ein spartanisch eingerichtetes Arbeitszimmer mit einem funkelnagelneuen iMac Pro auf einem antiken Schreibtisch und einem schönen Blick über die Gleise nach Wedding. Zum Innenhof hin befindet sich ein Musikzimmer, besser gesagt eine Art Tonstudio, voller Technik und Instrumente. Moderne, aber auch Geigen, ein Cello, verschiedene Blasinstrumente. Ein Raum weiter ist ein weiteres Zimmer mit einer besonderen Stereoanlage, monströsen Boxen, Plattenspieler und einer Wand voller Vinyl. Vom Boden bis zur Decke und von links nach rechts.

Alexander hat mehr Seiten und Facetten, als ich begreifen kann. Wie ist es möglich, dies alles in einem so jungen und kurzen Leben zu lernen und erreichen? Die Bibliothek ist ähnlich faszinierend. So viele Bücher über Architektur, Reisen, Wissenschaft, alte Erstausgaben, Bildbände berühmter Fotografen, klassische Literatur. Eine Ecke, es ist kaum zu glauben, ist mit Mangas bestückt. Hat er das alles gelesen? Ich bräuchte nur für die Hälfte ein ganzes Jahrzehnt zum Lesen.

Die Einrichtung irritiert mich ebenfalls. Es ist ja nicht so, als erwarte ich Überreste eines Jugendzimmers mit Postern halbnackter Sängerinnen, oder World of Warcraft Figuren neben leeren Pizzaschachteln. Aber seine Wohnung ist etwas zu … harmonisch … abgeklärt … ich weiß auch nicht genau. Eine Designerwohnung mit wilder, aber stilsicherer Mischung von Modern, Alt und Vintage. Es sieht aus wie auf Hochglanzbildern in Magazinen für Design, Einrichtung oder Architektur. Es ist ähnlich wie in meiner Wohnung. Max hat sie auch cool eingerichtet, aber das hier ist noch sehr viel krasser.

Und Max ist schon über Vierzig, aber Alexander gerade mal Mitte zwanzig. Mein eigener Stil entwickelt sich erst. Ich probiere viel aus und mein Geschmack ist ständig im Wandel. Bei Alexander wirkt es so … sicher. Er ruht in sich. Das ist faszinierend, aber passt in meiner Vorstellung gar nicht so zu seinem Alter. Vielleicht ist er wirklich in einem durchgeknallten Eliteinternat aufgewachsen. Oder er hatte einen angesagten Innenarchitekten beauftragt.

Mein eigenes Leben kommt mir in Anbetracht dieser Ansammlungen von Möbeln, Bücher und Wissen winzig vor, aber als ich das anspreche, spielt Alexander alles herunter und sagt mir, wie sehr er mich liebt. Dass ich stolz auf mich sein könne. Auf meine Bilder, meine Entwicklung und vor allem auf mein Herz. Dies wäre mein größtes Kapital. Witzig, das hat Mama auch gesagt. Er sagt, dass es keinen Sinn ergäbe, sich mit anderen zu vergleichen, sondern dass es wichtiger wäre, sein eigenes *Potenzial voll auszuschöpfen*. Er klingt wie ein Motivationssprecher oder Psychologe.

Es liegt eine unglaubliche Woche hinter mir und als ich am Samstagabend in seinen Armen einschlafe, kann ich, wie so oft in den letzten Tagen mein Glück kaum fassen. Ich bin so glücklich und kann mir nicht vorstellen, warum und wie sich das ändern sollte.

Dark Skies

Träume Sind Schäume

Im Gegensatz zu den letzten Nächten, in denen ich erst am Morgen mit verwaschenen Traumfetzen im Kopf und der Erinnerung an einen unruhigen Schlaf aufwache, ist diese Nacht von einem anderen Kaliber. Mehrfach wache ich auf, wälze mich im Bett und habe Schwierigkeiten, wieder zurück in den Schlaf zu finden. In einer der Wachphasen schaue ich an die Decke und sehe die Zeitanzeige der Laserprojektion. Es ist 3:17. Mit einem innerlichen Stöhnen wechsele ich die Liegeposition und schlafe zum Glück wieder ein.

Die Zweige der Weide rascheln im Wind. Ihre Blätter sind grün. Ich hebe den Kopf und sehe Mondlicht durch die Äste scheinen. Das rauschende Meer treibt Wellen krachend gegen die Klippen der Küste. Dort, nahe der Klippen steht eine Person im Mondlicht. Ich gehe auf sie zu und erkenne sie wieder. Es ist das Mädchen in dem blauen Kleid. Beim Näherkommen achte ich auf den Stoff. Er ist grob, gewebt und wirkt wie der Rest des Kleides altertümlich. Fast wie in einem Kostümfilm. Die Haare des Mädchens glänzen rotbraun in dem Mondlicht. Sie schaut über das Meer. In weiter Entfernung hebt sich ein dunkler Schatten vom Wasser ab. Ist dies Land? Ich trete zu ihr, sie dreht sich um und lächelt mich an. Sie ist nicht wirklich ein Mädchen, sondern ungefähr so alt wie ich. Oder sogar etwas älter. Ihre Augen sind grün, oder sind sie braun? Das Lächeln ist warm, aber in ihrer Miene liegt Anspannung.

»Da bist du ja endlich«, sagt sie, »schnell, wir müssen uns beeilen.« Ich will sie fragen, was los ist, aber sie packt meine Hand und zieht mich am Ufer entlang. Ich folge ihr. Wir kommen an einen mit Büschen und Schilf bewachsenen Abschnitt. Durch das Mondlicht ist die Sicht gut. Im Schilf liegt ein Boot vertäut. Sie lässt meine Hand los, hebt einen großen Stoffbeutel vom Boden auf und macht lange Schritte auf das Boot zu. Ihre nackten Füße stehen im Wasser.

»Warte«, rufe ich aus. Und wache auf.

Es dauert einen Augenblick, um mich zu orientieren und zu begreifen, dass ich in einem Bett liege, mich in Berlin und nicht an einem Meer befinde. Der Traum war plastisch und unglaublich lebensecht. Ich glaube noch den salzigen Duft des Meeres in der Nase zu haben. Neben mir bewegt sich Alexander unruhig, sein Atem geht stoßweise und seine Beine zucken. Ich drehe mich zu ihm und lege meinen Arm um ihn. Das scheint ihn etwas zu beruhigen. Er greift im Schlaf nach meiner Hand und hält sie fest. Wie romantisch. Ich kuschele mich an ihn, was ihn noch mehr beruhigt. Mit einem Glücksgefühl schlafe ich wieder ein.

Selbst am Morgen sind die Erinnerungen an den Traum noch frisch und präsent. Ein mahlendes Geräusch kündigt einen koffeinreichen Hochgenuss an und kurze Zeit später betritt Alexander das Schlafzimmer mit einem Tablett. Er zieht die Vorhänge auf. Draußen ist es hell und zugleich nicht. Regen klatscht an die Scheibe. Alexander kriecht ins Bett und stellt das Tablett zwischen uns. Der Kaffee duftet. Und auch die frischen Croissants, die in einem Körbchen liegen.

Sie sehen so verlockend aus, dass ich mir direkt eines schnappe und hineinbeiße. Der Geschmack haut mich fast um. Sie sind unglaublich knusprig und splitterig, absolut perfekt.

»Oh, Wahnsinn sind die gut, du musst mir unbedingt verraten, bei welchem Bäcker du solche Croissants bekommst«, sage ich mit vollem Mund.

»Bäcker?« Er runzelt die Stirn. »Die sind meiner eigenen Hände Werk. Produzione Alessandro.« Alexander sieht beinahe beleidigt aus.

»Du Aufschneider«, lache ich, weil ich mir das nicht vorstellen kann. Jetzt sieht Alexander wirklich beleidigt aus und ich rudere zurück. »Ehrlich?«, frage ich und hoffe, ihn mit einem bewundernden Ton zu besänftigen. »Sag mir, was kannst du eigentlich nicht?«

»Jede Menge«, gibt er zurück und seine Miene wechselt zu diesem süßen, schiefen Lächeln, das einen blöden Scherz ankündigt. »Ich habe es noch nie geschafft, so süß zu schnarchen wie du.«

Frechheit.

»Ich schnarche nicht«, sage ich empört, »das ist schon das zweite Mal, dass du mit das unterstellst.«

»Das ist keine Unterstellung, Gnädigste, sondern Essenz objektiver Observierung.«

Ich versuche, einen Todesblick auf ihn abzuschießen. Ungerührt, aber möglicherweise gewarnt, mildert er diese bodenlose Unverschämtheit ab.

»Im Übrigen habe ich nicht behauptet, dass du sägst wie eine sibirische Holzverarbeitungskolchose. Wenn ich mich recht erinnere, habe ich das akustische Event mit dem Adjektiv *süß* klassifiziert. Zumal es selten vorkommt. In der Regel nach dem opulenten Genuss geistiger Getränke.«

Die Ansprache ist wieder einmal total übertrieben, aber auch niedlich und ich vergebe ihm. Zur Warnung hebe ich einen drohenden Zeigefinger, den er ergreift und mit einem spitzen Kuss versieht.

Als ich später unter der Dusche stehe, spuken mir die Croissants immer noch im Kopf herum. In der siebten Klasse hatten wir eine Studienreise nach Paris unternommen und nur dort haben die Croissants dermaßen außergewöhnlich geschmeckt. Wir besichtigten eine französische Bäckerschule und dort lernten wir, dass Bäcker sehr lange Praxis benötigen, perfekte Croissants zu fertigen. Manche benötigen Jahre. Alexander kann die unmöglich haben. Oder ist ihm ein Glückstreffer gelungen? Die Frage reiht sich ein in die Kette der Mysterien, die ihn umgeben. Die aus meiner Sicht nichts mit dem Verlust seiner Familie und seinem Trauma zu schaffen haben. Gibt es da noch mehr? Noch mehr Rätsel, die er auflösen könnte, aber nicht will? Eine realistische Erklärung die ohne Aliens, der These, dass ich eine Koma-Fantasie durchlebe, oder Zeitreisen auskommt, fällt mir spontan nicht ein.

Den ganzen Tag denke ich über diese Rätsel nach. Das Wetter da draußen ist, gelinde gesagt, bescheiden und so streife ich durch Alexanders Bibliothek. Ich gehe, mit dem Finger von Buch zu Buch rutschend, an den Reihen vorbei. Ab und zu lege ich den Kopf schief und lese den Titel. Wenn ein Buch mein Interesse weckt, ziehe ich es heraus, blättere es durch und stecke es wieder zurück.

Die Sortierung der Bücher hat, wie wäre es auch anders zu erwarten, ein spezielles System. Es fällt mir aber erst nach einer Weile auf, weil sich innerhalb der Sortierung deutsch-, englisch- und andere fremdsprachige, neue und alte Ausgaben bunt mischen. Neben den Klassikern finden sich auch Fachbücher. Chemie, Biologie, Medizin und Physik. Einstein und so weiter. Bücher über Quantenmechanik gemischt mit Heilpflanzen des Amazonas und Anatomie. Hier wären Ingenieure, Atomphysiker und Chirurgen gleichermaßen begeistert. Unerklärlich, aber erstaunlich.

Neben den Fachbüchern entdecke ich einen Bereich, der sich umfassend um Irland und Schottland dreht. Etliche Werke über die irische und schottische Geschichte. Gebräuche, Religionen, Kulte und Symbole. Bücher mit den Titeln: *The Book of Irish Curses* und *Legends of Irish Witches and Fairies* finden sich dort. Bei näherem Betrachten entdecke ich weitere Werke über Flüche, Segnungen und Hexerei. Sie alle stehen ganz weit oben und sind ohne Leiter nicht zu erreichen. Ich komme mir fast vor wie im verbotenen Teil der Hogwarts-Bücherei. Wenn ein Buch aus dem Regal springen und mich mit gefletschten Zähnen anknurren würde, wäre ich nur mäßig überrascht. Das Ganze ist bizarr und ziemlich verwirrt verlasse ich den Raum.

Ich höre Klaviermusik und folge den Klängen bis hin zu Alexanders Studio. An der offenen Tür bleibe ich stehen und lausche. Alexander sitzt an einem mit Monitoren gespickten Tisch und seine Finger gleiten über die Tasten eines Keyboards. Aus fetten Lautsprechern erklingen die Klänge eines richtigen Flügels, wie in einer Konzerthalle. Erstaunlich. Das Stück klingt und wirkt kompliziert, seine Hände sind ständig in Bewegung, fliegen von rechts nach links. Wo, beziehungsweise wann hat er gelernt, so gut zu spielen? Wieder so ein Rätsel. Das Tempo der Musik wird langsamer und die Stimmung melancholisch. Mir schnürt sich das

Herz zu, da meine Antennen in dem Lied tiefe Alexandertraurigkeit erkennen. Ich gehe zu ihm und umarme ihn. Meine Hände wandern zu seiner Brust und ertasten etwas Feuchtes. Vereinzelte Tränen kullern seine Wangen herunter und tropfen auf sein Hemd. Er hört auf zu spielen und vergräbt sein Gesicht in meinem Shirt.

»Mein armer Schatz«, flüstere ich beruhigend und streiche ihm durch das Haar.

»Alles ok, zuweilen ereignet sich das beim Spielen, es hat jedoch nichts zu bedeuten. Ich habe nicht gut geschlafen und hatte dunkle Träume, das war sicherlich der Auslöser.«

»Das war ein sehr schönes Lied, auch wenn es sehr traurig ist. Wie heißt es?«

»Keine Ahnung, das war nur improvisiert. Aber … ich kann auch anders«, sagt er, wie um sich selbst aufzumuntern. Alexander setzt sich auf, klickt mit der Maus herum und der Inhalt der Bildschirme verändert sich. Ein weiterer Klick und aus den Boxen ertönt wuchtige Filmmusik wie aus einem Blockbuster. Temporeich, actiongeladen. Gleich kommt Liam Hemsworth um die Ecke gerannt, schwingt einen Hammer und rettet die Welt. Mir bleibt der Mund offen stehen.

»Das hast du gemacht? Alleine?«, frage ich fassungslos. Alexander spielt das Ganze wieder runter. Es sei unglaublich, was man dank der heutigen technischen Möglichkeiten mit bescheidenem Aufwand erreichen könne. Von wegen. Dieser Tiefstapler, wenn das so einfach wäre, hätten Hans Zimmer und Co. schon lange keinen Job mehr.

Wann hat er das alles gelernt? Ich gebe vor, mit seiner Antwort zufrieden zu sein, hauche ihm einen Kuss auf die Lippen und schlendere betont langsam in das Wohnzimmer. Dort setze ich mich auf das Sofa und denke nach, über all die Dinge, die nicht zusammenzupassen scheinen. Die Theorie mit dem Koma kommt mir wieder in den Sinn. Erträume ich mir das alles nur? In meinem Kopf versuche ich, ein paar Fakten zu sortieren.

1. Alexander. Ein Traummann. Er sieht gut aus. Falsch! Er sieht wahnsinnig gut aus. Er duftet gut Immer! Er ist wohlhabend, hat einen megafetten Palast auf dem Prenzlauer Berg, also einer der angesagtesten Wohngegenden. Er kocht wie ein Profi, backt wie ein Profi, komponiert und spielt Piano wie ein Profi, spricht etliche Sprachen. Auf jeden Fall Englisch, Italienisch und Niederländisch, das sind mit Deutsch schon einmal vier. Er ist gebildet, hat Bücher über Einstein und ist auf Knopfdruck witzig und charmant. Er wickelt meine Senioren-Nachbarin so elegant um den Finger, dass sie abgeht wie ein Teenie mit Hormonschüben. Wie realistisch ist es, dass sich so viel Unterschiedliches, Brillantes und Liebenswertes in einer Person vereinigt? Außer im Film natürlich. Antwort: Minimal bis gar nicht.

2. Julia. Ich bin zwar nicht hässlich, bin aber von einer Sexbombe Lichtjahre entfernt. Als Referenz sehe ich da Franziska, bei deren Anblick Männer sich vom Homo sapiens in einen urzeitlichen Primaten zurückverwandeln. Und ich bin immer noch Jungfrau. Also weder heiß noch sexuell erfahren. Um es auf den Punkt zu bringen: überschaubar sexy, nicht reich, nicht außergewöhnlich intelligent. Ich kann einigermaßen gut zeichnen, aber vom MOMA oder Louvre hat noch keiner an meiner Tür geklingelt. Ich bin ein Trampel, finde Fettnäpfchen selbst im Dunkeln zielsicher und werde bei allen möglichen und vor allem unmöglichen Gelegenheiten knallrot wie eine

preisgekrönte Zuchttomate. Quintessenz: Ich bin, leider, sehr gewöhnlich. Höchstens ungewöhnlich tollpatschig.

3. Resümee. Wie wahrscheinlich, ist es, dass sich ein äußerst unwahrscheinlicher Supermann in eine Mittelmaß-Lusche wie mich verliebt? Antwort: Die Wahrscheinlichkeit liegt bei null Prozent.

4. Schlussfolgerungen und Thesen.

a. Ich liege wirklich im Koma und fantasiere.

b. Ich habe eine Bewusstseinsstörung und biege mir die Wirklichkeit auf eine bizarre Art und Weise zurecht.

c. unbekannt.

Meine Stimmung ist dank der Überlegungen auf einem Nullpunkt angekommen und eine Migräne macht sich zielsicher in meinem Kopf breit. Alexander betritt das Wohnzimmer und sieht mein gequältes Gesicht.

»Was ist los?«, fragt er besorgt und kommt wie ein Blitz an das Sofa geeilt. Er legt seine Hand auf meine Stirn.

»Du bist warm«, sagt er.

»Ich habe Kopfschmerzen«, erwidere ich, »hast du eine Tablette?« Alexander flitzt los und ist keine halbe Minute später mit einem großen Glas Wasser und zwei Tabletten zurück. Ich schlucke sie und Alexander legt eine kuschelige Decke über mich.

Die Playlist *Sigma null drei* lässt eine Mischung aus Naturgeräuschen und Downbeat-Chillout erklingen. Eine Stunde später fühle ich mich schon besser, aber ich bitte Alexander, mich nach Hause zu fahren. Ich habe genug von all den Eindrücken und spüre das Bedürfnis, mich in mein eigenes Schneckenhaus zurückzuziehen. Es kostet mich einige Überredungskunst, dass er mich alleine lässt. Er zwingt mich, bei dem Leben meines MacBooks zu schwören, schon bei dem kleinsten Problem anzurufen. Dennoch kommt jede Stunde eine WhatsApp, in der er sich nach mir erkundigt. Das ist sehr süß, aber ich bin doch kein zerbrechliches Püppchen, sondern eine autarke und moderne … ach, was soll's.

Ich freue mich einfach. Um halb neun lege ich mich ins Bett und schlafe fast augenblicklich ein. Vorher war ich aber so schlau, ihm das noch zu texten. Nicht, dass er aus Sorge beschließt, mit einem Sondereinsatzkommando meine Wohnung zu stürmen.

Das blaue Kleid ist nicht komplett blau, sondern hat auch eingewebte grüne und rote Fäden. Aber das sieht man nur aus näherer Entfernung. Ich betrachte ihr Gesicht, ihre feinen gleichmäßigen Gesichtszüge. Sie hat kleine Grübchen. Ihre Hand ist schlank und ihre Haut ist weich. Ihr Duft erinnert an Sommer und Verlangen. Sie zieht mich zu dem Boot.

»Warte«, sage ich und rufe ihren Namen, »Biehak.«

Ich wache auf, es ist vier Uhr morgens.

Die Uhrzeit ignorierend eile ich in den Schlafsachen ins Wohnzimmer und greife nach dem Zeichenblock. Eineinhalb Stunden später habe ich sechs Bilder gemalt. Die Weide, das Meer, das Boot und drei von dem Mädchen in dem blauen Kleid. Einmal am Wasser und zwei Close-ups. Dann google ich nach *Biehak*, finde jedoch selbst nach mehrfacher Abwandlung der Schreibweise nichts, das auch nur ansatzweise einen Sinn ergibt.

Mist. Die Zeit hätte ich mir sparen können. Ein Blick auf die Uhr ergibt, dass es schon kurz vor sechs ist. Ich schiebe die Bilder zusammen und überlege, wo ich sie vor den neugierigen Augen Alexanders verbergen könnte. Solange ich noch nicht genügend Informationen habe, ist es mir lieber, wenn er nichts von meinen Recherchen mitbekommt. Recherche klingt gut. Die autarke und moderne Julia ermittelt. CSI Boxi. Nachdem ich die Bilder in einem großen Bildband über Afrika untergebracht habe, werfe ich die Kaffeemaschine an und gehe ins Bad. Fertig angezogen bereite ich mir einen großen Latte, setze mich an den Tisch und texte Alexander, dass ich wach und gesund bin.

In der Uni angekommen, merke ich, dass Franziska auch wieder da ist. Sie hatte die komplette Woche nach dem Vorfall gefehlt. Ich habe fast den Eindruck, dass sie versucht, unbemerkt an mir vorbei zu schleichen. Wie der Teufel das Weihwasser, scheint sie eine Begegnung mit mir zu meiden. Sie wirkt nervös und schaut mit kleinen Seitenblicken umher. Gerade als ich mich frage, ob sie Drogen genommen hat, werde ich von Philipp und Daniel begrüßt.

»Was geht ab, Julia?«, fragt Philipp. Ich sehe zum Fenster, wo sich gerade der nächste Regenschauer klatschend und triefend bemerkbar macht. Er folgt meinem Blick.

»Ich wandere morgen nach Thailand, Neuseeland oder Bali aus. Und bei dir?«, frage ich ihn zurück und setze mich. Bevor Daniel die Gelegenheit hat, sich neben Franziska zu setzen, schiebt sich Tim, ein anderer Student auf den Platz. Daniel verzieht die Miene, als hätte er in eine Zitrone gebissen und setzt sich neben mich.

»Das hebt das Selbstbewusstsein«, sage ich, »ein langes Gesicht, nur weil du neben mir sitzen musst.«

»Ich meine doch nicht dich«, gibt er entschuldigend zurück, »ich wollte sie nur fragen, wie es ihr geht.«

»Das kannst du doch immer noch«, sage ich und beobachte Franziska, deren Anspannung wohl etwas nachgelassen hat.

Den Tag über wird sie immer lockerer und am Ende des Tages scheint sie fast ihr altes Format erreicht zu haben, verteilt Bussies, wirft dem einen oder anderen ihren *Hasch mich-Killerblick* zu und streicht andauernd durch ihre langen Haare.

»Und was hatte sie?«, frage ich Daniel, der mir auf dem Weg zur Tram über den Weg läuft.

»Grippe.«

»Siehst du, alles im Lot.«

Vor dem Haus steht Alexanders Auto, aber er ist nirgendwo zu sehen. Komisch. Ich schließe die Tür auf und gehe die Treppen hoch. Auf meinem Flur höre ich Gelächter. Und Gesang. Eine schöne Männerstimme und eine brüchige alte Frauenstimme singen zu Klaviermusik eine Art Schlager.

»Frühling in der Schönhauser. In der Schönhauser Allee! Frühling in der Schönhauser. Frühling in Berlin!« Als ich an der offenstehenden Tür von Frau Ankler vorbeigehe, verstummen Klavier und Gesang.

»Da ist ja ihre Liebste«, höre ich Frau Ankler überdreht wie auf Drogen rufen. »Vielen Dank für ihren

Besuch und den schönen Nachmittag, Alexander.« Fassungslos erblicke ich meinen Liebsten, der grinsend aus der Tür tritt und sie schließt.

»Hallo mein Schatz.« Ich bekomme den Mund so lange nicht zu, bis er mich küsst. Ich schiebe ihn leicht weg.

»Hast du schon wieder mit fremden Frauen geflirtet?«

»Das war keine fremde Frau, die kenne ich schon länger«, gibt er trocken zurück. Ich schließe auf, ziehe ihn in die Wohnung und geradewegs in das Schlafzimmer.

Unterwegs ziehe ich meine Jacke aus und im Schlafzimmer folgt seine. Mit einem kleinen Schubs befördere ich ihn aufs Bett. Dann ziehe ich mir meinen Pulli über den Kopf, werfe mich auf Alexander und gebe ihm einen leidenschaftlichen Kuss.

»Ich hoffe, dass diese Art der Genüsse exklusiv für mich vorbehalten sind«, sage ich, nachdem ich Atem geholt habe.

»Wer weiß?«, gibt er zurück, »Hildegard ist eine faszinierende und mondäne Frau.« Über das *mondän* fange ich an zu kichern. Alexander küsst meinen aufgrund der heutigen Hochsteckfrisur frei liegenden Hals ausgedehnt und systematisch. Mit einem Schnurren lege ich mich auf den Rücken und seine Lippen arbeiten sich langsam das Dekolleté hinunter, bis seine Nase vom BH gebremst wird. Ich kraule ihm in den Haaren und während er mit den Lippen den Saum des Stoffes nachzieht, drängt sich die bizarre Szene aus dem Flur in meine Erinnerung. Alexander hat eine schöne Stimme. Aber woher kennt er den alten Schlager? Und kennt er ihn auswendig? Woher weiß er das alles? Die Hinweise verdichten sich. Ich bin bestimmt Teil einer Koma-Fantasie. Die Küsse stoppen abrupt und Alexander schaut an mir hoch.

»Einen Penny für deine Gedanken«, sagt er.

»Na prima«, geht es mir durch den Kopf, »jetzt habe ich schon den Sex versaut, ohne ihn überhaupt ansatzweise gehabt zu haben.« Alexander schiebt sich hoch, küsst noch einmal meinen Hals und legt seine Hand auf meinen Bauch. Das kribbelt.

»Julia«, sagt er, »ich merke doch, dass etwas nicht stimmt. Schon seit gestern scheint dich irgendetwas zu beschäftigen.«

»Das ist alles nicht real«, platzt es aus mir heraus.

Alexander schaut mich verständnislos an, als hätte ich ihm gerade eröffnet, der größte Fan von Justin Bieber zu sein.

»Du bist ein Traummann«, sage ich.

»Danke für das Kompliment«, entgegnet er, »aber das weiß ich bereits.«

»Ach, halt den Rand«, weise ich ihn zurecht. »Das ist alles zu gut, zu perfekt. Du kannst kochen, backen, bist reich, gebildet, sprichst tausend Sprachen, komponierst wie Hans Zimmer und … dein arrogantes Grinsen kannst du schnell wieder einpacken, du eingebildeter Schnösel, du siehst auch zum Anbeißen aus.«

Alexander lacht, bemüht sich dann aber, halbwegs ernst auszusehen.

»Die Kombi alleine ist schon verdächtig weit von der Realität entfernt. Männer, die das alles draufhaben, sind mindestens doppelt so alt wie du.«

Alexanders Lächeln verschwindet wie ausgeknipst.

»Und dann denke ich an mich, einen Trampel. Wieso sollte ein Mann, der selten ist wie, wie …« Mir fällt

nichts ein.
»Die Blaue Mauritius?«, bietet er an.
»Von mir aus, ich weiß ja noch nicht einmal, was das ist.«
»Eine äußerst seltene Briefmarke, von der weltweit nur noch zwölf Exemplare existieren«, sagt er müde.
»Genau das meine ich«, rufe ich frustriert, »du weißt nicht nur, was es ist, du weißt auch genau, wie viele es auf der Welt gibt. Warum sollte so jemand wie du, jemanden wie mich lieben?«
»And here we go again«, seufzt er. »Julia«, setzt er an, aber ich schneide ihm das Wort ab.
»Es geht mir nicht darum, mich schlecht oder klein zu reden, sondern die um Wahrscheinlichkeit, wie glaubhaft das ist. Wie möglich bist du? Das ist nicht real.«
Sein Blick verdüstert sich weiter.
»Was willst du hören? Erwartest du ein Geständnis? Das Geheimnis meines Erfolges? Ich bin aus Fleisch und Blut, und ich liebe dich. Mehr gibt es dazu nicht zu sagen.«
»Das meine ich doch gar nicht. Das ist nicht mein Problem. Wenn es nicht real sein kann, heißt das nur, dass, dass ich mir das alles einbilde«, sage ich verzweifelt und mir laufen die ersten Tränen die Wangen hinunter. »Vielleicht liege ich in einem Koma, und das ist meine Koma-Fantasie. Ich träume von einem Leben, das es nicht gibt und einem Mann, der viel zu perfekt für mich ist und den es deswegen auch nicht gibt.« Jetzt fange ich richtig an zu weinen und Alexander zieht mich an sich.
»Sch, sch, sch«, sagt er, »es ist alles ok, und wenn du es keinem weitersagst: Ich kann weder Schlittschuhlaufen noch auf zwei Fingern pfeifen.« In mein Schluchzen

mischen sich ein paar Lacher. Alexander streicht mir durchs Haar. »Siehst du, alles wieder gut.«

Doch als ich ihn mit verweinten Augen anschaue, merke ich, dass nur sein Mund lächelt, sein Blick aber von einer Wolke überschattet ist.

Winter Is Coming

Die Nacht bleibt Alexander bei mir, doch für uns beide ist sie unruhig. Wir schlafen nebeneinander ein, doch zum ersten Mal nicht in einer Umarmung, sondern buchstäblich nebeneinander.

Diese Nacht träume ich wieder wild. Alexander sitzt mit Langhaar-Zottel-Frisur auf einem Pferd.

»Winter is coming«, ruft er und reitet fort. Ich drehe mich um und bin plötzlich mit Azra im Mauerpark. Überall sind Schlangen. Große und Kleine. Sie kringeln sich auf dem Boden und ich habe Angst. Mit großen Sprüngen hüpfen wir über sie hinweg und hoffen, dass sie uns nicht beißen. Ich bin heilfroh, als ich schweißgebadet aufwache.

Alexander schläft ebenfalls unruhig. Plötzlich richtet er sich mit offenen Augen auf, ruft: »Warte«, verharrt einen Moment und legt sich wieder hin.

Puh, das war ja richtig gruselig und ich benötige länger als gewöhnlich, um wieder einschlafen. Am nächsten Morgen fühle ich mich wie gerädert. Alexander erhält von mir einen der Ersatzschlüssel, damit er *mir nicht zu oft auf Hildegards Schoß sitzt.* Zur Antwort bekomme ich wieder das schiefe Lächeln und ich verabschiede mich mit einem flüchtigen Kuss, weil die Uni bald anfängt.

Obwohl er mir heute Morgen einen liebevoll verzierten Herz-Cappuccino bereitet und sich zärtlich und fürsorglich wie immer verhalten hat, spüre ich trotzdem, dass sich etwas anders ist. Wenn er mich anlächelt, erreicht das Lächeln seine Augen nicht. Seit dem Gespräch gestern Abend verspüre ich eine Barriere zwischen uns und das macht mich traurig. Ich hätte nicht gedacht, dass unser Glück so zerbrechlich ist, es wie eine Seifenblase von einem auf den anderen Moment zerplatzen kann.

Ich weiß ja, wo mein Problem bei dem Thema ist. Zum einen kommt mir alles so unwahrscheinlich vor. Das habe ich ihm ja erklärt. Zum anderen, und das habe ich ihm ja nur am Rande angedeutet, passen seine Puzzleteile nicht zusammen. Meine Gedanken rotierten. Liegt es an mir, oder liegt es an ihm? Ich versuche mich zu konzentrieren und reflektiere noch einmal über das Thema.

1. Hypothese: Ich habe keine Wahrnehmungsstörungen und befinde mich nicht im Koma. Alexander ist real, aus Fleisch und Blut und er hat all diese Fähigkeiten drauf. Wie ist das möglich? Es ist unzweifelhaft belegt, dass er weder ein Vampir noch nachtaktiv ist. Ich heiße ja auch nicht Bella, sondern Julia.

2. Hypothese: Alexander ist hochbegabt. Extrem begabte Kinder lernen oft im Kindesalter mehrere Sprachen und pauken locker nebenbei den anderen Stoff. Das würde Alexanders immenses Wissen und die Wikipedia-Vorträge erklären. Hat nicht auch Mozart schon als Kind Konzertreisen veranstaltet?

3. Prüfung: Gibt es Fälle, in denen Menschen gleich mehrere Hochbegabungen aufweisen? Mathematisches Genie, das locker nebenbei Konzertpianist und Spezialist für nordische Frühgeschichte ist? Mir ist keiner bekannt, aber das heißt nun wirklich nichts. Selbst wenn. Es würde nicht seine handwerklichen Fähigkeiten zum Beispiel in der Küche erklären. Und erst recht nicht seine Sozialen. Die sind formvollendet, wie er

sagen würde. Sein zielsicheres Auftreten und diese Gelassenheit. Der perfekt kultivierte Small Talk. Sein Style und Geschmack passt ebenfalls nicht zu seinem Alter. Ja, das ist es. Es hat den Anschein, als wäre ein sehr viel älterer Mensch im Körper eines jungen Mannes. Zumindest was das angeht. Seine Flausen sind durchaus altersgerecht. Blödmann!

4. Schlussfolgerungen: Auch wenn ich die eine oder andere seichte Komödie gesehen habe, die sich mit ähnlichen Themen beschäftigt, halte ich die Körpertausch- und Geist-Transfer-Theorien eher für die Produkte bekiffter und durchgeknallter Drehbuchautoren. Aber dennoch ist mir, als wenn mir die eine alles erklärende Information fehlt. Das missing piece. Ein Puzzlestück, das die alle Unpassenden miteinander verbindet und das Bild komplettiert.

Wie hat Sherlock Holmes, der Meister aller Detektive, noch gesagt? Wenn man alle Möglichkeiten ausschließt, ist die Verbleibende und sei sie noch so unglaublich, die einzig Wahre. Oder so ähnlich. Fakt ist, ich brauche mehr Informationen, um Möglichkeiten auszuschließen.

Ein Entschluss ist gefasst. Ich, Sherlock Julia Holmes werde die Rätsel lösen. Schnell ziehe ich einen Block aus der Tasche und schreibe Fragen auf.

1. Wer ist Alexander Relling: Googeln!

2. Wie lange braucht man, um Alexanders Wissen und Fähigkeiten zu erwerben?

3. Wie erkenne ich, ob ich in einem Koma liege?

4. Wie erkenne ich, ob ich Wahrnehmungsstörungen habe?

Mehr fällt mir nicht ein und die Liste sieht irgendwie doof aus, gar nicht so nach Sherlock Holmes. Eher nach Julia besoffen. Egal. Dann fallen mir noch drei weitere Dinge ein.

5. Wer ist das Mädchen im blauen Kleid?

6. Was bedeutet Biehak, ist es wirklich ihr Name?

7. Was ist mit meinen Déjà-vus?

Jetzt ist es schon eine bessere Liste, wegen des Gewackels in der Tram ist sie aber krakelig geschrieben und ich stecke sie in die Tasche.

Mir fällt siedend heiß auf, dass ich zwei Tage nicht mit Azra geskypt habe und ich schreibe ihr direkt eine WhatsApp. Damit mich Alexander nicht nach der Uni zu Hause abfängt, gehe ich in das Unicafé und nutze das WiFi.

Ich erzähle Azra von den Rätseln und von den Puzzlestücken, die nicht zusammenpassen. Es folgt meine Koma-Theorie und das verhängnisvolle Gespräch. Die Träume, die gezeichneten Bilder, die Déjà-vus. Den unveränderten Jungfrauenstatus erwähne ich ebenfalls. Natürlich geflüstert und erst, nachdem ich mich mehrfach vergewissert habe, dass keiner zuhört.

Bei ihrer Analyse arbeitet sich Azra von hinten nach vorne. Sie sagt, dass es vollkommen ok sei, sich Zeit zu lassen, dass, wenn es zu schnell ginge, ich die wundervolle Zeit des Fummelns und Schmusens, der Schmetterlinge im Bauch und der Erforschung meiner Sexualität verpassen würde. Gut, dass ich einen Kopfhörer aufhabe. Ich werde auch so schon rot. Diese Zeit, so Azra, solle ich genießen, denn sie käme niemals wieder, daher gäbe es da kein *zu langsam*, eher ein *zu schnell*.

Dann arbeitet sie sich am Gespräch des gestrigen Abends ab und teilt mir mit, ich solle mich entspannen, weil es zum Wachstumsprozess einer Beziehung gehören würde, Konflikte auszutragen. Wachstum würde manchmal wehtun, sei aber ein Zeichen von Leben. Wichtig sei, sich bei Konflikten nicht gegenseitig zu verletzen, sondern das Wohl und das Herz des anderen zu suchen. Und das hätten wir schließlich getan. Sie klingt wie eine Paartherapheutin und könnte mit der Nummer im Fernsehen auftreten. Aber es hilft mir trotzdem.

Für die Déjà-vus und Träume hat auch sie keine logische Erklärung parat, ermutigt mich aber, die Träume weiter in Bildern festzuhalten. Sie schlägt vor, ein Traum- und ein Déjà-vu-Tagebuch zu führen. So würde ich auch später wissen, was ich wann erlebt oder geträumt habe und nicht mehr so oft auf den Gedanken kommen, dass ich verrückt sei. Sie stellt die These auf, dass mein Unterbewusstsein reale Gegebenheiten wahrnimmt und sich mir mittels der Träume und Déjàvus mitteilen will.

Ein Koma solle ich mir mal schnell aus dem Kopf schlagen, dann wären meine Erlebnisse nicht so detailreich und stringent. Was die ungewöhnliche Ansammlung von Alexanders Fähigkeiten betrifft, glaubt sie auch weder an Aliens, Körpertausch, Geist-Transfer noch an andere abgedrehte Theorien. Sie tippt auf eine Kombination aus mehreren Hochbegabungen, Elitekollegedrill, reicher Kindheit plus *gut gehalten*. Er sehe jünger aus, als er ist und könne vielleicht Ende zwanzig sein.

Und dass sich ein Traummann in mich verlieben könne, hält sie gar nicht für abwegig. Ich sei sehr viel hübscher, als ich mir eingestehen wolle. Auch wenn ich kein Mathegenie sei, wäre ich nicht automatisch so hohl wie eine Nordseeboje. Schließlich hätte ich ein gutes Abi hingelegt. Und ich würde gar nicht wissen, wie neidisch sie auf meine Empathie sei. Das finde ich komisch, denn ich habe oft den Eindruck, dass diese Gabe eher Fluch denn Segen ist und mir mehr Ärger macht, als Vorteile bringt.

Das sei totaler Unsinn, sagt sie. Ich hätte ein gutes Herz und die Kombination sei der Hammer. Noch seien wir jung und heiß. Extrem heiß, korrigiert sie sich grinsend. Irgendwann könne aber die Stunde kommen, in der man nicht nur das gute Aussehen, sondern auch seine Fähigkeiten und sein Wissen verlieren könne. Sie wisse, worüber sie spreche, denn ihr Großvater habe an Demenz gelitten. Das, was übrigbleibe, sei das Herz, der Charakter. Ihr Großvater wäre bis zu seinem Tod ein lebensfroher und liebevoller Mensch gewesen. Mein Herz sei mein größtes Kapital, sagt nun auch sie.

Sie teilt mir mit, dass ich mehr an mich glauben müsse. Sie hat gut reden. Ihre innere Sicherheit und ihr Selbstbewusstsein habe ich immer bewundert. Im Gegensatz zu ihr lasse ich mich schnell verunsichern, halte mich oft für nicht begabt, nicht klug, nicht hübsch und nicht liebenswert genug. Sie sagt, sie sei so aufgrund ihrer Familie. Ihr Bruder war ein Papakind und blieb nach der Scheidung bei ihm. Ihre Schwester hat sich schon von klein auf an der deutschen Mutter orientiert. Azra sagt, dass sie ihren Frieden mit ihrem Status als *Mischling* gemacht habe und jetzt Stolz darauf sei. Sie rät mir, mich zu akzeptieren, wie ich wäre. Ich solle es als Stärke und Einzigartigkeit statt Schwäche begreifen.

Am Ende falle ich Azra fast um den Hals.

»Ich bin der glücklichste Mensch auf Erden«, sage ich ihr, kurz bevor wir auflegen, »weil ich dich als Freundin habe und ich liebe dich.«

Ich kann mir kein Leben ohne Azra als Freundin vorstellen. Wie kommt es eigentlich, dass sie Biochemie studiert und nicht Psychologie? Vielleicht ist sie ja auch hochbegabt.

Ich verlasse das Café und renne zur Tram, die schon an der Haltestelle steht. Zum Glück sorgt der Andrang dafür, dass ich noch rechtzeitig ankomme und so schiebe ich mich durch die hinterste Tür in die proppenvolle Bahn.

Zum Glück leert es sich nach zehn Minuten und ich kann mich setzen. Ich bin müde, schließlich war die Nacht früh zu Ende. Nachdem wir an meiner Haltestelle zum Stehen gekommen sind, steige ich aus und höre von weiter vorne quietschenden Reifen und lautes Hupen. Ich laufe hinten um die Bahn herum und sie fährt los. Auf der anderen Fahrbahn steht ein älterer Herr mit schwer beladener Einkaufstasche vor einem Auto. Der Fahrer hat die Scheibe heruntergelassen, steckt den Kopf raus und brüllt.

»Mensch Oppa, mach die Glotzen auf.«

»Na los, ick mach dir jleich Beene«, murmele ich vor mir hin, als ich flott die Straße überquere.

»Na los, ick mach dir jleich Beene«, ruft jetzt der Fahrer ungeduldig. Verwundert bleibe ich stehen. Woher wusste ich das? War das schon wieder ein Déjà-vu?

Als ich durch die Wohnungstür trete, liegt auf dem Boden eine Spur von Blütenblättern. Ich lasse Tasche und Jacke fallen und laufe der Spur ins Wohnzimmer hinterher. Der Tisch ist gedeckt und ebenfalls voller Blütenblätter. Ein mehrarmiger Kerzenleuchter ist voll bestückt mit brennenden Kerzen und Alexander hat es irgendwie geschafft, die Playlist *Delta nul vier* mit meiner Anlage zu verbinden. Er wartet mit einem kleinen Päckchen in der Hand und hat Mühe nicht umzufallen, da ich mitten im Lauf abhebe und ihm in die Arme springe.

»Du bist aber stürmisch«, lacht er und diesmal scheint es seine Augen zu erreichen.

»Was hast du da?«, frage ich nach etlichen, wilden Küssen und schaue auf das Päckchen.

»Finde es heraus.«

Nachdem er mich abgesetzt hat, öffne ich neugierig das Geschenk. Es ist eine kleine, hölzerne Kiste. Sie ist leicht.

»Mach auf«, fordert Alexander. Ich öffne den Deckel und erblicke einen Anhänger. Es ist eine bronzefarbene Scheibe mit einer tiefen Gravur. Die Gravur besteht aus miteinander verschlungenen Linien, wie eine Blüte oder ein Knoten. Die Scheibe hängt an einem Lederband. Ich streiche über ihre Oberfläche. Sie fühlt sich trotz der Gravur geschmeidig an, irgendwie glattgewetzt. Sie macht einen handgefertigten und alten Eindruck.

»Er ist wunderschön«, flüstere ich. Alexander hebt den Anhänger aus der Kiste, stellt sich hinter mich und bindet mir das Band um den Hals. Wir stellen uns im Flur vor den großen Spiegel. Der Anhänger steht mir ausgezeichnet. Gerade weil er nicht so ein glitzerndes Protzteil ist. Alexander scheint meine Gedanken zu lesen.

»Er unterstreicht deine natürliche Ausstrahlung. Du brauchst keinen Prunk«, sagt er. »Die Schlichtheit des Schmuckstücks lenkt nicht von deiner Schönheit ab.«

»Ich bin vielleicht hübsch, aber nicht schön.«

»Wenn du wüsstest«, sagt er, beugt sich hinunter und küsst mich auf den Hals, was wieder für ein ausgedehntes Kribbeln sorgt. Ich drehe mich zu ihm um.

»Nicht, dass ich undankbar bin, aber gibt es einen speziellen Anlass oder Grund für das Geschenk?« Ich schließe eine Hand um den Anhänger.

»Ist es einem Liebenden untersagt, seiner Auserwählten ein Symbol der Minne zu widmen?«, fragt er und schaut übertrieben empört. Ich küsse ihn auf den Mund.

»Danke, mein Schatz«, sage ich. »Es ist wunderschön und ich werde es immer tragen.« In diesem Moment knurrt mein Magen und erinnert mich daran, dass ich außer einer Stulle am Mittag nichts mehr gegessen hatte.

Alexander lacht.

»Eine weitere Sache, die ich an dir liebe, ist dein knurrender Magen.«

»Du hast offensichtlich ein perverses Vergnügen an den Seiten von mir, die ich nicht leiden kann«, maule ich, »mein Erröten, mein Geknurre, mein Geschnarche. Ich fühle mich falsch verstanden.«

»Also gibst du dein Schnarchen zu?«, fragt Alexander belustigt.

»Ich gebe gar nichts zu«, brumme ich. »Was gibt's zu essen?«, frage ich zur Ablenkung, obwohl mir meine

Nase bereits verraten hat, dass ein Hähnchen im Ofen schmort.

Während ich an dem Hähnchen auf einem Paprikabett mit Rosmarinkartoffeln nage, gibt mir Alexander den Hinweis, dass *aufgrund meiner Neigung zur reflexhaften Imponderabilität und spontanen Zeitgestaltung* Ofengerichte *nahezu alternativlos* seien. Nach dem ich mein iPhone herausgezogen habe und *Imponderabilität* sich als Unberechenbarkeit herausstellt, kichere ich. Damit hat er ein Eigentor geschossen.

»Siehst du«, sage ich, mit einer gehörigen Portion Triumph in der Stimme, »du kennst mich bei Weitem nicht so gut, wie du behauptest.«

Alexander runzelt die Stirn.

»Ha«, denke ich mir, »das war ein Volltreffer« und werfe ihm einen Luftkuss zu.

»Ich hatte eben noch mit Azra geskypt und sie hat mir gesagt«, ich greife wieder nach dem Anhänger und schaue ihn an, »dass es überhaupt nicht unwahrscheinlich ist, dass du dich in mich verliebt hättest.«

Alexanders Gesichtszüge werden ganz weich. Er greift meine andere Hand.

»Julia, ich liebe dich und würde mir wünschen, dass du das verinnerlichst und dieses Wissen jede Faser deines Seins durchdringt.« Auch wenn ich mich darüber freue, überlege ich, warum er sich so dramatisch ausdrückt.

Mein Blick fällt auf den Anhänger und auf die Gravur.

»Was bedeutet es?«, frage ich Alexander.

»Finde es heraus, ist Design nicht dein Fachgebiet?«

Das lasse ich mir nicht zweimal sagen.

»Es erinnert an einen Knoten, aber es ist nicht wirklich einer«, lautet meine erste Analyse.

»Sehr gut. Und?«

»Es wirkt nordisch, möglicherweise keltisch, habe aber die Variante noch nie gesehen, vermutlich mehr eine Abwandlung eines keltischen Knotens.« Bei genauerem Verfolgen der Linien und ihrer Kreuzungen erkenne ich drei miteinander verschlungene Symbole, Zahlen. »Es sind drei Achten«, sage ich laut vor mich hin, »halt, nein. Wir haben es hier mit Symbolen zu tun.« Ich drehe den Anhänger und es wird mir klar. »Die Symbole für Unendlichkeit«, sage ich, betrachte die Linien. »Dreimal Unendlichkeit.«

Alexander strahlt wie ein Kleinkind, das mit einem kapitalen Rülpser alle zum Lachen gebracht hat. Ich muss kichern.

»Was ist daran so lustig?« Seine Mundwinkel verziehen sich nach unten. »Gar nichts«, beschwichtige ich ihn.

»Du hast nur so süß gelächelt.«

»Weil du es verstanden hast«, sagt er, »dreimal unendlich als Synonym für immer und ewig.«

»Es tut mir leid, du bist so lieb.« Jetzt bedaure ich, dass ich gekichert habe und senke den Kopf. Alexander reibt mit einem Daumen über meinen Handrücken, beugt sich vor und küsst ihn. »Wo hast du das gekauft?«, frage ich ihn.

»Gar nicht«, sagt Alexander, »er gehörte mir bereits. Familie.«

Mir bleibt der Mund offen stehen und langsam, ganz langsam begreife ich, dass es für ihn weit mehr als nur ein simples Geschenk ist. Ich stehe auf, setze mich auf Alexanders Schoß und umarme ihn innig. Er hat mir zu verstehen gegeben, dass er mich für immer und ewig lieben wird und dies mit einem Familienerbstück zum Ausdruck gebracht. Von ihm, der keine Familie mehr hat, weil alle tot sind. Und er hat es mir geschenkt.

Nachdem ich die volle Tragweite des Geschenks erkenne, rinnen mir die Tränen die Wangen herunter. Vor Glück, vor Scham, vor Betroffenheit und Rührung. Diese undurchdringliche Panzerhaut hat sich kurz geöffnet und mir den Blick auf eine verletzliche und zarte Seele ermöglicht.

»Ich werde dich auch für immer und ewig lieben«, schwöre ich ihm und unsere Umarmung findet fast kein Ende. Am Abend schlafe ich, so wie es sich gehört, wieder in seinen Armen ein. Meine letzten Gedanken drehen sich um diese zarte Seele.

Am nächsten Morgen ist das Hochgefühl des Abends verschwunden. Zum einen, weil ich hundemüde bin und zum anderen, weil sich mit einem heftigen Ziehen im Bauch die monatlichen Freuden des Frauseins bemerkbar machen.

Um den Gefühlskater des Morgens zu krönen, habe ich diese Nacht wieder von dieser Trulla im blauen Kleid geträumt. Meine Laune ist irgendwo in Bodennähe.

Nachdem Alexander mir auf Gesicht und die Hände geschaut hat, die ich instinktiv auf den Bauch gedrückt halte, ist ihm alles klar.

»Ich verstehe«, sagt er und gibt mir einen Kuss auf die Stirn. »Wie hast du es denn gerne in solchen Momenten?«

»Ruhig und alleine«, antworte ich pampig. Mist. So barsch sollte das nicht herauskommen, aber zum Glück hat er diesen Ton wohl bewusst ignoriert. Er küsst mich ein weiteres Mal auf die Stirn, streicht mir durch die Haare.

»In Mitte findet heute Abend ein Klavierkonzert eines lokalen Pianisten, Michael Nickel, statt. In Kombination mit einer Ausstellung zeitgenössischer Kunst. Wenn du Lust hast, mitzukommen, texte mir. Wenn nicht, ist es auch ok. Ich liebe dich.«

Er gibt mir noch einen Kuss, diesmal auf den Kopf. In der Tür dreht er sich noch einmal um und wirft mir einen Luftkuss zu. Mein Mund verzieht sich zu einem schmerzverzerrten Grinsen, weil just in dem Moment ein weiteres Ziehen mich wünschen lässt, nicht Julia, sondern Julius zu sein.

Ich schaue auf die Uhr und stöhne. Es ist bereits fünf nach sieben und die Uni fängt bald an. Nach fünf Minuten, die ich mich hin- und hergerissen frage, ob ich lieber zu Hause bleibe oder zur Uni gehe, werfe ich mir eine Schmerztablette ein, lege mich mit einer Wärmflasche auf das Bett und texte Luisa, dass *Tante Rosa zu Besuch sei* und ich nicht käme. Kurz darauf fängt die Tablette an zu wirken und von der Wärme auf dem Bauch schlafe ich ein.

Alexander liegt auf einem mit Stroh und Dreck bedeckten Boden. In einer Art Stall, die Wände sind aus Stein. Er schläft und seine Kleidung sieht komisch aus. Die Hose ist grau, aus einem groben Stoff und ragt ihm weit über die Hüfte. Der Gürtel ist ebenfalls aus Stoff und geknotet. Er hat ein merkwürdiges, ärmel- und kragenloses Hemd an. Es ist nicht weiß, eher eine Mischung aus Grau und Beige. Außerdem ist es dreckig, mit braunen Flecken übersät. Ich bekomme einen

Schreck, weil ich merke, dass die Flecken eingetrocknetes Blut sind. Als ich zu ihm laufen möchte, klappt es nicht. Wieder einmal kann ich mich nicht bewegen. So sehr ich auch drücke, ich komme keinen Zentimeter von der Stelle.

Alexanders Haare sind total zerzaust und so lang, dass sie ihm bis auf die Schultern fallen. In diesem Moment schreckt er hoch, reißt die Augen auf und erstarrt. Dabei stößt er ein fürchterliches Stöhnen aus. Wie ein Ertrinkender, der nach Luft schnappt.

»Alexander«, versuche ich zu rufen, bekomme aber kein Wort heraus. Seine Augen verdrehen sich nach oben, bis weiß zu sehen ist.

»Neeeeiiiin, Niiiicht, Biehak«, brüllt er. Seine Stimme ist voller Entsetzen. Grauenhaftes Entsetzen. Er heult auf und schluchzt herzzerreißend, fällt zurück auf den Boden. Sein Körper zuckt wie bei einem Anfall. »Nein, nein, nein, nein«, weint und schreit er immer und immer wieder. Dann übergibt er sich. Mit aller Kraft versuche ich, seinen Namen zu rufen, versuche, ihn heraus zu pressen, bekomme aber nur ein Wimmern heraus.

Mit dem Wimmern wache ich auf und brauche eine ganze Weile, um mich zu beruhigen. Tränen schießen mir aus den Augen, ich empfinde einen ohnmächtigen Schmerz und heule ihn heraus. Es dauert lange, das Erlebte als Albtraum einzusortieren.

Das reicht. Auch wenn ich mich noch so müde fühle, ist mir der Wunsch nach Schlaf gründlich vergangen. Deswegen werfe ich die Kaffeemaschine an, gehe duschen und schlüpfe in Schlabberkleidung, die sich besonders für chillige Fernsehabende mit Pizza und Chips eignet.

Mit einem Latte bewaffnet setze ich mich auf das Sofa und erstelle mehrere neue Dokumente auf dem MacBook. Das erste ist das Traumtagebuch. Dort trage ich alle Träume ein, an die ich mich erinnere und den Tagen, an denen ich glaube, sie erlebt zu haben. Es folgt das Déjà-vu-Tagebuch. Auch mit Datum. Spontan erstelle ich ein weiteres Dokument. *Alexander und ich*, in dem ich kurz zusammenfasse, wann wir uns begegnet sind, was wir bei unseren Dates erlebt haben, und so weiter. Im letzten Schritt zeichne ich zwei Bilder von Zottel-Alexander im Stall und packe sie zu den anderen in meinem Versteck. Die Aktivität hat mich ermüdet und dummerweise penne ich schon wieder ein.

Diesmal träume ich von der Uni. Ich sitze in *Design Grundlagen 4: Fotografie* und schaue rüber zu Anna. Sie hat rote Wangen und scheint in ihren Gedanken woanders zu sein. Ihr Parfum dringt mir in die Nase. Weiße Schokolade und Kokos. Es ist *LouLou* von *Cacharel*. Ein Klassiker, der aber schon lange nicht mehr hip ist und an Anna, die tendenziell blumige Düfte trägt, habe ich ihn noch nie gerochen.

Ich wache auf und bin etwas verwirrt. Der Traum war unglaublich realistisch. Habe ich noch das *LouLou* in der Nase? Kommt mir beinahe so vor. War das wirklich ein Traum? Oder etwa ein Déjà-vu, das sich in einen Traum eingeschlichene hat? Das lässt sich klären. Einem spontanen Impuls folgend texte ich Anna. Bitte sie, mich bitte weder für durchgeknallt noch übergeschnappt zu halten. Und frage, welches Parfum sie heute trägt. Die Antwort kommt postwendend mit einem Lacher.

»Lustig, dass du fragst«, schreibt sie, »Heute etwas

Neues. LouLou. Geschenk von Luisa gestern Abend«

Bevor ich den Inhalt verdaut bekomme, erscheint die nächste Nachricht und es ist ein typischer Anna-Text.

»Es macht sie scharf. Werde das löschen, bevor es Ärger gibt. LG«

Mist. Es war schon wieder ein Déjà-vu, und zwar ein Fettes. Eines ohne Hoffnung auf eine rationale Erklärung. Obwohl auch hier die Bezeichnung nicht stimmt. Es ist kein echtes Déjà-vu, sondern etwas anderes. Eine Art zweites Gesicht. Ich bin eine Seherin. Oder einfach nur bekloppt. Vermutlich Zweites.

Aber ich trage es ins Tagebuch ein. Der Rest des Tages fühlt sich merkwürdig an und gibt mir das Gefühl, am falschen Ort zu sein. Kein Déjà-vu-Gefühl. Nichts kommt mir bekannt vor. Im Gegenteil. Der Tag ist irgendwie *verkehrt*. Fühlt sich falsch an. Es ist eine Art *Anti-Déjà-vu-Gefühl*.

Im Laufe des Tages bessern sich meine Regelbeschwerden und ich beschließe, mir einen gemütlichen Abend zu machen. Auf Livemusik oder Bilder habe ich heute keinen Bock. Ich wärme mir die viel zu kleinen Reste des gestrigen Hähnchens auf und skype eine Weile mit Azra, der ich von meinen Tagebüchern und dem verrückten Tag berichte. Die Parfum-Geschichte kann sie kaum glauben und ihr fällt ebenso wie mir keine rationale Erklärung ein. Es ist einfach zu verrückt, zu mystisch.

»Das ist ja schon fast wie ein zweites Gesicht«, sagt auch sie, »wie Vorsehung oder Prophetie. Das Merkwürdige daran ist, dass es sich bei deinen Déjà-vus oft um, verzeih mir, Banalitäten handelt. Bei Prophetien handelt es sich sicher selten um Parfum, proletierende

Autofahrer, aus den Latschen kippende Omis oder den schnellsten Weg zur Damentoilette.«

Ich grinse über ihre Analyse, aber sie hat recht. Es fühlt sich nicht an wie Vorsehung, obwohl ich natürlich keine Ahnung habe, wie sich Vorsehung *ordnungsgemäß* anfühlten sollte.

»Es ist«, sage ich nach Überlegung, »als wenn ich einen Tag mehrfach erlebe und alles bis auf diese merkwürdigen banalen Reste vergesse. Abgesehen von heute, da war es, als hätte ich den gleichen Tag auf unterschiedliche Weisen erlebt.

»Möglicherweise durchlebst du Zeitsprünge?«, sinniert sie grinsend.

»Klar«, sage ich, »ich habe eine Zeitmaschine.«

Sie streckt mir die Zunge raus. Mir fällt der *Es macht Luisascharf-Text* ein. Den hatte ich bisher verschwiegen und wir lachen. Azra würde die beiden gerne kennenlernen. Ich verspreche ihr, dass wir das auf jeden Fall bei einem ihrer nächsten Besuche erledigen. Dann beenden wir das Gespräch, da sie noch für eine Klausur büffeln muss.

Aus Langeweile klicke ich mich erst durch YouTube und später durch die Mediatheken der TV-Sender. Bei einer halbwegs amüsanten Doku über Wildschweine in Berlin bleibe ich hängen. Ich hätte nicht gedacht, dass hier so viele von den Viechern herumlaufen. Um kurz nach neun höre ich, wie sich die Wohnungstür leise öffnet und schließt. Kurz darauf streckt Alexander den Kopf herein.

»Darf ich mich nach deinem werten Befinden erkundigen?«, fragt er.

»Ist das Geklimper schon vorbei?«

Er runzelt über das respektlose *Geklimper* die Stirn.

»Bin gar nicht hin. Ich, äh, wurde, äh, aufgehalten.«

»Äh?«, antworte ich, »äh, aufgehalten? Von, äh, Hildegard?«

Er grinst. »Ne, von mir selber. Das Komponieren ist etwas ausgeufert. Am Ende war es zu spät, um das Konzert zu besuchen.«

»Glück für Hildegard«, sage ich, »die hätte ich andernfalls ins Jenseits befördern müssen.«

»Du rachsüchtiges Frauenzimmer willst doch nicht etwa diese liebenswerte alte Dame ermorden?«, mimt er den Schockierten.

»Aha, jetzt ist es eine liebenswerte alte Dame. Was ist denn aus *faszinierend* und *mondän* geworden?«

Alexanders Grinsen wird breiter.

»Scheinst ganz die Alte zu sein.«

»Ich bin nicht alt«, brause ich künstlich auf, »außerdem war der Tag doof. Du hast mir gefehlt.« Ich klappe mein MacBook zu und strecke die Arme aus. »Bringst du mich ins Bett?«, bitte ich mit möglichst leidendem Ton. Er hebt mich aus dem Sofa und trägt mich in Richtung Schlafzimmer. »Stopp«, rufe ich, als mir einfällt, dass ich meine Zähne noch nicht geputzt habe, lasse mich absetzen und eile ins Bad. Dort merke ich, wie verschwitzt und stinkig ich bin und dusche noch einmal. Frisch, in neuen Schlafsachen und gähnend komme ich ins Schlafzimmer. Im Bett liegt nicht nur mein Süßer, sondern auch eine neue Wärmflasche, die ich direkt an die Füße schiebe. Auf dem kurzen Weg vom Bad bis zum Bett sind sie tatsächlich kalt geworden.

»Wärmflasche im Bett ist ein Zeichen für wahre Liebe«, eröffne ich Alexander, kuschele mich an ihn und lege meinen Kopf an seine Brust. Er streichelt mir durch die Haare und ich vergesse für einen Augenblick den verrückten Tag, meine Träume, Déjà-vus oder Zeitsprünge und genieße seine Nähe.

Das Leben ist kein Ponyhof

Das Blaue Kleid

Ihre Hand ist schlank, warm und weich. Ich halte sie fest, während sie mich eilig hinter sich herzieht. Mein Atem beschleunigt sich. Es ist Vollmond und ein schmaler Pfad führt an den Klippen entlang. Unter uns drischt die Brandung Wellen an Steine und Felsen. Ich schaue zu Boden und versuche, den Grasbüscheln, Wurzeln und Löchern auszuweichen. Dabei fällt mein Blick auf ihre unbekleideten und festen Unterschenkel, die aus ihrem blauen Kleid herausragen. Ihre Haut ist blass, aber nicht weiß, sondern hat durch das Mondlicht einen besonderen Schimmer. »Wie schön sie doch ist«, denke ich. Ihre nackten Füße stecken in Sandalen.

Wir biegen nach links ab und folgen der Uferkante, die sich landeinwärts knickt. Der Pfad führt bergab, und bald kommen wir an einen mit dichtem Schilfgras und Büschen bewachsenen Abschnitt. Das Wasser im Schilf hebt und senkt sich rhythmisch. Zwischen einigen Büschen und hohen Gräsern liegt ein schwarzes Boot. Sie lässt meine Hand los, hebt einen Sack vom Boden und wirft ihn mir zu. Ich fange ihn und sie hebt einen Zweiten auf, wirft ihn sich über den Rücken, zieht die Sandalen aus und bahnt sich durch Wasser, Schilf und Büsche ihren Weg zu dem Boot. Etwas hält mich zurück, ein Gedanke, doch er ist nicht zu fassen. Habe ich etwas vergessen, aber falls ja, was? »Warte«, rufe ich. »Komm schon«, ruft sie und dreht sich nicht um. »Biehak«, ich rufe ihren Namen. Sie stoppt und dreht sich mir zu. »Was ist?«, fragt sie.

»Wow«, denke ich und schlage die Augen auf. Es ist mitten in der Nacht und ich liege im Bett. Neben mir liegt der unruhig schlafende Alexander. Ich höre ihn atmen und seine Beine bewegen sich. Ein weiteres Mal habe ich von dieser Biehak im blauen Kleid geträumt, aber dieser Traum hat eine neue Qualität erreicht. Oft sind Träume ständig wechselnden Orten und Handlungen unterworfen. Da gehe ich zum Beispiel mit Marie durch Berlin, um einzukaufen. Im nächsten Moment ist Marie weg und ich suche sie. Dabei komme ich in den Kölner Dom und besteige den Turm, weil ich doch auf Klassenfahrt in Paris bin. Wenn ich oben auf dem Eiffelturm angekommen bin ... und so weiter. Also hübsch durcheinander. Dieser Traum jedoch war anders und lang und konstant. Er war plastisch und wirkte sehr real. Alles fühlte sich echt an. Ihre Haut, ich glaube, noch spüren zu können, wie sie sich angefühlt hat. Sie war weich und warm, später aufgrund der Eile feucht und verschwitzt. Und wieder habe ich den salzigen Duft des Meeres und die Frische des Schilfgrases in der Nase. Außerdem deckt sich dieser Traum mit den vorherigen. Er war zwar länger und detailreicher, aber es gab keine Widersprüche.

Leise schiebe ich mich aus dem Bett, gehe ins Wohnzimmer und klappe mein MacBook am Tisch auf. Es ist 4:53 Uhr und ich stöhne innerlich auf. Es lohnt sich nicht mehr, wieder ins Bett zu gehen, weil ich um 6 Uhr sowieso raus muss. Bevor ich die Einzelheiten des Traumes vergesse, trage ich alles sorgsam in mein Traumtagebuch ein und kontrolliere am Schluss sogar zweimal, ob ich nichts übersehen habe.

Schon wieder dieser Name *Biehak* und nach diesem Traum bin ich mit zu Tausend Prozent sicher, dass es der Name des Mädchens, besser gesagt der jungen Frau im blauen Kleid ist. Müde stelle ich einen Ellbogen auf den Tisch und stütze meinen Kopf auf die Handfläche. Ich lese den Text ein drittes Mal und spiele mit der anderen Hand am Anhänger. Mein Daumen streicht über die Gravur und meine Gedanken wandern ab. Zu dem Abend an dem Alexander mir ihn geschenkt hatte. Das war so unglaublich liebevoll. Was hatte er noch einmal gesagt? Nicht das mit der Unendlichkeit. Da war mehr. Es fällt mir nicht ein. Mist. Jetzt ist es schon nach halb sechs. Ich schließe das Dokument und klappe den Mac zu. Bevor ich ins Bad gehe, schalte ich in der Küche die Espressomaschine ein. Die Dusche ist eine Wohltat. Nachdem ich mich abgetrocknet habe, stelle ich mich vor den Spiegel und betrachte mich kritisch. Habe ich zugenommen? Ich drehe mich zur Seite und kontrolliere den Bauch. Zufrieden stelle ich fest, dass er, wie gewünscht, flach ist. Meine Brüste sind es leider auch und kommen mir wie immer zu mickrig vor, nicht weiblich genug. Knapp über meinen Brüsten liegt der Anhänger. Ich schlinge mir das Handtuch um meinen Po und verknote es vorne. Da fällt es mir wieder ein. Ein Knoten. Alexander sagte mir, die Gravur wäre an einen keltischen Knoten angelehnt. Nein. Ich hatte das gesagt. Aber, wieso wollte ich das denn eben wissen? Mit einem innerlichen *Klick* kommt mit endlich der zündende Gedanke. Sofort eile ich zurück ins Wohnzimmer und rufe Google auf.

In der Suchmaske gebe ich *keltische Frauennamen* ein. Bingo. Es gibt mehrere Ergebnisse. Und schon bei dem fünften Eintrag habe ich einen Volltreffer gelandet.

Auf einer Seite finde ich die Information, die ich gesucht habe. Dort steht, *Beathag*, in Lautschrift ausgesprochen [BEH-hak], würde »Leben« oder »Dienerin Gottes« heißen und wäre die weibliche Form von Beatha. Also nicht *Biehak* sondern *Beathag*, nur spricht man es anders aus. Na endlich. Das Mädchen im blauen Kleid hat einen Namen. Ich kopiere die Info in eine neue Datei für gemischte Informationen und für alle vier Dokumente erzeuge ich einen neuen Ordner mit dem Namen *CSI_Boxi*. Um alles in dem Ordner zu sammeln, werde ich auch Fotos von den Traumbildern erstellen und sie dort ablegen. Die von dem neuen Traum habe ich ja noch nicht gezeichnet. Das mache ich, wenn Alexander aus dem Haus ist. Alexander? Auweia. Mir fällt wieder ein, dass ich außer dem Handtuch nichts anhabe.

Schnell schließe ich alle Dokumente und Ordner, klappe den Mac zu und springe auf. Dabei rutscht mir das Handtuch herunter. Mist. Und noch einmal Mist. Denn es passiert natürlich im dümmsten Moment. Alexander steht in der Tür und schaut mich amüsiert an. Splitterfasernackt. Ich, nicht er. Was prinzipiell ja nicht schlimm ist. Nur halt nicht jetzt.

»Oh, mein Gott«, sage ich, bücke mich und reiße das Handtuch in Lichtgeschwindigkeit vor mich.

»Oh, mein Gott«, sagt er und kommt langsam auf mich zu. »Du bist so unglaublich wunderschön.«

»Und mal wieder knallrot«, entgegne ich, da ich merke, wie mir das Blut ins Gesicht schießt und es heiß anläuft. Alexander ignoriert die Entgegnung, ergreift mit einer Hand meinen Kopf, zieht ihn zu sich und küsst mich auf die Haare. Das kribbelt und ich kichere blöde. Seine Fingerkuppen wandern über den Nacken und ganz langsam den Rücken herunter. Dabei drückt er mich mit gekreuzten, das Handtuch vor mich haltenden Armen näher an ihn und seine Brust. Die Finger beenden die Abwärtsbewegung in der Mitte meines Rückens und wechseln in eine Kreisbewegung. Die Finger seiner zweiten Hand streichen meine Lendenwirbel entlang, was mir wider Willen ein kleines Stöhnen entlockt. Dann bewegen sich seine Lippen meinen Kopf herunter, über meinen Hals bis auf meine Schultern. Als ich überlege, das Handtuch fallen zu lassen und ihn anzuspringen, merke ich, dass ich kurz vor einem totalen Kontrollverlust stehe.

»Jetzt ist aber Schluss«, presse ich mühsam heraus. Ich winde mich, zugegeben, reichlich langsam aus seinen Armen.

»Wie schade«, murmelt er und ruft mir auf meinem eiligen Weg zum Bad hinterher.

»Du hast einen formidablen Hintern, Gnädigste.«

Ich drehe mich um, strecke ihm die Zunge heraus und gehe die letzten zwei Schritte rückwärts. Im Bad, kurz bevor ich die Tür schließe, schleudere ich mit Schwung das Handtuch beiseite, verbeuge mich kurz und schließe eilig die Tür. Ich höre sein Gelächter aus dem Wohnzimmer und lehne mich an die Tür. Meine Haut und der Rücken kribbeln noch von seinen Berührungen. Vor dem Spiegel kühle ich mein heißes Gesicht mit Wasser. Angezogen und immer noch zartrosa gehe ich ins Wohnzimmer, wo mich ein verzierter Cappuccino erwartet. Alexander grinst, öffnet den Mund, bemerkt meinen warnenden Blick, schließt ihn wieder, beugt sich stattdessen zu mir herüber und küsst mich. Er sagt mir, ich solle an mich glauben, daran, dass ich wunderschön sei und dass er mir das im Zweifelsfalle auch schriftlich bezeugen würde.

»Bleib einfach bei mir«, murmle ich und korrigiere mich. »Im übertragenen Sinne natürlich, dann ich habe jetzt Uni.«

Heute fühle ich mich besser, die Schmerzen sind deutlich geringer als sonst. Ob es an der Pille liegt, die ich seit gestern nehme, weiß ich nicht, es ist mir egal. Das Ergebnis zählt. Ich packe meine Tasche. Den Abend verplane ich für Lernen, die Nacharbeit des verlorenen Tages und für die Bilder meines Traumes. Letzteres sage ich Alexander selbstverständlich nicht und wir vereinbaren, uns erst wieder morgen am Freitag zu sehen. Zur *adäquaten Kompensation* fährt er mit mir zur Uni und verabschiedet sich mit einem langen Kuss.

Nach einer letzten Drehung und einem Luftkuss betrete ich den Campus und merke, dass mich ein paar der anderen Studentinnen anstarren. Sie schauen schnell weg. Der Gedanke, für meinen Freund neidisch angestarrt zu werden, beschwingt mich. Der heiße Moment heute Morgen und die Vorfreude, den Rätseln ein wenig näher zu kommen, tragen zur guten Laune bei. In meinem ersten Kurs treffe ich auf Anna und Luisa.

»Hallo, ihr zwei«, begrüße ich sie mit einer Umarmung. Zu Anna sage ich »Wahnsinn, Anna, du duftest gut«, und sehe aus den Augenwinkeln, wie Luisa zart lächelt und rosa anläuft. »Bei denen war es heute Morgen wohl auch heiß«, denke ich mir und suche mir einen Platz.

Ich grüble über meine eigenen Düfte nach und frage mich, ob sie noch zu meinem veränderten Selbstgefühl passen. Es ist Zeit, etwas Neues auszuprobieren. Einen

Duft, der mehr auffällt, der in Erinnerung bleibt. Ein provokantes Parfum, das Selbstbewusstsein demonstriert und einfordert. Einen Duft, der anderen Jungs beim Vorbeigehen in die Nase steigt und sie wünschen lässt, Alexander zu sein, von dem Wunsch getrieben, mir zu gefallen, der autarken und modernen ... Stopp. Jetzt ist es aber gut. Ich würge diesen abstrusen gedanklichen Ausflug ab und rufe mich zur innerlichen Ordnung auf. Schluss mit den Tagträumereien. Konzentration auf die Uni.

Obwohl ich mir größte Mühe gebe, bei der Sache zu bleiben, wandern den ganzen Tag über meine Gedanken ab. Zu Alexander, wie heiß ich auf ihn bin und am liebsten den ganzen Tag in seinen Armen liegen würde. Doch die Wunschvorstellungen halten nie lange an. Sie werden zerstört von den Rätseln und dem Verdacht, dass er mehr als nur eine traumatische Kindheit vor mir verbirgt. Ich zucke innerlich zurück und fühle mich wie ein Tennisball, der hin und her, von links nach rechts und zurück geschlagen wird. Von Verliebtheit und Hoffnung zu dunklen Ahnungen und Angst.

Endlich ist es später Nachmittag und ich fahre mit der Tram nach Hause. Voller Ungeduld ärgere ich mich über jeden Halt, der mir zu lange erscheint und jede Ampel, an der wir stehen bleiben. Auf dem Weg zu meiner Wohnung renne ich fast die Treppen hoch und komme natürlich ins Stolpern. Kurz bevor ich mit den Knien aufschlage, kann ich mich noch abfangen. Julia, du bist ein Trampel.

Zuerst schmeiße ich die Kaffeemaschine an und bereite alles zum Zeichnen vor. Bevor ich beginne, öffne ich das Traumtagebuch und lese den Eintrag von heute

Morgen, um meine Erinnerung aufzufrischen. Es ist alles wieder da und wie in Trance male ich Bild um Bild. Die Küste. Beathag an der Küste. Unsere Hände, unsere laufenden Beine und Füße. Den Abhang, der zu der schilfbewachsenen Bucht hinunterführt. Das Boot im Schilf. Beathag, wie sie darauf zugeht. Wie sie sich umdreht und mich ansieht. Totale und Close-up. Ihre Lippen.

Von allen Bildern einschließlich der Alten erstelle ich Fotos und lege sie in einen neuen CSI_Boxi Unterordner. Die Originale verstaue ich in dem Bildband und belohne mich mit einem überdimensionalen Caffè latte. Beim Trinken ergänze ich noch das Déjà-vu-Tagebuch mit den Screenshots des *Parfum-Chats* mit Anna.

Weil mein Magen knurrt, ich keinen Bock auf Kochen habe, ich mich aber nicht schon wieder aus der Tiefkühltruhe bedienen möchte, beschränke ich mich auf Apfel, Paprika und Joghurt. Als Nächstes hole ich den Block mit meiner Fragenliste hervor, erstelle ein weiteres Dokument und übertrage die Fragen. Da ich inzwischen nicht mehr glaube, im Koma zu liegen oder einfach nur übergeschnappt zu sein, spare ich diese Fragen aus. Es verbleiben:

1. Wer ist Alexander Relling: Googeln!

2. Wie lange braucht man, um Alexanders Wissen und Fähigkeiten zu erwerben?

3. Wer ist das Mädchen im blauen Kleid?

4. Was bedeutet Biehak?

5. Was ist mit meinen Déjà-vus?

Ich fange mit Punkt eins an und recherchiere im Internet nach Alexander. Es gibt zwar Personen mit seinem Namen aber weder Google noch Suchen bei sozialen Netzwerken, wie Instagram, Xing, LinkedIn oder Facebook, Stay-Friends ergeben Treffer, die zu ihm oder seinem Aussehen passen. Mist. Ich suche weiter, bei kleineren Plattformen oder Vorsintflutlichen. Sehe auf Musik-, Foto- und Videodiensten nach, Selbst bei Snapchat und TikTok suche ich ihn. Ok, das ist nicht wirklich erfolgversprechend.

Weiter zu Punkt zwei. Hier geht es um den Bereich Zeit, das ist schon konkreter. Alexander war in Amsterdam und Rom, aber wie lange? Lange genug, um die Sprachen zu erlernen. War er als Kind da? Möglich, aber nicht sicher. Könnte sich überschnitten haben, aber wenn, so glaube ich, höchstens teilweise. Ich veranschlage zwei Jahre zum Spracherwerb, denn es wirkte jedes Mal fließend und mühelos. Ich versuche mich zu erinnern. Neben eigenen Worten und Grammatik hat jede Sache auch ihre eignen Sprachmelodie. Sie ist noch schwerer zu lernen als die korrekte Aussprache. Aber für mich klang es, als hätte er auch die draufgehabt. Wahrscheinlich sind zwei Jahre noch gnadenlos untertrieben.

Eine renommierte Ausbildung zum Koch gibt es, wie ich recherchiere, in London als Intensivkurs von sechs Monaten Länge. Ich mache ein und ein halbes Jahr daraus. Denn er benötigt ja auch vertiefende Praxis. Das Gleiche für die Backkunst. Die hat er mit hoher Wahrscheinlichkeit in Frankreich erlernt. Thema Croissants. Womit Französisch als weitere Fremdsprache hinzukäme.

Musikalische Bildung hatte er bestimmt parallel zur Schulzeit. Mit der mache ich weiter. Bei seinem Sprachschatz und Wissensumfang bin ich mir sicher, dass er auf einer höheren Schule war. Einschulung mit früher fünf plus dreizehn Jahre Schule minus, vielleicht zwei Übersprungenen. Das ergibt elf Jahre. Zu dem Zeitpunkt war er frühestens 16. Mit den eben geschätzten fünf Jahren bin ich bei 21. Vorausgesetzt, er war größtenteils erst nach der Schule im Ausland. Für die weitere Altersschätzung wechsele ich meine Strategie und arbeite zeitlich rückwärts. In der Wohnung lebt er mindestens ein Jahr, eher länger.

Um diese Art des Komponierens zu erlernen und das Studio aufzubauen, brauchte er einer weiteren Recherche und Schätzung nach mindestens zwei Jahre Fulltime. Ein Startup zu gründen, aufzubauen und zu verkaufen ist ebenfalls ein Fulltime-Job und könnte drei Jahre gedauert haben. Dann sein Lebensumfeld, wann hat er all diese Bücher, Möbel und andere Dinge zusammengestellt? Immer nur Spätabends, an Wochenenden oder nachts? Der Umbau der Etage zu einer Wohnung wird auch Zeit in Anspruch genommen haben. Also mit ein paar Reserven noch einmal drei Jahre.

Das sind zusammen neun Jahre und ich bin bei insgesamt 30 Jahren. Unter den eher unwahrscheinlichen Prämissen von Hochbegabung, superschnellen Lernkurven und dass er noch vieles parallel erledigt hat.

Wie gesagt, das ist alles sehr wohlwollend geschätzt, wie zum Beispiel die Koch- und Bäckerausbildungen. Ich habe weder ein mögliches Studium, soziales Jahr oder Wehrdienst einkalkuliert. Sein Startup hatte doch mit Software zu tun. Wann hatte er programmieren gelernt? In Null-Komma-Nix wäre ich bei einem Alter

Mitte, womöglich sogar Ende 30 und so alt sieht er wirklich nicht aus.

Nicht zuletzt muss ich mir eingestehen, dass ich nur an der Oberfläche gekratzt habe. Ich kenne ihn keine drei Monate. Wie viele weiteren Kenntnisse, Sprachen und Fähigkeiten müsste ich nach weiteren drei Monaten einkalkulieren?

Punkt drei und vier fasse ich zusammen. Die Frau im blauen Kleid heißt Beathag. Es ist ein keltischer Name. Ihr Kleid sieht altmodisch aus und die Vegetation irgendwie *nördlich*. Ich starte eine Bildersuche mit den Suchbegriffen *Irland Küste* und *Schottland Küste*. Die Ergebnisse sehen fast identisch aus. Sie erinnern deutlich an die Landschaft in meinen Träumen. Also gehe ich davon aus, dass Beathag Irin oder Schottin ist. Es klärt aber noch nicht, wer sie ist. Als Person, beziehungsweise ihre Identität. Hat sie eine? Oder ist sie meine Erfindung. Nein, sonst wäre ja auch ihr Name meine Erfindung. Und dagegen spricht, dass ich einen konkreten Namen geträumt habe, ohne zu wissen, dass es ihn wirklich gibt. Also: Wer ist sie und warum träume ich von ihr?

Letzter Punkt, die Déjà-vus. Wikipedia bezeichnet sie als *Erinnerungstäuschung*. Betroffene seien sich sicher, ein gegenwärtiges Ereignis schon einmal früher erlebt zu haben. Doch das trifft auf viele meiner Déjà-vus nicht zu. Es ist vielmehr so, dass sich die Erinnerungen bereits kurz vor dem Ereignis bemerkbar machen. Die Reihenfolge ist umgekehrt. Mehr wie eine Vorahnung? Nein, entscheide ich. Denn die Erinnerungen beinhalteten auch konkrete Sachinformationen, wie Texte aus dem Lehrbuch, die Geschichte mit der Katzenklappe oder die Innenarchitektur eines Weinlokals.

Und was war mit Annas Parfum? Die Story erinnert eher an eine alternative Zeitlinie, die ich nicht erlebt habe. Sind dann die anderen Vorfälle Zeitlinien, die ich erlebt habe? Klingt verrückt. Im Sinne von Sherlock schreibe ich trotzdem: »keine Déjà-vus, keine Vorahnung, eher Zeitschleife.«

Die überarbeitete Liste lautet:

1. Wer ist Alexander Relling? Fehlende Onlinepräsenz.

2. Alexander ist mindestens 30 Jahre alt, eher älter, oder sogar viel älter?

3. Das Mädchen im blauen Kleid heißt Beathag, ist Irin oder Schottin. Ihre Identität und der Grund für die Träume sind unklar.

4. Meine Déjà-vus sind weder Déjà-vus noch keine Vorahnungen. Sie erinnern an Zeitschleifen.

Zufrieden überblicke ich die Liste und reflektiere über jeden Punkt.

Es gibt viele Menschen ohne Onlinepräsenz. Für Gründer eines Startups ist dies jedoch mehr als ungewöhnlich. Die wollen gefunden werden, arbeiten hart an ihrem Bekanntheitsgrad und Image. Es ist ihr Ziel, dass ihr Name mit Innovation und Erfolg verknüpft wird. Ein Wikipedia-Eintrag ist für die doch bestimmt das Größte.

Warum also ist nichts über Alexander zu finden? Stimmt das mit dem Startup? Oder etwa nicht? Hat er mir die Unwahrheit gesagt? Aber woher dann das viele Geld? Hat er es geerbt?

Ist er, um den zweiten Punkt anzuschneiden, viel älter, möglicherweise geliftet oder nimmt er Botox?

Aber der Rest seines Körpers sieht jung aus. Zumindest den Teil, den ich kenne. Vor allem seine Hände. Wie auch immer. Es ist mehr als offensichtlich, dass die Puzzlestücke nicht zusammenpassen. Da ist irgendetwas ganz faul. Megafaul.

Mit einer traumatischen Vergangenheit lässt sich das nicht ausreichend erklären. Bei Weitem nicht. Was weiß ich nicht? Was sagt er mir nicht? Stimmt denn überhaupt etwas von dem, was er mir gesagt hat?

Meine Laune schießt im Sturzflug nach unten. Die Verdachtsmomente, von Alexander belogen zu werden, brennen wie Säure in mir. Das zieht mich so sehr runter, dass ich die nächsten Punkte links liegen lasse und den Mac niedergeschlagen zuklappe. Eine Welle der Verzweiflung rollt über mich hinweg und dicke Tränen kullern mein Gesicht herunter.

Ich frage Azra, ob sie Zeit für mich hat und sie ist erfreulicherweise frei. Nachdem ich ihr alles erzählt habe, denkt sie lange wortlos nach.

»Ich gebe zu«, sagt sie schließlich, »dass ich keine Erklärung habe. Du hast vollkommen recht. Da passt eine Menge nicht zusammen. Für mich klingt es nach einer Mischung. Eine Melange von echten, falschen und fehlenden Informationen.«

Das *falsch* ist mir nicht entgangen und es laufen wieder Tränen.

»Julia Sophie Burmeester«, ruft sie und ich schrecke auf. »Ich bin noch nicht fertig«, sagt sie streng und ich nicke, wische mir die Tränen aus den Augen. Mit sanfter Stimme fährt sie fort. »Aber es passen auch andere Dinge nicht zusammen und dies ist eher gut.«

Mit feuchten Augen sehe ich Azra fragend an.

»Angenommen, er hätte große Geheimnisse vor dir und um diese zu schützen, hier oder da die Unwahrheit gesagt. Die erste Schlussfolgerung wäre, dass so etwas nur ein böser Mensch macht, oder jemand mit einem diabolischen Plan.« Sie grinst, weil sie das Unverständnis in meinen Augen sieht. »Ich meine, man denkt direkt, der Grund wären eigennützige und schlechte Motive. Oder?« Ich nicke. Azra setzt zu einer langen Rede an. »Der Rest seines Verhaltens spricht jedoch eine komplett andere Sprache. Er ist liebevoll zu dir, bemüht sich um dein Wohlergehen, war besorgt wie eine Hubschraubermutter, als du gestern geschwächelt hast. Du bist noch Jungfrau, weil er dir vorwurfsfrei die Zeit gibt, die du brauchst. Er schläft fast jede Nacht neben deinem heißen Body und hat nicht einmal versucht, das auszunutzen oder dich doch zu vernaschen. Am Montagabend hattet ihr lediglich eine blöde Missstimmung. Es war kein echter Streit, da sind wir uns ja einig. Oder? Wie war seine Reaktion? Er schenkte dir ein Familienerbstück und teilte dir mit, dass er dich für immer und ewig lieben wird. Das ist der Punkt. Denn dies scheint wirklich der Wahrheit zu entsprechen. Ja, was seine Vergangenheit angeht, da wirkt er unaufrichtig. Aber warum? Eigennutz? Bösartigkeit? Ein diabolischer Plan, um die Welt zu beherrschen? Nie und nimmer. Ich kenne den Grund nicht, aber ich glaube, es ist eher aus Liebe zu dir, als dass er ein Arsch ist. Denn was die Gegenwart angeht, da spricht sein gesamtes Verhalten dafür, dass er ein … ein Ehrenmann ist. Und das sagt jetzt im Besonderen meine türkische Hälfte.«

Ich bin platt. Azra hat es ein weiteres Mal geschafft, die Fakten und Geschehnisse in eine sinnvolle Ordnung zu bringen. Alexander liebt mich und tief in meinem

Inneren spüre ich das ja auch.

»Ich weiß aber nicht, ob ich mit dem Gedanken, dass er so viel verbirgt, auf Dauer leben kann«, sage ich. »Vielleicht glaubt er, dass seine Geheimnisse für unsere Beziehung keine Rolle spielen, aber das will ich selber beurteilen. Für mich ist es wichtig, das ganze Bild zu sehen und ihn so zu lieben, wie er ist. Den ganzen Alexander, mit allen dunklen Punkten und Fehlern und nicht nur das Bild, das er mir präsentiert.«

»Und da hast du verdammt noch ´mal recht«, stärkt mich Azra. »Auf Dauer solltest du das nicht akzeptieren.« Sie gibt mir Tipps für den richtigen Zeitpunkt. Ich solle lieber abwarten, als aus Ungeduld den falschen Moment zu wählen.

Dann setzt sie noch zu einem Tiefschlag an.

»Einen Punkt noch, mein Schatz«, sagt sie, »du weißt ja, wer im Glashaus sitzt …«

Ich verstehe nicht.

»Du verschweigst ihm ja auch etwas. Dein Misstrauen, deine Zweifel und vor allem deine heimlichen Recherchen.«

»Aber ich habe es doch versucht«, wehre ich mich empört.

Azra hebt beruhigend die Hand.

»Ich weiß, dass er es dir nicht leicht macht und du hast deine guten Gründe, aber die hat er seinerseits ja vielleicht auch. Ich will nur sagen, dass du Grund genug hast, mit ihm gnädig zu sein, weil du selber merkst, dass Transparenz und Offenheit nicht immer leicht sind.«

Da hat sie recht. Azra ist einfach die Beste.

Nachdem wir das Gespräch beendet haben, überkommt mich eine Welle der Zuneigung und ich texte Alexander eine Reihe voller Herzen. Meine Gefühlsschwankungen sind heute wirklich extrem, aber das liegt offensichtlich an der *Frauengrippe*.

Das iPhone piepst und auf dem Display erscheinen Herzen und Küsse von Alexander.

»Freue mich auf morgen! Lust auf Burger?«, schreibt er.

»Jaaaaaa«, antworte ich. »Rembrandt-Burger«

Wieder Herzen und Küsse. »Bin morgen 18h bei dir«

Voller Vorfreude putze ich mir die Zähne und gehe ins Bett. Recherche und Gespräch haben länger gedauert, als ich dachte. Es ist schon halb zehn. Ich sollte noch für die Uni arbeiten, aber meine Laune ist gerade auf dem aufsteigenden Ast und außerdem bin ich schweinemüde. Kein Wunder, ich bin ja heute superfrüh aufgestanden. Nach einer traumlosen Nacht fühle ich mich am nächsten Morgen wie neu und der Tag in der Uni vergeht wie im Flug. Daheim im Flur begegnet mir *Hildegard*. Sie lächelt mich merkwürdig an, als ich mich verabschiede und den Schlüssel aus der Tasche fummle.

In der Wohnung trifft mich fast der Schlag. Mitten durch den Eingangsflur spannt sich eine rote Leine im Zickzack von rechts nach links. An der Leine hängen mit Wäscheklammern befestigte, schreiend bunte und geringelte Söckchen mit aufgeklebten Nummern. Noch während ich mich frage, was das soll, kapiere ich es. Heute ist der 1.Dezember und diese *Installation* ist ein Adventskalender. Mich in alle Richtungen umschauend und wie in Trance lege ich Tasche, Jacke und Schal ab und durchquere den Flur. Auf dem Spiegel entdecke ich ein Lippenstiftherz, ziehe mein iPhone aus der Tasche, fotografiere alles, erstelle eine Collage und schicke das

Bild Azra.

»Sage doch, dass er dich liebt«, kommt es zurück, dann »bin ganz schön neidisch« und ein Kuss.

Im Kleiderschrank wühle ich nach meiner heißesten Unterwäsche, einem Top, das viel von Hals und den Schultern zeigt und meiner Lieblingsjeans. Die für den Knackarsch. Im Bad brezele ich mich nach allen Regeln der Kunst auf. Punkt 18 Uhr höre ich die Wohnungstür, renne in den Flur, springe Alexander entgegen, küsse ihn wild und bedanke mich tausendmal für den Kalender. Meine Freude scheint ihm sehr zu gefallen. Nachdem ich ihn losgelassen habe, fragt er, ob ich denn schon die Nummer eins geöffnet habe.

»Daran habe ich gar nicht gedacht«, lache ich, suche den ersten Socken und schaffe es gerade so, ihn auf meinen Zehenspitzen stehend abzunehmen. Es ist ein kleines Kästchen darin und befürchte, dass es sich um einen teuren Inhalt handelt. Ich öffne es und erblicke Ohrringe. Extrem schöne Ohrringe. Die waren bestimmt sauteuer und mein Gesicht trübt sich, was Alexander nicht entgeht.

»Gefallen sie dir nicht?«, fragt er besorgt.

»Doch«, murmele ich, »der Schmuck schon, aber sicher nicht der Preis.«

»Keine Sorge«, sagt er, »zwar lässt das Design auf einen horrenden Preis schließen, aber dem ist nicht so. Außerdem konnte ich mit dem Kauf lokale Kreative unterstützen.«

»Aber ich kann dir nie etwas Gleichwertiges zurückgeben«, erkläre ich frustriert.

»Julia«, sagt er mit einem leichten Stöhnen. »Wenn du es doch nur sehen könntest. Es ist genau anders herum. All mein Geld und Besitz reichen bei Weitem nicht aus, um dich angemessen rückzuvergüten. Du gibst mir so viel.« Er tritt hinter mich. »Außerdem wäre es eine Verschwendung, weil die Ohrringe extrem gut zu deinem wunderschönen«, er beugt sich herunter, »sexy«, küsst mich knapp oberhalb der Schulter, »Hals passen.« Seine Lippen wandern den Hals herauf bis hinter mein Ohr. Er reißt sich los und ich lege die Ohrringe an, die mir wirklich gut stehen. Es ist mir schon klar, dass es bei seinem pompös hohen Kontostand anfühlt, wie wenn ich mir ein Eis kaufe. Aber trotzdem. Als *autarke und moderne* Frau und das meine ich tatsächlich so, möchte ich das Gefühl gleichwertiger Partnerschaft empfinden. Das habe ich auf diese Weise nicht, insbesondere weil es nicht nur das Geld betrifft, sondern auch die Information. Er weiß fast alles über mich, ich jedoch fast nichts über ihn. Aber wie Azra und ich uns gestern einig waren, muss der passende Zeitpunkt noch abgewartet werden.

Um mich ein wenig besser zu fühlen, bestehe ich darauf, gleich beim Rembrandt-Burger die Rechnung zu übernehmen. Dort angekommen fühle ich mich wieder beobachtet, aber es entwickelt sich ein entspannter Abend. Alexander erzählt über Amsterdam, von den Grachten, den Menschen, von den vielen Fahrrädern, dem Rotlichtviertel, in dem die Frauen hinter Scheiben sitzen. Ok, jetzt weiß ich mit Sicherheit, dass er nicht als Kind da war. Er schwenkt zu Kopenhagen, die ebenfalls eine Fahrradstadt ist. Wir reden über das dänische Design und da dies ein Thema ist, bei dem ich auch mich auskenne, bin ich verwundert, wie viel er darüber zu sagen weiß.

Daheim kuscheln wir uns auf eines der Sofas zur

Musik von einer seiner Playlisten. *Sigma zwei fünf* oder so. Die Musik, der volle Magen, seine wohlige Nähe und seine Hände, die durch meine Haare streichen, sorgen dafür, dass der Rest des Abends anders verläuft als geplant. Nämlich gar nicht, weil ich blöde Kuh einfach einschlafe und erst später im Bett aufwache. Mit einer Decke auf mir und einer Hand in Alexanders. Mein iPhone zeigt mir 1:37 Uhr. Ich gehe ins Bad, putze Zähne, wasche mir das Gesicht und ziehe mich bis auf die leider nicht zum Einsatz gekommene Unterwäsche aus. Etwas enttäuscht über mich selber lege ich mich zurück ins Bett, ziehe seine Hand auf meinen Bauch und schlafe ein.

Eskalation

Azra scheint mal wieder mit allem Recht zu haben. Obwohl der gestrige Abend katastrophal mit einer schnarchenden Julia, statt heißem Gefummel endete, kommt kein Wort des Vorwurfes über Alexanders Lippen. Noch nicht einmal ein Scherz. Ich schlage die Augen auf und finde am Bett einen Kaffee, ein brennendes Teelicht und eine Mini-Rose in einem Wasserglas. Alexander kommt frisch geduscht und gut duftend ins Schlafzimmer und fragt ohne Unterton in der Stimme, wie ich mich fühle. Über die Antwort, dass es mir gut geht, ziehen sich seine Mundwinkel freudig nach oben. Es folgt der ultimative und fälschungssichere Liebesbeweis. Er fragt, ohne unter Zwang, Hypnose oder Drogen zu stehen, ob ich Lust hätte, mit ihm shoppen zu gehen.

Im Verlauf des wunderschönen Shoppingtages führt Alexander mich fernab der Massentempel durch Läden junger und lokaler Designer. Er ermutigt mich zum Experimentieren, bringt mir interessante und überraschend passende Teile in die Garderobe und ich komme mir ausnahmsweise richtig sexy vor. Nach harten Verhandlungen erlaube ich ihm, mir ein Teil zu schenken. Den Rest zahle ich aus eigener Tasche, aber er schafft es jedes Mal, merkwürdig niedrige *Sonderpreise* auszuhandeln. Zur Begründung murmelt er etwas von *Gefallen schuldig* und *Kumpel* und so weiter.

Wir laden meine erworbenen Schätze zu Hause ab,

kehren bei *Don Camillo* ein und weil der Abend noch jung ist, lasse ich mich von ihm noch um die Häuser ziehen. Er zeigt mir Cocktail- und Weinbars. Es ist schon spät, als wir uns zu Alexanders Wohnung bringen lassen. Ich habe so viel Rotwein intus, dass mich die kurze Fahrt sehr schläfrig macht. Er trägt mich die gesamte Treppe hoch und ich flüstere ihm ziemlich dämliche und schlüpfrige Kosenamen ins Ohr. Danach wird es dunkel.

Als ich aufwache, ist es hell und mein Kopf dröhnt. Ich kneife die Augen zusammen und stöhne. Nach einer kurzen Orientierungsphase erkenne ich, dass ich in Alexanders Bett liege. Splitterfasernackt. Auweia. Was ist geschehen? Haben wir etwa? Meine Hand tastet nach Alexander, aber er ist nicht da. Mit pochendem Schädel setze ich mich aufrecht, stöhne und ziehe mir die Bettdecke bis hoch zum Kinn. In diesem Moment kommt Alexander rein und sieht mich schmunzelnd an.

»Guten Morgen, du wilde Maus.«

Ich merke, wie ich knallrot anlaufe.

»Ich werde dich in Zukunft öfters zur Volltrunkenheit animieren. Sie fördert deine Kreativität um ein Vielfaches. Die Performance gestern Abend war sehr eindrücklich«, fährt er mit einem breiten Grinsen fort.

Ich verschlucke mich fast an meiner eigenen Spucke.

»Performance?«, piepse ich mindestens zwei Oktaven zu hoch und wünsche mir spontan, dass sich ein Loch im Boden öffnen und mich verschlucken würde.

»Ja, nachdem du mich schon auf der Treppe als wilden Stier tituliert hattest, folgte die Eröffnung, du wärest überhaupt nicht verklemmt, sondern sehr locker und ich wäre reif, vernascht zu werden.«

Ich stöhne.

»Es folgten unverständliche Worte von *autark* und *modern*, darüber würde ich gerne Näheres erfahren.«

Ich frage mich, wo dieses blöde Loch bleibt.

Alexander Grinsen ist jetzt so breit wie der Hintern eines Nilpferdes.

»Du hast mich auf das Bett geworfen und dir die Kleidung vom Leid gerissen«, fährt er breit grinsend fort, »mir mit der Todesstrafe gedroht, falls ich es wagen würde, dir dabei zu helfen und als du mit dem unnachahmlich individuellem Striptease fertig warst, bist du wie vom Blitz gefällt auf das Bett gekippt und laut schnarchend eingeschlafen.« Alexander lacht jetzt aus vollem Hals. »Ich weiß nicht, ob ich jemals in meinem Leben so viel Spaß hatte.«

Fassungslos über meine Entgleisung und den Kontrollverlust lasse ich meinen Kopf auf die angezogenen Knie sinken und stöhne vor Kopfschmerz und Scham.

»Es war sehr süß«, beruhigt er mich.

»Haben wir, ähm du weißt schon?«, frage ich ihn beunruhigt.

»Ob wir kopuliert haben? Halte mich für altmodisch, aber ich habe keinen Sex mit bewusstlosen Frauen«, antwortet er.

Ich kichere auf, zum einen aus Erleichterung, zum anderen, weil ich das Filmzitat erkenne.

Alexander weist mich auf ein Glas Wasser und Tabletten hin, die neben dem Bett auf mich warten.

»Für deinen Kater«, sagt er.

Dankbar schlucke ich sie herunter und lasse ich mich wieder in die Horizontale zurückfallen. Alexander bereitet mir einen Kaffee und springt dann unter die Dusche. Als er zurückkommt, haben die Tabletten ihre Wirkung entfaltet.

Ich schiebe mich aus dem Bett und versuche, mit der um mich geschlungenen Bettdecke Slip und BH aufzuheben. Das sieht äußerst unelegant aus und mir steigt die Röte in die Wangen.

Alexander lacht.

»Du bist so süß, ich weiß doch spätestens seit gestern Abend, wie du aussiehst. Es gibt nichts, wofür du dich schämen musst.«

»Aber so ist es mir peinlich«, maule ich und schiebe mich zum Bad. Alexander wirft mir einen Luftkuss zu.

»Ich hatte mir erlaubt, für den Fall spontaner Übernachtungen ein bescheidenes Set Behelfskleidung zu organisieren«, ruft er mir hinterher, »sofern Konfektionsgröße oder Style nicht adäquat sind, lass es mich wissen. Linker Schrank, rechte Tür.«

Ich öffne die Schranktüre. Klar, *bescheiden* und *Behelf*. Blödmann! Ich hatte mit zwei Slips und Shirts gerechnet. Ich finde drei Jeans, mehrere Tops und Pullover meiner bevorzugten Brands. Fünf Sätze feinster Unterwäsche, schick, aber so dezent, dass sie mich nicht in Verlegenheit bringen. Ein Korb mit Duschgel, Shampoo, Spülung, Zahnpasta/bürste, meinem Deo und einem meiner Parfums.

Unglaublich. Wie betäubt dusche ich mich und suche mir Kleidung aus. Alles passt perfekt. Alexander finde ich auf einem Sofa im Wohnzimmer, setze mich auf ihn und küsse ihn lange. Er ist viel zu gut, um wahr zu sein. Wir machen es uns auf dem Sofa bequem und ich schlafe schnurrend ein.

Meine Füße sacken tief in das Wasser und den Schlick ein. Um nicht zu stolpern, achte ich genau auf meine

Schritte, setze bedächtig einen nach den anderen. Als ich das Boot erreiche, sehe ich ihr aufgerissenes, entsetztes Gesicht.

»Es ist zu spät«, flüstert sie ängstlich.

Mit einem Zucken schrecke ich hoch.

»Was ist? Alles Ok?«

»Bin nur kurz weggedöst«, murmele ich und setze mich auf. »Es ist zu bequem in deinen Armen.«

Er lächelt schief und gesteht, dass auch ein paar Minuten geschlafen hat. Ich schaue auf mein iPhone und merke, dass es fast drei Uhr nachmittags ist. Ich strecke ihm den Bildschirm mit der Zeitanzeige entgegen.

»Die richtige Zeit zum Frühstücken«, kommentiert er. »Pancakes?«

»Au ja«, rufe ich und folg ihm schlurfend in die Küche.

Alexander arbeitet mit bemerkenswerter Geschwindigkeit. Mir zieht der Traum durch den Kopf. Der panische Blick in Beathags Augen, als sie sagte, es wäre zu spät. Ich frage ich mich, was der Grund ihrer Panik ist.

Nach dem *Frühstück* besuchen wir den Lucilla-Weihnachtsmarkt in der Kulturbrauerei. Ein hübscher Markt, vor einer tollen Kulisse und ohne Perlenkette von Reisebussen, die Massen von Touris ausspucken. Dennoch ist es knallvoll.

Den Glühwein verkneife ich mir nach dem gestrigen Abend. Dafür verschlinge ich mit Genuss eine Elchbratwurst. Später vereinbaren wir, dass Alexander mich am Dienstagnachmittag von der Uni abholt und wir bei mir zusammen kochen und übernachten.

Ich fahre nach Hause und bevor ich mit Azra skype und ihr alles erzähle, vervollständige ich noch meine Tagebücher und zeichne mehrere Bilder von der entsetzten Beathag.

Dann folgt unser Gespräch. Die peinliche Nummer mit meiner *Performance* bringe ich als Erstes hinter mich. Azra hört fast nicht mehr auf zu lachen.

»Du weißt warum das geschieht?«, fragt sie mit einem Augenzwinkern. Ich erkenne die Falle nicht und schüttele ahnungslos den Kopf. »Deinem Unterbewusstsein«, eröffnet sie, »geht deine Angst vor Kontrollverlust schwer auf den Zeiger. Daher rächt es sich an dir, sobald du betrunken bist.«

»Ha, ha, ha. Sehr lustig.« Ich strecke ihr die Zunge raus und wir reden noch etwas über Weihnachten und dass ich überlege, Mama zu fragen, ob ich Alexander mitbringen dürfe. Auf jeden Fall freue ich mich schon auf Weihnachten, auf Mama und auf Azra. Ich habe sogar gehört, dass Max im Lande wäre und checken wolle, ob es seinem *Patenkind* auch gut ginge. Die Nacht ist kurz und ereignislos, ebenso wie die zwei nächsten Tage. Am Dienstag steige ich am Eingang zum Campus zu Alexander ins Auto und freue ich mich auf Abwechslung und einen schönen Abend.

Im Auto fragt mich Alexander, ob ich Lust auf ein *Kochabenteuer* hätte. Solange ich nicht kochen müsse, dürfe er gerne Abenteuer haben, antworte ich ausweichend. Wir fahren zu einem Supermarkt. Bevor ich dazu komme, die Tür zu öffnen drückt mir Alexander 20 Euro in die Hand.

»Kauf davon Zutaten für das Abendessen und versuche, alles davon auszugeben«, sagt er. »Es darf ruhig ungewöhnlich, unpassend oder exzentrisch sein. Ich werde daraus ein 3-Gänge Menü zaubern.«

Das lasse ich mir nicht zweimal sagen und neben einer zackigen, mir unbekannten, Frucht landen unter anderem auch ein Päckchen Erdnüsse, Joghurt, Blätterteig, Hagebuttentee und Kinder-Brausepulver im Warenkorb. Beim Kochen werde ich wider Willen eingespannt, aber der Spaßfaktor ist hoch und Alexander vollbringt das Wunder, tatsächlich drei unglaublich gut schmeckende Gänge zu kochen und aus dem Tee plus Brausepulver ein Sorbet zu zaubern. Es ist ein genialer Abend und ich schlafe glücklich in seinen Armen ein.

Auch in dieser Nacht träume ich gleich mehrfach von Beathag. Wie sie an der Küste steht, der eilige Marsch zum Boot und zum Schluss ihr panisches Gesicht.

Als ich am Morgen von den Träumen genervt aufstehe und zur Toilette marschiere, stolpere ich, weil etwas vor der Tür im Weg steht. Zirkusreif, aber ohne Unfall schaffe ich es zur Badezimmertür und drehe mich um. Wieso stehen da meine Schuhe? Auf dem Rückweg bin ich wacher und verstehe, dass Alexander sie dahingestellt haben muss. Heute ist Nikolaus. Er sitzt aufrecht und grinsend im Bett.

»Ich habe schon gehört, dass du etwas gefunden hast«, kommentiert er meinen Stunt.

Erst werfe ich ihm einen vernichtenden Blick, danach aber mehrere Küsse zu. Mit meinen Schuhen in der Hand lege ich mich wieder ins Bett und Alexander erhält erst mal einen richtigen Kuss. In einem Schuh steckt ein Schoko-Nikolaus, in dem anderen ein Geschenk.

»Mach auf«, fordert er und ich reiße das Geschenkpapier auf. Es ist ein Buch. Genauer gesagt, ein Kinderbuch.

Das hässliche Entlein. Ein Märchen von Hans Christian Andersen.

»Ausgabe von 1967«, sagt Alexander.

Es ist die Geschichte von einem Entlein, dessen Geschwister alle viel hübscher sind. Es wird von allen möglichen Enten und Tieren gemobbt, verlacht und sogar gebissen. Zum Schluss stellt sich heraus, dass es gar kein Entlein ist, sondern ein wunderschöner Schwan.

»Ich vermute, du kennst die Geschichte?«, fragt er und ich nicke. Alexander sieht mir tief in die Augen.

»Julia«, sagt er, »du bist wunderschön, begabt und einzigartig. Messe dich nicht mit den falschen Maßstäben dummer Enten oder denke zu gering von dir. Glaube an dich. Das Buch soll daran erinnern.«

Ich bin tief gerührt und Alexander erhält einen Ohnmachtskuss, den Marie nicht besser hinbekommen hätte. Später und angezogen verabreden wir uns für Freitag.

Alexander ist im Flur und lässt ein fragendes »Nanu?« verlauten.

»Du bist nicht der Einzige, der weiß, dass heute Nikolaus ist«, rufe ich. Auch er findet einen Schoko-Nikolaus und ein Geschenk und jetzt ist er dran, mit Aufmachen. Ich habe ihm einen verkleinerten Kunstdruck von Rembrandts *Anbetung der Hirten* geschenkt und er erkennt es sofort, natürlich. Es zeigt eine Krippenszene, in der Hirten um den frischgeborenen Jesus herumstehen.

Ich erläutere.

»Zum einen ist bald Weihnachten, aber worauf es mir ankommt: Jesus ist dem Bild ein hilfloser Säugling. Seine spätere Rolle als Heilsbringer ist viele Jahre entfernt. Trotzdem ist er schon jetzt der Vorbote der kommenden Erlösung. Alles was es braucht, ist Zeit. Das Kind ist Hoffnung, ein Versprechen.«

Ich fasse ihn mit einer Hand an die Wange.

»Das Bild soll dich daran erinnern, dass sich Hoffnung lohnt, auch wenn sie manchmal noch sehr klein aussieht.«

Alexander Augen sind feucht.

»Julia, du hast ein wundervolles Herz«, flüstert er und küsst meine Handinnenfläche, die eine kleine Träne auffängt.

Ich werde leicht rot, weil ich das Wissen aus einer Vorlesung habe, aber das sage ich nicht. Es spielt aber auch keine Rolle, weil ich sofort an ihn gedacht hatte und es meine Idee war, ihm das Bild als Symbol der Hoffnung zu schenken.

Nach schier unendlichem Geknutschte fahre ich mit der Tram in die Uni. Anscheinend gibt es für uns keine Normalität. Träume, Liebe, Rätsel, Fragen, heiß und kalt. Den halben Tag grübele ich über Träume, Zeitschleifen und Alexander nach, statt mich auf den Stoff zu konzentrieren.

In der letzten Einheit höre ich jedoch ein Zitat, dass mich wie ein Eimer kaltes Wasser aufweckt.

> »Kreativität ist nichts anderes, als die Fähigkeit, Dinge, die nichts miteinander zu tun haben, zu kombinieren. Dazu gehört die Fähigkeit, Dinge völlig unvoreingenommen zu betrachten und sich vom Korsett herkömmlicher Denkstrukturen zu lösen. Dr. Ida Fleiß«

In diesem Moment habe ich eine Erleuchtung. Ich hatte es die ganze Zeit vor Augen. Kaum ist der Kurs beendet, laufe ich in die Mensa und suche mir eine ruhige Ecke. Dann öffne ich meine Tagebücher und erstelle ein weiteres Dokument, ein Excel-Formular. Die erste Spalte ist eine fortlaufende Datumsspalte, beginnend mit dem Tag, an dem ich nach Berlin gekommen bin. Die weiteren Spalten entsprechen den Tagebüchern, für jedes Tagebuch eine Spalte. Dann übertrage ich die Träume, Geschehnisse und Déjà-vus textlich gekürzt in die Zellen.

Nachdem alles übertragen ist, liegt die Lösung auf der Hand. Ich habe *die Dinge, die nichts miteinander zu haben* kombiniert und ein interessantes Ergebnis erzielt. Die Tabelle zeigt, dass die Träume in zeitlicher Nähe zu den Tagen auftraten, an denen wir uns sehr nahe waren, insbesondere wenn wir viel geknutscht und gefummelt hatten. Die *Déjà-vus* hingegen erlebte ich im zeitlichen Umfeld unserer Beziehungstiefs oder Abwesenheitsphasen. Das Muster ist frappierend. Alles hängt miteinander zusammen, und sowohl die Déjà-vus als auch die Träume begannen erst, nachdem ich Alexander kennengelernt habe. Das erklärt natürlich nicht, warum und wie zum Kuckuck so etwas möglich ist, aber es zeigt, dass Dreh- und Angelpunkt all dieser Phänomene Alexander ist.

Als ich mich wieder auf den Weg mache, treffe ich auf Luisa und Anna. Die waren an der Spree spazieren und schlendern Händchen haltend zu Tram. Annas Duft steigt mit in die Nase und mir kommt eine richtig gute Idee, die ich am Abend Azra erzähle. Sie findet sie auch super.

Am Donnerstag geh ich nach der Uni shoppen. Als Erstes streife ich durch ein paar Unterwäscheabteilungen. Ich suche die zwei schärfsten Kombinationen aus, in denen ich mir heiß, aber nicht nuttig vorkomme, eine knallrote und eine schwarze.

Zweite Station: Parfümerie. Mich spricht eine junge Verkäuferin an, die nett aussieht und der ich mich anvertraue. Ein neuer Duft müsse her, teile ich ihr mit. Er solle provokant und verführerisch sein. Ich wolle meinen Freund *zur willenlosen Marionette* machen, erkläre ich ihr augenzwinkernd.

Sie überlegt und stellt mir drei Düfte vor.

»*J'adore*, von *Dior*«, sagt sie, »bestimmt und elegant.« Sie sprüht es auf einen Papierstreifen.

Wedelnd halte ich ihn vor die Nase. Nett, aber möglicherweise zu elegant, entscheide ich. Passt nicht zu mir. Ab in die Tonne. Sie reicht mir einen zweiten Streifen.

»*Poison Girl*, ebenfalls von *Dior*. Intensiv, süß und sinnlich.«

Ja. Sehr viel besser und die Richtung, die ich mir vorstelle. Sie reicht mir einen dritten Streifen.

»*Christina Aguilera by Night*. Im Vergleich zu *Poison Girl* nicht ganz so süßlich, aber dafür ein wenig mehr auf Krawall gebürstet. Es schont den Geldbeutel, bietet viel fürs Geld.«

Auch dieser Duft gefällt mir gut. Kurzerhand sprühe ich mir auf jedes Handgelenk einen der beiden Düfte und wandere ein paar Minuten immer wieder daran schnüffelnd durch den Laden, bis die Kopfnoten sich verflüchtigt haben und die Herznoten der Parfums zum Vorschein kommen. Blöderweise bringt dies keine Klarheit. Da ich mich nicht entscheiden kann, kaufe ich meinen Kontostand ignorierend beide und fahre zufrieden mit mir nach Hause.

Meine These lautet, dass es einen Zusammenhang zwischen der Intensität unserer gemeinsamen Abende und den darauffolgenden Träumen in der Nacht gibt. Je heißer, desto intensiver die Träume. Was ist die logische Schlussfolgerung? Richtig, ein Test, um die These zu untermauern. Ich sorge für einen extrem heißen Abend und warte ab, was passiert. Möglicherweise sind die Träume so intensiv, dass ich endlich mehr erfahre.

Am Freitag renne ich aus der Uni und komme so schnell nach Hause, wie es nur irgend geht. Ich dusche, lasse den Rasierer über meinen Körper fliegen, klatsche mir Tonnen von Bodylotion an den Leib und nebele mich von Kopf bis Fuß mit *Poison Girl* ein. Trotz einer Vorliebe für Schwarz, greife ich zur Wäsche mit der Kampffarbe Rot, ziehe ich ein figurbetontes, schwarzes Top darüber und springe in die Knackarsch-Jeans.

Um es nicht noch mehr zu übertreiben, lege ich nur dezent Schminke auf. Die Haare stecke ich hoch, wie er es gerne hat und um ihn später viel Platz zum Küssen zu lassen. Am Morgen hatte ich ihn gebeten, bei *Don Camillo* einen Tisch zu organisieren und als er beim Abholen in der Tür steht, scheint ihm offensichtlich zu gefallen, was er da sieht.

»Hallo Süßer«, hauche ich, lege ihm die Arme um den Hals, presse meine Hüfte an ihn und küsse ihn intensiv. Das verfehlt seine Wirkung nicht, wie ich spüren kann. Ich drehe ich mich weg, greife Mantel und Lieblingshandtasche. »Wollen wir?«, frage ich.

»Aber sicher doch.« Alexander wirkt etwas verwirrt und von meinem ungewohnten Auftritt überrumpelt. Wir gehen nach unten, wo eine Limousine wartet.

Bei *Don Camillo* achte ich darauf, nichts mit Knoblauch zu essen und nicht zu viel Wein zu trinken. Damit ich mich in meiner Vorfreude nicht allzu verdächtig verhalte, plappere ich ein wenig von der Uni und lasse ich ihn ein wenig über die Berliner Weihnachtsmärkte referieren.

Die Frage nach einem Nachschlag oder Absacker in einer Bar lehne ich ab, mit dem Hinweis, dass ich nicht schon wieder ins Koma fallen wolle. Obwohl es erst 20h ist, fahren wir zu Alexander, *um vielleicht von da aus noch mal aufzubrechen*. Ich lege den Mantel ab und frage ihn scherzhaft, ob er neben Koch und Bäcker auch ein guter Barkeeper wäre. Mir wäre spontan nach einem Mojito. Schwups und in Lichtgeschwindigkeit bekomme ich einen intensiv nach Minze duftenden Mojito in die Hand gerückt. Einen Spitzenmojito, aber das war ja irgendwie klar.

An dem Cocktail nippend schaue ich mich in der Bibliothek um und sehe, dass er den Rembrandt aufgehängt hat. An einer Stelle, an der vom Sessel aus sowohl das Bild, als auch die Bösebrücke zu sehen ist. Rührung und Zuneigung überrollen mich.

Ich stelle den Mojito ab und umarme Alexander, der mit einem Tequila Sunrise bewaffnet den Raum betritt. Ich ziehe seinen Kopf zu mir herunter und flüstere ihm ins Ohr, wie sehr ich ihn liebe. Ohne die Umarmung zu lösen, schafft er es, seinen Cocktail abzustellen, fordert mit einem Sprachbefehl Musik an und wir beginnen, langsam zu tanzen. Eng umschlungen bewegen wir uns durch das Zimmer. Er küsst meinen Hals zärtlich und systematisch. Es kribbelt den Rücken hinunter, über Po und Oberschenkel bis in die Fußspitzen. Seine Hand gleitet unter mein Top, krault mir die Lendenwirbel und ich presse mich an ihn. Ich lege die Hände hinter meinem Kopf und drehe mich in seinen Armen um. Während ich mich fest an ihn drücke, greife ich seine

Hände und schiebe sie nach oben. Er hält mich genau da fest, wo ich es mir wünsche und küsst weiter meinen Hals. Dann lasse ich seine Hände los und strecke die Arme nach oben. Er streift mir mein Top über den Kopf, gibt eine Mischung aus Schnurren und Knurren von sich, umfasst meine Brüste und arbeitet sich küssend an Hals, Nacken und Schultern ab. Ich drehe mich ein weiteres Mal und lege meine Arme um seinen Hals, springe ihm in die Arme und umklammere seine Hüften mit meinen Beinen. Alexander greift unter mich und hält mich fest. Zwischen zwei langen Küssen fordere ich ihn auf, mit mir ins Schlafzimmer zu gehen. Willig folgt er dem Wunsch und wir lassen uns auf das Bett fallen. Ich ziehe ihm das Hemd aus, küsse seine Brust und schiebe mich höher. Er küsst mich vom Hals bis zum Bauchnabel und wieder zurück. Ich entledige mich meines neuen knallroten Push-ups und versinke unter seinen Küssen und Händen in einem Rausch.

Das Tribunal

Später liege ich mit geschlossenen Augen in seinen Armen. Obwohl ich nahe an einer Ekstase vorbei geschrammt bin, haben wir dann doch nicht miteinander geschlafen. Es fühlte sich für uns beide in dem Moment einfach richtig an. Es war wie eine unausgesprochene Vereinbarung, uns noch etwas Überraschung aufzubewahren. Trotzdem kribbelt immer noch mein ganzer Körper von seinen Berührungen und mir fällt das Einschlafen schwerer als gewöhnlich. Dabei bin ich doch so gespannt auf meine Träume. Falls nichts passiert, auch egal, der Abend war es auf jeden Fall wert. Wiederholung garantiert.

Das Mondlicht scheint durch die Äste der Weide und malt ein Muster auf den grasbewachsenen Boden. Ein feiner Wind bläst durch Äste und Zweige und füllt meine Nase mit dem salzigen, würzigen Duft des Meeres. Wellen rauschen und die Brandung donnert. Die Küste ist menschenleer und vom Vollmond erleuchtet. In der Nähe höre ich Stimmen und Schritte, die sich von mir entfernen. Ich folge den Geräuschen und werde schneller, weil sie leiser werden. Ein paar Male stolpere ich über Wurzeln und Steine. Der Weg ist schmal und einmal wäre ich beinahe in ein Loch getreten. Dann macht er einen Knick nach links. Ich werde noch schneller, bremse kurz darauf aber ab, weil der Pfad bergab führt. Vorsichtig gehe ich hinunter und erreiche einen mit Büschen und Schilfgras gesäumten Uferbereich.

Dort sind zwei Personen. Eine junge Frau in einem blauen Kleid und mit einer Art Sack auf dem Rücken stapft durch Wasser und Schilf auf ein schwarzes Boot zu.

Ein junger hochgewachsener Mann mit schulterlangen Haaren und ebenfalls einem Sack auf dem Rücken ruft ihr hinterher.

»Warte.« Er ruft ihren Namen. »Beathag.«

Sie dreht sich zu ihm um.

»Was ist? Komm, schnell.«

Der Mond beleuchtet Beathags schönes Gesicht, sie sieht ungeduldig aus. Der Mann bewegt durch das Wasser auf das Boot zu und ich nutze die Chance, um näher heranzugehen. In meinem Rücken höre ich etwas. Entfernte Stimmen. Ich drehe den Kopf, sehe den sich nahenden Schein von Fackeln, blicke wieder zu dem Boot. Der Mann hat es beinahe erreicht.

Beathag schaut mich mit aufgerissenen Augen an. Nein, sie sieht nicht mich an, sondern an mir vorbei, oder besser gesagt, durch mich hindurch auf den Schein der Fackeln. Der Mann hat jetzt das Boot erreicht und mustert ihr aufgerissenes Gesicht. »Es ist zu spät«, sagt sie entsetzt, »sie haben uns gefunden.« Er dreht sich um und jetzt erkenne ich ihn.

Es ist Alexander. Mit langen Haaren. Doch der beachtet gar nicht die Fackeln. Blickt nicht durch mich hindurch. Er schaut stattdessen mich an, sieht mir direkt in die Augen. In ihnen erkenne ich eine Mischung aus Erschrecken und Verwirrung. Er öffnet den Mund.

»Julia?«

Alexander und ich richten uns gleichzeitig im Bett auf. Er macht Licht an und sieht verwirrt aus.

»Was war das? Ich habe geträumt und dann warst du da, aber das war … irgendwie real«, sagt er irritiert.

Ich schweige, versuche das Erlebte zu verarbeiten. Alexander scheint über diesen Punkt bereits hinaus. Er hat mein Gesicht und mein Schweigen interpretiert. Er weiß, dass ich etwas weiß. Seine Augen beginnen misstrauisch zu funkeln.

»Was hast du mit mir angestellt?«, fragt er für meinen Geschmack viel zu scharf.

»Mit, mit dir angestellt?«, frage ich verblüfft über den Vorwurf stotternd.

»Wie kommst du in meinen Träume?«, verlangt er zu wissen.

»In deine Träume?«, echoe ich ein weiteres Mal blöde und erst jetzt kapiere ich es. Wir hatten, korrigiere, waren im gleichen Traum, haben ihn geteilt, uns gesehen und gegenseitig wahrgenommen. Wie abgedreht ist denn das?

»Ich habe gar nichts angestellt«, sage ich verärgert. Anstatt sich zu fragen was hier abgeht, klagt er mich an. Was kann ich dafür? Der Frust der letzten Wochen kocht hoch. »Wenn hier einer etwas erklären kann oder sollte, bist das wohl eher du. Schließlich bist du doch Mister großes Geheimnis.«

Das war dumm und nicht ganz die richtige Taktik. Alexanders Gesichtszüge verdunkeln sich und er teilt mir mit, dass er mal kurz auf Toilette müsse. Er springt aus dem Bett und verlässt eilig den Raum.

Die Wartezeit lässt Raum für eine Situationsanalyse. Es ist mitten in der Nacht, wie mir die Laseranzeige an der Decke mitteilt. Allerdings ich bin hellwach. Die Neuronen in meinem Hirn schalten auf Höchstleistung und ich beginne mit der Analyse.

1. Mein Experiment war ein voller Erfolg, denn

2. die These, dass die Enge unserer Bindung oder Verbindung die Intensität der Träume steigert, scheint zu stimmen.

3. Ich hätte nicht erwartet, dass die Steigerung so krass ausfällt und wir im gleichen Traum landen.

4. Wenn es auch sein Traum war, heißt das, dass er diese Beathag kennt und sie ihn. Und es ist ihm unangenehm, dass ich das jetzt weiß, zumindest würde das auch seine aggressive Reaktion erklären.

5. Es war eigentlich sein Traum und ich bin nur hineingeplatzt.

6. Die Schlussfolgerung lautet, dass alle meine merkwürdigen Träume von ihm stammen und nur auf mich projiziert worden sind. Es war immer er.

7. Es stellt sich die Frage nach der Quelle seiner Träume. Sind es gar echte Erinnerungen, die wie im Kino abgespult werden? Wenn es nur normale Träume wären, warum sind sie so deckungsgleich und detailliert? Das erscheint mir unwahrscheinlich.

8. Sind es Erinnerungen, ist die wichtigste Frage nicht nach dem *Was*, oder *Wo*, sondern dem *Wann*. Wann war das? Die Frisuren, die Kleidung, all das wirkt wie aus einem Kostümfilm, aus einer vergangenen Zeit. Als wäre es hundert Jahre oder länger her.

Mein Resümee: Mir ist egal, ob es Motive der Liebe sind, die Alexander davon abhalten, mir die Wahrheit zu sagen. Es ist eine Grenze überschritten worden. In mehrfacher Hinsicht.

I. Ich habe meine Bindungsangst überwunden, mich geöffnet und hätte mich gestern Abend beinahe ganz hingegeben. Es hätte durchaus sein können, dass ich jetzt keine Jungfrau mehr wäre. Ich finde, wenn ich nichts mehr zurückhalte, verdiene ich im Gegenzug eine gewisse Aufrichtigkeit und Ehrlichkeit.

II. Die Fragen sind so bedeutsam, dass wir hier nicht von Bagatellen sprechen, sondern es geht um viel mehr. Auch deswegen gehört die Wahrheit auf den Tisch.

III. Wir haben den Punkt Verknalltheit längst hinter uns gelassen, sind wahrhaft Liebende geworden. Haben uns zu Nikolaus über nette Aufmerksamkeiten weit hinausgehende Geschenke gemacht. Geschenke, die unsere Seelen berühren. Haben uns gezeigt, dass wir vertrauenswürdig sind, weil uns das Wohl des anderen zutiefst am Herzen liegt.

IV. Ich wollte den richtigen Zeitpunkt abwarten. Ja. Dachte, er würde weiter in der Zukunft liegen. Aber jetzt wurde dieser Zeitpunkt von den Ereignissen selbst nach vorne verlegt. Denn nach diesem Knall hat Alexander nur noch drei Möglichkeiten. Erstens zu Schweigen. Sich weigern, das Geschehen zu kommentieren. Zweitens, eine fantasievolle, aber halbwegs glaubhafte Erklärung zu konstruieren, die jedoch irreführend und frei erfundenes sprich, gelogen ist. Oder zumindest voller Unwahrheiten strotzt. Drittens, er sagt mir die Wahrheit. Ich glaube nicht, dass ich, nachdem was jetzt geschehen ist, mit erstens und zweitens leben kann.

Alexander kommt nicht zurück. Seufzend stehe ich auf und gehe ins Bad, doch dort er ist nicht. Also ziehe ich mir etwas über, suche und finde ihn mit einem hart und verschlossen wirkenden Gesichtsausdruck in der Bibliothek sitzend. Dort gammeln auch noch unsere relativ unbenutzten Cocktails. Nachdem ich ihm einen Moment in sein unbewegtes Gesicht geschaut habe, gehe ich auf ihn zu und schlinge ihm von hinten die Arme um den Hals. Obwohl es kaum möglich scheint, versteift er sich noch weiter.

»Das kam nicht so heraus, wie ich es gemeint habe«, versuche ich ihn in einem sanften Tonfall zu erreichen.

Alexander schweigt und nach einer gefühlten Ewigkeit lasse ich ihn los und eine Mischung aus Enttäuschung und anschwellenden Zorn gärt in mir. Ohne weiteres Wort mache ich mich auf den Weg ins Wohnzimmer, doch als ich die Tür erreiche, höre ich seine gepresst wirkende Stimme.

»Gib mir noch ein wenig Zeit. Lass uns beim Frühstück reden.«

Ich lege mich wieder ins Bett, doch der Versuch, noch einmal einzuschlafen, schlägt grandios fehl. Wie könnte ich auch in der Situation noch einmal einschlafen? In meinem Kopf brummt es vor Aktivität. Tausende Gedanken drängeln sich nach vorne und es gelingt mir nicht, innerlich herunterzufahren. Daher gehe ich ins Bad und stehe ein Weilchen später geduscht und angezogen in der Küche. Die Zeitanzeige am Herd teilt mir mit, dass es 5:34 Uhr ist. Das entwickelt sich langsam zu einer unangenehmen Gewohnheit. An Wochenenden sollte man unsittlich lange im Bett liegen, und nicht wegen Konflikten, doofen Träumen oder anderen Gründen mitten in der Nacht aufstehen. Ärgerlich vor mich hin grummelnd bereite ich mir einen Caffè Latte und setze mich ins Wohnzimmer. Von Alexander ist nichts zu sehen. Nachdem der Kaffee seine Wirkung entfaltet hat und ich mich ein wenig besser fühle, überlege ich mir, wie ich das Problem angehen soll. Aus meiner Sicht führt kein Weg an der Wahrheit vorbei. Sowohl, was meine Ermittlungen betrifft, als auch die Rätsel bezüglich Alexanders Alter und Vergangenheit. Ich wüsste nicht, was ich noch bewirken könnte, um meine Vertrauenswürdigkeit entscheidend zu erhöhen. Dass der Verlust der Jungfräulichkeit bei Alexanders Verschlossenheit gravierende Auswirkungen hätte, halte ich eher für ein Gerücht.

Es ist in meiner Vorstellung ausgeschlossen, in einer dauerhaften und partnerschaftlichen Beziehung zu einem Menschen zu stehen, über dessen Vergangenheit ich absolut nichts weiß. Egal ob wir in getrennten Wohnungen leben, irgendwann zusammenziehen oder in einhundert Jahren heiraten sollten. Um unserer Beziehung die Chance auf eine Zukunft zu ermöglichen, muss das enden, und zwar heute.

Ein stechendes Gefühl der Angst macht sich breit. Was ist, wenn er mauert? Beende ich die Beziehung? Schaffe ich das überhaupt? Ich erkenne, dass ich mich eine No-win Situation hineinmanövriert habe. In meiner naiven Hoffnung habe ich mich trotz der ungeklärten Fragen viel zu stark emotional an Alexander gebunden und mein Herz rückhaltlos verschenkt.

Da führt kein Weg zurück, für einen Rückzieher, so merke ich, ist es zu spät. Jetzt stecke ich in der Zwickmühle, weder ohne die Wahrheit noch ohne die Beziehung zu Alexander leben zu können. Ich habe die Büchse der Pandora geöffnet. Das ist Mist. Großer Mist.

Er kommt in das Wohnzimmer, sieht aber alles andere als ein Bund guter Laune aus. Wortlos geht er in Richtung Bad und kurz darauf höre ich die Dusche. Nachdem Alexander sich angezogen hat, teilt er mir mit, dass er Frühstück zubereiten würde.

Das Ergebnis ist mal wieder so verwirrend unpassend. Er hat in kurzer Zeit ein umfangreiches Frühstück zubereitet. Frisch gepresster Orangensaft. Toast, Pancakes, Rührei, Kaffee, Marmeladen, ein Früchteteller. Nicht nur mein Cappuccino, sondern auch meine Pancakes hat er mit Herzmuster versehen. Nahe an meinem Teller steht eine kleine Minivase mit einer Rose.

Da ich nicht weiß, wie ich das Gespräch konfliktfrei in Gang bringen kann und Alexander wohl nicht darauf erpicht ist, es selbst in die Hand zu nehmen, essen wir eine Weile schweigend. Ich versuche, Gefühle von ihm zu *empfangen*, aber er macht sich innerlich komplett dicht. Mist. Da hilft mir meine Empathie auch nicht weiter und um zu wissen, dass er *not amused* ist, sind keine besonderen Fähigkeiten nötig.

Endlich fasse ich mir ein Herz.

»Können wir darüber reden, was heute Nacht passiert ist?«, frage ich sanft.

Er schaufelt sich Rührei auf den Teller und gibt keine Antwort.

»Nun gut«, probiere ich einen anderen Anlauf, »es …«.

Ein lautes Klirren unterbricht mich. Alexander hat den Löffel auf den Teller fallen lassen und stiert mich mit aufgerissenen Augen an. Ich überlege, was ich Falsches gesagt habe, aber sein Blick ist so gruselig, dass es etwas anderes sein muss. Dann stößt er ein schreckliches Geräusch aus. Eine Mischung aus Stöhnen und ersticktem Einsaugen der Luft. Als wäre er zu lange unter Wasser gewesen. Er sackt in sich zusammen und sein Kopf schlägt auf dem Tisch auf.

»Alexander« kreische ich entsetzt, springe auf und laufe zu ihm. Sein Körper fängt an zu zittern und zu zucken und weil mir nichts Besseres einfällt, ziehe ich ihn vom Stuhl und lege ihn der Länge nach auf den Boden in eine seitliche Lage.

Sein Kopf sieht unverletzt aus.

»Alexander, Alexander«, rufe ich panisch, »was ist mit dir?« Doch er scheint mich nicht zu hören. Hat er einen epileptischen Anfall?

Er zieht sich in eine Embryonalhaltung zusammen. Sein ganzer Körper schüttelt sich und das Zucken jagt mir Angst ein.

»Notarzt«, rufe ich mir selber zu, »Julia, du dumme Nuss, ruf einen Notarzt.« Wo ist mein iPhone. Auf dem Tisch. In der Bewegung des Aufspringens werde ich jäh gebremst.

Alexander hält meinen Arm fest.

»Nicht«, keucht er, »keinen Arzt, es ist gleich vorbei.«

»Nein«, rufe ich und will mich losreißen, aber sein Griff ist so fest, als wäre ich in einem Schraubstock eingeklemmt.

»Aua«, rufe ich, »du tust mir weh.«, woraufhin er seinen Griff lockert, mich aber nicht loslässt.

»Julia«, sagt er jetzt etwas verständlicher, »hör mir zu, bitte. Ich brauche keinen Arzt, ich kenne das, es ist gleich vorbei, ich brauche nur Ruhe. Bitte.«

Ich betrachte sein Gesicht. Er ist kalkweiß, aber sein Blick ist so flehend, dass ich nachgebe.

»Ok«, sage ich, »aber wenn es in zehn Minuten nicht besser ist, rufe ich den Notarzt.«

Er nickt und lässt mich los. Dann stehe ich langsam auf, nehme mir mein iPhone an mich und schaue auf die Zeitanzeige. Auf einem der Sofas liegt eine Decke, die ich über Alexander ausbreite und dann lege ich mich zu ihm.

Er murmelt ein »Danke« und das Zucken lässt spürbar

nach.

Eine halbe Stunde später frage ich ihn, ob ich ihn ins Bett bringen darf. Er nickt und wir gehen zum Bett, auf dass er sich fallen lässt. Bevor ich ihn zudecke, ziehe ich ihm Hose und Socken aus. Ich stelle ihm Wasser ans Bett und ziehe mich auch bis auf die Unterwäsche aus. Ganz dicht an ihn gedrängt streiche ich ihm über seine Brust und sage ihm, wie viel Angst ich um ihn hätte. Er hält meine Hand und sagt mir, dass ich keinen Grund zur Sorge hätte und es nichts auf der Welt gäbe, was ihn umbringen könne.

»Hahaha, schon klar«, sage ich und lege meinen Kopf auf seinen Oberarm. So bleiben wir wortlos liegen und ab und zu zuckt sein Körper noch einmal.

Obwohl ich nicht einschlafe, werde ich nach einer Weile ruhiger und verfalle in eine Art Dämmermodus. Draußen wird es hell und als ich das nächste Mal auf die Uhr schaue, ist es kurz nach 11 Uhr.

Als ich aus dem Bett gleite, murmelt er:

»Geh nicht.«

»Ich geh auch nicht, aber ich muss mal«, erkläre ich »und ich hole mir einen Toast. Möchtest du auch etwas?«

Alexander schüttelt den Kopf. Ich tapse ins Bad und denke wieder über den Anfall nach. Diesmal jedoch höre ich in meinem Kopf ein *Klick*.

»Der Traum«, spreche ich mit mir selber, »es war wie in dem Traum.« Der Langhaar-Zottel-Alexander lag in dem Stall und hatte einen ähnlichen Anfall.

Gedankenverloren besorge ich etwas zum Essen aus der Küche und komme zurück ins Schlafzimmer. Im Bett setze ich mich aufrecht hin und ziehe die Beine an. Nach einer Weile höre ich gleichmäßiges Atmen und ein Blick zu Alexander zeigt, dass dieser eingeschlafen ist. Tief und fest. Er merkt nicht, wie ich zwanzig Minuten später aufstehe und den Raum verlasse.

Blöderweise habe ich meinen Mac zuhause, aber mir fällt ein, dass alle wichtigen Dateien in der Cloud liegen. Daher benutze ich Alexanders iPad, dass im Wohnzimmer liegt. Auf seinen Wunsch hin hatte ich meinen Daumenabdruck abgespeichert, falls ich es mal bräuchte. Jetzt zeigt sich, dass es eine gute Idee von ihm war.

Ich logge mich in meiner Cloud ein. Als Erstes trage ich den Traum und Anfall in die Dokumente ein und danach lese ich meine Notizen über Alexander im Stall durch. Kein Zweifel, der Anfall heute Morgen war genauso wie der in dem Traum. Ich logge mich aus und mache einen Kontrollgang. Alexander schläft noch. Etwas lustlos versuche ich, mich zu beschäftigen und die Gedanken, was los ist, was das für ein Anfall war, wie es mit uns beiden weiter geht und so weiter in den Hintergrund zu drängen.

Ich gehe in die Bibliothek, schaue mir die Bücher an, streife durch die anderen Räume, kontrolliere, ob es Alexander gut geht. Bei all dem habe ich das merkwürdige Gefühl, als wäre ich irgendwie im falschen Film. Es fühlt sich nicht richtig an. Als müsste der Tag anders verlaufen. Es ist wieder dieses »Anti Déjà-vu«. Also logge ich mich erneut in die Cloud ein und ergänze auch dieses. Die Excel-Tabelle ergänze ich ebenfalls und das Muster verfestigt sich. Extrem heißer Abend, extrem intensiver Traum. Uneinigkeit und schon ein Déjà-vu.

Um kurz vor sechs steht Alexander auf und geht schnurstracks in die Küche. Kurze Zeit darauf kommt er mit ein paar Platten beladen zurück. Es ist unglaublich, was er in kurzer Zeit zubereiten kann. Er ist nicht mehr so blass, sondern hat wieder seine normale Gesichtsfärbung, aber sein Ausdruck ist herzzerreißend. Noch nie habe ich ihn so hoffnungslos und mutlos gesehen. Er sieht aus wie Schulz vor der Tür einer Tierarztpraxis. Als hätte er eine dunkle Ahnung. Diese beschleicht mich jetzt auch und bevor ich meinen Mut verliere, fange ich an zu sprechen.

Wie sehr ich ihn lieben würde, teile ich ihm mit. Dass ich mein Herz an ihn verloren hätte und nicht mehr ohne ihn leben wolle. Dass ich mir sicher sei, dass er merken könne, wie tief meine Liebe zu ihm wäre. Dass meine Vertrauenswürdigkeit außer Frage stände.

Ich offenbare ihm, dass dies nicht mein erster Traum gewesen wäre, es bereits viele gleiche gab, bis auf den Umstand, dass wir diesmal zu dritt waren. Die anderen Male hätte ich seinen Part geträumt. Alexander wird wieder blasser. Ich teile ihm mit, dass ich wüsste, dass das Mädchen in dem blauen Kleid Beathag heißen würde.

Er presst die Lippen aufeinander und sein Gesichtsausdruck verschließt sich wie das Tor von Mordor. Aber ich höre nicht auf, berichte meinen Déjà-vus, die mit unserem Kennenlernen begonnen hätten und, sehe und staune, genau dann aufträten, wenn wir Stress miteinander hätten.

Jetzt sieht er verblüfft, statt ärgerlich aus, schüttelt verwirrt den Kopf und erklärt, dass könne nicht sein, ich müsse mich irren oder mir das alles einbilden.

Das macht mich ärgerlich. Bemüht beherrscht erkläre ich ihm, dass ich mir überhaupt nichts einbilden würde. Was denn heute Nacht passiert sei und dass ich, um Einbildung oder Übertreibung zu verhindern, auf

Azras Rat hin über alles Tagebuch geführt hätte. Als er hört, dass Azra mit allem vertraut ist, stützt er den Kopf in die Hände und murmelt etwas vor sich hin.

»Alexander«, sage ich und blicke ihn fest an. Der Ärger hilft mir die nächsten Worte zu sagen: »Ich liebe dich, wie sehr, habe ich dir eben lang und breit erklärt. Ich will mit dir zusammen sein.«

Als ich ein »für immer und ewig« hinzufüge, verpufft mein Ärger. Ich fasse mir durch das Shirt an den Anhänger und meine Stimme zittert.

»Ich kann so nicht weitermachen. Du musst mir helfen, mir sagen, was los ist. Ich kann nicht ohne dich leben«, ich fange an zu schluchzen, »aber noch weniger ohne die Wahrheit.« Jetzt fange ich richtig an zu weinen, weil es raus ist und weil ich an seiner Reaktion sehe, dass er mir keinen einzigen Schritt entgegenkommt.

Er schaut düster und tieftraurig ins Leere.

»Ich kann dir nicht helfen«, sagt er mutlos.

»Alexander, versteht du es nicht?« Meine Stimme ist panisch und eine Oktave höher, »bitte rede, sonst kann es mit uns nicht weitergehen, gib mir wenigstens irgendetwas, bitte.«

»Ich verstehe sehr wohl«, antwortet er ausdruckslos, »aber ich kann dir nicht helfen, ich wünschte bei Gott, ich könnte.«

Weinend sacke ich in mich zusammen und heule wie ein Schlosshund. Dann stehe ich auf und gehe ins Bad, wasche mir die Tränen aus dem Gesicht und ziehe die Kleidung von gestern an. Als ich ins Wohnzimmer komme, sitzt Alexander noch genauso da wie vorher. Ich gehe zu ihm und ergreife seine Hand.

»Ich liebe dich«, flüstere ich und gehe rückwärts zur Tür. Er hält meine Hand fest und streckt seinen Arm, dass sie erst ganz spät auseinander gleiten. Ich drehe mich um, ziehe im Flur meine Jacke an und verlasse still weinend Alexanders Wohnung. Auf die Bösebrücke habe ich gar keine Lust, deswegen gehe ich bis zur Haltestelle Schönhauser Allee und steige erst dort in die Ringbahn. In der Bahn texte ich Azra. Wir verabreden zu skypen, wenn ich in der Wohnung bin.

In dem Moment, wo ich Azra ins Gesicht sehe, verliere ich den letzten Rest an Würde und Selbstkontrolle. Ich heule, bis mir die Tränen ausgehen. Sie hört geduldig mein Schluchzen und Gestammel an, als ich ihr die Ereignisse des gestrigen Abends, der Nacht und des heutigen Tages schildere.

»Mein armer Schatz«, sagt sie immer wieder.

Ich brauche über eine Stunde, um mich zu beruhigen, und dann reden wir und reden und reden. Aber selbst die sonst so schlaue Azra weiß nicht, was sie mir raten soll.

Mutlos gehe ich ins Bett. Meine Tränenkanäle sind leer und auch ich fühle mich leer, habe keine Kraft mehr zu weinen und schlafe trotz der Trauer vor Erschöpfung schnell ein.

Die letzte Grenze

Nemisis

Am nächsten Morgen brummt mein Schädel wie nach einer durchzechten Nacht. Der Spiegel teilt mir etwas Ähnliches mit. Dunkle, aufgequollene Ringe unter meinen Augen klagen mich an. Kraftlos putze ich mir die Zähne. Auch das Duschen fühlt sich schwer an und ich bewege mich in Zeitlupe. Über eine Stunde verbringe ich im Bad und schlurfe wie eine alte Frau zum Sofa. Meine höheren Gehirnfunktionen setzen allmählich ein und ich rekapituliere den gestrigen, vermurksten Abend.

Was habe ich getan? Warum habe ich Alexander so bedrängt? Warum bin ich ihm mit einer blöden Entweder-Oder-Nummer gekommen? Spontane Reue überfällt mich. Mit einem Schub frischer Kraft ziehe ich mir Jacke und Schuhe an und eile zur S-Bahn. An Alexanders Haus angekommen, renne ich die Treppen hoch und tippe atemlos den Code in das Tastenfeld der Wohnungstür. Sie entriegelt sich und ich laufe, laut Alexanders Namen rufend, in die Wohnung, erhalte aber keine Antwort. Ich gehe in jedes Zimmer, schaue sogar in seinem Bett nach, als wenn er sich da verstecken würde.

In der Hoffnung, dass er nur kurz zum Bäcker sei, setze ich mich auf ein Sofa und warte. Nach zwei Stunden ist Alexander noch nicht zurück. Ich texte ihm, dass es mir so unendlich leid täte, ich unbedingt mit ihm sprechen müsse und auf der Suche nach ihm wäre. Nach zehn Minuten erhalte ich eine Antwort, dass er *für ein paar Tage* die Stadt verlassen hätte und noch nicht wisse, wann er zurückkäme.

Anscheinend hat sich mein Tränenreservoir über Nacht gefüllt, denn dicke Tropfen klatschen mir vom Kinn auf die Kleidung. Ich verlasse die Wohnung und gehe frustriert zu Fuß nach Hause. Ich brauche fast zwei Stunden und komme total verfroren an. Das rächt sich, denn schon am Abend merke ich, dass mein Hals schmerzt und meine Nase verstopft ist.

Am nächsten Morgen komme ich kaum aus dem Bett, weil ich eine fette Erkältung habe. Ich texte Luisa und suche ich mir einen Arzt in der Nähe. Dort sitze ich in einem vollen Wartezimmer. Endlich bin ich an der Reihe und in dem Untersuchungszimmer empfängt mich eine freundliche Ärztin, die ungefähr so alt ist wie Mama. Die Untersuchung ist gründlich und lässt auch nicht meine Augen aus.

Sie verschreibt mir Medikamente für die Erkältung und verordnet Bettruhe, ist aber noch nicht fertig. Mit sanfter Stimme fragt sie, ob ich Kummer hätte und ehe ich mich zu bremsen vermag, weine ich wieder und erzähle schluchzend von einer Trennung. Die Ärztin fasst mich an den Händen und sagt, dass ich keine Angst haben müsse, von ihr irgendwelche Floskeln oder Plattitüden zu hören. Erst nachdem ich ihr verspreche, sie am Donnerstag anzurufen, lässt sie mich los. Die Praxis sei geschlossen, teilt sie mir mit und reicht mir eine Karte mit einer Mobilfunknummer, unter der sie *jederzeit* erreichbar sei. Dann drückt sie mir den Arm, wünscht mir gute Besserung und schreibt mich die gesamte Woche krank.

Wenn die Erkältung vorüber sei, solle ich wieder zur

Uni gehen, sofern ich das Gefühl hätte, dass es mir helfen würde. Ich bedanke mich noch einmal und lege mich, zu Hause angekommen, hustend ins Bett. Die Erkältung ist hartnäckig und macht kaum Anstalten, sich zu verziehen. Die nächsten Tage fühle ich mich matt, habe Kopf- und Halsschmerzen. Der Husten bessert sich nur langsam.

Aber das ist nur das kleinere Übel. Die Trennung von Alexander frisst innerlich an mir. Abwechselnd werde ich von unterschiedlichen Gedanken und Gefühlen hin und her geworfen. Reue, dass ich fortgegangen bin. Im nächsten Augenblick frage ich mich, wo er gerade ist, was er macht und denkt. Oft werde ich kurz darauf wütend, weil er nicht ehrlich mit mir sein wollte und lande letztendlich im Selbstmitleid. Ich sage mir, ich wäre selber schuld, hätte es wissen müssen, frage mich, warum ich so doof gewesen sei, mein Herz so an ihn zu hängen. Wer liebt, wird enttäuscht und am Ende verlassen. Genau das ist jetzt mir passiert.

Meine allergrößte Angst ist Wirklichkeit geworden. Warum habe ich bloß meinen schützenden Panzer verlassen? Es ist wie eine gewaltige Schleife und ich steigere mich immer weiter hinein. Auch die Skype-Sessions mit Azra trösten mich nicht.

Ich habe wenig Appetit und esse kaum.

Die Tatsache, dass sich Tag für Tag Déjà-vus die Klinke in die Hand geben, scheint mich zusätzlich zu verhöhnen. Alexander ist fort, aber der Zirkus geht weiter. Ich könnte kotzen.

Am Donnerstag denke ich an das Versprechen, dass ich der Ärztin gegeben habe und rufe sie an. Sie erkundigt sich ausführlich und fragt nach meiner Adresse. Eine halbe Stunde später ist bei mir und untersucht mich wiederum gründlich. Sie legt ihren Finger in die Wunde und fragt mich, wann ich das letzte Mal etwas gegessen habe. Ausweichend antworte ich, dass es zu lange her wäre. Sie fragt noch mehr über mein Leben, auch darüber, wo meine Familie wohnt, wie ich gedenken würde, die Feiertage zu verbringen. Ich solle schnellstmöglich nach Köln zu fahren, rät sie mir, gibt mir einen Termin für Anfang des neuen Jahres und schreibt mich bis zum Beginn der Feiertagspause krank.

Sie eröffnet mir, dass ich eine von der Trennung ausgelöste *depressive Verstimmung* hätte und erklärt den Unterschied zu einer echten Depression. Aus einer anhaltenden Verstimmung könne sich unter Umständen jedoch eine Depression entwickeln, führt sie an und schärft mir ein, dies auf keinen Fall zu unterschätzen.

»Eine Sache noch, Frau Burmeester«, sagt sie, bevor sie sich wieder aufmacht. »Es ist wichtig, dass sie regelmäßig und sättigend essen. Nicht nur Pizza, sondern auch vitaminreiche Kost. Und essen sie ab und zu Schokolade. Trinken sie genug Wasser.« Ihre Stimme wird ernst. »Das alles ist nicht nur für ihren Körper wichtig. Sondern auch für Geist und Seele. Falsche, oder zu geringe Ernährung mindert ihre Hirnleistung, beeinträchtig ihre gesunde Wahrnehmung und Urteilsvermögen. Nicht, dass sie mir auf dumme Ideen kommen.«

Bevor sie die Wohnung verlässt, verspreche ich ihr, direkt im Anschluss etwas zu essen. Dankbar für ihr Kommen würde ich sie zur Verabschiedung am liebsten umarmen.

Dann texte ich Azra und in ihrer Mittagspause telefonieren wir kurz. Am Abend skype ich nicht nur mit ihr, sondern auch mit Mama, bei deren Anblick ich wieder anfange zu weinen. Während ich mit ihr spreche und mitteile, dass es mit Alexander aus wäre, obwohl wir beide verliebt seien, wird ihr Blick immer besorgter. Den Grund für die Trennung teile ich Mama aber nicht mit, nur dass es zwischen uns nicht geklappt hätte. Sie fragt mich, wie lange ich brauchen würde, hier in Berlin *klar Schiff zu machen* und was ich davon halten würde, schon am Samstag zurück nach Köln zu kommen. Das überfordert mich und da Mama merkt, dass mir eine Entscheidung schwerfällt, verschiebt sie die Frage auf ein Telefonat morgen Mittag. Das gefällt mir besser und wenige Minuten später legen wir auf. Die halbe Nacht wälze ich mich hin und her.

Am nächsten Morgen fahre ich wieder zu Alexander, aber er ist nicht zurück. Die Wohnung sieht unbenutzt aus. Trübe schaue ich in allen Zimmern nach ihm. Im Schlafzimmer lege ich mich weinend ins Bett, umarme sein Kopfkissen und atme seinen Geruch ein. Der Gedanke, nicht mehr mit ihm zusammen zu sein, reißt mir fast das Herz heraus. Mein Schädel pocht wie ein Presslufthammer. Mit Mühe schleppe ich mich ins Bad und werfe zwei Ibus ein, lege ich mich wieder ins Bett und weine bis ich einschlafe.

Ich wache in meinem Bett auf, ziehe mich an und fahre zu Alexanders Wohnung. Ich schaue in jedem Zimmer nach, aber er ist nicht da. Die Wohnung sieht auch nicht so aus, als wäre er zurück gewesen. Im Schlafzimmer lege ich mich weinend in sein Bett, greife mir sein Kopfkissen und atme seinen Geruch ein. Da mich Kopfschmerzen quälen, schleppe ich mich ins Bad und werfe ich zwei Ibus ein. Danach schlafe ich weinend in seinem Bett ein.

Beim nächsten Aufwachen liege ich in Alexanders Bett und wundere mich, dass ich den ganzen Morgen noch einmal geträumt habe. Oder war es ein Déjà-vu? Besser gesagt eine weitere Zeitschleife. Keine Ahnung. Ich weine und schlafe wieder ein. Mein Telefon klingelt. Es ist Mama, der ich mitteile, ich wolle noch ein paar Tage in Berlin bleiben. Mit dem Gespür einer Mutter für ernste Probleme weist sie meinen Wunsch entschieden zurück. Wir verhandeln und sie bucht für Sonntagnachmittag einen Zug. Das gibt mir noch ein wenig Zeit, um endgültig Abschied zu nehmen. Ich verweile in Alexanders Wohnung, lese in der Bibliothek, liege in seinem Bett und atme seinen Duft ein. Weine eine Menge und habe so viele Déjà-vus, dass sich die eineinhalb Tage wie eine ganze Woche anfühlen. Am Sonntagmorgen mache ich das Bett, putze und beseitige alle Spuren meiner Anwesenheit.

I'll Be Home For Christmas

Trübe verlasse ich Alexanders Wohnung und fahre mit der S-Bahn nach Hause, wo ich den Rucksack für die Reise packe. Mit dem gehe ich seit Urzeiten mal wieder zu Haferkater und gönne mir einen großen Apfelkater, mit extra viel Zimt. Dann ist es Zeit, ich fahre zum Ostbahnhof und steige in den ICE. Mama war so lieb, mir wieder ein Ticket für die erste Klasse zu buchen.

Der Zug fährt los und ich schaue durch die Scheibe auf die Stadt. Ich wohne erst zweieinhalb Monate in Berlin, aber es fühlt sich unglaublich vertraut an. Niemals hätte ich erwartet, dass ich jemals eine andere Stadt als Köln meine Heimat nennen würde. Doch es ist geschehen. Berlin ist meine neue Heimat. Die Geschwindigkeit, in der der das geschah, verblüfft mich. Woran das wohl liegen mag? Sicher auch an Alexander, aber das ist bei weitem noch nicht alles. Es ist dieses tiefe Gefühl, angekommen zu sein, da zu sein, wo ich glaube, schon immer hingehört zu haben. Ich hatte dieses Gefühl zum ersten Mal im *Haferkater* verspürt. Inzwischen hat sich dieses Gefühl mit der Stadt verbunden. Es ist irrational und ich wäre nicht in der Lage, es einem anderen Menschen zu erklären. Wie erklärt man Liebe? Aber genau das ist es. Ich stelle fest, dass ich mich nicht nur unwiderruflich in Alexander, sondern auch in diese Stadt verliebt habe. Der Zug verlässt Berlin Hauptbahnhof und das Abteil hat sich ein wenig gefüllt. Wir fahren durch Charlottenburg und kurze Zeit später erreichen wir Spandau. Nach einem kurzen Halt setzt sich der Zug wieder in Bewegung und rollt auf die Stadtgrenze zu. Mir wird schwer ums Herz. Obwohl ich mich auf Mama freue und natürlich auf Azra, empfinde ich beim Verlassen von Berlin große Trauer. Ich denke an Alexander und drehe mein Gesicht komplett zur Scheibe, weil mir die Tränen herunterlaufen und ich nicht möchte, dass es jemand sieht. Die Tränen versiegen zu Glück relativ schnell, doch die Stimmung hellt sich nicht auf. Trübe starre ich vor mich hin. Mit jedem Kilometer, den ich Berlin hinter mir lasse, geht sie weiter den Bach herunter.

Als wir kurz vor dem Kölner Hauptbahnhof den Rhein überqueren, ziehe ich mechanisch wie ein Roboter den Mantel an. Am Gleis stehen Mama und Azra, mustern mich und tauschen bedeutungsvolle Blicke. Steif lasse ich mich umarmen und bin nicht fähig, auf irgendeine angemessene Art und Weise zu reagieren. Ich habe keine Kraft mehr, vermag noch nicht einmal zu weinen und stehe einfach nur stumm da. Die beiden schieben mich ins Parkhaus. Azra hält mir die Tür auf und sorgt mit Krafteinsatz dafür, dass ich einsteige. Mama fährt los. Wir setzen Azra zu Hause ab. Sie verspricht mir, dass wir uns schon morgen wiedersehen.

»Daheim«, sagt Mama gezwungen fröhlich, als sie das Auto parkt.

»Daheim«, denke ich bitter, »wenn du wüsstest. Daheim ist Berlin mit Alexander, aber das ist vorbei. Es gibt für mich kein Daheim mehr.«

Ohne ein weiteres Wort gehe ich in das Zimmer, das einmal meines war, ziehe die Schuhe aus, werfe Tasche und Jacke auf den Boden und lege mich, ohne mich auszuziehen, ins Bett.

Am nächsten Morgen fühle ich mich etwas besser, aber von einer guten Laune zu sprechen, wäre eine maßlose Übertreibung. Lustlos stochere ich in einem Müsli herum und stelle es weg, ohne viel gegessen zu haben.

Mama ist heute noch einmal für einen halben Tag ins Büro, hat danach aber bis Neujahr Urlaub. Ich lümmle mich vor dem Fernseher herum, aber es kommt mir alles bekannt vor. Habe ich das früher schon mal gesehen oder ist es wieder ein Déjà-vu? Keine Ahnung. Ist auch egal. Inzwischen ist mir alles egal.

Am frühen Nachmittag kommt Mama wieder und ich lasse mich überreden, mit ihr in die Stadt zu fahren. Zum Glück hatte ich alle Weihnachtsgeschenke schon vor einer Weile besorgt, als es mir noch gut ging. Sie in meiner jetzigen Verfassung zu besorgen, wäre unmöglich. Am Neumarkt besuchen wir *unseren* traditionellen Glühweinstand. Mama bietet sich an, Glühwein zu holen, kommt aber mit drei Tassen statt zwei zurück. Ich runzele die Stirn.

Weiche und warme Hände legen sich auf meine Augen und Azras Stimme flüstert mir »Überraschung« ins Ohr.

Dann gibt sie mir einen dicken Kuss auf die Wange und im Gegensatz zu gestern hellt ihre Nähe meine Stimmung auf. Wir trinken unseren Glühwein und Azra teilt mir mit, dass sie bis Weihnachten keine Uni mehr hätte, mich nicht mehr aus den Augen lassen und mir so richtig auf die Eierstöcke gehen würde. Trotz meiner gedämpften Stimmung muss ich lachen und umarme sie fest. Wir bummeln gemeinsam über den Weihnachtsmarkt, essen eine Waffel und schlendern durch die umliegenden Straßen. Dann fahren wir zurück. Zum Abendessen gibt es Pizza und nachdem wir alles weggeräumt und die Küche gesäubert haben, gehen Azra und ich in mein Zimmer. Azra übernachtet bei mir und ich bin wieder einmal froh, dass ich mir zu meinem fünfzehnten Geburtstag ein französisches Bett gewünscht habe. Seitdem haben wir unzählige Male in dem Bett gelegen und so lange geredet, bis wir übermüdet eingeschlafen sind. Es ist so gut, dass Azra bei mir ist. Wir drehen uns zueinander, und endlich führen wir mal wieder ein Gespräch ohne einen Bildschirm zwischen uns. Ich erzähle ihr noch einmal in Kurzform von dem krassen gemeinsamen Traum. Wenn die Erinnerung nicht so frisch wäre, würde ich mir selber kaum glauben, so abgedreht klingt das. Es würde ohne Probleme in eine Science-Fiction oder Mystery Serie passen, aber dummerweise ist es mein Leben. Auch der Anfall von Alexander und der passende Traum wären etwas für Freunde des Paranormalen. Von meinen merkwürdigen Déjà-vus gar nicht zu sprechen. Ich beichte ihr, dass ich fast zwei Tage in Alexanders Wohnung war, weil ich mich nicht trennen konnte.

Azras Gesichtsausdruck zeigt jetzt echte Besorgnis.

Ich rede jedoch immer weiter und fange nach einer Weile an zu schluchzen, weil mich der Trennungsschmerz und die Sehnsucht nach Alexander wie ein Zug überrollen. Azra zieht meinen Kopf an ihre Schulter und ihr Shirt ist nach der Aktion nass. Sie hält meinen zitternden Körper fest und immer wieder kurz aufschluchzend schlafe ich schließlich in ihren Armen ein.

Das Aufwachen am nächsten Morgen fühlt sich wie Sterben an. Ich drehe mich herum und ziehe die Decke über den Kopf. Azra bringt mir Kaffee ans Bett, aber ich fühle mich so antriebslos, dass ich es nicht schaffe, mich auf die richtige Seite zu wälzen. Irgendwann schaffe ich es doch, trinke von dem fast kalten Kaffee, bekomme sogar eine Katzenwäsche hin und schlurfe ins Wohnzimmer, wo sich Azra und Mama leise unterhalten. Als sie mich bemerken, verstummen sie.

»Hallo mein Schatz«, sagt Mama. Ich gähne, setze mich aufs Sofa und kippe in die Horizontale.

Azra verlässt den Raum und kommt kurz darauf zurück. In der Hand hat sie den großen Flurspiegel, den sie so vor mich hinstellt, dass ich hineinblicken kann. Im Spiegel erkenne ich ein blasses, etwas zu dünnes Mädchen mit dunklen, geschwollenen Ringen unter den Augen. Ihre blonden Haare wirken matt und strähnig. Ein Bild des Grauens. Oh je, das bin ja ich! Der Schock wirkt. Schnell setze ich mich auf und gehe wortlos ins Bad. Eine Stunde später stehe ich immer noch etwas blass, aber weitaus ansehnlicher in der Küche und gieße mir einen zweiten Kaffee ein.

Azra eröffnet mir, dass heute Abend Burger angesagt sei und Marie und Niklas mit von der Partie wären. Die Aussicht ist einerseits schön, andererseits fühle ich mich antriebslos. Azra zieht mich gnadenlos durch den Tag, sucht mein Outfit für den Abend raus, brezelt mich auf und schleift mich zur Tram. Marie und Niklas erwarten uns schon an der Haltestelle. Marie springt mir in die Arme und gibt mir einen Kuss. Nachdem ich auch von Niklas einen Kuss bekommen habe, haut Marie ihn auf den Arm. »Gewöhn dich nicht zu sehr daran, oder verabschiede dich schon einmal von deinen Zähnen«, knurrt sie.

Wider Willen muss ich lachen und umarme Marie noch ein weiteres Mal.

»Du und deine dezente Art haben mir gefehlt.«

»Zurückhaltung ist die Zierde jeder Frau«, antwortet sie und dreht sich zu Niklas. »Nu komm schon, du Schnecke!«

Es ist wie in alten Zeiten und lachend setzen wir uns in Bewegung zum Burgerladen. Es ist voll wie immer und es schmeckt gigantisch gut. Auch wie immer. Heute grapscht Marie nicht so viel an Niklas herum und knutscht ihn auch nicht andauernd ab. Das ist allerdings nicht wie immer. Ich rieche den Braten und schaue Azra strafend an.

»Hast du die beiden gebrieft, sie sollen nicht so rumknutschen, um mich nicht an Alexander zu erinnern?«, frage ich und schuldbewusst senken alle drei die Augen. »Ach Leute, ihr müsst doch nicht alle auf Zehenspitzen um mich herumschleichen«, beschwere ich mich.

Marie schaut mir ernst in die Augen, mit einem *jetzt kommt eine Strafpredigt-Blick*.

»Hältst du mich für geistig minderbemittelt?«, fragt sie. »Wahrnehmungsgestört?«, geht es weiter, bevor ich dazu komme eine Antwort zu formulieren. »Erblindet?«

Ihr Tonfall bringt mich aus dem Konzept.

»Julia«, sagt sie streng. »Man braucht nicht deine besondere empathische Gabe, um zu wissen, wie es dir geht. Du bist blass, ungesund dünn geworden, deine Augen sind rot und dein Blick ist so verloren, dass es mir fast das Herz herausreißt. Entschuldige bitte, dass sich das dämpfend auf meine Libido auswirkt und ich nicht alle zwei Minuten in Niklas Hose greife, um es ihm zu besorgen oder direkt auf dem Tisch mit ihm rammel.«

»Na dann kann ich es ja kaum erwarten, dass Julia endlich weg ist und sich deine Libido normalisiert«, kommentiert Niklas ihren Vortrag.

Erst verschlägt es mir die Sprache, dann fließen Tränen, aber zum ersten Mal seit der Trennung vor Lachen.

Marie legt ihre Hand auf meine.

»Du bist unsere Freundin, Julia, natürlich nehmen wir Rücksicht auf dich und ich kann dich beruhigen. Azra brauchte nichts zu erzählen, ein Blick hat mir gereicht, um zu erkennen, dass etwas Schlimmes vorgefallen ist.«

»Ihr seid die Besten«, sage ich, »ich bin froh, dass ich euch habe.« Der Abend ist noch schön, aber das Lokal ist voller glücklich aussehender Paare und die tief in mir liegende Trauer überdeckt den Großteil des Genusses, mit meinen besten Freunden zusammen zu sein.

Auch dieses Mal müssen wir saulange auf die nächste Bahn warten. Das war mir früher mir nie so aufgefallen, aber seit ich Berlinerin bin, empfinde ich alles über zehn Minuten als Zumutung und über 15 Minuten als Kriegserklärung.

Vor dem Einschlafen streiche ich Azra durch ihre schönen tiefdunkelbraunen Haare.

»Azra«, murmle ich betrübt, »Es tut mir von Herzen leid, dass ich in den letzten Monaten eine so miserable Freundin war.«

Azra lächelt.

»Ach wo«, sagt sie, »das ist blühender Unsinn.«

»Ist es nicht«, beharre ich. »Es ging immer nur um mich. Um meinen Alexander, um meine Verliebtheit, meine Sorgen, meine Jungfräulichkeit. Unsere Gespräche haben sich viel zu wenig um dich gedreht, was dein Liebesleben betrifft.«

»Wenn das ein Versuch sein sollte, pikante Details meines Sexlife zu erfahren, nice try«, antwortet sie lächelnd, »Nein, mein Schatz, das ist schon ok. Ich weiß doch, dass du mich liebst.«

Mir laufen Tränen aus den Augen und Azra wischt sie mit dem Daumen weg.

»Und das stimmt auch. Ich liebe dich wirklich«, sage ich, »wenn es mir wieder besser geht, werde ich alles wieder gut machen. Die beste Freundin sein, die du dir nur wünschen kannst. Versprochen.«

»Das bist du doch längst, du Dummerchen«, antwortet sie und kurz darauf schlafen wir ein.

Doch dieser Abend verblasst schnell, ich werde von Tag zu Tag schwermütiger und weine jeden Abend beim Einschlafen. Außerdem bekomme ich meine Tage, was mich emotional auch nicht gerade aufbaut. Azra und Mama ziehen vergeblich alle Register, um mich aufzuheitern.

Aufstellen und Schmücken des Weihnachtsbaumes waren früher immer ein Highlight für mich, aber auch daran habe ich keine rechte Freude und schließlich ist es soweit.

Am Sonntag ist der 24. Dezember, Heiligabend.

Schon am frühen Morgen laufen mir die Tränen, als ich darüber nachdenke, wie schön ich es mir ausgemalt hatte, mit Mama, Azra und Alexander gemeinsam zu feiern. Das Aufstehen kostet mich unendlich viel Kraft und das Einpacken der Geschenke für Mama und Azra fühlt sich wie eine kaum zu überwindende Hürde an.

Am Abend gibt es dann doch noch eine schöne Überraschung. Wir stehen gerade gemeinsam in der Küche und bereiten das Abendessen vor, als es in Mamas Hosentasche summt. Sie schaut auf ihr Telefon, murmelt ein »Entschuldigt mich« und verlässt die Küche.

Kurz darauf singt eine sonore Männerstimme:

»I'll be home for Christmas. «

Ich drehe mich zu Tür und sehe einen breit grinsenden Mann.

»Max«, rufe ich freudig aus und umarme ihn.

»Julia, meine große Kleine«, lacht er, »ich war in der Gegend und musste doch mal schauen, wie es dir geht«. Er zieht mich aus der Küche ins Wohnzimmer. »Christine hat mir gesagt, dass es dir nicht so gut geht«, verrät er mir.

»Hm, ja«, antworte ich, »Liebeskummer.«

»Oha, du Arme«, sagt er, »soll ich jemanden für dich verhauen? Das kann ich wirklich gut.«

»Nein«, grinse ich schwach, »ich habe mich selbst darum gekümmert und ihm Rattengift ins Essen gemischt.«

»Kluges Kind«, antwortet er mit Stolz in der Stimme.

Mit Max kann man super reden. Schon als kleines Mädchen habe ich mit ihm über alles gesprochen, weil er mich immer so ernst wie eine Erwachsene genommen hat. Max hat schon eine Menge erlebt und eine gelassene, fast humorvolle Art, über Unangenehmes zu sprechen. Seine Gedanken sind oft unkonventionell. Auch seine jetzige Frage ist keine typische.

»Ist er es wert, Kummer seinetwegen zu haben?«, will er wissen.

»Wenn du wüsstest«, antworte ich und mir laufen Tränen die Wangen herunter.

»Ich werde dich jetzt nicht belügen und behaupten,

dass die Zeit alle Wunden heilt«, sagt er, »das ist Bullshit. Aber der Schmerz lässt nach.«

Ich schniefe. Er legt mir eine Hand auf die Schulter und sieht mir in die Augen.

»Eine weitere angenehme Eigenschaft der Zeit ist, dass mit ihr entscheidende Veränderungen und Gelegenheiten im Huckepack kommen.«

Ein typische Max-Satz, den ich nicht verstehe, aber er war auch noch nicht fertig.

»Wir haben, na ja, hatten dieses Jahr, wie du sicher weißt, das sogenannte Lutherjahr, an dem 500 Jahre Reformation gefeiert wurden.«

Ich nicke, weil ich mich dunkel daran erinnere. Ich hatte es aber schon fast vergessen.

»Die Reformation war ein Ereignis, dass unter anderem die damalige Macht der katholischen Kirche gebrochen und den Lauf der Weltgeschichte entscheidend verändert hat«, fährt Max fort, »ausgelöst durch Martin Luther. Das weißt du ja. Aber wusstest du auch, dass er nicht der erste mit Reformations-Gedanken war? Er war, um es platt auszudrücken, der erste der Erfolg hatte, anstatt als Barbecue auf dem Scheiterhaufen zu schmoren. Entschuldige meine Wortwahl.«

Das klingt interessant. Auch wegen der Wortwahl. Max hat meine volle Aufmerksamkeit und ich bin gespannt, worauf er hinauswill.

»Manchmal ist es das einzig Richtige, um ein unlösbares Problem zu lösen, zu warten, bis die Zeit die richtigen Zutaten zur Lösung liefert. Bei Luther war ein Baustein zum Erfolg, dass Johannes Gutenberg vorher den Buchdruck erfunden hat. Ohne die Möglichkeit der Massenproduktion von Schriften wäre die Geschichte vielleicht anders verlaufen. Natürlich war es nicht der einzige Grund. Scheißegal. Fakt ist: Es war der richtige Zeitpunkt, und zuvor war er es nicht.«

Ich mag es, wenn Max *rustikal* spricht und grinse.

»Daher der Tipp des alten Mannes: Hab Geduld. Gib die Hoffnung nicht auf.« Max hebt die Hände. »Ich weiß, ich weiß, das klingt leichter gesagt, als getan.«

Ich nicke und Max sieht mir ein weiteres Mal in die verweinten Augen.

»Es ist mir ernst«, sagt er, »Wenn der Mann, den du liebst, es wirklich wert ist, dann lohnt es sich zu warten, bis der rechte Moment kommt und du den Verlauf deiner Geschichte entscheidend veränderst. Wenn er es nicht wert ist, dann solltest du keine weitere Träne mehr vergießen.«

Er nimmt mich in den Arm und drückt mich.

Es ist nicht das erste Mal, das Max mir mit seinen ungewöhnlichen Blickwinkeln weitergeholfen hat. Ich nehme mir vor, über das Gesagte noch einmal intensiv nachzudenken.

»Komm«, sagt er, »lass uns Weihnachten feiern.«

Als Azra und ich unsere Geschenke unter den Weihnachtsbaum legen, finden wir zwei riesige Pakete, eins für Azra und eins für mich. Ich schaue Mama fragend an. Sie zuckt mit den Schultern und nickt mit dem Kopf in Richtung Max, der breit grinst.

»Er macht ja doch, was er will«, sagt Mama.

Als dann Bescherung ist und Azra und ich die großen Pakete auspacken, bin ich sprachlos. Azra fängt an zu weinen und sagt, das könne sie nicht annehmen.

»Papperlapapp«, sagt Max, »red' kein dummes Zeug.« Er regt sich künstlich auf. »Ich reise das halbe Jahr durch die Welt, sehe nur blöde Hotelzimmer mit grottenhässlichen Tapeten, esse und trinke in nicht minder fragwürdigen Hotelrestaurants, alles auf Kosten der Firma. Ich habe gar keine Zeit zum Geld ausgeben. Da darf ich mir ja wohl mal den Spaß erlauben, meiner Patentochter und ihrem siamesischen Zwilling eine Kleinigkeit zu Weihnachten zu schenken.«

Die *Kleinigkeit* besteht aus dem aktuellen MacBook Pro, aufgerüstet bis unter die Dachluke. Von zwei jungen Frauen umarmt und geküsst zu werden, gefällt ihm sichtlich gut. Azra sieht immer noch etwas beschämt aus. Max flüstert ihr etwas ins Ohr, Azra lacht, wird leicht rot und sieht schon etwas entspannter aus.

Max kommt noch einmal am nächsten Morgen und reist dann leider ab. Die Weihnachtstage ziehen dahin. Das gute Gefühl und die Sicherheit, die Max ausstrahlt fehlen. Am zweiten Weihnachtstag war ursprünglich ein Besuch bei Oma und Opa geplant, aber angesichts meines Zustandes hat Mama abgesagt. Langsam, aber sicher falle ich immer tiefer in das Loch, aus dem ich zuvor mühsam gekrabbelt war. Zum Glück hatte ich die ganze Woche kein Déjà-vu, doch einen Tag nach Weihnachten fing es wieder an.

Erst leicht, dann heftiger und in der Nacht fange ich zusätzlich wieder an zu träumen. Nicht von Beathag, sondern der Albtraum, den ich schon einmal von Alexander hatte, wiederholt sich. Jede Nacht. Ich gehe zur Modersohnbrücke. Alexander steht auf dem Brückengeländer und springt vor meinen Augen. Ich bin wie festgewachsen und kann mich nicht bewegen oder rufen, während ich sehe, wie er aus meinem Blickfeld verschwindet. Dann erhellt ein Blitz die Brücke und ein fürchterliches Krachen und Reißen ist zu hören. Mit einem »Alexander« wache ich wimmernd und schweißgebadet auf. Wie ein kleines Kind weine ich dann in Azras Armen, die mir geduldig den Kopf streichelt und sagt, dass es nur ein Albtraum war, es Alexander gut ginge und er sehr wahrscheinlich in Rom seine Wunden lecken und jeden Abend mit einem italienischen Buddy einen Vino am Piazza Navone trinken würde.

Je intensiver die Déjà-vus werden, desto intensiver und detaillierter werden auch die Träume. Die Sorge um Alexander macht mich krank und ich will unbedingt zurück nach Berlin, doch Mama und Azra sind beide der Meinung, dass ich in diesem Zustand nicht alleine sein könne.

Deswegen verbringe ich Sylvester in Köln. Während ganz Köln und Deutschland in Feierstimmung die Korken knallen lässt, sitze ich mit trüber Miene und apathisch in der Gegend herum. Es ist mir egal. Einmal bekomme ich mit, wie Azra zu Mama sagt, dass sie verzweifelt sei und nicht mehr weiterwisse, aber auch das ist mir egal. Es ist alles egal, ich will nur noch wieder mit Alexander zusammen zu sein.

In den letzten Tagen hatte ich ihm getextet und keine Antwort erhalten und mich gefragt, warum er nicht antwortet, warum er mich verstößt. Anstatt stark zu sein, machte ich genau das Gegenteil und bettelte wie ein Hund, mich bitte wieder zurückzunehmen und textete ich ihm wieder und wieder, bis er mir antwortete, dass das keinen Sinn machen würde. Er könne mir nicht das geben, was ich bräuchte. Ich schrieb ihm zurück, dass mir das egal wäre, bekam aber keine Antwort mehr und heulte einen ganzen Abend.

Azra und Mama gelingt es kaum, mich zum Essen zu bewegen. Am Mittag des Neujahrstages kommt Mama in das Wohnzimmer, wo ich auf der Couch liege und an die Decke starre.

»Komm«, sagt sie, »ich bringe Azra und dich zum Bahnhof, ihr fahrt nach Berlin.« Sofort füllt mich Leben und ich stehe auf. »Tasche ist schon gepackt«, sagt Mama, »du musst dich nur noch anziehen.«

Ich laufe ins Bad und mache mich fertig. Als der ICE einfährt, küsst mich Mama.

»Pass auf dich auf Liebes«, sagt sie und dann küsst sie Azra, dankt ihr, dass sie für mich da sei.

Schluss, Punkt, Ende, Aus, Amen

Azra und ich haben einen Vierer in der ersten Klasse ganz für uns und die vage Aussicht, Alexander wiederzusehen, gibt mir neuen Schwung. Als eine Frau aus dem Speisewagen mit Kaffee vorbeikommt, ziehe ich Azra schnell zur Seite. In dem Moment wackelt der Zug und Kaffee schwappt auf die Stelle des Tisches, wo kurz vorher noch Azra den Kopf in die Hände gestützt hatte.

Die Frau ist verblüfft. Azra kurzzeitig auch, bis sie in mein Gesicht schaute und den Grund für meine *schnelle Reaktion* erkannte.

»Na, das kann ja wieder eine tolle Nacht werden«, knurrt sie in düsterer Vorahnung.

Mein Inneres erfährt eine umgekehrte Reaktion zur Abreise nach Köln. Schien mir damals, als würde mit jedem Kilometer, den ich Berlin hinter mir lasse, ein Stück in mir sterben, ist es jetzt so, dass immer mehr Leben in mich dringt.

Azra sieht mich voller Staunen an.

»Ich fürchte, wenn ich nicht die Uni wechsele und nach Berlin ziehe, habe ich dich bald verloren«, frotzelt sie.

»Du verlierst mich nie«, sage ich und drücke ihr voll neuem Elan einen Kuss auf die Wange. In dem Moment wackelt wieder der Zug und der Kuss gerät ziemlich nah an ihren Mund.

»Hoppla, war das ein coming out?«, fragt sie und seit

Tagen muss ich endlich wieder einmal kichern. Der Zug überschreitet die Berliner Stadtgrenze und mir ist, als wäre ich endlich wieder da, wo ich hingehöre. »Du verlierst mich nie«, murmele ich Azra ein zweites Mal zu, »aber Köln hat mich bereits verloren.« Da der Zug nicht bis Ostbahnhof fährt, wechseln wir Hauptbahnhof in die S-Bahn.

Als ich endlich die Tür zu meiner Wohnung aufschließe, geschehen in mir zwei Dinge zugleich. Zum einen ist es ein unglaublich gutes Gefühl, wieder in meinem Home zu sein. Gleichzeitig schlägt die Erinnerung, was zwischen Alexander und mir geschehen ist, mit neuer Kraft und Intensität zu. Noch im Flur breche ich weinend zusammen. Azra schafft, es mich bis ins Schlafzimmer und auf das Bett zu befördern, zieht mich bis auf Shirt und Slip aus und steckt mich unter die Decke. Dann legt sie sich zu mir, streicht mir durch die Haare, und flüstert so lange ein *Alles wird gut-Mantra*, bis ich mich wieder beruhigt habe.

Sie steht auf, verstaut unsere Taschen und macht mir einen Tee. Eine Stunde später stehe auch ich kurz auf, um Zähne zu putzen und gehe wieder ins Bett.

Die Nacht wird traumreich, wie befürchtet. Diesmal hat der Traum eine Variation. Ich schaffe es, Alexanders Namen zu rufen, doch es ist zu spät. Noch im Sprung, kurz bevor er aus dem Bild verschwindet und der Blitz und das Krachen folgen, dreht er den Kopf und sieht mich an.

»Julia?«, ruft er erschrocken.

»Alexander«, kreische ich wild in höchsten Tönen und springe zum Geländer. Ich schreie immer noch, während ich aus dem Bett springe, mich mit dem Fuß in der Bettdecke verheddere und krachend auf dem Boden lande.

Azra richtet sich erschrocken auf und eilt zu mir.

»Julia, was ist? Hast du dir wehgetan?«, fragt sie besorgt. Als Antwort bekommt sie nur hemmungsloses Schluchzen und vereinzeltes »Alexander, Alexander«, von mir zu hören. Nach einer Weile gesellt sich ein: »Er hat mich gesehen« dazu.

Azra ist verwirrt.

»Er hat dich gesehen?«, fragt sie.

Ziemlich unelegant krabbele ich wieder in mein Bett, greife mir ein Kleenex und schnaube so laut wie Dumbo zu seinen besten Zeiten. Dann erzähle ich Azra mit zitternder Stimme und immer wieder von erneuten Weinkrämpfen unterbrochen den Traum.

»Er hat mich gesehen und erkannt. Es war wie in unserem gemeinsamen Traum«, sage ich, »vielleicht haben wir wieder gemeinsam geträumt.«

Azra ist skeptisch, drückt sich aber sehr diplomatisch aus. Zitternd und in ihren Armen schlafe ich wieder ein. Zum Glück folgt kein neuer Albtraum.

Am Morgen geht Azra mit mir zu der Ärztin, die mich prüfend anschaut, mich für eine weitere Woche krankschreibt und Mittwoch nächster Woche einen Termin macht. Wenn ihr dann nicht gefalle, was sie sehe, kündigt sie an, werde sie mich an eine Fachkollegin verweisen müssen, die auf die Behandlung von Depressionen spezialisiert sei. Sie beschwert sich über meinen fehlenden Speck und hält mir weiteres Mal eine Predigt, darüber wie wichtig die Ernährung wäre und dass ich, wenn ich so weiter mache, meinem Verstand und Urteilsvermögen erheblich schaden würde. Sie entlässt sie mich und Azra und wir gehen zurück nach Hause.

Azra muss am Mittwochabend wieder fahren, aber so haben wir drei Tage, die wir zusammen in Berlin verbringen können. Als Erstes schickt sie mich für eine halbe Stunde ins Schlafzimmer und verbietet mir, herauszukommen. Sie nimmt einen Karton und packt den größtenteils ungeöffneten Adventskalender hinein. Anschließend frühstücken wir bei *Haferkater* und spazieren ein wenig durch Friedrichshain, aber nach einer Weile werde ich wieder niedergeschlagen und Azra bringt mich nach Hause. Während ich auf dem Sofa liege, betrachtet Azra die Bücher im Regal.

»Sind die alle von Max?«, fragt sie? »Ja, die meisten«, antworte ich. Sie geht am Regal lang, zieht das eine oder andere Buch heraus, blättert und steckt es wieder weg. Dann bekommt sie den Afrika Bildband in die Finger und findet meine Bilder. Wir hatten zwar immer über sie gesprochen, aber Azra hatte sie bisher noch nicht gesehen. Azra fragt, ob dies die Traumbilder wären und ob sie sie sich anschauen dürfe.

»Klar«, sage ich.

Azra schaut sich die Bilder aufmerksam an. Sie lobt mich und sagt, wie gut ich zeichnen könne. Besonders lange betrachtet sie die Bilder, die ich von Beathag gemacht hatte. Azra meint, Beathag sei zwar *auf ihre Art hübsch* und hätte hier oder da *entfernt weibliche Figuranteile*, ansonsten wäre sie aber *äußerst gewöhnlich*. Das bring mich fast zum Lachen, denn Beathag ist ein Hingucker, würde selbst Franziska locker die Show stehlen und hat ihre weiblichen Kurven an genau den richtigen Stellen.

Azra bemerkt, dass ich sie durchschaut habe.

»Wie auch immer, aber leiden kann ich sie trotzdem

nicht«, sagt sie entschieden.

»Und dafür liebe ich dich«. Als Azra sich zu mir setzt, bekommt sie einen extra dicken Kuss von mir.

»Bah, der war feucht«, beschwert sie sich und wischt sich über die Wange. Ich mache den Vorschlag, ihr Alexanders Wohnung zu zeigen. Aber sie weigert sich felsenfest. Zu Recht, wie ich zugeben muss. Ich kann mir nicht vorstellen, dass Alexander sehr begeistert wäre. Es wäre ein Vertrauensbruch und ich weiß selber nicht, was mich geritten hat, Azra so einen behämmerten Vorschlag zu machen.

Aber sie lässt sich dazu überreden, am Nachmittag mit mir zur Haltestelle Bornholmer Straße zu fahren. Von der Bösebrücke aus zeige ich ihr den Blick auf Alexanders Wohnung. Danach fahren wir zum Potsdamer Platz und bummeln durch die Läden, ohne etwas zu kaufen. Mein Kleiderschrank ist dank der Shopping Tour mit Alexander gut gefüllt und Azra findet nichts, was ihr wirklich gefällt. Wir fahren zur Oranienburger Straße, wo ich mit ihr in den *Supreme Burger* gehe. Azra ist schwer beeindruckt. Als sie von der Minze-Limetten-Limo kostet, stöhnt sie und sagt, sie müsse unbedingt die Uni wechseln.

Den ganzen Tag hatte ich kein Déjà-vu und Azra freut sich sehr darüber. Allerdings geht es ihr etwas auf die Nerven, dass ich mich dauernd umschaue. Sie ist froh, als wir wieder im Haus sind. Als wir die Treppen hochgehen, begegnen wir *Hildegard*. Wir wünschen uns ein frohes neues Jahr und ich stelle ihr Azra vor. Als sie mich nach Alexander fragt, ist es mit meiner Laune vorbei und ich laufe zur Tür, schließe schnell auf und werfe mich weinend auf das Bett. Azra kommt zwei Minuten später und sagt, sie hätte die alte Dame beruhigen müsse. Es wäre ihr sehr ans Herz gegangen, dass es zwischen uns beiden nicht mehr gut liefe.

»Und dann«, sagt mir Azra mit einem fetten Grinsen, »packte sie mich an den Arm und flüsterte im Verschwörer-Ton: »Dabei ist er doch so ein netter junger Mann und hat eine so fantastische Gesangsstimme.«

Ich gebe eine Mischung von Schluchzen und Lachen von mir. Azra nimm ein Kleenex und trocknet meine Tränen. Obwohl die Nacht ruhig verläuft und ich am Morgen etwas erholter bin, schaffe ich nicht, aus meinem seelischen Loch zu krabbeln. Wir bummeln durch die Stadt und immer wieder blicke ich mich um. Nicht nur, um nach Alexander zu schauen, offensichtlich entwickele ich einen neuen Tick. Immer wieder habe ich den Eindruck, jemand würde mich verfolgen, oder die Leute würden mich hinter meinem Rücken anstarren. Aber wenn ich mich umdrehe, ist alles normal.

Azra nimmt meine Hand.

»Julia, Schätzchen«, schnoddert sie im besten Marie-Tonfall »Es ist alles normal und wenn du nicht bald damit aufhörst, greife ich dir in aller Öffentlichkeit an die Möpse, stecke dir die Zunge in den Hals und gebe den Leuten einen echten Grund dich anzustarren.«

Die Marie-Parodie bringt mich zum Kichern und ich fühle mich zumindest die nächste halbe Stunde entspannter.

Auch diese Nacht ist ohne böse Träume, aber als ich beim Einschlafen Azras Hand greife, wünschte ich mir so sehr, dass es Alexanders wäre, dass ich dabei still in mein Kopfkissen weine. Noch immer habe ich keine Antwort auf meine Textnachrichten erhalten und meine Verzweiflung wächst jeden Tag.

Am Mittwoch muss Azra mit dem Zug nach Hause. Damit sie kein schlechtes Gefühl hat, gebe ich mir allergrößte Mühe, nicht deprimiert zu wirken und mich nicht umzuschauen. Dann ist es soweit und wir stehen im Hauptbahnhof und warten auf den ICE. Azra sagt, sie würde so schnell, wie es die Uni-Regularien zulassen, nach Berlin wechseln, vorausgesetzt ich würde sie in meiner Nähe haben wollen. Was für eine dumme Frage. In dem Moment fährt der Zug ein und wir umarmen uns. Ich schwöre ihr ewige Freundschaft. Azra steigt ein und nach kurzer Zeit fährt der ICE Richtung Westen los.

Ich warte, bis ich den Zug nicht mehr sehen kann. Dann gehe ich zur Tram und fahre bis Nordbahnhof, wo ich in die nächste S-Bahn Richtung Norden umsteige. Jetzt wo Azra unterwegs ist, schlägt meine Paranoia voll zu und das Gefühl beobachtet zu werden, ist fast übermächtig. Dauernd drehe ich mich um, natürlich erfolglos. Als die S-Bahn auf die Haltestelle Bornholmer Straße zufährt, versuche ich zu erkennen, ob in Alexanders Wohnung Lampen eingeschaltet sind. Aber die Scheiben sind dunkel. Ich steige aus und stelle mich auf die Brücke, bis mir kalt wird. Inzwischen ist es richtig dunkel geworden, aber hinter den Fenstern von Alexanders Wohnung ist nichts zu erkennen. Damit mir wieder warm wird, setze ich mich in Bewegung, gehe alle Seitenstraßen um das Haus ab und suche seinen Tesla, bin aber erfolglos. Alexander scheint noch weg zu sein. Kurz überlege ich, ob ich noch einmal hochgehen soll, verwerfe den Gedanken aber, da ich weiß, wohin das führt und ich bin schon verzweifelt genug. Zurück an der Bösebrücke warte ich noch einmal über zwanzig Minuten auf ein Licht hinter den Scheiben, steige in die S-Bahn, fahre bis Frankfurter Allee und gehe zu Fuß nach Hause.

Am nächsten Tag durchstreife ich alle Straßen in denen Alexander meines Wissens nach schon einmal gewesen war. Ich blicke von außen durch alle Scheiben der Boutiquen, in denen wir shoppen waren. Die Suche nach dem Tesla in den Straßen rund um seine Wohnung führe ich dreimal durch. Direkt am Morgen, einmal mittags und dann am Abend. Es ist keine Spur von Alexander oder dem Tesla zu sehen. In seiner Wohnung ist es dunkel. Um sicher zu gehen, schaue ich auch durch die Scheiben aller Lokale, in denen wir in der Vergangenheit Essen oder Trinken waren.

Ab und zu texte ich ihm, bekomme aber natürlich keine Antwort. Es ist ja alles gesagt, aber das bekomme ich nicht mehr richtig mit. Den halben Tag ist mir so, als würde ich verfolgt, aber ich merke ja selber, dass ich immer abgedrehter werde. Die Ärztin hatte wohl recht. Am Morgen hatte ich einen Apfel gegessen und mir tagsüber bei Discountern eine Flasche Wasser gekauft. Das war‘s. Um Azra und Mama zu beruhigen, texte ich ihnen zwischendurch, dass alles ok mit mir wäre. Als ich um kurz vor zwölf nach Hause komme, falle ich müde ins Bett und schlafe wie ein Stein bis zum nächsten Morgen durch.

Den wache ich mit brüllenden Kopfschmerzen auf und muss erst einmal Tabletten einwerfen. Halbwegs wieder fit laufe ich weiter durch die Stadt. Einem Teil von mir ist schon klar, dass ich mit dieser Lebensführung auf dem besten Weg bin, meinen Körper zu ruinieren. Und meinen Verstand. Das ist mir jedoch egal, im Moment habe ich nur noch ein Ziel vor Augen, Alexander zu finden. Alles andere zählt nicht.

Die Tatsache, dass ich genau das nicht erreiche, lässt mich immer verzweifelter werden. Wie ein wild gewordener Roboter durchstreife ich die Stadt. Ich versuche alles, laufe sogar zu dem Atelier von Sina und Antonio, finde aber einen Zettel mit dem Hinweis, dass sie bis zum 10.01. im Urlaub seien. An diesem Tag esse ich gar nichts, sondern trinke nur hier und da ein Wasser. Einmal hole ich mir in einer Bäckerei einen Kaffee, den ich nach zwei Schluck angewidert wegkippe.

Am Samstagmittag bin ich gerade in den Seitenstraßen von Alexanders Haus und suche nach dem Tesla, als mir meine Beine den Dienst versagen. Ich falle einfach um, direkt vor einem Café. Ein junge Frau kommt entsetzt herausgerannt. Sie hilft mir auf die Beine und schleppt mich nach drinnen, wo sie mich auf einen Sessel hievt und mir die Beine hochlegt. Sie bringt mir etwas zu essen und einen Caffè Latte und fragt mich, ob sie mir einen Arzt oder ein Taxi rufen soll. Alles wäre in Ordnung, beruhige ich sie und helfe mir mit der Notlüge, dass ich gerade *Besuch von der roten Tante* hätte, obwohl das schon fast wieder eine Woche her ist.

Als es mir wieder besser geht und ich zahlen will, verweigert sie mir die Rechnung und nimmt mir das Versprechen ab, auf den schnellsten Weg nach Hause zu gehen. Ich kreuze meine Finger hinter dem Rücken, weil ich nicht im Traum daran denke, mit der Suche aufzuhören, und verabschiede mich. Doch kaum bin ich ein paar Meter über den angrenzenden Park gegangen, da fühle ich mich so platt, dass ich mich auf die nächste Parkbank setzen muss. Vor Enttäuschung, Verzweiflung und Wut über das Versagen meines Körpers fange ich an zu weinen.

Dann wische ich mir trotzig die Tränen aus dem Gesicht, gehe zu der nächsten Haltestelle der Tram M13 und lasse mich bis knapp unterhalb des Boxi fahren. Die Linie fährt einen riesen Bogen und es dauert ewig lang. Aber ich muss nur ganz kurz zu Fuß gehen und fühle mich dermaßen kraftlos, dass mir der Umweg egal ist.

Ich schleppe mich die Treppen hoch und schaffe es gerade noch zum Bett. Meine Beine fühlen sich an wie Gummi und schmerzen. Auch meine Arme schmerzen und ich bin vollkommen außer Atem, aber das Schlimmste sind nicht die Schmerzen, sondern es ist die Verzweiflung.

Verzweiflung darüber, dass ich nicht die geringste Spur von Alexander entdecken kann. Verzweiflung über die Erkenntnis, dass ich körperlich nicht mehr kann, und die Suche endgültig zu Ende ist. Verzweiflung über den Fakt, dass selbst, wenn ich noch in der Lage wäre, weiter zu suchen, das Ergebnis immer das Gleiche wäre. Er ist weg und kommt nicht wieder. Er meldet sich nicht auf meine Nachrichten. Ich habe ihn endgültig verloren. Es ist aus, vorbei.

Noch vor drei Monaten dachte ich, das Wichtigste in meinem Leben wären meine Familie, zu der ich natürlich Azra zähle und mein Studium. Ich habe von einer Karriere als Designerin in einem kleinen innovativen Startup geträumt. Niemals hätte ich erwartet, dass ich mich in Berlin als Erstes verliebe. Verliebe! Ich! Wenn mir damals jemand gesagt hätte, dass Elon Musk zur HTW kommen würde und mich von der Stelle aus als Chief of Design von Tesla engagieren würde, hätte ich das vermutlich eher geglaubt.

Jungs waren nett, waren süß, haben aber nie geschafft,

mehr als die Oberfläche meines Herzens zu berühren. Selbst Leon meinen guten Freund habe ich zu seinem Leidwesen nur als eine Art Brudererersatz wahrgenommen. Das hatte dann zu einem Bruch geführt und meiner Immunität gegen romantische Beziehungen zu Jungs noch zusätzliches Futter geboten.

Doch Alexander hat alles verändert. Seine Mischung aus tiefem Schmerz, Hoffnung und Sehnsucht nach Erlösung. Seine Großzügigkeit zu allen, die ihm begegnen, seine Fürsorge und die Fähigkeit, trotz seiner tiefsitzenden Traurigkeit spontan, humorvoll und lustig zu sein, hat meinen Panzer durchschnitten und mich ganz tief in meinem Herzen berührt.

Und so habe ich dumme Kuh mich dazu hinreißen lassen, alle jahrelang aufgebaute Vorsicht außer Acht zu lassen und trotz der offensichtlichen Fragen und Rätsel ihm bedingungslos und unwiderruflich mein Herz zu schenken.

Aber jetzt ist er weg. Auf und davon. Mit meinem Herz. Herausgerissen, verloren, zerstört. Die letzten Wochen habe ich so viel geweint, dass ich es fast nicht mehr kann und die Verzweiflung ist so groß, dass ich in mein Kopfkissen schreie, bis mir die Luft ausgeht. Vor Erschöpfung schlafe ich ein, obwohl es erst kurz nach zwei Uhr nachmittags ist.

Das erste Mal erwache ich um acht Uhr abends, drehe mich um und schlafe bis zehn. Dann texte ich Mama und skype kurz mit Azra, die sieht, wie müde ich bin und mich nach einem kurzen Gespräch *entlässt*. Um elf gehe ich ins Bad, putze mir die Zähne, schleppe mich zurück ins Bett und schlafe wieder ein. Ich wache auf und schaue auf die Uhr. Es ist 3:03 Uhr.

Stöhnend lasse ich den Kopf auf das Kissen zurücksinken. Meine Situation wird mir wieder bewusst und ich greife mein Kopfkissen, um erneut hinein zu schreien. Es gelingt mir nur noch ein Wimmern und so schlafe ich wieder ein. In Embryonalstellung, das Kissen an mein Gesicht drückend und leise wimmernd. Der letzte Gedanke, an den ich mich erinnern kann, ist, dass ich mir wünsche, nie wieder aufzuwachen.

Leider wache ich dann doch auf und es ist kurz nach elf. Als ich im Bad in den Spiegel schaue, blickt mir ein Gespenst entgegen. Mein Zustand ist noch viel schlimmer als an dem Tag, an dem mir Azra mein Spiegelbild gezeigt hatte. Diesmal interessiert es mich aber nicht. Ich habe noch nicht einmal Lust zu duschen. Ich ziehe mir etwas Schlabberiges über, lege mich aufs Sofa und starre an die Decke. Beim Betrachten der Decke fallen mir Unregelmäßigkeiten in der Struktur und des Anstriches auf. Das lenkt ab und so habe ich für eine kurze Zeit Ruhe vor mir selbst.

Doch es hält nicht lange und die Verzweiflung schlägt wieder zu. »Aus, vorbei, weg, verloren.« Die Worte wandern immer wieder durch meinen Kopf. Ich will, dass es aufhört. Mein Gehirn funktioniert nicht mehr richtig. Klare Gedanken hatte ich seit einer gefühlten Ewigkeiten nicht mehr. Ich bestehe nur noch aus Verzweiflung und Sehnsucht nach der Ruhe vor ihr. Mühsam erhebe ich mich und gehe dann doch duschen. Danach versuche ich, mich mit einem Cappuccino zu motivieren, aber es hat den gegenteiligen Effekt. Dauernd muss ich an Alexander denken und daran, ihn für immer verloren zu haben. In einer Welle nostalgischer Gefühle klappe ich meinen neuen Mac auf. Schon am ersten Weihnachtstag haben Azra und ich die Daten des Alten migriert und daher befindet sich auch mein

CSI_Boxi-Ordner auf der Platte. Ich öffne die Alexander-Tagebuchdatei und lese mich von der neusten zu den ältesten Einträgen durch, bis zu dem Tag, an dem ich ihn das erste Mal auf der Modersohnbrücke getroffen hatte. Am 7. Oktober letzten Jahres. Mein Blick fällt auf die Datumsanzeige. Heute ist der 7. Januar 2018. Mit einem bitteren Lächeln quittiere ich den Fakt, dass wir heute gewissermaßen ein Dreimonatsjubiläum haben.

Ich denke über die Modersohnbrücke nach, die ich in der ersten Zeit so oft gezeichnet und auf der ich Alexander kennengelernt hatte. Komischerweise ist das der einzige Ort, zu dem ich nie auf der Suche nach Alexander gegangen war. Warum eigentlich nicht, frage ich mich und spontan ergreift mich ein Gefühl der Hoffnung.

Ich springe auf und renne ins Bad. Na, ja, ich gehe so schnell ich kann. Meine Haare sind eine Katastrophe. Nach einer halben Stunde Arbeit sehe ich so gut aus, wie seit Tagen nicht mehr. Sogar Parfum sprühe ich mir in dichten Wolken auf. Dann stolpere ich aus der Wohnung und stürze die Treppen herunter. Unten angekommen merke ich, dass ich außer Atem bin und verlangsame meine Schritte. Inzwischen bin ich mir sicher, Alexander dort zu sehen und das alles wieder gut wird. So schnell wie ich kann, eile ich durch die Straßen. Keuchend komme ich an der Brücke an und laufe bis in die Mitte.

Ich schaue mich um und sehe ... nichts. Auf dieser Seite bin ich alleine. Auf der anderen Seite ist eine Familie mit einem Kind. Mehrmals drehe ich mich nach allen Seiten. Wie kann das sein? Ich war mir doch so sicher. Wie ein Vorschlaghammer schlägt wieder die Verzweiflung zu.

»Nein, Nein, Nein«, fange ich an zu schluchzen und lehne mich ans Geländer. Dicke Tropfen laufen mir über das Gesicht und fallen hinunter. Wimmernd und verschwommen durch den Tränenfluss sehe ich auf der rechten Seite der Gleise eine S-Bahn in Richtung Warschauer Straße fahren. Links sind die Gleise der Bundesbahn und vor meinem inneren Auge spielt sich wieder der Traum ab, in dem Alexander genau dort von der Brücke auf die Oberleitung springt.

Mein Urteilsvermögen ist dahin und ich komme auf eine irre Idee. Die Verzweiflung und der Wunsch, dass es endlich aufhört, lässt mich glauben, dass wenn ich jetzt da herunterspringen würde, es endlich vorbei sei. Der Wunsch nach einem Ende des Schmerzes wird übermächtig und ich kann ihm nichts mehr entgegensetzen. Wie an Marionettenfäden gezogen, gehe ich ein paar Meter weiter, zu den Gleisen der Bundesbahn. Dann klettere ich auf das Geländer, was schwerer ist, als ich mir vorgestellt habe. Ich stehe oben, schaue auf die Gleise, den Fernsehturm und wieder auf die Gleise.

Mein Kummer umklammert wie eine gewaltige Faust mein Herz und scheint es zu zerquetschen. Ich bin am Ende. Nicht nur sprichwörtlich. Mit einem tränenüberströmten »Alexander« auf den Lippen springe ich in die Tiefe.

Es geht alles viel schneller, als ich dachte. Und es ist sehr viel schmerzhafter, als ich dachte. Noch bevor ich die Oberleitung berührte, blendet mich ein Blitz und ein fürchterlicher, nicht enden wollender grausam intensiver Schmerz umhüllt mich. Ich merke, dass ich in Flammen stehe, und höre ein hohes Kreischen. Dass es meine eigenen Schmerzensschreie sind, bekomme ich nicht mit. Nach einer gefühlten Ewigkeit wird es schwarz.

Reset

Mit einem Kreischen wache ich auf und brauche eine Weile, um zu merken, dass ich im Bett liege und am ganzen Körper zittere. Wellen der Hitze und ein unangenehmes, an eine Panikattacke erinnerndes Vibrieren erfüllt mich. Meine Haut fühlt sich heiß an und in Erinnerung sehe ich mich brennen. In meiner Nase steckt der Geruch verbrannten Fleisches. Ich schaffe es gerade noch, den Kopf aus dem Bett zu strecken. Dann übergebe ich mich. Direkt auf den Fußboden. Kotze den ganzen kümmerlichen Rest aus. Und jede Menge Magensäure. Mit dem Kopf aus dem Bett hängend bleibe ich liegen und mein Körper zuckt unkontrolliert.

Erinnerungen pressen sich in meinen Kopf. Über einen total beschissenen Tag mit einem noch beschisseneren, saudämlichen Ende. Was nicht sein kann. Schließlich bin ich hier in meinem Bett. Aber meine Nervenenden glauben, das Echo dieses furchtbaren Schmerzes zu spüren. Habe ich das alles nur geträumt? Es muss wohl so gewesen sein, obwohl es sich noch realer anfühlt, als die Träume von Alexander und selbst die haben schon jede Skala gesprengt.

Verwirrt schaue ich auf die Uhr. Es ist 3:03 Uhr. Eine dumpfe Erinnerung an diese Uhrzeit treibt an die Oberfläche meines Bewusstseins. Geschieht dies zum ersten Mal? Ist das wieder so ein Zeitschleifen-Déjà-vu? Die hatten immer mit Alexander zu tun gehabt Heißt das, dass er wieder in der Stadt ist, dass er wieder da ist? Der Gedanke, dass ich ihn finden muss, kommt wieder zurück, nimmt mich total gefangen und beherrscht mich. Mir ist egal, dass das total irrational ist.

Ich stehe auf, google einen Taxidienst, bestelle eine Fahrt. Dann wische mein Erbrochenes weg, dusche und ziehe mich an. Das Taxi kommt und bringt mich aufgrund der Uhrzeit in einer Viertelstunde zu Alexanders Wohnung. Ich laufe und taumele die Treppen hoch, passiere die erste Sicherheitstür und vertippe mich zweimal am Tastenfeld, weil meine Finger zittern und ich total außer Atem bin.

Endlich geht die Tür auf und ich stolpere in die Wohnung. Zuerst suche ich im Schlafzimmer, aber er ist nicht da. Dann renne ich in die Bibliothek und kreische auf. Alexander liegt auf dem Boden, neben ihm eine dunkle Lache. Ist das Blut? Mit zwei Schritten bin ich bei ihm und lasse mich neben ihm auf die Knie fallen. Augenblicklich dringt mir der Geruch von Kaffee in die Nase und ich atme erleichtert auf. Außerdem merke ich jetzt, dass Alexander leicht zittert und murmelt.

Ich beuge mich über ihn und höre ihn leise wimmern.

»Julia, nein, nein, Julia, nicht.«

»Alexander«, flüstere ich, »alles ist gut, ich bin ja da.« Mit einer Hand streiche ich ihm durch die Haare, die andere lege ich ihm auf die Schulter. Sein Zittern wird stärker und er fängt fast an zu jaulen.

»Julia«, stößt er hervor, »Julia, nicht, bitte verzeih mir. Bleib bei mir, Spring nicht!«

Habe ich mich verhört? Es klang, als hätte er mich aufgefordert, nicht zu springen. Ein weiteres jammerndes »Julia, spring nicht, bleib bei mir, bitte verzeih mir« klärt die Frage. Sein verzweifelter Tonfall bringt mich zum Weinen.

»Es ist alles gut, ich bin bei dir«, bringe ich schluchzend heraus. Das scheint irgendwie Alexanders Bewusstsein zu erreichen und er dreht den Kopf zu mir.

»Julia?«

»Es ist alles gut, ich bin bei dir.«

»Julia, bitte verzeih mir, ich liebe dich so sehr.« Alexander fängt hemmungslos an zu weinen. Ich habe ihn noch nie so weinen sehen, aber ich kann nicht anders, als ebenfalls zu weinen. Ich presse mein Gesicht an seines.

»Ich liebe dich auch und werde dich nie verlassen, wenn, wenn ... wenn du mich noch willst«, bringe ich hinaus. Der letzte Teil ist fast unverständlich, weil mich jetzt Krämpfe durchschütteln. Die Angst, dass er mich nicht mehr haben will, lässt meinen ganzen Körper zittern.

»Ich werde dich für immer und ewig lieben und nie wieder verlassen«, sagt er mit tränenerstickter Stimme. Ein Gefühl der Hoffnung durchströmt mich, lässt alle Anspannung abfallen.

Mir wird schwarz vor Augen.

Als ich wieder zu mir komme, liege ich mit dem Rücken auf dem Boden und ich spüre, wie Alexanders Hand durch meine Haare streicht.

»Du hast mir einen ganz schönen Schrecken eingejagt«, sagt er sanft.

»Was ist passiert, wie lange war ich weg?«, frage ich.

»Nur eine verdammt lange Minute«, antwortet er. Ich schließe die Augen und sammele noch etwas Kraft. Und beginne zu sprechen.

»Alexander, ich liebe dich. Ich kann und ich will nicht ohne dich leben. Es ist mir offen gesagt scheißegal, woher du kommst, wie alt du bist und was in deiner Vergangenheit liegt. Nimm mich bitte zurück und ich werde nie wieder verlangen, dass du mir etwas aus deiner Vergangenheit erzählst. Ich verspreche dich immer zu lieben und immer für dich da zu sein. Für immer und ewig.«

Alexander streicht mir durch die Haare.

»Hast du die Rede geübt?«, fragt er, statt mir eine Antwort zu geben.

Ich werde rot. »Ja, ein paar Mal«, gebe ich beschämt zu.

Er lacht gequält, aber süß und dann küsst er mich kurz und zärtlich.

»Julia, auch ich will nicht mehr ohne dich leben. Du bist das Beste, was mir in den letzten 200 Jahren passiert ist.«

Wäre ich nicht so schlapp, hätte ich gelacht.

»Du bist so süß und so lustig«, sage ich und lege meine Hand an sein Gesicht.

Er dreht den Kopf leicht und küsst meine Handinnenfläche. »Der Grund warum ich so schweigsam war«, beginnt er, doch da lege ich ihm meine Finger auf die Lippen.

»Alexander«, flüstere ich, »du musst nicht.«

Er nimmt sanft meinen Finger in seine Hand und küsst ihn. Dann zieht er ihn beiseite.

»Der Grund ist nicht nur ein Trauma, es ist viel komplizierter«, beginnt er. »Einerseits ist es so verrückt, dass ich dachte, dass du es mir niemals glauben würdest. Himmel, ich würde es mir ja noch nicht einmal selber glauben. Der andere Grund ist, dass ich dich schützen wollte. Das war ein schwerer Fehler. Ich musste erkennen, dass ich, anstatt dich zu schützen, dein Leben gefährdet habe. Außerdem bist du in den Strudel des ursächlichen Problems hineingezogen worden.«

Ich runzele die Stirn, weil ich nicht verstehe, was er mit *Strudel* und *ursächlichem Problem* meint.

»Wie auch immer«, sagt er. »Es ist nicht nur so, dass du die Wahrheit verdienst, sondern du musst sie hören, weil du es verstehen musst, was geschehen ist und was geschehen wird.«

Mein Stirnrunzeln wird immer größer.

»Du wirst alles verstehen« sagt er, »aber es ist eine lange und komplizierte Geschichte. Sie klingt unglaubwürdig und übernatürlich, aber wenn ich es recht verstehe, kann man das auch über die seltsamen Umstände sagen, die dir seit unserem Kennenlernen auf Schritt und Tritt zu folgen scheinen.«

Ein Funke des Begreifens geht mir durch den Kopf. Er spricht von den Träumen und Zeitschleifen-Déjà-vus, die sich auch nicht wirklich erklären lassen.

»Vorher«, sagt er jedoch streng, »solltest du wissen, dass Wahrheit nicht nur Erkenntnis mit sich bringt. Sie ist neutral und enthält Elemente, die wir als angenehm und befreiend, aber auch als unangenehm und erschreckend empfinden. Die Wahrheit hat ihren Preis, sie fordert Verantwortung und verlangt Entscheidungen von uns.«

Ich nicke und wappne mich innerlich. Eines der unangenehmen Elemente ist mir schon klar. Es hat zwei Beine und viel zu weibliche Formen.

»Beathag«, flüstere ich mit einem plötzlichen Gefühl

der Ohnmacht. Alexander nickt.

»Zum Beispiel, aber Beathag ist keine Bedrohung für dich. Sie ist schon lange tot.«

Als er das ausspricht, verdüstert sich kurz sein Blick.

»Julia, ich liebe dich und bitte nimm es nicht persönlich, aber auf einer medizinischen Ebene siehst du erschreckend desolat aus. Wann hast du das letzte Mal etwas gegessen?«

Ein zweites Mal treibt mir das schlechte Gewissen die Röte ins Gesicht und spontan will es mir auch nicht einfallen. Mist.

Er grinst halb grimmig und halb zufrieden.

»Dachte ich mir«, brummt er, »zum Glück habe ich genau das richtige Medikament für so einen Fall. In zehn Minuten bin ich wieder bei dir und dann reden wir. Ok?«

Ich schüttele energisch den Kopf.

»Geh nicht weg«, bettle ich.

Er lächelt. »Dann komm mit in die Küche, aber du musst dich setzen.«

Ich nicke, setze mich auf, komme auf die Beine. Er nimmt mich an die Hand. In der Küche setze ich mich auf einen der schönen Hochstühle mit Lehne und sehe ihm zu, wie er aus dem Tiefkühlfach eine Box holt.

»Ich fasse es nicht«, stöhne ich auf, »du hast Tupperware?«

Alexander grinst entschuldigend.

»Gehört aus meiner Sicht einfach zu den Besten. Möchtest du mit mir mal auf eine Tupperparty gehen?«

Jetzt lache ich doch auf und er mimt den Beleidigten, was mein Lachen noch verstärkt. Dann grinst er und drückt den gefrorenen Inhalt in eine Schüssel, stellt diese in die Mikrowelle und beginnt in seiner Profikoch-Geschwindigkeit eine Möhre zu putzen und zu stifteln. Er zieht einen Topf aus dem Schrank und stellt ihn auf den Herd. Flugs hat er noch eine Schalotte klein geschnitten, schwitzt sie zusammen mit der Möhre an und karamellisiert beides, bevor er es mit einem Spitzer Weißwein und dem aufgetauten Inhalt der Schüssel ablöscht. Ein aromatischer Duft nach Huhn erfüllt die Küche. Alexander bricht noch Spaghetti in Stücke, gibt sie und ein Ei in den Topf.

Die Hühnersuppe schmeckt, wie nicht anders zu erwarten, himmlisch und ich spüre, wie ich von innen gewärmt werde. Wenn ich als Kind krank war, hatte mir Mama auch immer Hühnerbrühe gekocht, um mich zu stärken und die Erinnerung lässt mich lächeln. Es schmeckt so gut, dass ich Nachschlag verlange.

Als ich alles ausgelöffelt habe, fragt Alexander:

»Bereit?«

Ich nicke und wir gehen zurück in die Bibliothek. Alexander legt ein Küchenhandtuch auf die Kaffeelache, zieht die Ohrensessel im 90 Grad Winkel nebeneinander und stellt noch einen Hocker für unsere Beine dazu. Wir setzen uns und ich schmiege meine Füße an seine Unterschenkel.

»Los geht es«, sagt er und ich schaue ihn gespannt an. »Wie alt ich auf den Tag genau bin, weiß ich nicht, nur dass ich Anfang Mai geboren wurde. Es ist nicht so wichtig, darüber sprechen wir später. Denn alles begann, als ich 21 Jahre alt war. Erinnerst du dich noch an den Code?«

»Klar« antworte ich wie aus der Pistole geschossen: »1841«

Er nickt.

»Korrekt. Die Geschichte beginnt im Jahr 1841.«

1841

Die Verbotene Frucht

Irland, Grafschaft Londonderry, März 1841

Wasser peitschte den beiden Männern hart ins Gesicht. Der Wind hatte im Laufe der letzten Stunde an Stärke zugelegt und die Wellen der sonst ruhigen Meerenge wurden stetig höher. In aller Eile zogen sie Seile in das schwarze Boot. »Schneller«, rief der eine. Er war älter als der zweite, jüngere Mann. In seinem Gesicht zeigten sich die wettergegerbten Falten eines Mannes, der sein Leben lang als Fischer gearbeitet hatte. Am Ende der Seile wurde ein dunkler Schatten sichtbar. Wenige Sekunden später durchbrach ein gefülltes Fischernetz die Oberfläche.

»Jetzt schnell«, rief der Ältere. Der Jüngere drehte das schwarze Fischerboot in eine geeignete Position. Mit vereinten Kräften hievten sie das Netz hinein, sicherten den Fang und machten sich auf den Rückweg zur Küste. An einem flachen Abschnitt angekommen, sprang der jüngere aus dem Boot ins Wasser und zog das Boot Richtung Land. Der Ältere sprang ebenfalls. Ein Welle erfasse das Boot, hob es und der Sprung misslang. Er kam seitwärts auf einem Stein auf und knickte schmerzhaft um. Der Mann gab einen Fluch und Schmerzensschrei von sich.

»Vater«, rief der Jüngere besorgt.

»Es ist schon gut, Alasdair«, antwortete sein Vater und richte sich wieder auf. Doch bei seinem nächsten Schritt verzog er schmerzhaft sein Gesicht. »Oh je, ich scheine mich verletzt zu haben.«

Alasdair zog und sein Vater schob humpelnd das Boot bis an Land. Sie sicherten es und entluden den Fang. Jeder Schritt verschaffte Alasdairs Vater Schmerzen.

»Alasdair, ich fürchte, du musst heute alleine den Markt erledigen. Ich werde es nicht schaffen.«

»Selbstverständlich, Vater.«

Eine Stunde später machte sich Alasdair mit einem Eselkarren auf den Weg in die Stadt, nach Derry. Der Regen hatte zum Glück geendet und die Morgensonne brach durch die Wolken. Alasdair fragte sich, ob er heute wieder das hübsche Mädchen mit den langen rotbraunen Haaren sehen würde. Sie war ihm schon mehrfach aufgefallen, aber er hatte nie die Gelegenheit gehabt, mit ihr zu sprechen. Sein Vater erledigte das Geschäft und sprach mit den Kunden. Er selbst hatte bisher nur Handreichungen machen dürfen. Außerdem schien sie von hohem Hause zu sein und sein Vater hätte es als unangemessen betrachtet.

Die Vorfreude, mit etwas Glück ein paar Worte mit dem Mädchen wechseln zu dürfen, beflügelte Alasdair und er begann zu singen. Er liebte es, zu singen und es fiel ihm leicht, sich Lieder und Texte einzuprägen.

Nach seiner Ankunft baute er den Stand auf, wie er es mit seinem Vater immer gemacht hatte. Obwohl er alleine war, ging es ihm gut von der Hand und alle Ratschläge seines Vaters beherzigend, erledigte er den Verkauf. Es bereitete ihm Freude und er stellte fest, dass ihm der Kontakt mit den Bewohnern der Stadt leichtfiel.

Es wurde Mittag und Alasdairs Wunsch ging in Erfüllung. Das hübsche Mädchen erschien, um Fisch zu kaufen. Sie trug ein blaues Kleid, in dem er sie wunderschön fand. Wie eine glückliche Fügung war zu dem Zeitpunkt kein anderer Kunde in der Nähe und ihm gelang es, sie in ein lockeres Gespräch zu verwickeln. Ihm gefielen ihre langen Haare, die ihr hübsches, leicht sommersprossiges Gesicht umspielten. Sie hatte große, grünbraune Augen und einen sinnlichen Mund. Das Mädchen lächelte ihn an und Alasdair schmolz dahin. Er fühlte sich auf der Stelle verliebt. Mit unverfänglichen Fragen konnte er in Erfahrung bringen, dass sie Beathag heißt und die Tochter des Kaufmannes und Stadtrates Eachann Uí Néill sei. Dies betrübte Alasdair, weil er als Fischersohn in keiner Weise standesgemäß wäre. Er wäre niemals gut genug für die Tochter einer so bekannten und wohlhabenden Familie.

Dennoch, er glaubte zu spüren, dass es Beathag nicht weiter störe und sie trotzdem Interesse an ihm zeige. Sie fragte ihn, was er mache, wenn er nicht fischen, oder auf dem Markt wäre. Etwas verschämt gab er zu, dass er gerne singen und sich neue Lieder ausdenken würde.

Spontan forderte sie ihn auf, etwas für sie zu singen, aber in dem Moment kam weitere Kundschaft. Beathag wechselte im Beisein der neuen Kundschaft zu einem geschäftsmäßigen Tonfall, begutachtete noch etwas die Ware, verabschiedete sie sich sehr förmlich, zwinkerte ihm aber noch einmal kurz zu.

Am Ende des Markttages packte Alasdair alles zusammen und spannte den Esel vor den Karren. Er streichelte seinen Kopf und kraulte ihm hinter dem linken Ohr, da er dies besonders liebte. Er mochte den Esel und hatte im Gegensatz zu seinem Vater niemals Probleme mit ihm. Sie fuhren los und noch vor der Stadtgrenze begann Alasdair ein Lied zu singen. Durch das Gespräch mit Beathag fühlte er sich wie verzaubert und sang seine Lieblingslieder aus vollem Hals. Als er die Stadt verließ, sang er gerade »She moved through the fair«. Hinter der ersten Biegung saß ein Mensch auf einer Steinmauer, stand auf und trat auf die Straße. Alasdair verstummte. Er traute seinen Augen kaum. Es war Beathag.

»Jetzt hast du doch für mich gesungen«, sagte sie.

Seine Ohren färbten sich leicht rot.

»Was führt dich so weit nach draußen?«, fragte er, »müsstest du nicht zu Hause sein?«

»Meine Eltern haben sich schon an meine Freiheitsliebe gewöhnt«, antwortete Beathag leichthin, »und ich bin hier, weil ich dich singen hören wollte.«

»Gefällt es dir?«, fragte er und sie nickte.

»Du hast eine schöne Stimme, singst du das Lied noch einmal für mich?« Alasdairs Ohren glühten und er sang das Lied mit größtmöglicher Leidenschaft, während Beathag mit einem Grashalm in ihren Händen spielte und verträumt in die Ferne schaute. Als er geendet hatte, dankte sie ihm und blickte ihm tief in die Augen.

»Vielleicht schreibst du ja ein Lied für mich, bis du das nächste Mal zum Markt kommst«, sagte sie, trat näher an Alasdair, beugte sie sich vor und küsste ihm zart auf die Wange. Dann huschte sie, ohne sich noch einmal umzublicken, zurück in Richtung Stadt.

Wie in Trance fuhr Alasdair zurück, verdattert und verzaubert. Noch am Abend meinte er, die Stelle zu spüren, an der ihre Lippen seine Haut berührt hatten.

Auch die nächsten zwei Markttage musste Alasdair alleine nach Derry und an beiden Tagen besuchte Beathag den Stand. Sie schaffte es jedes Mal, einen Zeitpunkt zu wählen, an dem sie alleine mit ihm war.

An beiden Tagen und darüber freute sich Alasdair am meisten, wartete sie außerhalb der Stadt auf ihn.

»Und? Hast du ein Lied für mich geschrieben?«, fragte sie ihn am ersten Tag. Alasdair nickte, wieder mit roten Ohren und präsentierte erst zaghaft und dann mutiger sein Stück.

Das Lied handelte von einem eisernen Winter, der dem Frühling nicht weichen wollte und seinen Widerstand erst dann aufgab, als er ein Mädchen namens Beathag erblickte. Ihre Schönheit und ihr Liebreiz waren so groß, dass sein eisiges Herz zu Wasser schmolz. So verschwand der Winter vor ihren Augen und floss bis ins Meer.

Als Alasdair fertig war, sah er zurückhaltend zu Beathag, da er nicht wusste, ob es ihr gefallen hatte. Ihre Reaktion erschreckte ihn, denn sie wischte sich eine Träne aus dem Gesicht.

»Habe ich dich traurig gemacht?«, fragte er unsicher.

»Im Gegenteil.« Beathag lächelte. »Ich hatte auf ein, zwei nette Reime gehofft. Niemals hätte ich damit gerechnet, dass du ein ganzes Lied für mich schreiben würdest. Vor allem nicht, dass es so eine wundervolle Geschichte hat. Das ist weitaus mehr, als ein einfaches Mädchen sich erhoffen kann.« Beathag beugte sich vor und küsste ihm zärtlich auf den Mund.

Alasdair fühlte sich wie entrückt. Ungläubig legte er die Finger an die Lippen, während Beathag den Esel mit einer kleinen schrumpeligen Möhre fütterte. Mit dieser Geste gewann sie einen Freund fürs Leben. Als das Tier sie beim nächsten Mal erkannte, schoss es im Galopp vorwärts und Alasdair hatte alle Mühe, den Karren vor dem Umkippen zu bewahren.

Bei diesem Treffen bat sie ihn, dass Lied noch einmal zu singen. Alasdair hatte eine weitere Strophe hinzugedichtet, in der der Frühling sich bei Beathag für die Rettung mit der schönsten und blütenreichsten Zeit seit Menschengedenken bedankte. Diesmal waren es noch mehr Tränen, die ihr die Wangen herunterliefen und der Kuss war ein gegenseitiger.

»Schreibt du das Lied für mich auf?« fragte Beathag. Ihre Wangen leuchteten rosig. Alasdair senkte betrübt den Blick. »Warum schaust du so traurig?«, wollte sie wissen, »habe ich etwas Falsches gesagt?«

Alasdair schob mit seinen Füßen Linien in den staubigen Boden.

»Ich kann nicht schreiben«, murmelte er leise.

»Aber wie hast du es denn dann geschafft, mir ein so langes Lied zu dichten?«, fragte sie erstaunt.

»Ich habe es in meinem Kopf gemacht«, antwortete er immer noch betroffen, »ich kann mir gut Dinge merken.«

Beathag legte eine Hand auf Alasdair Arm.

»Es tut mir leid», flüsterte sie, »ich wollte dich nicht beschämen«. Dann sah sie ihn mit leuchtenden Augen an. »Wie würde es dir gefallen, wenn ich es dir beibringe?«

Auch Alasdairs Augen begannen zu leuchten. Vor Hoffnung, vor Glück und wegen der wundervollen Aussicht, Beathag abseits des Marktes wiederzusehen.

Inzwischen war es Frühling geworden. Alasdairs Muttersprache war Irisch und er konnte nur wenig Englisch, ausreichend für den Marktstand und um Lieder zu singen. Beathag überzeugte ihn, das Lesen und Schreiben direkt in Englisch zu lernen und brachte ihm gleich alles drei bei.

Bei ihren heimlichen Treffen erwies sich Alasdair als gelehriger Schüler, Beathag als ebenso kluge und fähige Lehrerin. Englisch, Lesen und Schreiben blieben nicht die einzigen Fächer. Sie lernten aneinander auch die Kunst und Freuden der Liebe und so geschah es eines Sommertages, dass die beiden im hohen Gras ihre Unschuld verloren.

In den folgenden Wochen trafen sie sich immer wieder und liebten sich inniglich. Nach einer besonders leidenschaftlichen Zusammenkunft lagen sie nackt nebeneinander und Beathag presste ihren Körper an seine Seite. Mit der Hand strich sie ihm über seine Brust und betrachte sein Gesicht. Alasdair schaute in die Ferne.

»Ich liebe dich«, gestand sie ihm urplötzlich ihre Gefühle.

Er drehte sein Gesicht zu ihr und sah sie zärtlich an.

»Ich liebe dich auch. Ich habe mich schon am ersten Markttag in dich verliebt.«

Beathag lachte vor Freude.

»Das will ein Mädchen hören. Liebe auf den ersten Blick.«

Dann sah sie die Traurigkeit in seinen Augen.

»Was ist denn, Liebster?«

Er fasste ihre Hand.

»Ich glaube nicht, dass es mir jemals vergönnt sein wird, dich zu ehelichen. Meine Familie ist standesgemäß zu weit von deiner entfernt und einen angemessen Brautpreis könnte sich mein Vater niemals leisten.«

Beathags Wangen färbten sich rosa.

»Hast du mir gerade einen Antrag gemacht?«

Jetzt war es Alasdair, dessen Gesicht sich rötete. »Nun«, sagte er, »um die Hand bittet man ja beim Vater der Erwählten.« Er sah Beathag ernst in die Augen. »Ich gestehe dir hiermit meine aufrichtige und ungeteilte Liebe. Mein sehnlichster Wunsch ist, für immer mit dir zusammen zu sein. Mit dir würde ich bis ans Ende der Welt ziehen, denn mir ist egal, in welchem Land ich lebe, welche Sprache ich spreche oder welches Brot ich esse. Hauptsache ich bin bei dir. Wenn das ein Antrag sein sollte, dann habe ich dir soeben einen gemacht.«

Beathags Wangen glühten und ihre Augen leuchteten.

»Lass uns genau das machen«, sagte sie mit Eifer in der Stimme.

»Was meinst du? Was denn?« Er verstand nicht. Sie rollte sich auf ihn. »Bis ans Ende der Welt gehen. Alasdair, ich liebe dich und will nur dich, keinen dummen Gockel mit viel Geld, den meine Familie für mich aussucht. Gott bewahre, möglicherweise einen von Vaters Freunden. Die sind alt, hässlich und gruselig. Lass uns fortgehen, in eine ferne Stadt oder sogar in ein anderes Land. Ich weiß, dass im Norden, in Magh Bhile Schiffe bis nach Amerika abgehen.«

Alasdair kannte den Namen Amerika nur von aufgeschnappten Erzählungen und zögerte.

»Wie sollen wir denn die Fahrt bezahlen? Ich habe kein Geld?«

»Lass das meine Sorge sein«, versicherte ihm Beathag und sie war in ihrem Eifer nicht mehr zu bremsen. »Wir schauen, ob es reicht oder wie viel fehlt. Oder wir gehen nach Osten und schlagen uns weiter bis nach Britannien durch.« Sie küsste Alasdair mit einem unwiderstehlich verlangenden Kuss und bevor sie weiterredeten, liebten sie ein weiteres Mal.

Während der folgenden Treffen schmiedeten sie

einen Plan. In der Nacht wollten sie mit einem Boot die Küste entlang nach Norden bis Magh Bhile schippern. Tagsüber war es zu unsicher, da es nur einen festen Weg nach Norden gab. Wenn ihr Geld nicht reichen würde, um bis nach Amerika zu gelangen, wollten sie dort Meerenge nach Osten überqueren und weiter bis nach Britannien reisen.

Die Organisation eines Bootes bereitete ihnen zunächst Kopfschmerzen. Das Boot von Alasdairs Vaters würden sie nicht benutzen können, ohne ihn seiner Lebensgrundlage zu berauben. Nach intensiven Grübeln erklärte Beathag, dass einer ihrer Vettern ihr noch einen großen Gefallen schuldig und in der Lage sei, ein Boot zu beschaffen.

Für den Beginn ihrer Flucht legten die erste Vollmondnacht in zehn Tagen fest und verabredeten sich an einem Weidenbaum nahe der Küste drei Meilen nördlich vor Derry.

Alasdair konnte es die nächste Woche und Tage vor Sehnsucht nach Beathag kaum aushalten, aber er hatte auch große Angst. Die erste Vollmondnacht brach herein und er schlich leise aus der Hütte. Das Schnarchen seines Vaters übertönte alle seine Schritte. Alasdair drehte sich ein letztes Mal um und betrachtete die Behausung, in der er geboren wurde, aufwuchs und in der seine Mutter gestorben war.

Er verließ den Ort, sah nicht mehr zurück und lief zum Treffpunkt. Ein frischer Wind wehte vom Wasser auf das Land und er hörte die Brandung, wie die Wellen auf die Steine und Felsen des Ufers schlugen.

»Gut, dass wir Vollmond haben«, dachte er sich und folgte einem Pfad, der vom Hauptweg aus in Richtung Küste führte. Schon vom weiten erkannte Alasdair den Umriss des alten Weidenbaumes. Beathags schlanke Silhouette zeichnete sich im weichen Licht ab. Sie stand mit dem Rücken zu ihm und betrachtete das Meer, als er an die Weide trat. Er ging zu ihr und sie drehte sich zu ihm um. Alasdair erkannte das blaue Kleid, dass er am liebsten an ihr sah. Nicht nur weil er sie darin besonders bezaubernd fand. Sie hatte es getragen, als er sich in sie verliebte und er hatte es ihr ausgezogen, bevor sie aneinander ihre Unschuld verloren.

Sie lächelte ihn mit ihrem bezaubernden Lächeln an und Alasdairs Herz schmolz ein weiteres Mal dahin.

»Da bist du ja«, sagte sie, »komm, schnell.«

Sie fasste ihn an der Hand und zog ihn hinter sich her. Beathag war so flink, dass er kaum hinterher kam. Behände hastete sie über den Pfad, wich mit ihren Füßen spitzen Felsen und Wurzeln aus. Sie bewegten sich nach Norden.

»Wohin führst du mich?«, fragte er, »wie weit ist es noch?«

»Wir sind gleich da«, antwortete sie. Der Pfad knickte nach links, Richtung landeinwärts. Kurz darauf führte Beathag ihn einen Abhang herunter und Alasdair gab sich große Mühe, ihr Tempo beizubehalten, ohne zu stolpern oder auszurutschen. Am Ende des Abhangs war ein kurzer Streifen Sand, der in einen moorig aussehenden schilfbewachsenen Bereich überging. Zwischen dem Schilf wuchsen vereinzelt Büsche und andere Gräser. Inmitten der Büsche zeichnete sich der schwarze Schatten eines Bootes ab. Es handelte sich um ein Curragh, wie Alasdair erkannte.

Beathag ließ seine Hand los und bückte sich hinunter zu zwei Säcken, die im Sand lagen. Sie warf sich einen über ihren Rücken, zog ihre Sandalen aus und bewegte sich auf das Curragh zu. Ihre Füße sanken ins Wasser und den schlammigen Grund ein.

»Komm, schnell« rief sie dringlich.

»Warte«, rief er, zog ebenfalls seine Sandalen aus, warf sie mit dem Sack über die Schulter und folgte ihr durch den Schlamm und Schilf zum Boot. Um nicht zu stolpern, schaute er zu Boden. Sie war schon eingestiegen, als er das Boot erreichte. Er ließ Sack und Sandalen hineinfallen und sah zu Beathag auf. Etwas stimmte nicht. Mit aufgerissenen Augen sah sie an ihm zum Ufer vorbei.

»Es ist zu spät, sie haben uns gefunden«, flüsterte sie angsterfüllt.

Der Fluch

Mehrere Personen mit Fackeln erreichten den Sandstreifen. Es handelte sich um fünf Männer, die sich in einem Halbkreis aufstellten. An ihren Gürteln baumelten Dolche.

Beathag erkannte einen der Männer und ihr Gesicht verzerrte sich vor Zorn.

»Earc, du Verräter, ich habe es geahnt«, schrie sie ihn an und einer der fünf in feinem Gewand grinste.

»Beathag, du dummes Frauenzimmer, du hättest von vornherein wissen müssen, dass meine Loyalität in erster Linie deinem Vater gilt und nicht irgendwelchen Versprechungen, die ich in einem Moment der Unachtsamkeit verlauten ließ.«

Alasdair starrte ungläubig in Earcs Gesicht und fragte sich, wie die wunderschöne Beathag mit so einem schmierigen Rattengesicht verwandt sei konnte.

»Unachtsamkeit?«, brüllte Beathag und die Kraft ihrer Stimme verblüffte Alasdair. »Unachtsamkeit?«, schrie sie noch einmal. »Ich habe dir deinen fetten, hässlichen Arsch gerettet, obwohl ich mir nicht sicher bin, ob er in deiner Hose steckt oder auf der Rückseite deines Hinterkopfes zu finden ist.«

Earc benötigte eine Weile, um die Beleidigung zu verstehen, dann verschwand sein arrogantes Grinsen.

»Das wirst du büßen, du Hure, zischte er hasserfüllt.«

In diesem Moment explodierte Alasdair und stürmte blind vor Zorn durch den sumpfigen Untergrund auf Beathags Vetter zu. Bevor er ihn erreichte, strecken ihn zwei der anderen mit mehreren harten Fausthieben zu Boden.

Alasdair stöhnte, spuckte Blut, aber er betrachtete Earc herablassend und trotzig.

»Wie mutig du dich in den Kampf gestürzt hast«, höhnte er, »darüber werden sicherlich Lieder und Heldensagen geschrieben.«

Earc ging auf ihn zu.

»Du dreckiger, dämlicher Fischerbastard«, erwiderte er, »du versteht es nicht, aber wie denn auch? Das Denken solltest du denen überlassen, die dafür geboren wurden. Aber ich erkläre es dir gerne. Geschichte wird von Siegern geschrieben und du«, er spuckte ihn an. »Du bist ein Verlierer.« Dann trat er zweimal mit Wucht zu.

Beathag schrie vor Entsetzen auf.

»Das wirst du mit deinem Leben bezahlen. Ich verspreche dir, dich zu töten«, warf sie Earc hasserfüllt zu.

Earc lachte aus vollem Hals.

»Ergreift sie.«

Sie zogen Beathag aus dem Boot, fesselten ihr die Hände vor dem Körper und Alasdair hinter dem Rücken. Sie knebelten beide und führten sie ab. Als Alasdair versuchte, sich zu Beathag umzudrehen, erhielt er sofort einen weiteren Hieb an den Kopf. Doch anders, als Alasdair erwartet hatte, wurden sie nicht nach zurück Derry geführt, sondern in einem weiten Bogen um die Stadt herum. Nach einem stundenlangen Marsch bogen sie von dem großen Weg ab. Alasdair wusste schon lange nicht mehr, wo sie waren. Es schien endlos so weiter zu gehen und seine Beine ermüdeten.

Als sie nach endlich an dem vermutlichen Zielort ankamen, dämmerte bereits der Morgen. Sie führten Alasdair zu einem niedrigen steinernen Gebäude mit einem Tor aus Holz. Es stand offen und er erkannte, dass es sich um einen Stall handelte. Sie entfernten seinen Knebel, schnitten ihm die Fesseln durch und stießen ihn hinein. Unter ihrem Gelächter landete er in Fäkalien. Er hörte, wie das Tor geschlossen und einem Balken verriegelt wurde. Verzweifelt rief er Beathags Namen, doch von draußen war nichts mehr zu hören.

Die Minuten und Stunden zogen dahin. Der steinerne Raum hatte keine Fenster, aber in dem Tor waren Astlöcher und Ritzen, durch die das Licht drang. Inzwischen war es heller Tag. Alasdair dachte über seinen Vater nach. Er hätte ihm zwar gerne mit seiner neu erlernten Fähigkeit einen Abschiedsbrief geschrieben, doch hätte dies nichts genutzt, denn sein Vater konnte nicht lesen. Ob er wütend war? Oder etwa verzweifelt? Alasdair überfiel eine Welle der Scham und der Schuld. Er hätte seinen Vater nicht auf diese Weise verlassen dürfen. Jetzt war es zu spät. Verzweiflung, Wut auf sich selbst und Sorge um Beathag ließen ihn fast verrückt werden. Alasdair hämmerte mit seinen Fäusten an das hölzerne Tor. Kurz darauf betraten zwei Männer die Hütte. Der eine hielt ihn fest, der andere schlug ihm mehrfach hart ins Gesicht und die Magengrube. Er klappte zusammen und blieb liegen. Nach vielen Stunden öffnete sich das Tor.

Wortlos stand ein Mann im Zugang und starrte Alasdair an.

»Wo ist Beathag? Bitte lasst sie frei, sie ist unschuldig. Es ist alle meine Schuld. Ich habe sie gezwungen, mit mir zu kommen«, flehte Alasdair.

Doch der Mann drehte sich wortlos um und verriegelte den Stall von außen.

Der Abend brach herein und kein Licht drang durch die Löcher und Spalten. Alasdair hörte Schritte. Das Tor wurde geöffnet und gab den Blick auf drei Männer mit Kapuzen und Fackeln frei. Zwei von ihnen steckten die Fackeln in den Boden, betraten den Stall und hielten Alasdair fest. Der dritte folgte, fesselte ihm die Hände vor den Körper, zog einen Dolch und schnitt ihm in den Finger. Alasdair schrie auf. Der Mann ließ Blut aus dem Finger in eine kleine Schale tropfen. Mit der Schale verließ er eilig die Hütte. Die anderen befestigten ein Seil an seinen gefesselten Händen und stülpten ihm einen nach Kot stinkenden Sack über den Kopf. Anschließend zogen sie ihn an dem Seil hinter ihnen her.

Weil er nichts sehen konnte, stolperte Alasdair und fiel der Länge nach hin. Er landete hart und schmerzhaft. Sie rissen ihn hoch und zogen weiter. Alasdair bemühte sich zu folgen, doch immer wieder stolperte er über Steine, Felsen, Grasbüschel und Wurzeln. Wenn er fiel, trat man ihn und zog ihn schmerzhaft hoch. Es mochte wohl eine halbe Stunde vergangen sein, da warf man ihn auf den Boden und forderte ihn auf, ruhig liegen zu bleiben. Er gehorchte und versank entkräftet in einen Halbschlaf.

Hände packten seine Arme und rissen ihn hoch. Alasdair war wieder hellwach und wurde weitere Minuten an dem Seil geführt. Dann befahl man ihm, stehen zu bleiben. Jemand schnitt seine Fesseln durch, doch im nächsten Augenblick zog man ihm die Arme nach hinten und fixierte ihn an einer harten und kalten Oberfläche. Grobe Hände zogen seine Beine spreizend auseinander und fixierten auch sie. Zu guter Letzt legten sie ihm einen Strick um die Hüfte. Außer mit dem Kopf war Alasdair jetzt bewegungsunfähig.

Der stinkende Sack wurde entfernt und Alasdair atmete die frische Luft gierig aufsaugend ein, doch augenblicklich wurde ihm ein Knebel angelegt. Ängstlich schaute Alasdair sich um und erkannte, dass er sich in einem Steinkreis befand und an einem der Steine gefesselt war. Zwischen den Steinen standen Männer mit Kapuzen und Fackeln. In der Mitte des Kreises lag ein weiterer, großer Stein. Seine Oberfläche war flach und glatt, wie bei einem Tisch. Um ihn herum waren eiserne Haken in den Boden gerammt.

Ein weiterer Kapuzenmann trat in den Kreis und schritt zu dem Stein in der Mitte. Seine Kutte war heller als die der Anderen, weiß, statt graubraun. Alasdair erinnerte sich an Schauergeschichten, die er als Kind gehört hatte. Von bösen Druiden und Opfern in Steinkreisen. Vor Angst fing sein Körper an zu zittern. Der Mann mit der weißen Kutte war möglicherweise eine Art Oberdruide. Dieser kam jetzt auf ihn zu und schaute ihn an. Alasdair sah das hämisch grinsende und hasserfüllte Gesicht eines alten grauhaarigen Mannes.

»Alasdair O'Reilly« spuckte er seinen Namen aus und sah den Jungen zittern. Er gluckste und sprach: »Du brauchst keine Angst zu haben, dass wir dich heute opfern, denn du bist ein Haufen stinkender Ziegenscheiße. Ein solches Opfer will niemand haben.« Die Druiden lachten. Der Alte riss eine Hand hoch. »Ruhe«, brüllte er und augenblicklich verstummten die Gestalten. »Für dich haben wir uns etwas viel, viel Besseres als den Tod ausgedacht«, verkündete er mit einem so widerlichen und selbstgefälligen Ton, dass Alasdairs Herz anfing, laut zu pochen. Der Alte streckte die rechte Hand aus, einer der Druiden trat vor und reichte ihm einen langen, glänzenden, am Griff verzierten Dolch. Die Augen des Alten glitzerten vor Bosheit und Gier, als er den Dolch entgegennahm und sich dem zitternden Alasdair näherte. Mit zwei schnellen Bewegungen ritzte er Alasdair die Innenseite seiner Oberarme auf. Alasdair wimmerte unter dem Knebel, mehr vor Entsetzten, denn vor Schmerz. Warmes Blut rann aus den Wunden, seine Arme herunter, tränkte die Seile an seinen Handgelenken und tropfte zu Boden.

Die Druiden begannen in einer unbekannten Sprache zu singen. Das Ganze war so unheimlich, dass Alasdair meinte, dass das Herz ihm vor Angst aus dem Leib springen würde. Der Alte sang nicht mit, sondern murmelte unverständliche Beschwörungsformeln vor sich hin und wurde dabei immer lauter. Dann streckte, den Dolch in der einen, die andere Hand aus. Jemand trat vor und hielt ihm eine zappelnde, weiße Taube und eine Schale hin. Ohne mit den Beschwörungen aufzuhören, hob der Alte den Dolch und ritzte den Hals der Taube. Hellrotes Blut rann den Körper des zappelnden Vogels hinunter und tropfte in die Schale. Der Alte legte den Dolch auf den Stein, nahm die Schale und rührte mit seinem Finger in ihr.

Er trat zu Alasdair, der vor Angst wie Laub zitterte. Mit dem Finger malte er ihm Symbole auf Stirn und Arme. Er übergab die Schale einem bereitstehenden Helfer und griff wieder den Dolch. Der Gesang der Druiden steigerte sich in Lautstärke und Rhythmus. Der Alte riss beide Arme in die Höhe und schrie jetzt seine Beschwörungen. Dann griff er nach der sich verzweifelt wehrenden Taube und stieß den Dolch mit einem lauten Knacken in ihre Brust. Alasdairs Augen weiteten sich vor Entsetzten. Der Alte zog den Dolch mit einem harten Ruck quer durch den Körper des Vogels. Der Leib platzte auf. Blut wie Innereien quollen aus dem klaffenden Spalt. Alasdair kämpfte mit einem Würgereiz.

Der Alte streckte beide Arme in den Himmel, die Taube in der einen und die Klinge in der andren Hand. Es schrie laut.

»Es ist vollbracht, das Band ist geknüpft.«

Augenblicklich verstummte der Gesang. Die plötzliche Stille war nicht minder angsteinflößend. Ein Helfer nahm den Kadaver des Vogels entgegen, ein weiterer hielt dem Alten Schüssel und Tuch entgegen. Der Alte reinigte seine erst seine Hände, dann den Dolch und legte ihn auf den großen Stein. Er wirkte sehr zufrieden und klatschte in die Hände.

»Wir können fortfahren.«

Die Helfer entfernten sich aus dem Kreis. Wenige Minuten später kehrten sie zurück, mit einer weiteren, gefesselten Person in einem blauen Kleid. Beathag. Auch über ihren Kopf war ein Sack gezogen. Alasdair brüllte unter dem Knebel ihren Namen, doch es war nur ein dumpfes Stöhnen zu hören.

Beathag tobte und obwohl ihre Hände gefesselt waren, hatten die beiden große Mühe, sie festzuhalten. Sie zogen und schoben sie in die Mitte des Kreises.

Der alte Oberdruide stand jetzt zwischen ihnen, drehte Alasdair den Rücken zu, zog Beathag den Sack ab und warf ihn auf den Boden.

Beathag sah den Alten mit wutverzerrtem Gesicht an.

»Was soll das? Habt ihr langsam nicht genug?«, schrie sie und zerrte am eisernen Griff ihrer Bewacher. Dann erkannte sie Alasdair. Ihre Miene wechselte zu Besorgnis. Verzweifelt rief sie seinen Namen und versuchte, sich mit aller Macht loszureißen.

»Genug«, rief eine neue, laute Stimme und Beathag verstummte augenblicklich. Ein Mann ohne Kapuze trat in den Kreis. Er hatte eine aufrechte Körperhaltung, wohlhabende Kleidung und sein ganzes Auftreten wirkte stolz, gebieterisch und anmaßend.

Beathag riss ihre Augen weit auf.

»Vater«, stammelte sie, »Vater, hilf mir, ich wurde entführt.«

»Ruhe«, herrschte er sie an.

Sie zuckte zusammen, als hätte er ihr eine Ohrfeige verpasst und senkte den Kopf.

»Habe ich nicht immer wieder mit dir Geduld bewiesen?«, fragte ihr Vater mit enttäuschter Stimme. »Habe ich dir nicht all die Liebe eines Vaters zukommen lassen«, fuhr er fort, »deinen Wunsch nach Eigenständigkeit respektiert, obwohl dies mehr als unangemessen war?« Er stellte sich neben den Alten und wechselte einen Blick mit ihm. »War ich nicht ein besserer Vater, als du es erwarten konntest? Ein besserer Vater, als du es verdient hast?« Er verstummte und als er keine Antwort hörte, trat er auf Beathag zu und ohrfeigte sie hart. »Antworte deinem Vater«, schrie er.

Beathags Gesichtsausdruck, eben noch beschämt, erfüllte sich mit Zorn.

»Ja, Vater«, stieß sie trotzig hervor und erhielt eine zweite Ohrfeige.

»Respektlosigkeit«, zischte ihr Vater mit eisigem Ton. »Respektlosigkeit, Ungehorsam, Widerspenstigkeit, Rebellion, damit zahlst du mir meine Langmut und Güte heim.« Er drehte den Kopf zu Alasdair und sah ihn Verachtung an. »Aber das war nicht genug, du hast dich auch noch mit diesem dreckigen Fischerbastard einlassen.«

Beathag hatte eine Entgegnung auf der Zunge, schluckte diese aber herunter, als sie den warnenden Blick ihres Vaters erkannte.

»Du wolltest dich mit diesem Niemand aus dem Staub machen. Deinen Vater, deine Mutter, deine Familie verlassen und sie ihrer Mitgift berauben. Aber das war nicht alles? Nicht wahr? Du hast ihnen Geld gestohlen. Nahrung. Kleidung.« Beathags Vater umkreiste sie und ihre beiden Bewacher. »Gestohlen!«, wiederholte er. »Wie ein erbärmlicher Dieb hast du deine Familie, dein eigenes Fleisch und Blut bestohlen. Welche Frevel hast du noch begangen? Was würde wohl ans Tageslicht kommen, wenn ich deine Jungfräulichkeit überprüfen lassen würde? Dass du dich von diesem Stück Schafsdreck«, er zeigte mit dem Finger auf Alasdair »nur zu einem dummen Abenteuer hast überreden lassen? Seinen Versprechungen von neuen Ländern oder gar einer Hochzeit hast blenden lassen, aber ansonsten unbeschadet bist? Dass du deine Ehre bewahrt, deinem Stand und dem Ruf deiner Familie treu warst? Oder würde herauskommen, dass du es mit diesem Bastard wie eine Bauernschlampe getrieben hast?«

Er sah Beathag ins Gesicht, die ihn wutverzerrt, aber auch mit triumphierender Miene anstarrte.

»Das habe ich befürchtet«, sagte er bitter. »Du hast es getan. Du hast es tatsächlich getan.« Er setze zu einer weiteren Umrundung an. »Du hast die Ehre deiner Familie beschmutzt. Das heilige Ansehen deines Vaters und deiner Mutter beschädigt, es in den Dreck gezogen.«

Beathag sah ihren Vater hasserfüllt in die Augen.

»Ich würde es wieder tun«, sagte sie stolz und fügte mit Sarkasmus hinzu: »Vater.«

Sie erhielt eine weitere Ohrfeige, lachte aber.

Ihr Vater trat hinter sie und zog ihren Kopf an den Haaren nach hinten. Beathag stöhnte schmerzerfüllt. Alasdair ruckte an seinen Seilen, aber die gaben kein Stück nach.

»Du Hure«, brüllte Beathags Vater. »Du dumme Hure, weißt du denn nicht, dass mir nur noch eines übrig bleibt, um die Familienehre wiederherzustellen? Alasdair erkannte den Dolch in der Hand ihres Vaters und schrie unter dem Knebel.

»Beathag, nein, Beathag, nein, nein, nein.« Doch es war nur dumpfes Wimmern zu hören.

Beathag sah Alasdair tief in die Augen und rief: »Alasdair ich liebe dich.«

In einem brutalen Ruck schnitt Beathags Vater ihr mit dem Dolch die Kehle durch. Blut spritzte in einem weiten Bogen aus der Wunde. Alasdair schrie, tobte und heulte, konnte den Knebel aber nicht überwinden.

Wie in Zeitlupe sah er ihren Körper zu Boden fallen. Tränen wie Sturzbäche ergossen sich aus seinen Augen, als sie mit einem Röcheln und dumpfen Geräusch auf dem Boden aufschlug. Er blickte auf ihren am Boden liegenden, zuckenden und sterbenden Köper, konnte die Augen nicht schließen, war gezwungen, ihren Todeskampf mit anzuschauen. Schrie, während das Leben aus ihr wich, blickte in ihre leblosen Augen und endlich schaltete sich sein Körper ab.

Stöhnend richtete Alasdair sich auf und sog die Luft wie ein Ertrinkender ein. Noch bevor er merkte, dass er in dem Stall lag, pressten sich Erinnerungen mit aller

Gewalt in seinen Kopf. Fürchterliche Erinnerungen. Beathag, ihr Vater, wie er ihr vor seinen Augen die Kehle durchschneidet. Ihre toten Augen.

Alasdair schrie laut auf.

»Nein, nicht! Beathag.«

Er fing hemmungslos an zu schluchzen. Die Erinnerungen pressten sich so stark in seinen Kopf, dass er wieder auf den Boden fiel. Sein ganzer Körper fing an zu zittern. »Nein, nein, nein, nein«, weinte er wieder und wieder. Ihm wurde übel, er drehte sich auf die Seite und übergab sich.

Aus den Augenwinkel sah er eine Bewegung. An dem geöffneten Tor stehend, beobachtete ihn wortlos ein Mann, verließ und verriegelte den Stall. Es dauerte lange, bis sich sein Körper beruhigt hatte und er die Kraft besaß, sich aufzusetzen.

Gegen Abend wiederholte sich die Prozedur des Vortages. Die Männer fesselten ihn, zogen ihm den Sack über den Kopf und führten ihn zu dem Steinkreis. Doch dieses Mal legten sie ihn auf den Stein in der Mitte, fesselten seine Arme und Beine und ließen ihn dort zurück. Vor Erschöpfung schlief er ein.

Eine harte Ohrfeige weckte Alasdair. Er schlug die Augen auf und sah die Sterne im dunklen Himmel. Er versuchte, sich zu bewegen, doch war jedoch immer noch an den Stein gefesselt. Selbst seinen Kopf konnte er nicht rühren. Ein Seil war über seine Stirn gespannt und brannte auf der Haut. In seinem Mund steckte ein Knebel. Aus den Augenwinkeln sah er Feuerschein und hörte wieder den tiefen Gesang der Druiden. Das Gesicht des Alten kam in sein Sichtfeld.

Dessen Augen funkelten bösartig.

»Hatte ich dir versprochen, dich nicht zu töten?«,

fragte er, »falls ja, kann ich mich nicht mehr daran erinnern. Aber es wäre sowieso gelogen.« Mit einem breiten Grinsen zog er den Dolch nach oben in Alasdairs Sichtfeld. »Eine so edle Klinge, elegant und scharf. Sie hat sogar einen Namen.« Er sah den Dolch liebevoll an. »Kohareth, so heißt sie. Eigentlich viel zu schade, um sie mit deinem dreckigen Blut zu besudeln.«

Sein Grinsen wurde noch breiter und hämischer.

»Aber«, sagte er dann gleichmütig, »man kann sie danach reinigen. Ich wünsche dir einen unangenehmen Tod, Alasdair O'Reilly.«

Dann hob er den Dolch mit beiden Händen und stieß ihn mit Wucht Alasdair in den Körper. Alasdair schrie unter dem Knebel. Noch nie hatte er so intensive und grausame Schmerzen empfunden. Obwohl sein Körper innerhalb von Sekunden starb, kam es ihm wie Stunden vor.

Bevor es schwarz wurde, erinnerte er sich an Beathags tote und gebrochene Augen.

Reise Durch Die Zeit

Wieder richtete sich Alasdair mit Stöhnen auf und saugte die Luft ein. Auch dieses Mal befand er sich in dem Stall, doch das nahm er nur am Rande wahr. Erinnerungen pressten sich in ihn.

Beathag war ermordet worden. Er sah in seiner Erinnerung, wie die Klinge ihren Hals verletzte, das Blut spritzte, hörte ihr Röcheln und blickte erneut in ihre toten Augen. Alasdair schrie auf, wimmerte und heulte.

Dann die nächste Erinnerung. Sie hatten ihn auf den Stein gelegt und festgezurrt, wie ein Schlachttier. Er sah den Dolch in der Hand des Druiden, die Klinge bohrte sich in seinen Leib. Alasdair spürte den Schmerz, schrie erneut auf und packte sich an die Brust. Sein Körper zitterte und zuckte. Er rollte sich auf die Seite und erbrach sich.

Auch dieses Mal beobachtete ihn ein Mann. Alasdair sah ihn den Stall verlassen.

Lange Zeit später traten zwei Männer in den Raum, packten Alasdair und schleiften ihn nach draußen, wo sie ihn zu Boden warfen. Er sah Füße, schaute hoch und erkannte das Gesicht des Alten, der sich zu ihm herunterbeugte.

»Na, Alasdair?«, fragte er mit einer beunruhigenden Freundlichkeit. »Ich habe großartige Neuigkeiten für dich. Erinnerst du dich an dein Liebchen?«

Alasdair wollte aufspringen und dem Druiden das

Grinsen aus dem Gesicht prügeln, doch einer der Männer stellte einen Fuß auf seinen Rücken.

»Hast du mitbekommen, was wir mit ihr gemacht haben? Ich kann mich dummerweise nicht mehr daran erinnern, aber du bestimmt, oder?« Er grinste höhnisch.

Alasdair schrie vor Verzweiflung.

Der Alte lachte.

»Du erhältst von uns einen kostenfreien Transport nach Dungiven«, eröffnete der Alte ihm, »von da aus wirst du Richtung Osten ziehen. Egal wohin. Wenn du dich hier noch einmal sehen lässt, wird dein Vater sterben. Wenn wir auch nur das Gerücht hören, du wärest gesehen worden, wird dein Vater sterben. Einen langsamen und schmerzhaften Tod. Und das wäre doch sehr schade. Wo er doch mit dem Verlust seines Sohnes kämpft, der des Nachts verwand und nie wiedergesehen wurde.«

Alasdair brüllte.

»Warum«, rief er, »warum habt ihr sie getötet, es war doch alles meine Schuld.«

Der Druide lächelt ihn breit an.

»Weil wir es konnten. Freu dich Alasdair, denn du wirst leben.« Sein Lächeln bekam einen dunklen Zug. »Länger als dir lieb sein wird. Du wirst bald merken, dass der Tod nicht die schlimmste Strafe ist, es ist das Überleben.«

Sie fesselten Alasdairs Hände und Füße und schleiften ihn zu einem Eselkarren. Sie warfen ihn auf die Ladefläche, knebelten ihn und bedeckten ihn mit Heu. Der Karren setzte sich in Bewegung. Alasdair wurde schmerzhaft durchgeschüttelt und unablässig von seinen Erinnerungen gepeinigt. Immer wieder neu durchlebte er Beathags Tod, schluchzte und zitterte. Endlich kamen sie am Ziel an. Dungiven war einen Tag entfernt, doch die Zeit auf dem Karren kam ihm wie eine Woche vor.

Die Männer lösten Knebel und Fesseln, rissen ihn von dem Karren, stießen ihn in den Dreck und traten ihn mit Füßen. Alasdair heulte vor Schmerz. Sie ließen ihn wimmernd, die Hände an seine Seite gepresst liegen.

Alasdairs Rippen schmerzten, seine Kleidung war dreckig und er stankt. Nach Schweiß und nach seinen eigenen Exkrementen. Er war fast am Verdursten, humpelte und kroch mit letzter Kraft zu einer Quelle und trank gierig. Dort blieb er liegen. Nachdem er ein zweites Mal seinen Durst gestillt hatte, fand er ein paar Beeren und Kräuter zum Essen. Er folgte der Quelle zu einem kleinen Bach, in dem er sich und seine Kleidung wusch. Da er in seinem Zustand Dungiven nicht durchqueren wollte, bewegte er sich querfeldein, an dem Ort vorbei, weiter Richtung Osten.

Die Sonne senkte sich im Abendrot und Alasdair suchte Schutz unter einem Busch. Als er die Augen schloss, holten ihn die Erinnerungen ein. Er sah Beathags gebrochenen Augen und weinte sich in den Schlaf. Am nächsten Morgen wanderte er weiter. Seine Füße schmerzten. Gegen Mittag erreichte er unwegsames Gelände und einen felsigen Abhang. Bei seiner Überquerung rutschte er aus, stürzte in die Tiefe und schlug mit dem Kopf auf. Ein kleiner Felsen spaltete ihm den Schädel.

Mit dem Geräusch eines Ertrinkenden wachte Alasdair unter einem Busch auf. Was war passiert? Dann drangen Erinnerungen in ihn ein, über den Tag, seinen

Marsch und den Absturz. Sein Körper fing an zu zittern, und wiederum erbrach er sich. Diesmal kam er schneller zu Kräften.

Er verstand nicht, warum er unter einem Busch lag, richtete sich auf und sah sich um. Wo war der Abhang? Er war nicht mehr da. Dies war der Ort, an dem er gestern früh losgegangen war. Wie war er hierher gekommen?

Er marschierte den Weg noch einmal, mied aber den Abhang und drang weiter in Richtung Osten vor. Die Hälfte des Tages weinte er. Am Abend konnte er kaum einschlafen. Immer, wenn er die Augen schloss, sah er Beathag mit durchschnittener Kehle vor ihm liegen und ihn mit toten Augen anstarren. Auch diesen Abend weinte er so lange, bis er vor Übermüdung endlich einschlief. So erging es ihm auch am nächsten Tag. Am Morgen des dritten Tages hatte er keine Tränen mehr übrig und dichtete ein Lied, dass er „I Am Stretched on Your Grave“ nannte.

Am frühen Nachmittag zeigten sich ihm er zum ersten Mal Hinweise auf eine menschliche Behausung in Form einer Rauchsäule. Alasdair hielt darauf zu und kam an einen kleinen Hof, an dem ein alter Mann gerade Heu auf einen Karren hievte. Alasdair stellte sich vor, erklärte, er wäre auf dem Weg nach Osten und fragte, ob er sich mit Arbeit eine Mahlzeit und einen Platz zum Schlafen in der Scheune verdienen könne.

»Du hast Glück und somit ich auch«, sagte der Alte. »Mein Knecht hat sich vor zwei Tagen schwer verletzt. Ich sagte ihm, er solle achtgeben, aber dieser Dummkopf wollte nicht hören. Ich bin zu alt, um den Hof alleine zu bewirtschaften. Ich biete dir an, seinen Posten zu übernehmen, aber dann musst du dich verpflichten, solange bei mir zu bleiben, bis mein Knecht wieder gesund ist.«

»Euer Angebot ist sehr großzügig und ich bedanke mich von Herzen«, sagte Alasdair. »Ich gelobe euch, solange zu bleiben, bis Euer Knecht wieder zu Kräften gekommen ist.«

»So sei es«, brummte der Alte, »Du kannst in seiner Hütte übernachten.«

»Danke, Herr«, sagte Alasdair und begann unverzüglich mit der Arbeit. Da er gelernter Fischer und kein Bauer war, war vieles ungewohnt für ihn, aber wie sich herausstellte, fiel ihm der Erwerb neuer Fähigkeiten und Wissens leicht. Er arbeitete lange und hart, weil er erkannte, dass dies eine gute Ablenkung von seiner Trauer darstellte. Abends lauschte er den Erzählungen und Geschichten des Alten über die Gegend und der großen Stadt an der Küste, Belfast. Er sprach über den Hafen und die florierende Leinenindustrie. Die Nächte und insbesondere das Einschlafen blieben qualvoll.

Nach einer Woche auf dem Hof beherrschte Alasdair alle Handgriffe im Schlaf, die Tiere liebten ihn und wenn er mit den ihm aufgetragenen Arbeiten fertig war, suchte er sich weitere Aufgaben wie Reparaturen. Nach zwei Monaten waren die Gebäude in einem besseren Zustand als je zuvor und Alasdair hatte einen zweiten Brunnen gegraben. Nach drei Monaten war der Knecht wieder einsatzbereit, aber der Alte wollte lieber Alasdair behalten.

»Willst du nicht bei mir bleiben? Du bist ein besserer Knecht, als meiner es ja war«, fragte er.

»Euer Angebot ehrt mich, Herr«, sprach Alasdair, »doch verzeiht mir, ich möchte weiter nach Osten.«

»Ich würde deinen Sold verdoppeln«, suchte der Alte ihn zu überzeugen, »deine Arbeit ist es wert.«

»Wiederum ehrt mich euer Angebot, Herr«, sagte Alasdair, »jedoch würde ich mich eurem Knecht gegenüber im Unrecht fühlen. Bitte entlasst mich, wie ihr es versprochen habt.«

»So sei es«, brummte der Alte missmutig, gab ihm jedoch Proviant für mehrere Tage und einen ordentlichen Sold mit. Dann umarmten sie sich zum Abschied.

Alasdair zog weiter und benötigte fünf Tage bis zur Stadtgrenze von Belfast. Er war noch nie in einer so großen Stadt gewesen und staunte über die dichte Bebauung, die schönen, teilweise sogar prachtvollen Häuser und vor allem diese unglaublich große Ansammlung von Menschen. Er suchte sich eine Unterkunft und war über die Preise für Übernachtung und Essen geschockt. Der Lohn, den ihm der Alte ausgezahlt hatte, würde nicht lange reichen.

Gleich am nächsten Tag machte sich Alasdair daher in aller Frühe auf zum Hafen. Sie suchten kräftige Männer und Alasdair wurde eingestellt. Seine Aufgabe bestand darin, Güter aus den Zwischenlagern zu den Hafenkränen zu tragen. Der Sold war mager, aber er konnte für wenig Geld in einer Arbeiterunterkunft übernachten. Es war keine Wohnung, sondern ein Lager in einem feuchten Kellerraum, den er sich mit neun anderen, schnarchenden Männern teilte.

Das Schnarchen der anderen war das geringere Problem beim Einschlafen, denn die Erinnerungen an Beathags Tod quälten ihn weiterhin. Nach einer Weile merkte er, dass ihm vier Stunden Schlaf vollkommen reichten. Es war merkwürdig. Trotz der harten Arbeit und der mageren Kost fühlte er sich so kräftig und vital wie noch nie in seinem Leben. Und noch etwas war seltsam. An einem Tag hatte er sich an einer scharfen Metallkante einer Lagerbox in die Hand geschnitten und es blutete stark. Da Krankheit nicht akzeptiert wurde, wickelte er sich einen Lappen um die Hand, um die Blutung zu stoppen. Er hatte die Zähne zusammengebissen und weitergearbeitet. Am Abend sah die Schnittwunde geradezu harmlos aus und nächsten Morgen war sie bereits verheilt. Dem war auch so, als er die letzten Monate bei dem Alten gearbeitet hatte, nur war ihm das zu dieser Zeit nicht aufgefallen.

Sechs Wochen waren verstrichen, Alasdair arbeitete fleißig und unermüdlich. Ein Tag war wie der andere. Dennoch verbesserte sich sein Zeitgefühl. Im Gegensatz zu seinem Leben als Fischer, in dem er zwar die Wochentage kannte, sie aber keine Rolle spielten, waren hier im Hafen aufgrund wechselnder Schiffe und Ladungen Wochentage und Datum entscheidend. Schon nach zwei Wochen hatte er sie verinnerlicht.

Am Dienstag, es war der 19. Oktober, entluden sie Leinenballen von großen Pferdeanhängern, um sie in Seekisten zu verpacken. Mit dem Kran wurden diese auf ein Schiff, die *Birmingham* verladen. Das Schiff würde am Abend den Hafen Richtung Liverpool verlassen und die Zeit drängte. Ein Anhänger nach dem anderen fuhr vor, die Arbeiter schrien sich gegenseitig an. Gegen Mittag kam der Besitzer der Leinenfabrik vorbei, um sich nach dem Fortschritt der Arbeiten zu erkundigen. Er lief aufgeregt hin und her, verteilte Anweisungen und versuchte Ordnung in das Chaos zu bringen. Als Alasdair gerade mit einem schweren Ballen beladen Richtung Kran marschierte, hob dieser eine gepackte Seekiste an. Weitere Kisten standen zur Beladung bereit. Der aufgeregte Fabrikant trieb die Arbeiter zur Eile an. Alasdairs Kopfbedeckung rutschte in die schweißbedeckte Stirn. Er versuchte, sie mit einer Kopfbewegung wieder nach oben zu befördern. Dabei fiel sein Blick auf die am Kran hängende Kiste. Sie war nicht korrekt vertäut, würde gleich aus den Seilen rutschen und zu Boden stürzen. Dort stand der Besitzer der Leinenfabrik. Alasdair ließ den Ballen fallen und rannte los. Wie er befürchtet hatte, fiel die Kiste wie ein Stein nach unten.

»Vorsicht«, rief er, sprang nach vorne, um den Mann wegzustoßen, aber es war zu spät. Mit einem Knall begrub die Kiste Alasdair und den Leinenfabrikanten unter sich. Beide waren auf der Stelle tot.

Alasdair richtete sich in seinem Lager mit dem Geräusch eines Ertrinkenden auf, und kassierte direkt einen Hieb aus dem Nachbarbett. »Ruhe, Idiot«, schnauzte ihn der dicke Mann an. Dann pressten sich Erinnerungen in Alasdairs Kopf. Er fiel zurück auf das Lager und fing an zu zittern. Mit aller Kraft stand er auf, brach aber direkt hinter der Tür zusammen, übergab sich und lag eine Weile zitternd an Boden. Was war geschehen? Es musste ein fürchterlicher Albtraum gewesen sein. Denn sonst wäre er jetzt tot. Erschlagen von einer schweren Seekiste. Es war früh und noch dunkel, aber Alasdair konnte nicht mehr schlafen. Zu schrecklich war der Traum und zusätzlich überfielen ihn jetzt wieder die Erinnerungen an Beathag. Er suchte sich eine ruhige Stelle, schaute auf das Wasser und weinte so bitterlich, wie lange nicht mehr. An diesem Tag erschien er als Erster und viel zu früh am Dock. Sein Vorarbeiter strahlte.

»Sehr gut«, rief er, »heute gibt es viel Arbeit. Wir haben nur bis zum Abend Zeit, die Birmingham zu beladen, sie sticht noch heute in See.« Alasdair runzelte die Stirn. Das war doch gestern gewesen oder hatte er das nur geträumt? Er schaute auf die Wand. Dort war neben einer großen Uhr auch eine Tafel mit dem Datum.

»Haben wir heute nicht den 20. Oktober«, fragte Alasdair.

»Ich wünschte, es wäre so«, antwortete der Vorarbeiter, »komm, lass uns anfangen. Die ersten Transporte mit Leinenballen treffen gleich ein.« Alasdair hatte Angst. Angst, was mit ihm geschah, denn der Tag verlief genauso, wie in seiner Erinnerung. Die Hektik, die schreienden Arbeiter. Ja sie benutzten sogar dieselben Schimpfwörter. Alles war gleich. Aber hatte er das nicht alles nur geträumt? Wie war es möglich, etwas zu träumen, bevor es geschieht? Am Mittag kam der Besitzer der Leinenfabrik und verteilte seine Anweisungen. Als die schwere Seekiste abhob, erinnerte sich Alasdair an den Unfall, ließ den Ballen fallen und rannte los.

»Vorsicht«, rief er und sprang.

Diesmal war er früh genug und konnte den Mann rechtzeitig mit sich reißen. Mit einem Knall landete die Kiste hinter ihnen. Sie zerbarst und Holzsplitter flogen umher. Einer bohrte sich in Alasdairs Schulter, aber das registriert er nicht. Er rollte sich von dem Mann herunter, stand auf und hielt ihm seine Hand hin.

»Verzeihen sie vielmals, mein Herr, dass ich Euch so unsanft zu Boden gestoßen habe.«

Der Firmenbesitzer glotzte erst seine Hand, dann Alasdair, dann die zertrümmerte Kiste und wieder seine Hand an.

Er ergriff sie und ließ sich auf die Beine helfen.

»Junger Mann«, sagte er, »wie lautet dein Name?«

»Alasdair O'Reilly, mein Herr«, antwortete Alasdair.

»Nicht du musst dich entschuldigen«, sagte der Mann freundlich. Der Schock stand ihm noch ins Gesicht geschrieben. »Es ist vielmehr so, dass ich mich bedanken muss, ich verdanke dir mein Leben.« Er sah auf die Trümmer der Kiste. Alasdair folgte seinem Blick. Einer der Arbeiter hatte weniger Glück hatte. Ein Splitter der Kiste hatte ihn genau ins Gesicht getroffen und er lag blutüberströmt am Boden. Alasdair jedoch sah Beathag vor sich liegen, seine Beine knickten ein.

»Nichts zu danken, mein Herr«, sagte er, »das hätte jeder für Euch getan.« Er fiel auf die Knie und übergab sich. In seinen Ohren dröhnte und klingelte es. Wie aus der Ferne hörte er den Fabrikbesitzer brüllen. Neben wüsten Beschimpfungen und der Aufforderungen diese Sauerei zu beseitigen, gab er den Befehl, jemanden zu verarzten. Alasdair fragte sich, ob es noch weitere Opfer gab. Dann fasste ihn jemand sanft an den Arm und führte ihn die die Wirklichkeit zurück.

Er sah auf und erblickte das Gesicht des Fabrikbesitzers.

»Komm«, sagte dieser, »du bist verletzt.«

»Wer? Ich?«, fragte Alasdair und erst jetzt spürte er den scharfen Schmerz in seiner Schulter. Jemand führte ihn durch die Gebäude bis zu einem Raum. Nach einer schmerzhaften Prozedur war Alasdair um einen dicken Verband reicher, aber um sein Hemd ärmer. Es war nicht mehr zu retten gewesen und auch seine Jacke hatte ein hässliches, blutbeschmiertes Loch.

Der Fabrikbesitzer betrat den Raum und teilte Alasdair mit, dass er mitkommen solle. Er führte ihn zu einer Kutsche, stieg ein und hieß ihm, ebenfalls einzusteigen. Er bedankte sich der ein weiteres Mal, auch im Namen seiner Gattin und Familie für die Rettung seines Lebens. Sofern Alasdair einverstanden wäre, könne er sich in der Fabrik als Weber einarbeiten lassen. Wenn er sich geschickt anstellen würde, hätte er eine gute Zukunft vor sich. Den Arbeitern ginge es gut, sie würden gerecht entlohnen und könnten kostenfrei in sauberen Unterkünften wohnen. Alasdair bedankte sich für die Großzügigkeit und nahm das Angebot voller Dank und Freude an. Er erhielt eine Adresse und einen Namen, wo er sich heute noch melden solle und sogar Geld für ein neues Hemd. Der Fabrikbesitzer ließ ihn aussteigen und die Kutsche fuhr los.

Alasdair packte seine wenigen Habseligkeiten, sagte dem Vorarbeiter Bescheid, ließ sich den ausstehenden Sold auszahlen und kaufte ein neues Hemd. Er erkundigte sich nach der Strecke und brach zu der Leinenfabrik auf. Nach einer halber Stunde Fußmarsch erreicht er die *J.Parker Linien & Sons*. Dort meldete er sich an einem imposanten Werkstor, sagte seinen Namen und man schickte ihn zu einem Verwaltungsgebäude. Dort wurde er registriert. Man wies ihm Unterkunft und sogar kostenfreie Arbeitskleidung zu. Die Unterkunft war ein kleines, ebenerdiges Zimmer mit vier Kojen, einem Spind und mit einem kleinen Fenster. Im Hof befanden sich Latrinen und ein Waschhaus.

Parker war ein guter und fortschrittlicher Arbeitgeber. Er erachtete Gesundheit und Moral seiner Arbeiter als wichtig, weil er glaubte, dass zufriedene und gesunde Arbeiter produktiver seien. Daher hatten sie auch jeden zweiten Sonntag frei, zur Erholung, Müßiggang und um *die Gotteshäuser zu besuchen*, wie es der fromme Protestant Parker auszudrücken pflegte. Zudem gewährte man den Arbeitern drei unbezahlte Tage Urlaub im Jahr zur freien Verfügung.

Am nächsten Morgen meldete Alasdair sich bei dem Vorarbeiter, der ihn zu einem Webstuhl führte und ihm erklärte, wie dieser zu bedienen sei. Alasdair fing mit sehr langsamer Geschwindigkeit an, aber schon drei Tage später hatte er zu den anderen Arbeitern aufgeschlossen. Nach zwei Wochen war er einer der Besten und als eines Tages Parker den Vorarbeiter fragte, wie Alasdair sich denn anstelle, lobte dieser ihn in höchsten Tönen.

Alasdair war jedoch mit etwas anderem beschäftigt. Intensiv dachte er darüber nach, was am Hafen vorgefallen war. Er erinnerte sich wieder die Worte des Oberdruiden und sah seinen hässlichen Mund, von einem bösartigen Grinsen verzerrt.

»Freu dich Alasdair, denn du wirst leben, länger als dir lieb sein wird. Du wirst bald merken, dass der Tod nicht die schlimmste Strafe ist, es ist das Überleben.«

In Alasdairs Kopf formte sich eine Theorie. Die Druiden hatten irgendetwas mit ihm angestellt. Dieses Ritual hatte ihn verändert. Wenn er seine Erinnerungen richtig deutete, war er schon dreimal gestorben. Der Alte hatte ihn mit dem Dolch erstochen, er war von dem Abhang zu Tode gestürzt und von der herabstürzenden Seekiste erschlagen worden. Doch jedes Mal wachte er unversehrt auf.

Wie es den Anschein hatte, noch bevor diese Ereignisse geschehen waren. Wie war das möglich? Alasdair brummte der Kopf, das war doch verrückt. Bedeutete dies, dass er unsterblich sei? Das könne doch nicht sein.

Er müsse sich irren.

Doch innerhalb der nächsten vier Wochen ereigneten sich zwei weitere Zwischenfälle. Das eine Mal erwachte er nachdem, oder besser gesagt, bevor er mit einer Hand in die Mechanik des Webstuhls geraten war. Bei dem Unfall hatte ihm die Maschine die Hand vom Arm getrennt. Bei einer anderen Gelegenheit befand er sich einem freien Sonntag auf einem Erkundungsmarsch am Meeresufer, als sich ihm urplötzlich neue Erinnerungen eingepressten. Er fiel zu Boden und lag dort zwanzig Minuten zitternd am Boden. Er war überfallen, ausgeraubt und mit mehreren Messerstichen verletzt worden. Beide Male gelang es ihm, den Ablauf der Geschehnisse zu verändern.

Und er erkannte, dass zum einen nicht nur der Tod diesen *Rücksprung*, wie er es von da an nannte, auslöste, sondern auch schwere Verletzungen. Weiterhin zeigte der zweite Vorfall, dass er nicht immer morgens oder in der Nacht aufwachte. Er vermutete vielmehr eine feste Zeit des *Rücksprunges*, die seiner Rechnung nach einen halben Tag betrug.

Genaueres würde er sicher noch herausfinden, aber der Gedanke gefiel ihm und er überlegte, wie er die Fähigkeit zum Rücksprung zu seinem Vorteil ausnutzen könne. Es sollte doch möglich sein, nicht Unfall oder Tod zu verhindern, sondern sein eigenes Schicksal vorsätzlich in neue Bahnen zu lenken.

Eines Tages las er einer in einer alten, weggeworfenen Zeitung einen Artikel über hohe Wettgewinne bei Pferderennen in Lisburn. In Alasdairs Kopf entwickelte sich ein Plan. Er bräuchte nur noch eine sichere Methode, um den Rücksprung selbst auszulösen.

Ein scharfes Messer, so beschloss er, würde ausreichen, wenn er es als Waffe gegen sich selbst richten würde. Die Rennen, so konnte er in Erfahrung bringen, fanden auch sonntags statt. An dem nächsten freien Sonntag stand er früh auf und begab sich mit sämtlichen seiner Ersparnisse auf den langen Fußmarsch nach Lisburn. Alasdair hatte seit seiner Anstellung am Dock sehr wenig Geld ausgegeben und nie seinen Sold im Pub vertrunken. Auf der Rennbahn ließ er sich das Wettsystem erklären und kaufte sich zwei der billigsten Lose, um ein Gefühl für den Ablauf zu erlangen. In den nächsten Stunden beobachtete er die Rennen, Wettquoten und Ergebnisse, merkte sich alle Läufe mit überraschendem Ausgang und verließ die Rennbahn.

An einer einsamen Stelle gelang es ihm mit großer Überwindung, sich mit der scharfen Klinge die Adern an seinem Handgelenk aufzuschlitzen und fiel in Ohnmacht. Er erwachte nach Luft schnappend in seinem Bett. Die Menge an neuen Erinnerungen ließ ihn lange zittern und er beeilte sich auf dem Weg nach Lisburn, um die Zeit aufzuholen. Dort angekommen verteilte er sein Geld auf drei Wetten. Eine, bei der er bewusst verlor, um nicht aufzufallen und zwei weitere, bei denen er mehrere Wettquoten kombinierte, um den Gewinn zu maximieren.

Alasdair verließ die Rennbahn mit einer Gewinnsumme in Höhe von drei Jahren Sold. Zurück in Belfast betrat er die Coleraine Belfast Bank und eröffnete ein Konto. Die nächsten sechs Monate arbeitete er normal weiter und dachte oft über seinen Zustand nach. Inzwischen war der Sommer angebrochen. Alasdair löste das Konto auf, kaufte sich einen schlichten Anzug und ging wieder auf die Pferderennbahn. Als wohlhabender Mann kam er zurück nach Dublin, kaufte ein Schiffsticket nach Dublin und kündigte, nicht ohne jedoch J.Parker seinen herzlichsten Dank für seine Großzügigkeit und Freundlichkeit ausrichten zu lassen.

In Dublin angekommen änderte er seinen Namen auf *Alexander Reilly*. Er suchte sich ein günstiges Zimmer und recherchierte die nächsten Wochen über Finanzen und Börsenhandel. Als er genug zu wissen glaubte, kontaktierte er einen Broker und legte einen Teil seines Geldes in Aktien mit sicherem Ruf an. Den Rest seines Kapitals verteilte auf zwei Banken.

Mit Geduld beobachtete er den Börsenhandel. Er unternahm zwei schmerzhafte Rücksprünge, um solide, aber unauffällige Gewinne zu erwirtschaften und wartete weiter auf ein passendes Ereignis. Nach drei Wochen zahlte sich seine Geduld aus. Alexander besucht regelmäßig Pubs in denen Broker verkehrten und lauschte ihren Gesprächen. Hier und da hielt er Smalltalk und ließ sich Finanztipps geben. In einem dieser Pubs hörte er eines Tages, dass nach Bekanntgabe einer Übernahme einer Werft die Papiere eines Unternehmens innerhalb einer Stunde um das Vielfache gestiegen seien. Alexander unternahm einen weiteren Rücksprung und investiere die Hälfte seines Vermögens, orderte aber zur Verschleierung mit einem weiteren Vermögensviertel Titel anderer Unternehmen. Die Wertpapiere stiegen wie erwartet und legten in den nächsten zwei Tagen sogar noch einmal deutlich zu. Drei Tage später löste Alexander sein gesamtes Depot auf und zahlte den Erlös anteilig auf seine Konten ein. Zur Sicherheit zog er in einen anderen Stadtteil. Er ersann sich eine Legende als Sohn eines Industriellen aus Belfast, der das Unternehmen seines Vaters übernehmen solle, und vorher noch einmal den Duft der großen Stadt schnuppern dürfe. Alexander besuchte jeden Tag die Bibliothek, las und studierte, was er unter die Finger bekam, ließ sich aber auch regelmäßig auf der Pferderennbahn sehen, verspielte Geld und gewann Geld, um seiner Legende gerecht zu werden.

Nachdem er fast zwei Jahre in Dublin gelebt hatte und zur Sicherheit noch einmal umgezogen war, kaufte er sich ein Ticket nach Liverpool. Zudem verschaffte er sich durch eine haarsträubende Lügengeschichte über einen Überfall, Schweineblut an einem seiner besseren Anzüge und einem großzügigen Trinkgeld amtliche Papiere als Alexander Reilly, geboren in Cork. Er besuchte ein letztes Mal die Pferderennbahn, löste einen Rücksprung aus und strich einen riesigen Gewinn ein. Im Anschluss nahm er eine Kutsche, holte seinen gepackten Koffer, fuhr zum Hafen und schiffte ein.

Die nächsten Jahre verbrachte er in Liverpool und Manchester, wo er seine Lebenshaltungskosten mit kleineren unauffälligen Wettgewinnen ausglich und sein Vermögen kaum antastete. In Irland brach die große Hungersnot aus. Aber Alexander hatte ohnehin kein Bedürfnis mehr, nach Irland zu reisen. Es war zu sehr mit seinen Erinnerungen an Beathag verknüpft. Er besuchte Bibliotheken und lernte. Mithilfe eins starken, schnell wirkenden Gifts verfeinerte er seinen Rücksprung und ließ sich bei einem Chemiker kleine Flakons abfüllen. Zehn Jahre nach Beathags Ermordung bestieg er ein Schiff nach Amerika. Dort lebte er, bis ihn der Ausbruch des amerikanischen Bürgerkrieges zurück nach Europa trieb. Während seines Aufenthaltes in Amerika schaffte er es mit Geschick und Klugheit, sein Vermögen zu vervielfachen, ohne Rücksprünge benutzen zu müssen. Den amerikanischen Ostküstenakzent beherrschte er inzwischen perfekt.

Als sehr reicher Mann und mit einer neuen Identität als Amerikaner kam er nach England zurück. Aber auch als einsamer Mann. Die nächsten zwei Jahrzehnte klapperte er alle größeren Städte in Schottland und England ab. Wenn immer eine Stadt über eine Universität verfügte, schrieb er sich dort ein. Alexander trainierte seine sozialen Fähigkeiten, erwarb mehrere Abschlüsse und lernte Geige, Cello und Piano spielen.

Viele Mädchen auf den Universitäten fanden ihn interessant und kokettierten mit ihm, doch Beziehung zu einer Frau war das Letzte, was Alexander wollte. Er lernte zu flirten, aber er ließ es niemals ernst werden.

In den über 30 Jahren hatte sich sein Leben von Grund auf verändert. Alexander hatte enormen Reichtum angehäuft und Wissen erworben. Er besaß Geschick, sich unauffällig unter elitären Menschen zu bewegen. Sämtliche seiner Lebensbereiche waren vom Erfolg gezeichnet, aber eine Sache gelang ihm nicht. Sein Bemühen, die Erinnerungen an Beathag und ihren gewaltsamen Tod zu verdrängen, schlugen fehl. Sie waren frisch und nicht wenige Abende weinte er sich in den Schlaf. Nach all den Jahren.

Er zog weiter nach London und schrieb sich wie gewohnt an einer Universität ein. Dort erlebte er überraschend Neues, denn hatte eine Affäre. Die Gattin des unausstehlichen Dekans hatte ein Auge auf ihn geworfen. Von vorne herein war klar, dass es nur um eines ging: Sex. Keine Gefühle, keine Liebe, keine Beziehung, keine Zukunft. Darauf konnte Alexander sich einlassen und lernte von der durch viele Affären erfahrenen Frau das ein oder andere Geheimnis der Liebe. Sie sollte die erste, aber nicht die letzte seiner Affären sein, auch wenn sie immer kurz waren und höchstens alle 20 bis 30 Jahre stattfanden.

In London prägte ihn ein weiteres Ereignis. Alexander hatte mit dem jungen Mitarbeiter einer Bibliothek Freundschaft geschlossen. Nach einem abendlichen Besuch im Pub überquerten sie gemeinsam eine Straße. Sie scherzten und achteten nicht auf ihr Umfeld. Ganz in der Nähe ließ ein Pistolenschuss eine Pferdekutsche durchgehen. Sie raste auf die beiden zu, überrollte und tötete Alexanders Freund. Obwohl Alexander nicht verletzt wurde, löste der Schock über den Tod des Freundes einen Rücksprung aus.

Im Jahr 1882 erreichte Alexander das europäische Festland mit einem Schiff in Hamburg. Er lernte recht schnell die deutsche Sprache und zog fünf Jahre später weiter nach Berlin. Es folgen Köln, Paris und Rom. Dem Ersten Weltkrieg ging er in Stockholm aus dem Weg. Nach Kriegsende lebte er in verschiedenen europäischen Städten, bevor er Anfang der Dreißigerjahre wieder nach Amerika übersetzte und dort viele Jahre in San Francisco und Las Vegas verbrachte. Nach dem Zweiten Weltkrieg zog er nach New York.

Über die Jahre hatte sich sein Vermögen noch weiter vermehrt und Alexander hatte viel über Finanzwirtschaft gelernt. Nun machte er sich daran, das Vermögen in verschiedenen Ländern, Börsen und Banken zu verteilen. Er gründete eine Armada von Unternehmen, die nicht nur viel Gewinn erwirtschafteten und Grundbesitz in vielen Ländern erwarben, sondern vor allem durch ein dichtes Netz an Beteiligungen die wahren

Besitzverhältnisse verschleiern konnten. Er wurde zu einer Art Phantom. Nun war es für ihn möglich, fast überall zu leben, ohne dass sein Name in Mietverzeichnissen oder anderen Registern auftauchte.

Fortan wechselte er regelmäßig zwischen seinen Lieblingsstädten, zu denen vor allem Berlin, Rom und London gehörten. Er verbrachte viel Zeit mit Musik und Kunst und erlernte aus Neugierde klassische handwerkliche Berufe. Alexander besuchte eine Kochschule, kochte in einem Sternerestaurant, erlernte Geigenbau, arbeitete als Klavierstimmer, Bäcker und Konditor, Parfümeur und Goldschmied. Er studierte asiatische Mediation und Kampfkunst, reiste Ende der wilden 60ger in einem VW-Bus auf dem Hippie Trail und suchte Erleuchtung.

Sein Wissen und sein Vermögen wuchsen immer weiter, aber sein Leben entwickelte sich gegensätzlich. Er wurde einsamer und trostloser. Da er sich äußerlich nicht veränderte, war er gezwungen, seine Beziehungen und Freundschaften zu beenden, bevor seine Alterslosigkeit auffiel. Regelmäßig verabschiedete er Menschen in dem Wissen, sie niemals wiederzusehen. Es war schmerzhaft und quälte ihn, immer und immer Freundschaften zu verlassen, sie für alle Zeit zu verlieren.

Alexander wurde sehr vorsichtig, sprach nie über sich, vertraute sich Niemandem an. Seine Einsamkeit, Traurigkeit und Verzweiflung wuchsen. Nachdem er über Jahre seinen Zustand zu seinem Vorteil ausgenutzt und es ihm zeitweilig sogar Vergnügen bereitet hatte, war seine Unsterblichkeit inzwischen zu einer Last geworden.

Er versuchte, sich auf ausgefallene Weisen zu töten,

um einen Ausweg zu finden. Wenn er den Körper nur schnell genug zerstören würde, so hoffte er, hätte er vielleicht Erfolg und könne endlich dem Schmerz ein Ende setzen. Alexander warf sich von einem Hochhaus, sprang in einer Stahlhütte in die über 1000 Grad heiße Schmelze und sprengte sich mit reichlich Dynamit in die Luft. Alles ohne Erfolg. Er verbrachte Jahre mit Recherchen über Flüche, Paranormales, Zeittheorien und Quantenmechanik, folgte Spuren und Gerüchten.

Aber die Hoffnung, er könne dem Rätsel auf die Spur kommen und ein Gegenmittel oder einen Gegenzauber finden, verpuffte über die Jahre des erfolglosen Suchens. Er wurde depressiv und hatte sehr dunkle, abgeschiedene Monate.

Dann bekam er sich wieder in den Griff und wurde wieder gesellschaftsfähiger, zu einem freundlichen jungen Mann, der mitunter zur Einsilbigkeit und düsterer Introvertiertheit neigte. Die seltenen Affären stoppten. Man sah ihn nie mit Frauen und man sah ihn auch nie Lachen. Auch das hatte er verlernt. Aber wozu auch. Es gab nichts, was ihm wirklich tiefe Freude bereitet hätte.

Am 09. November 1989 fiel die deutsche Mauer und zum ersten Mal seit seiner Veränderung erfüllten ihn neue Hoffnung und der Glaube an ein Wunder. Er sagte sich, wenn dies geschehen könne, hätte auch er eine Chance auf Erlösung. Er zog nach Ostberlin, sog den Geist der Hoffnung und des Wandels auf, glich mehr seinem Selbst vor 50 Jahren. Er folgte einer neuen, vielversprechenden Spur, doch die endete in einer traumatischen Sackgasse. Danach verflossen die Jahre, ohne dass etwas geschah. Keine besonderen Ereignisse, keine besonderen Menschen, keine neuen Hinweise oder Erkenntnisse. Ein Tag verlief wie der andere. Ob Monat oder Jahr, alles war gleich, fühlte sich gleich ermüdend an. Der Lauf dieser Welt zermürbte ihn zunehmend. Ein ewiger Kreislauf von Krieg und Frieden. Viel zu viel Gier, Hass, Gewalt und Wut. Seine Hoffnung wurde schwächer und schwächer und drohte schließlich ganz zu erlöschen.

Bis zu einem Oktobernachmittag, 28 Jahre nach dem Fall der Mauer, als er auf einer Brücke stand und wieder einmal in Todessehnsucht badete.

Eine Stimme neben ihm sagte: »Das hat keinen Sinn.«

Brave new World

Aftermath

Alexander erzählt mit beherrschter und emotionsloser Stimme seine Lebensgeschichte.

Schon zu Anfang, als er vom Beathags Ermordung berichtet, presse ich mir die Hände vor das Gesicht, um ihn durch mein Weinen nicht abzulenken. Er bricht trotzdem ab, wegen seiner eigenen Tränen, die über sein zitterndes und schmerzverzerrtes Gesicht laufen.

Ich greife seine Hand und halte ihn fest. Einen kurzen Moment verstärkt sich sein Weinen, doch dann scheint er sich zu beruhigen.

»Vielen Dank«, sagt er, »deine Nähe und Berührung scheinen mich zu stabilisieren.«

Ich verstehe und nicke. Während er weiterredet, schluchze ich hier und da. Jetzt, wo er seine Geschichte beendet hat, gibt es für mich kein Halten mehr. Ich weine so intensiv, wie ich glaube, in meinem ganzen Leben noch nicht geweint zu haben. Und das nach den letzten Monaten. Es hört gar nicht mehr auf. Immer wieder, wenn ich an diese arme und gepeinigte zarte Seele denke, werde ich von Krämpfen durchgeschüttelt. Der gesammelte Schmerz aus fast zweihundert Jahren rollt über mich hinweg und ich weine über eine Stunde am Stück, bis ich keine Tränen mehr habe.

Alexander, der hier im Gegensatz zu mir das wahre Opfer ist, hebt mich aus dem Sessel, trägt mich ins Schlafzimmer und legt mich auf das Bett. Ich weine in das Kopfkissen, weil ich keine Kontrolle mehr über meine Stimme habe. Die ganze Zeit streicht er mir durch die Haare.

»Ich sollte eigentlich dich trösten«, schniefe ich, als ich mich halbwegs wieder im Griff habe. Ein Blick in sein Gesicht zeigt, dass auch er geweint hat. Mir geht durch den Kopf, dass wir ein sehr seltsames Paar sind.

»Du hast mich getröstet«, sagt er. »Wenn du wüsstest, wie gut es tut, nach so vielen Jahren endlich einem anderen Menschen die Wahrheit zu erzählen, wer und was ich wirklich bin.« Er wischt sich frische Tränen aus dem Gesicht. »Trösten ist eine indiskutabel insuffiziente Reduzierung, dessen was gerade mit mir passiert. Ich fühle mich befreit, wie noch nie in meinem Leben.«

Ich schiebe mich zu Alexander und schmiege mich an ihn.

»Du armer gequälter Mann«, sage ich, »es tut mir so unendlich leid, was man dir angetan hat und dass ich mich so dämlich verhalten habe. Wie ein kleines Kind.«

»Rede keinen Unsinn«, entgegnet Alexander, »ich hätte dir viel früher vertrauen sollen«. Eine Weile sprechen wir nicht, sondern halten uns nur gegenseitig fest.

»Ist es Ok für dich, wenn ich noch ein paar Fragen habe?«, beginne ich dann zögerlich.

Alexander lächelt mir aufmunternd zu.

»Frei heraus«, ermutigt er mich.

»Du bist also fast 200 Jahre alt?«

»Ich wurde im Mai 1820 geboren, also sollten es jetzt 197 Jahre sein.«

Mein Freund ist 197 Jahre alt. Ein Fakt mit Tragweite.

»Dann hast du dich aber gut gehalten«, sage ich. »Ich meine innerlich«, füge ich schnell an.

Zu spät. Er grinst bereits. Blödmann.

»Du hast zwar nicht so viel Müll im Hirn wie ein paar Jungs von der Uni, aber genügend, um als Mittzwanziger durchzugehen.«

Alexander grinst schief.

»Aber das meine ich nicht. Also, nicht nur. Alte Menschen«, erkläre ich, »sind oft so schwunglos, überabgeklärt und negativ. Könnte einem nach gut 200 Jahren durchaus passieren. So hast du nie auf mich gewirkt. Selbst jetzt, wo ich dein Alter kenne. Gut, es erklärt ein paar süße Marotten von Dir.«

Alexanders Grinsen wird noch schiefer.

»Wie auch immer. Ich meinte, immer etwas Unverbrauchtes und Neugieriges zu spüren.«

Alexander überlegt.

»Es würde mich freuen, wenn du recht hast. Vielleicht ist es eine Mischung. Ich habe bestimmt hundert Jahre Erfahrung, intelligenten und witzigen Small Talk zu führen.« Er hüstelt. »Und flirten. Aber nach einer anderen Zeitrechnung bin ich erst drei Monate alt.«

»Vielleicht«, sage ich, »du hast mit Hildegard im Flur geflirtet, obwohl sie viel zu jung für dich ist.«

Alexander lacht.

»Aber keiner hat dich dazu gezwungen, ihr die Einkäufe hochzutragen und mit ihr zu singen«, rede ich weiter, »du bist respektvoll zu Anderen. Schnorrern gibst du großzügig Geld. Das ist nicht das Herz eines verbitterten alten Menschen. Du hast trotz des Leids, trotz all dessen, was man dir angetan hat, trotz der Ungerechtigkeit und der andauernden Trauer geschafft, nicht zu verbittern, sondern dir ein gutes und liebendes Herz zu bewahren. Ich finde, das ist ein unglaubliches Wunder und möglicherweise sogar der Hauptgrund, warum ich mich in dich verliebt habe.«

Wir halten uns wieder ein paar Minuten fest.

»Das bedeutet mir so viel, dass du das sagst«, höre ich seine zitternde Stimme.

»Ich habe deine Kochkünste verschwiegen, die sind der zweite Hauptgrund«, versuche ich ihn aufzumuntern und er zeigt ein Lächeln.

»Also, wenn dir irgendetwas passiert, springst du ein paar Stunden in der Zeit zurück?«

»Ich glaube, dass der Trigger zum Rücksprung ein traumatisches Ereignis ist. Das kann Tod, Verlust eines Körperteils, ja sogar eine Fingerkuppe sein. Alles was nicht heilen kann, bewirkt einen Rücksprung. Aber auch traumatische Erlebnisse bewirken dies, was neuen medizinischen Erkenntnissen nach auch schlüssig ist. Neurologen sollen inzwischen in der Lage sein, Traumata anhand veränderter Gehirnstrukturen zu erkennen. Der Rücksprung beträgt übrigens genau zwölf Stunden, also einen halben Tag.«

Ich merke, dass alleine die Beantwortung dieser beiden Fragen mir schon genug zum Nachdenken gibt und wir vereinbaren, erst morgen weiterzureden. Im Bad gehe ich erst einmal duschen, versorge die verquollen Augen, und wähle aus *meinem* Schrank einen frischen Slip und ein bequemes Shirt. Dann lege ich mich ins Bett. Kurze Zeit später kommt Alexander zu mir. Es ist erst Nachmittag, aber das ist mir egal. Ich fühle mich wie erschossen, kuschele mich an Alexander, der einen Arm um meine Schultern legt und schlafe ein.

Als ich am nächsten Morgen um 9:30 Uhr aufwache, kann ich kaum glauben, wie lange ich geschlafen habe, aber ich fühle mich wie neugeboren.

Ich greife nach meinen iPhone und sehe besorgte

Texte von Mama und Azra, sowie entgangene Anrufe. Sofort rufe ich Mama zurück und entschuldige mich. Mir ginge es sehr gut, sage ich, aber ich wäre so müde gewesen, dass ich 18 Stunden am Stück geschlafen hätte. Sie solle sich keine Sorgen machen. Ihre feinen Mutterohren hören sofort heraus, dass es mir wirklich besser geht und geben Entwarnung. Dann texte ich Azra, dass alles gut wäre und ich mich erst am Abend melden könne, aber hier würden gerade Zeichen und Wunder geschehen.

Da Alexander meine Stimme gehört hatte, kommt er mit einem Kaffee ans Bett und küsst mich auf die Stirn.

»Wie fühlst du dich?«, fragt er.

»Wie neugeboren«, antworte ich fröhlich. Er grinst und setzt sich zu mir auf das Bett.

»Ich habe noch so viele Fragen, aber ich glaube, ich brauche Zeit zum Nachdenken, Sortieren und Zusammenfassen«, sage ich, »ich will es wirklich verstehen und die Zusammenhänge begreifen.«

Er lächelt. »Klar, ich habe da auch 180 Jahre Vorsprung.«

Bei einem Schluck des Kaffees habe ich eine Erinnerung und boxe ihm auf den Arm.

»Aua.« Alexander reibt sich theatralisch den Arm. »Wofür war das denn?«

»Du Arsch«, sage ich grinsend, »der Spruch über mit den *Van Dyke* Kaffee und dass er Beste in den letzten 100 Jahren sei. Das war gar kein Scherz. Das war ernst gemeint.«

Alexander grinst über das ganze Gesicht.

»Stimmt«, sagt er, »erwischt.«

Nach dem Kaffee dusche ich ausgiebig und merke, dass ich immer noch Tränensäcke wie ein Basset habe.

Ich ziehe mich an und sage Alexander, dass ich gerne einen Teil meiner Fragen direkt klären möchte. Danach würde ich mit der Bahn nach Hause fahren. Ich frage ihn, ob er Lust hätte, um 18 Uhr vorbeizukommen. Wir könnten zu Abend essen und weiterreden. Er dürfe auch eine Kleinigkeit kochen. Alexander wirkt zufrieden.

Nach einer kurzen Nachfrage zum Thema *körperliche Besonderheiten*, wobei ich mir sein dreckiges Grinsen verbitte, erklärt er mir, dass er nicht altert, aber Haare, Bart und Nägel wachsen. Das würde nicht wirklich Sinn ergeben, aber er hat keine Erklärung. Er brauche nur drei bis vier Stunden Schlaf, was ihm einen neidischen Blick einbringt. Für *keine Falten* kassiert er einen Zweiten, deutlich giftigen. Wunden heilen sehr viel schneller als normal.

Der nächste Themenkomplex ist etwas komplizierter, weil unter Umständen auch Alexander keine passenden Antworten bereithält.

»Die Rücksprünge«, beginne ich, »sind 12 Stunden, sagst du.«

Er nickt.

»Hm, fangen wir mit etwas Einfachem an. An dem Tag, an dem du am Tisch zusammengeklappt bist, hattest du einen Rücksprung, stimmt das?«

Alexander nickt.

»Warum?«, frage ich sanft, aber fordernd.

»Wir hatten uns den ganzen Tag angeschwiegen. Besser gesagt, ich habe geschwiegen«, gibt er zerknirscht zu. »Du hast es immer wieder versucht. Am Abend hattest du mich vor die Wahl gestellt. Entweder ich rede oder du gehst und *das nicht nur zum Zigaretten holen*.«

Alexander deutet mit den Fingern Anführungszeichen an. »Ich blieb stumm, du hast dich angezogen, mir gesagt, dass du mich lieben würdest, aber für eine Beziehung die Basis fehle. Es wäre deshalb für immer aus. Dann hattest du mich verlassen. Das reichte für ein Trauma und den Rücksprung.«

»Aber wir haben uns dann ja wirklich getrennt. Der wievielte Durchlauf war das?«

»Nur der zweite. Ich hatte mich gewappnet, weil ich wusste, was kommt.«

»Ok. Ist das der Grund, warum du keine Rücksprünge hattest, während du mir deine Lebensgeschichte erzählt hast? Das war ja teilweise viel schrecklicher. Oder hattest du welche, von denen ich nichts mitbekommen habe?«

»Eine sehr gute Frage. Also nein, keine Rücksprünge. Ich war gewappnet, ja. Dennoch scheint deine Anwesenheit oder besser gesagt, aktive Präsenz tatsächliche eine stabilisierende Wirkung zu haben. Zumindest ist das meine Vermutung.«

Ich nicke verstehend und mache mir eine innere Notiz. Auch hier gibt es weitere Fragen.

»Kannst du Rücksprünge aneinanderreihen? Um in Folge zum Beispiel zwei Tage zurückzugehen?«, will ich wissen.

»Leider nein und ich habe keine Erklärung«, sagt Alexander. »Ich hatte es natürlich versucht, aber mit jedem weiteren Rücksprung schwindet die Länge des Sprungs. Deutlich. Und dies ohne erkennbares Muster. Am Schluss sind es nur wenige Sekunden und alleine die Zeit der Orientierung nach einem Rücksprung ist länger.«

»Wie weit kommst du?«

»Ich habe es mal auf 18 Stunden geschafft, aber das war brutal.«

Es folgt das komplizierte Thema Déjà-vu. Meine Erlebnisse scheinen tatsächlich Reste von Zeitschleifen zu sein. Von Rücksprüngen ausgelöste Zeitschleifen. Mit seinem iPad logge ich mich in meine Cloud ein, gehe mit ihm alle meine Einträge durch und frage nach Rücksprüngen im gleichen Zeitraum.

»Es ist erstaunlich«, sagt er und zieht zu fast jedem Eintrag spontan einen Grund aus seiner Erinnerung. Das erste hatte er nach unserem Treffen im *Immer und ewig*, aber davon hatte ich nichts mitbekommen. Oder? Vielleicht war es so banal, dass es mir nicht aufgefallen war.

»Aber warum?«, frage ich ihn, »wo war hier das Trauma? War der Kaffee so furchtbar?«

Alexander grinst. »Mitnichten. Nun, der Beginn unserer Beziehung ... es ist ... kompliziert. Dein Auftauchen hat mich sehr verunsichert. Beziehungen waren ja kein Thema mehr für mich, aber du hast irgendetwas ausgelöst, ein Stück des Panzers aufgerissen. Plötzlich brachen tief begrabene Empfindungen hervor. Gefühle der Hoffnung, Zuneigung und«, Alexander verstummt, schluckt hörbar, »und Schuld, diese Gefühle überhaupt zu haben, war ausreichend und ich brauchte eine Weile, es richtig einzuordnen.«

Das grenzt an das Thema Beathag, aber das habe ich mir für einen späteren Zeitpunkt aufgehoben.

Wir sprechen über den Samstag, an dem ich mit Marie und Niklas unterwegs war. Im ersten Durchlauf des Tages war Marie von einem Auto erfasst worden und rund 30 Meter durch die Luft geflogen. Vor Schreck schlage ich mir die Hände vors Gesicht. Er ist so nett und geht nicht ins Detail. Es war schrecklich. Beim zweiten Durchlauf wollte er uns zurückhalten, aber ein Hund hatte sich in seiner Hose verbissen und das

Einzige, was ihm einfiel, war meinen Namen zu rufen. Was glücklicherweise funktionierte, da ich Marie festgehalten hatte. Ich küsse ihm sanft auf den Mund und danke ihm, dass er Marie für mich gerettet hat. Wir besprechen noch andere Déjà-vus. Einer der Hauptursachen waren unsere *Ministreits*, die ihn so sehr erschüttert haben, dass sie als Trigger ausreichten. Warum die kleinen Streitereien solch gravierende Auswirkungen gehabt hatten, will ich wissen. Alexander sagt, dass ihn das selber überrascht und verwirrt hatte. Er vermutet, dass die Kneipp-Kur aus Hoffnung, Verzweiflung und Schuld ihn emotional ausreichend destabilisiert hatte.

Jetzt kommen wir zu der Frage, warum ich mich überhaupt diese Déjà-vu-Erlebnisse hatte. Warum ich mich an Ereignisse erinnern konnte, die durch den Rücksprung erst gar nicht geschehen waren.

»Darüber habe ich intensiv nachgedacht«, sagt er bedächtig, »Seitdem du es damals vor unserer, äh Trennung.«

»Schon gut, ich verstehe.«

»Ich habe keine vollwertige Erklärung, nur eine äußerst schwache These«, sagt er, »ich glaube, dass aus einem unbekannten Grund zwischen uns eine Art, verzeih die insuffiziente Wortwahl, magisches Band existiert. Unser Unterbewusstsein ist auf eine nicht spezifizierte Weise miteinander verschränkt. Und dieses Band ist scheinbar über die Zeit fester oder kürzer oder beides geworden.«

»Das klingt plausibel«, gebe ich zurück. »Es würde auch noch andere Phänomene erklären.«

»Die Träume«, ergänzt er.

»Richtig«, bestätige ich, »und noch zwei andere Punkte.«

Eine Augenbraue hebt sich wieder.

»Ganz der Alte«, geht mir durch den Kopf. »Erstens. Beginnen wir mit der, jüngsten Vergangenheit. Ich bin in aller Herrgottsfrühe in deine Wohnung geplatzt und habe dich in einer großen Kaffeepfütze gefunden.«

Alexander grinst schief und will einen Spruch ablassen, aber mein Blick stoppt ihn.

»Du hattest einen Rücksprung. Eigentlich würde dies für ein paar deftige Déjà-vus ausreichen. Dem war aber nicht so. Keine Déjà-vus. Ich kann mich an den kompletten Tag erinnern. Also an den, der nie stattgefunden hat. Und zwar lückenlos, bis zu seinem unrühmlichen Ende.«

Die grausige Erinnerung an diesen fürchterlichen Moment und dem unerträglichen Schmerz lässt mich zusammenzucken. Alexander wird blass. Tränen schießen in seine Augen. Ich Depp habe nicht einkalkuliert, dass ihn die Erinnerung zu einem Rücksprung triggern könnte. Schnell greife ich seinen Arm.

»Sieh mich an, sieh mir in die Augen«, dränge ich ihn. »Bleib bei mir in dieser Zeitlinie.« Alexander konzentriert sich auf mich. Feuchte Augen blicken mich an.

»Das war knapp«, atmet er auf. »Beinahe hätten wir das alles noch einmal durchkauen müssen«.

Ich lächle schwach. Ich könnte mich ohrfeigen. Nicht nur, weil ich gerade nicht nachgedacht habe. Sondern wegen dem, was überhaupt geschehen war. Die Ärztin hatte mich nicht einmal, sondern gleich zweimal gewarnt. Ich hatte alle Warnungen in den Wind geschlagen und mich dann voll in eine Psychonummer reingesteigert. Und reingehungert. Am Schluss war ich der absoluten Überzeugung, dass es ein supertolle Idee sei, auf das Geländer zu klettern.

Ohne meinen hirnrissigen Sprung näher zu erörtern, überlegen wir, warum ich mich zu 100 Prozent an die Zeit vor dem Rücksprung erinnern kann. Unsere beste Vermutung ist, dass das Band aufgrund der hohen emotionalen Belastung von uns beiden sehr stabil war und sich dadurch seine Erinnerungsfähigkeit auf mich ausgewirkt hat. Aber wirklich überzeugend finden wir die Erklärung beide nicht.

»Und zweitens?«, fragt er. Ich werde leicht rot.

»Äh, falls ich mich irre, sei nicht böse, aber ich muss es fragen.« Er nickt mir auffordernd zu. »Hast du mich heimlich beobachtet?«, frage ich zögernd. »Ich rede von der letzten Woche. Aber auch von der Zeit, bevor wir unser erstes Date hatten.«

Alexanders Ohren röten sich.

»Aha, Treffer versenkt«, denke ich mir.

»Das hast du gespürt?«, fragt er mit hochgezogener Augenbraue. »Faszinierend«. Ich fasse es nicht. Er ist doch ein Vulkanier.

Den Rest der Fragen heben wir uns für das Abendessen auf. Ich brauche Zeit zum Nachdenken und fahre mit der Bahn nach Hause. Auf dem Weg texte ich Azra und vertröste sie auf den nächsten Tag. Sie würde einen umfassenden Bericht erhalten, aber ich bräuchte noch Zeit, um einiges zu klären.

Um 17 Uhr gehe ich ins Bad und dusche noch einmal. Diesmal ziehe ich die neue schwarze Unterwäschen-Kombi an, trage das *Christina Aguilera by Night* auf und greife mir ein weiteres Top aus der Shoppingtour. Es hat cremefarbene Streifen, die bis zu meinen Oberschenkeln herunterreichen, ein weites Dekolleté und ist irgendetwas zwischen schulterfrei und ärmellos.

Zwar habe ich keinen heißen Abend geplant, aber ich möchte mich endlich wieder einmal schön fühlen.

Alexander kommt Punkt 18 Uhr schwer beladen, reicht mir als erstes einen Strauß dunkelroter Tulpen und geht sogar ein zweites Mal herunter, um mit einer großen Kühlbox wiederzukommen.

Er grinst breit. Mir war klar, dass es keine Pizza wird. Den Umfang seiner Aktion habe ich jedoch deutlich unterschätzt. Aber das ist fair. Jeder zeigt auf seine Weise, was er an dem anderen hat. Alexander blubbert mal wieder seinen geschwollenen Fremdwörtersalat. Da ihm *aus Gründen temporaler Insuffizienzen* leider *nur limitierte Optionen zur Improvisation* zu Verfügung stehen würde, müsste er das Menü auf *spartanische fünf Gänge minimieren*. Das lässt mich hoffen, dass ich nach dem Essen noch in der Lage sein werde, zu Fuß vom Wohnzimmer ins Bett zu finden, ohne für die Strecke einen Schwerlasttransporter anzufordern. Die Pausen zwischen den Gängen werden mir auch etwas Zeit zum Nachdenken verschaffen.

Wir starten mit Zanderfiletspitzen auf einem Balsamico-Zuckererbsenpüree und dem Thema Beathag. Ohne dass ich es extra ansprechen muss, spricht Alexander über seine Schuldgefühle. Obwohl sie schon so lange tot ist, war ihm, als würde er sie mit seinen Gefühlen mir gegenüber betrügen. Dies war wohl der Auslöser der Träume über Beathag am Ufer. Sie sind aus seiner Sicht eine Art Schuldreflex. Doch da ist mehr als nur das Gefühl des Untreue. Alexander erklärt mir, dass er bis heute sich die Schuld für ihren Tod gibt. Er habe von Anfang an wissen müssen, dass ihre Beziehung böse enden würde. Hätte rechtzeitig die Reißleine ziehen müssen, hätte selber das Boot organisieren müssen. Hätte sich am Wasser mehr beeilen müssen, hätte, hätte, hätte. Alexander redet sich fast in Rage, bis ich mit der flachen Hand so fest auf den Tisch haue, dass die Teller tanzen.

Das macht ihn sprachlos.

»Danke, dass du mich auch zu Wort kommen lässt«, kommentiere ich die Stille etwas herablassend und lache mich innerlich über sein verblüfftes Gesicht schlapp. »Ich könnte deinen Selbstvorwürfen noch stundenlang zuhören. Sehr wahrscheinlich würde es auch solange dauern, aber«, ich lege eine Kunstpause ein, »das werde ich nicht. Denn«, weitere Kunstpause, »es ist absolut irrelevant. Jedes vernunftbegabte Wesen mit dem IQ eines Toastbrotes kann ja erkennen, dass es, wenn überhaupt, eurer beider Schuld ist.« Dritte Kunstpause. »Auch wenn du einzig und alleine die Schuld tragen würdest und selbst die verblödete Kuh aus dem Späti gegenüber weiß, dass dem nicht so ist, dann hättest du nach 180 Jahren nun wirklich genug gebüßt.« Ich lasse meine Stimme weich werden und blicke ihm direkt in die Augen. »Alexander, Beathag würde nicht wollen, dass du immer noch leidest. Sie hat dir bereits vergeben, als sie dir in der Erkenntnis des Bevorstehenden ihre Liebe gestanden hat.«

Ich stehe auf und gehe zu ihm. »Und ich vergebe dir auch. Jetzt musst du dir nur noch selbst vergeben.« Ich fasse sein weinendes Gesicht mit meinen Händen und küsse die Tränen weg. »Du hast dir ein Recht auf Glück und Liebe alleine dadurch verdient, indem du dir ein gutes Herz bewahrt hast.«

Alexander lehnt seinen Kopf an mich. Dann entschuldigt er sich, um in die Küche zu gehen, wirkt aber aufgeräumter und befreiter. Das hat besser funktioniert, als ich gehofft habe. Ich bin der *Alexanderflüsterer*.

Der Küchenflüsterer kommt mit einer Lasagne aus Zucchini-, Kürbis- und Süßkartoffelscheiben auf Sternanisschaum wieder.

Wir steigen wieder in das Thema Träume ein. Die Schuldgefühle waren vermutlich der Auslöser. Je mehr Glück Alexander empfand und je näher wir uns körperlich kamen, desto größer die Schuldgefühle und in Folge desto intensiver die Träume. Durch unser inneres Band habe ich es teilweise mitgeträumt und als das Band enger wurde, haben wir sogar uns in dem Traum gesehen und erkannt. Soweit die Theorie. Aber was war mit meinen Träumen von einem Alexander, der von der Modersohnbrücke springt? Das ist komplizierter, wie sich herausstellt. Und sehr viel einfacher.

Äußerst kleinlaut wie ein Zwölfjähriger, der gerade das neue Familienauto bei einer Probefahrt an der tiefsten Stelle der Spree versenkt hat, gesteht mir Alexander, dass es keine Träume waren, sondern Realität. Er war nicht nur verzweifelt über unsere Trennung, sondern auch wütend, dass er das einzig Gute in seinem Leben weggeworfen hatte. Auch wenn er wusste, dass er nicht stirbt, wollte er sich mit den Schmerzen des Todes selbst bestrafen. Er hat natürlich nicht ahnen können, dass ich dies als Traum mitbekomme. Ich finde, dass das ganz schön daneben ist, allerdings sitze ich bei dem Thema selber im Glashaus und halte deshalb den Mund. Wie auch immer. Erst als er mich beim letzten Mal wie eine flimmernde Erscheinung, gemischt mit der Realität sah, wurde ihm das klar und er hörte sofort damit auf. Ob sich all diese Phänomene mit einem *magischen Band* erklären lassen? Klingt in meinen Ohren viel zu dünn, aber eine bessere Erklärung haben wir nicht.

Zumindest weckte meine *mariengleiche* Erscheinung seinen Wunsch, mir näher zu sein, und begann er mich zu beobachten. Ziemlich schräg und arschig, wie ich finde, ihm deutlich mitteile und seine Ohren wieder zum Leuchten bringe. Als ich vor dem Café zusammenklappte, war er schon auf fünf Meter Distanz heran gesprintet, doch die Bedienung kam ihm zuvor und der Blödmann hatte umgedreht und sich verpisst. Am liebsten hätte ich bei dem Geständnis ihm eine reingehauen, kann mich aber noch beherrschen.

»Du Arsch«, pflaume ich ihn an. »Warum hast du dich nicht gezeigt? War dir nicht klar, dass ich dich gesucht hatte?«

»Ja und Nein. Ich habe es vermutet. Allerdings war ich mir nicht ganz über deine Motive im Klaren. Du wirktest, gelinde gesagt, manisch und auf eine gewisse Art angsteinflößend.«

Mir fällt wieder mein Spiegelbild ein und zu Alexanders roten Ohren gesellen sich meine rote Wangen.

»Touché«, gebe ich zerknirscht zu. »Sprich weiter.«

An der Modersohnbrücke war wieder der Zufall mit ihm Spiel. Er beobachtete mich, wie er meinte, aus sicherer Entfernung. Doch dann musste er einem halbwegs irren Fahrradfahrer ausweichen. Der kam mit Karacho auf dem Gehweg lang und hatte Alexander übersehen. Der verhinderte einen Zusammenstoß durch einen beherzten Sprung in die Hecke. Als er wieder aus dem Gebüsch auftauchte, stand ich schon auf dem Geländer.

Wir halten uns an den Händen.

»Alles ist gut«, sage ich und er nickt.

Als Zwischengang gibt es eine Kugel Ingwer-Birne-

Thymian-Sorbet in einem Glas Crémand.

Dann zerre ich den Afrikaband hervor. Alexander schaut mich mit erhobener Augenbraue an.

»Möchtest du auswandern oder lediglich Urlaubsvorschläge artikulieren?«

Ich strecke ihm die Zunge raus.

»Sei still, Blödmann«, sage ich und gebe ihm dann einen Kuss. »Ich muss dir jetzt etwas zeigen, aber ich weiß nicht, wie du darauf reagierst.« Ich lege meine Hand auf seinen Arm. »Bleib bei mir. Kein Rücksprung. Ok?«

Er nickt und wappnet sich innerlich. Nach und nach zeige ich ihm die Bilder, die ich aus meinen Träumen erstellt habe. Ich fange mit den harmloseren von der Landschaft an und steigere mich dann bis zu den Bildern von Beathag. Alexander wirkt blass, erschüttert, aber auch fasziniert.

»Dein Talent ist unglaublich«, sagt er nach einer langen Stille, während er selber immer wieder die Bilder durchgeht. »Du hast nicht nur die Realität treffend abgebildet, sondern wieder einmal die Szenerie lebendig wirken lassen. So lebendig, dass es mich wahrhaft gruselt.« Er betrachtet das Bild von Beathag. Eine vereinzelte Träne löst sich aus einem Auge und rinnt die Wange herab. Ich lehne meinen Kopf an seinen.

»Es tut mir leid, ich wollte dich nicht traurig machen.«

»Es ist schon gut«, sagt er, »Das Gegenteil ist der Fall. Ich freue mich, einen wichtigen Part meines Lebens nicht nur in meiner Erinnerung zu bewahren, sondern auch bildlich dokumentiert zu wissen. Allerdings gibt es ein da ein Detail, das von der Realität doch deutlich differiert.«

Ich schaue ihn fragend an und er zieht ein Bild von Beathag am Wasser hervor.

»So einen großen Busen hatte sie nie«, sagt er todernst. »Sie war viel flacher.«

Ich lache schallend. »Nice try«, antworte ich, »aber das sind deine Erinnerungen, nicht meine.«

Alexander gibt mir einen Kuss und verschwindet wieder in der Küche. Es folgt eine Kaninchenpâté auf einem Bett aus Wildkräutern und Walnuss-Risotto.

»Zwei Aspekte der Geschichte wirken unlogisch auf mich«, sage ich, »zumindest werfen sie Fragen auf.«

Er nickt. »Frag ruhig, ich glaube zu wissen, wovon du sprichst.«

»Zum einen«, beginne ich, »ich weiß, dass damals andere Moralvorstellungen herrschten und auch heute gibt es ja immer noch Ehrenmorde, selbst in Deutschland. Ich kann nachvollziehen, dass vor gut 180 Jahren ein Vater einen Ehrenmord verübte, um die Familienehre wiederherzustellen.«

Alexander nickt. »Und?«, fragt er fordernd.

»Aber jemanden deswegen zur Unsterblichkeit zu verfluchen, scheint mir aber dann doch ein wenig zu krass zu sein. Letztendlich hattet ihr ja nur Sex, also im schlimmsten Falle Unzucht betrieben.«

»In der Tat«, pflichtet er mir bei, »der zweite Aspekt?«

»Wenn der Level für eine solche Bestrafung so niedrig wäre«, führe ich den Gedanken weiter, »müsste es dann nicht noch sehr viel mehr von deiner Sorte geben?«

Sein Lächeln zeigt mir, dass er die Frage erwartet hat.

»Ich habe auch hier keine Antworten, sondern nur Vermutungen«, sagt er. »Darüber habe ich viel nachgedacht. Die für mich wahrscheinlichste These ist, dass ich der Erste war. Eine Art Versuch. Ein unbedeutender Fischersohn, dessen Verschwinden oder Tod keinen Staub aufwirbelt oder Probleme bereitet. Möglicherweise war unsere *Unzucht* nur ein Vorwand, es auszuprobieren. Ob sie es danach noch öfters getan haben, ist unklar. Ich habe nach Anderen wie mich geforscht, aber auch ich bin ja schwer aufzuspüren. Dennoch habe ich, seit das Internet leistungsfähig genug ist, Suchroboter programmiert. Sie suchen nach bestimmten Mustern, wie Häufungen von Glück oder wundersame Rettungen, bisher aber ohne Ergebnis. Zurzeit gehe ich davon aus, dass ich entweder der Einzige bin oder sofern es andere gibt, sie sich sehr bedeckt halten. Vielleicht haben die Druiden es nicht mehr versucht oder etwas anderes hat sie aufgehalten. Ich weiß auch nicht, ob jemals weitere Personen oder Zirkel im Besitz des nötigen Wissens waren.«

Das klingt für mich plausibel und reicht mir erst einmal. Fragen gäbe es genug. Warum ein gerade ein Hinterhof-Zirkel einer Provinzstadt so etwas abzieht, zum Beispiel.

Der Dessertgang steht an. Es ist eine Mousse au Chocolat mit kandierter Minze. Bevor ich das letzte Thema anspreche, verlange ich nach einem zweiten Nachtisch, stehe auf und ziehe Alexander auf das Sofa, wo ich mich eine Weile an ihn schmiege, ihn immer wieder küsse und seinen Duft einatme. Dann gehen wir wieder zurück an den Tisch und löffeln schweigend die süße Köstlichkeit.

Ich setze die leere Schale ab und schaue ihm in die Augen. Es zerreißt mir fast das Herz. In seinen Augen steht die Angst eines Tieres, das zum Schlachten geführt wird.

»Du brauchst keine Angst zu haben«, sage ich und greife nach seiner Hand.

»Im Gegenteil«, erwidert er, »es geht um den Grund, warum ich außer der vollkommenen Unglaubwürdigkeit meiner Biografie nichts sagen wollte.«

So kann man es auch ausdrücken, aber er hat recht.

Ich nicke und er erklärt.

»Ich hatte Angst. Fürchterliche Angst. Auf Enthüllungen meiner Biografie beziehungsweise Natur kann es nur eine sinnvolle Reaktion deinerseits geben. Rückzug. Denn mit einem unsterblichen und äußerlich nicht alternden Mann zusammen zu sein, der diesen Zustand vor dem Rest der Welt verbergen muss, hat Konsequenzen, die nachhaltig eine konventionelle Beziehung und Lebensumstände unmöglich machen. Das war mir klar, aber du bist das Beste und das Einzigartigste, was mir mein ganzes Leben geschehen ist und das wollte ich nicht verlieren. Aus purem Egoismus, rücksichtslosem Eigennutz habe ich geschwiegen, eine Beziehung zugelassen. Nein, gesucht, provoziert. Und damit deine körperliche, seelische und geistige Unversehrtheit gefährdet, ja sogar beschädigt. Das ist unverzeihlich.«

Wir schweigen.

»Bullshit«, sage ich schließlich. »Es ist nicht unverzeihlich, denn es geht um mein Leben und es ist ganz alleine meine Entscheidung, dir zu vergeben oder auch nicht.«

Ich blicke ihn voller Liebe an. »Alexander, der letzte Monat war die Hölle.«

Er nickt und senkt die Augen.

»Aber das spielt keine Rolle. Ich vergebe dir und werde es dir nie vorhalten. Das ist leicht, weil ich dich so sehr liebe und weil auch ich kein Engel bin.«

»Bist du wohl«, flüstert er und klingt etwas erleichtert.

»Dennoch«, sage ich. So leicht lasse ich ihn dann doch nicht davonkommen. »Obwohl ich deine Argumentation verstehe, das mit der einzig sinnvollen Entscheidung und so weiter. Es ist meine Entscheidung. Du hast sie nicht nur für mich getroffen, sondern sie mir auch vorenthalten. Das war nicht richtig. Verstehst du das?«

Alexander nickt.

»Gut«, sage ich und grinse. »Dann können wir das ja abschließen. Ja der letzte Monat war die Hölle, aber die Monate davor waren der Himmel. In den letzten drei Monaten habe ich mich unglaublich weiterentwickelt und ich bin eine andere, bessere Julia. Und dafür bin ich dankbar. Jetzt fühle ich mich der Entscheidung gewachsen, die vor mir liegt. Aber heute habe ich keine Lust mehr, mich so schweren Gedanken zu widmen. Ich möchte, dass du mich ins Bett bringst und dann in deinen Armen einschlafen.«

»Für nur eine weitere Nacht mit dir würde ich, ohne mit der Wimper zu zucken, fünfzig Jahre lang neben schnarchenden und stinkenden Männern schlafen«, murmelt er.

»Ich liebe dich«, flüstere ich.

Dann lasse ich mich ins Bett tragen, ziehe mich bis auf meine scharfe, schwarze Unterwäsche aus. Fühle mich supergeil, als die autarke und moderne Frau, drehe ihm den Rücken zu, schiebe mich dicht an ihn, lege seinen Arm um mich, seine Hand an meine Brust und schlafe friedlich ein.

Am nächsten Morgen erwache ich so, wie ich eingeschlafen bin. Ich schäle mich aus dem Bett, hüpfe zur Kaffeemaschine und zur Zahnbürste, stecke schnell meine Haare hoch, sprühe noch etwas Parfum auf und krieche zu Alexander zurück ins Bett. Er sieht schwer müde aus.

»Was ist los?«, will ich wissen.

»Ich wollte keine Sekunde verpassen«, sagt er trocken, »es kann ja die letzte Nacht gewesen sein.«

Womit er recht hat, denn ich weiß noch nicht, wie es weitergeht. Jetzt ist mir das allerdings egal. Ich ziehe ihm sein Shirt aus, weil ich seine Haut auf meiner spüren will, wälze mich auf ihn, lege ihm die Lippen an den Hals und umgreife mit den Händen seinen Kopf. Er legt eine Hand auf meinen Rücken, mit der andern umgreift er zart eine Pobacke. Aber diesmal kribbelt es nicht, sondern ich fühle mich einfach nur geborgen.

The End Of The F***ing World

Wir liegen eine ganze Weile so aneinandergeschmiegt und ich wünschte, es würde für ewig so bleiben. Dann knurrt mein Magen und wir lachen.

»Das ist doch unmöglich« maule ich, »ich bin noch satt von gestern.«

Mir graut es vor der Aufgabe des Tages. Es gibt die Konsequenzen eines Lebens mit oder auch ohne Alexander zu durchdenken und eine Entscheidung zu fällen. Dafür muss ich allerdings noch einen Punkt klären und ich bringe es besser direkt hinter mich.

Bedauernd rolle ich mich von ihm, richte mich im Bett auf den Knien auf, drücke mein Kreuz aufrecht durch. Ich greife nach seinen Händen. Eine lege ich auf meinen Bauch, einen auf eine Brust.

»Alexander«, sage ich, »noch bin ich jung und heiß.«

Bei dem heiß grinst er dreckig und ich strecke ihm die Zunge raus.

»Aber, das bleibt leider nicht so, ich werde altern, und bekomme ...«, es fällt mir schwer, das Wort auszusprechen und presse es mit aller Kraft heraus: »Cellulite.«

Alexander lacht schallend, ich sehe ihn beleidigt an, lasse seine Hände los und boxe ihn auf den Oberarm.

»Ich öffne mich dir und du lachst. Blödmann«, belle ich ihn an. »Während ich altern und ...«, wieder so ein Wort, »Falten bekomme, bleibst du jung und hübsch und irgendwann werde ich dir nicht mehr gefallen.«

Als ich mir dieses Szenario vorstelle, fange ich an zu schluchzen. »Ganz abgesehen davon, ob ich das will«, schniefe ich und reiße mich wieder zusammen, »solltest auch du genau wissen, ob du es willst.« Ich atme tief ein. »Mit einer Frau zusammen zu sein, die erst wie deine Mutter und dann wie deine Großmutter aussieht.«

Es ist raus und meine Anspannung entweicht langsam. Alexander richtet sich auf und nimmt mich in die Arme.

»Ich verstehe, was du meinst, wirklich«, flüstert er und wiegt mich leicht hin und her. Nach einer kleinen Pause fährt er fort. »Hätte ich nicht mit der Vergänglichkeit der Menschen und Welt um mich herum einen gewissen Frieden geschlossen, wäre ich verrückt geworden. Alles was ich kenne, alles was ich liebe, zerrinnt mir zwischen den Fingern. Das ist für mich eine Realität, der ich mich stellen musste.«

Seine Stimme wird leiser und betrübter.

»Wenn nicht noch weitere Wunder geschehen, wirst du keine Ausnahme darstellen, das ist mir klar.« Alexander atmet tief ein und aus. »Aber ich würde jede verdammte Sekunde davon genießen, denn du bist das Beste, was mir je passiert ist«, sagt er trotzig.

Ich nicke und bleibe noch ein Weilchen in seinen Armen, bis mir durch das Knien die Unterschenkel und Füße schmerzen. Dann lasse ich mich zurück in eine liegende Haltung fallen, warte, bis das Blut wieder zirkuliert und stehe auf.

»Lass uns frühstücken«, sage ich.

Nach einem langen, stillen Frühstück, bei dem wir nur die Anwesenheit des anderen genießen, vereinbaren wir ein Treffen *auf neutralem Boden*. Die Modersohnbrücke hat zwar Symbolkraft, ist emotional aber total überfrachtet.

Alexander schlägt mir ein Café in der Brunnenstraße in Mitte vor. Ein Stück Italien in Berlin. Um 16 Uhr werden wir uns dort treffen und bis dahin habe ich zu entscheiden, ob ich eine gemeinsame Zukunft für uns beide sehe.

Mit einem langen, intensiven und tränenreichen Kuss verabschiede ich Alexander. Nach weiteren zehn Minuten Weinen erstelle ich einer Zusammenfassung der Fakten und Fragen. Untypisch für mich und recht Oldschool benutze ich Papier und schreibe vier Punkte auf.

1. Ich altere, er nicht.
2. Er altert nicht und es muss geheim bleiben.
3. Können wir Kinder haben?
4. Werde ich ein Leben lang in Konkurrenz zu Beathag stehen?

Mehr Punkte brauche ich nicht, denn unter ihnen verbergen sich alle zu bedenkenden Konsequenzen.

Siri sagt mir, dass es heute trocken bleibt, aber die Höchstwerte seien nur fünf Grad. Ich ziehe meine wärmsten Stiefel an, eine Strumpfhose unter die Jeans und oben schichte ich zwiebelmäßig mehrere Lagen. Schal, Handschuhe und Mütze sind dabei und ich ziehe los. Spaziergänge haben mir schon immer beim Nachdenken geholfen. Ich ziehe mir die InEars unter die Mütze, starte Hans Zimmers *Inception* und gehe los. Eine besondere Route habe ich nicht, sondern lasse mich treiben.

Zuerst marschiere ich nach Norden. Nach einer Weile

merke ich, dass ich auf Seitenstraßen einer Tramlinie folge.

Thematisch nehme ich den ersten Punkt in Angriff. Auch wenn Alexander behauptet, dass er jede Sekunde mit mir genießen will, gibt es da ein paar pragmatische Konsequenzen. Und damit meine ich nicht unbedingt die Frage nach seiner Libido, wenn ich im fortgeschrittenen Alter mehr Falten als ein Vorhang aufweise.

Da gibt es das normale öffentliche Leben. Einkaufen, Kino, Essen, Trinken, Feiern. Vor Urlaubsreisen gar nicht zu sprechen. Zu Beginn würde man uns als ein hübsches und süßes Paar wahrnehmen. Sofern ich weiter an mir und meinem Body arbeite. Später fragt sich unser Umfeld, wie ich das geschafft hätte, so einen jungen Partner abzubekommen. Die Fragen werden größer und die Blicke immer intensiver und fragender.

Irgendwann werde ich mich nicht mehr trauen, in der Öffentlichkeit seine Hand zu halten. Ihm wird das egal sein. Klar, mit der Abgeklärtheit eines über 200-Jährigen. Aber, kann es und wird es auch mir egal sein? Zu hören, wie nett es sei, dass er sich so rührend um seine Mutter kümmern würde? Ich es nur noch hinter verschlossenen Türen ertrage, Umarmungen und zärtliche Gesten zu erhalten?

Klar, der Zeitpunkt lässt sich etwas rauszögern. Schönheits-OPs, Hautstraffungen, Botox. Aber will ich das? Mich immer wieder optimieren, bis ich aussehe wie die eine oder andere Zombie-Promi? Nie im Leben!

Und das ist noch nicht das Ende. Ein paar Jahre später glauben alle, er gehe mit seiner Großmutter spazieren. Wenn ich mit einem Rollator neben ihm herlaufe. Das mit der Großmutter ist noch harmlos, sie könnten ihn auch für meinen Pfleger halten. Was er auch de facto irgendwann sein wird, mir meinen faltigen, schrumpeligen Körper waschen und mir den Hintern abputzen muss, weil ich dazu nicht mehr in der Lage bin. Die Vorstellung ist so gruselig und erschreckend, dass ich mich über den kalten Wind freue, der eine gute Entschuldigung für meine Tränen darstellt. Obwohl hier in den Seitenstraßen eh nicht so viel los ist.

Zu meiner Rechten entdecke ich einen kleinen Park, den Hausburgpark und schaue mir den Platz und den Turm an. Das lenkt mich für einen Augenblick von meinen trüben Gedanken ab. Es ist zu kalt, sich für eine Pause zu setzen, also frage ich Siri nach einem Kaffee. Direkt zwei Ecken weiter gibt es gleich mehrere. Das ist Berlin und ich liebe es. Nach nur einer Minute Fußweg bin ich da, suche mir eins aus und trinke einen Caffè Latte, der zwar gut ist, aber an den *Van Dyke* Kaffee mit Abstand nicht herankommt.

Ich ziehe weiter. Der zweite Themenpunkt ist ebenfalls voller Haken und Ösen. Es ist klar, dass Alexanders Zustand geheim bleiben muss. Man solle sich vorstellen, wenn die NSA das herausbekäme. Direkt habe ich Szenen aus Filmen im Kopf. Alexander als Versuchskaninchen in einem geheimen Labor auf einen Metalltisch gekettet, mit langen Spritzen und Skalpellen behandelt. Unter Drogen gesetzt, damit sein Körper keinen Rücksprung erzeugen kann.

Die Vorstellung lässt mich aufheulen und ich schlage mir eine Hand vor den Mund. Zum Glück hat mich niemand beobachtet. Das gruselige Bild verdrängend, denke ich weiter. Nachdem es außer Frage steht, dass dies unbedingt ein Geheimnis bleiben muss, bedeutet es, alle paar Jahre in ein neues Umfeld zu ziehen. Jeder, der Twilight gelesen hat, weiß das.

Also alle paar Jahre umziehen und neue Menschen kennenlernen, denen wir eine Lügengeschichte über uns auftischen. Die ersten zwei, maximal drei Umzüge lässt sich das einfach bewerkstelligen. Später bin ich äußerlich 20 Jahre älter als er und die Lügengeschichten werden komplizierter, ebenso wie die Aufgabe, neue Menschen kennenzulernen. Niemand wird wissen, wer wir wirklich sind. Alle kennen nur die Lügen.

Das macht einsam. Auch wenn wir uns gegenseitig haben, werde ich in die Einsamkeit seiner Existenz hereingezogen.

Dies klärt auch den dritten Punkt, Kinder, automatisch. Ob es medizinisch möglich ist, hat keine Bedeutung. Es ist strategisch unmöglich, jemals Kinder zu haben, weil es über kurz oder lang unser Geheimnis kompromittieren würde. Weder könnten wir den Kindern erklären, warum nur Mama, aber nicht Papa altert, noch sind Kinder in der Lage, ein solches Geheimnis zu bewahren. Und selbst wenn, würde dies ihre Seele und Entwicklung beschädigen. Kinder sollten in Freiheit aufwachsen. Ihnen so eine Last aufzudrücken, die Geheimnisse der Familie zu bewahren, damit die bösen Männer nicht Papa abholen und ihm wehtun, wäre pervers und unverzeihlich. Also alleine mit Alexander ohne Kinderlachen im Haus. Zum Glück auch ohne Geheule, aber das ist nicht wirklich ein Trost.

Was wäre mit meiner Familie, mit meinen Freunden? Mit Azra, wer darf etwas wissen? Wer erhält den Status des Geheimnisträgers? Wen zwinge ich, in Zukunft allen Freunden Lügen über mich, meinen Partner und unser Verbleiben zu erzählen? Wen muss ich selber belügen? Marie? Azra? Mama? Max? Undenkbar.

Wie oft werden wir uns sehen? Wenn ich nach Köln

komme, ist es in wenigen Jahren nur noch alleine möglich. Es wäre Unsinn und unverschämt, zu erwarten, dass sie alle zu uns nach Rom, London oder, was weiß ich, Tokio, oder dem Mars kommen oder uns sogar hinterher ziehen. Wenn ich mich heute entscheide, mit Alexander zusammen zu bleiben, kann ich mir morgen schon die ersten Märchen ausdenken, um seine Existenz zu schützen.

Will ich das? Andauernd Märchen erzählen? Nur Azra, Mama und vielleicht noch Max oder Marie mitteilen, wie ich mich fühle und warum? Sie in ihrem Umfeld ebenfalls Märchen verbreiten zu lassen, wenn das Thema Julia zur Sprache kommt? Die logistische Aufgabe bewältigen, dass alle diese Märchen in sich stimmig sind und nicht zu viele Widersprüche auftauchen, die jemandes Interesse wecken könnte? Mir schwirrt der Kopf. Es ist ein mehr als nur ein Rattenschwanz an Konsequenzen. Es ist eine komplette Baumstruktur, die sich verzweigt und verästelt.

Dann denke ich über meinen Tod nach, über seine Tränen und Trauer. Wird er mich überhaupt sterben lassen oder vorher immer wieder einen Rücksprung ausführen, nur um mich noch ein paar Tage länger bei sich zu behalten? Ein furchtbarer und erschreckender Gedanke. Und wenn ich dann gegangen bin, was bleibt zurück? Außer seiner Erinnerung? Da wird es kein aufsehenerregendes Design von mir geben. Kein Produkt, das von Julia Sophie Burmeester geformt wurde, nichts was ich der Welt zurücklasse, nicht einmal Nachkommen. Es wird so sein, als hätte ich nie gelebt.

Als ich mich frage, welche dieser Vorstellungen die schlimmste, niederschmetternste oder grausamste ist, finde ich keine Antwort. Alle. Alexander hat recht. Es gibt nur eine logische Konsequenz. Rückzug. Also Trennung. Ein solches Leben ist keines. Zumindest nicht auf Dauer.

Inzwischen bin ich im Ernst-Thälmann-Park angelangt und obwohl es kalt ist, setze mich auf eine Bank und lasse meine Tränen freien Lauf. Es ist so ernüchternd, die erträumte Zukunft mit Alexander zerplatzt wie eine Seifenblase. Um mich wieder zu beruhigen, beschließe ich, meinen Gedanken eine Atempause zu gönnen.

Ich lege Nickelbacks *No fixed Adress* auf. Genau das Richtige, es grooved und kracht. Von treibenden Beats und der markanten Stimme Chad Kroegers aufgeputscht folge ich schwungvoll der Greifswalder Straße nach Weißensee hinauf. Alle paar Minuten kommt eine knallvolle Tram an mir vorbeigefahren. Weißensee ist nett und gemütlich, wie ich finde. Ich steige in eine andere Tramlinie und lasse mich zurück Richtung Stadtmitte fahren. Als die Bahn sich um den Zionskirchplatz schlängelt und die *Weinerei* passiert, stehe ich auf und steige an der nächsten Haltestelle am Fuß der Veteranenstraße aus. Zur Rechten verläuft die Brunnenstraße Richtung Treffpunkt, aber es ist erstens noch zu früh und zweitens habe ich nicht alles durchdacht, geschweige denn eine Entscheidung getroffen. Ich gehe die Straße hoch, Richtung *Weinerei* und frage mich, ob ein Leben ohne Alexander überhaupt in Frage kommt. Interessanterweise ist die Antwort ein Ja. Die neue Julia, die ich jetzt meine zu sein, die Julia, die den Tod hinter sich hat und der eine zweite Chance geschenkt wurde, diese Julia ist stark genug, sich der Aufgabe zu stellen. Ich bin über mich selbst überrascht. Noch vor drei Tagen war ich wie eine Irre, korrigiere, als eine Irre durch Berlin gelaufen, weil ich unbedingt und um jeden Preis mit Alexander zusammen sein wollte. Jetzt verspüre ich ein gewisse Ruhe und Abgeklärtheit. Ja, ich würde es schaffen.

Dennoch würde auch das Leben ohne Alexander nicht ohne Konsequenzen bleiben. Im Vergleich zu ihm wird jeder potenzielle Partner verblassen, wäre eine zweidimensionale Gestalt ohne Tiefe. Ein Abziehbild. Es wird keinen Mann geben, der dem Vergleich zu Alexander standhalten wird und es wäre sehr unfair, ihn diesem Vergleich auszusetzen. Nicht nur er wäre ein ungenügender Partner für mich, umgekehrt wäre es genauso. Er würde zum Teil das durchleben, was mir widerfahren ist. Er hätte eine Partnerin, die eine tiefe Trauer in sich trägt und niemals in der Lage sein wird, diese auszusprechen oder zu erklären. Eine Partnerin, deren wahres Inneres und Herz er niemals zu sehen bekäme. Das verfehlt meine Maßstäbe für eine glückliche Beziehung bei weitem, ist definitiv ein K.o.-Kriterium.

Ja, ich würde ohne Alexander überleben, aber ich würde Single bleiben, einsam bleiben. Wieder kein Kinderlachen und Geheule. Höchstens als *autarke und moderne Frau hier und da eine romantische Liaison pflegen.*

Das Thema *Vergleichen* eröffnet den vierten und letzten Punkt. Würde Alexander mich mit Beathag vergleichen? Zum Beispiel im Bett? Nicht bezüglich Oberweite, andere anatomische Gegebenheiten oder Sextricks. Hier geht es um eine emotionale Geschichte. Werde ich im Schatten einer toten Ex stehen, darum kämpfen, einem Geist, einem Mythos ebenbürtig zu sein?

Das ist interessanterweise der einzige Punkt, den ich mit einem positiven Ergebnis abschließe. Denn zum einen sagte er schon zweimal, ich sei das Beste, was ihn in seinem ganzen Leben geschehen sei und dies schließt die Zeit mit Beathag ein. Zum anderen glaube ich, inzwischen genügend Selbstbewusstsein entwickelt zu haben um ihr einen Platz in seinem Herzen einräumen. Sie war seine erste Liebe und ihre Ermordung das Schlimmste, was ihm bisher widerfahren ist. Dagegen kann ich nicht ankommen, muss und will es auch nicht. Sie ist Vergangenheit und ich wäre Gegenwart und Zukunft.

An der *Weinerei* angekommen, merke ich, dass ich gerade keinen Bock auf Kaffee, oder Wein und Menschen im Allgemeinen habe und gehe daher weiter.

Das Resümee ist vernichtend. Es ergibt eine No-Win-Situation. Ich habe die Wahl zwischen Pest und Cholera, kann mir jetzt in aller Gemütlichkeit das weniger beschissene Übel aussuchen. Eine innere Stimme klagt mich an.

»Prima Julia, von allen Böcken, die du in deinem Leben geschossen hast, ist das mit Abstand der größte. Du hast dich in eine Situation hineinmanövriert, in der du nur noch zwei Möglichkeiten hast und beide sind abgrundtief miserabel.«

Ich erreiche den Zionskirchplatz. Die Sonne scheint und ich höre für einen Moment auf, um das Problem zu kreisen und genieße die Schönheit des Ortes. Er strahlt eine gewisse Ruhe und Kraft aus. Meine Beine tragen mich geradewegs in die Zionskirche und in der ist es zum Glück menschenleer. Ich setzte mich auf einer der Bänke, schaue nach vorne zu dem Altar und einem großen Kreuz und frage mich was, ich jetzt tun soll.

Beten?

Quatsch. Nachdenken und eine Entscheidung fällen.

Quo Vadis

Es ist soweit. Ein Blick auf mein iPhone zeigt, dass es kurz vor vier Uhr ist und ich gehe die Brunnenstraße hoch. Das Café ist noch zwanzig Meter entfernt, da sehe ich Alexander aus der Tür treten. Er dreht sich zu mir und bleibt mit hängenden Schultern stehen. Ich gehe ihm entgegen, stoppe ein paar Meter vor ihm. Wortlos schauen wir uns an. Traurig sieht er in meine roten Augen.

»Ich bekomme einen eigenen Kleiderschrank und schlafe links.«

Alexander wirkt wie versteinert. Offensichtlich braucht sein Hirn eine Weile, die Information zu verarbeiten.

Dann begreift er und ein wunderschönes, seliges Lächeln breitet sich auf seinem Gesicht aus. Mit einem Juchzen und vollem Anlauf springe ich in seine ausgebreiteten Arme.

Das, Was Bleibt!

Eine Stunde zuvor.

Mir erscheint kein Engel und ich höre keine Stimme aus dem Himmel. Als Reaktion, meine ich. Weil ich nämlich dann doch bete und weinend Gott, sofern es ihn gibt, um Hilfe anflehe.

Anstatt Erscheinungen zu haben, geschieht etwas anderes. Als ich aufhöre zu schluchzen, fällt mir eine Begebenheit ein, die ich schon längst wieder vergessen hatte. Die Erinnerung ist so kraftvoll und eindrücklich, dass ich sie beinahe ein zweites Mal durchlebe.

Texel, Niederlande 2012
Ich bin vierzehn Jahre alt, mit Mama und Azra auf einer Insel in Holland im Sommerurlaub. Mama hat ein Ferienhaus gemietet und für die ersten Tage ist sogar Max dabei. Heute ist Samstag und wir verbringen unseren ersten Tag am Strand.

Ich war schon immer ein Tollpatsch und deswegen verwundert es nicht weiter, dass ich als erstes den Stopfen meiner Luftmatratze verliere und ihn im Sand aufs Verrecken nicht wiederfinde. Ohne Luftmatratze habe ich gar keine Lust am Strand zu liegen. Ich bin wütend über mich selber und könnte heulen, will wieder zurück ins Ferienhaus. Natürlich sollen alle mitkommen. Und natürlich wollen alle dableiben. Es folgt ein Riesentheater, ich benehme mich, gelinde gesagt, ziemlich zickig. Veranstalte einen gewaltigen Zirkus.

Teenies sind manchmal so. Vielleicht bin auch nur ich so. In dem Moment ist es mir egal. Azra rollt mit den Augen und Mama wird zunehmend sauer. Der Tag ist auf dem besten Weg, sich zur gigantischen Katastrophe zu entwickeln.

Nur Max bleibt gelassen, sucht den Strand ab, hebt ein Stück Treibholz auf und beginnt mit einem kleinen roten Taschenmesser daran herumzuschnitzen. Als er fertig ist, präsentiert er mir einen Ersatzstopfen. Er testet und verbessert ihn. Alles ist wieder gut.

Nachdem die Tränen getrocknet sind und wir alle vier nebeneinander in der Sonne liegen, beugt sich Max zu mir herüber.

»Ich verrate dir jetzt eine meiner wichtigsten Weisheiten«, kündigt er mit verschwörerischem Unterton an. »Es ist ein jüdisches Sprichwort und lautet: Wenn du nur zwei Möglichkeiten hast, wähle immer die dritte.«

Das finde ich lustig und kichere.

Max kichert auch, wird dann aber wieder ernst. »Julia, du kannst dir nicht vorstellen, wie oft mir diese Weisheit schon den Arsch gerettet hat.«

Schon wieder muss ich kichern, diesmal über den *Arsch*. Ich mag es, wenn Max so spricht. Er grinst und redet weiter.

»Gerade hattest du nur zwei, Verzeihung, beschissene Möglichkeiten. Entweder ohne Luftmatratze liegen, weil du ja keinen Stopfen hattest, oder alleine und sauer im Ferienhaus. Die dritte Möglichkeit hat dir den Tag gerettet.«

Das stimmt und verblüfft mich, weil es so einfach ist.

»Aber was ist, wenn es keine dritte Möglichkeit gibt?«, frage ich.

Max lacht. »Es gibt immer eine dritte Möglichkeit«,

sagt er voller Überzeugung. »Wenn du magst, werde ich es dir erklären, aber du musst gut zuhören, damit du es verstehst, ok?«

Ich nicke und er beginnt.

»Die Mathematik sagt, es gibt keine dritte Möglichkeit. Zumindest in der Beweisführung. Entweder ist etwas richtig oder falsch, dazwischen gibt es nichts.«

Durch ein Nicken gebe ich Max zu verstehen, dass ich folgen kann.

»Aber im Leben ist es oft anders. Dinge sind selten ganz richtig oder ganz falsch. Pizza ist leckerer als Salat, aber nicht so gesund. Aber nur weil du Salat statt Pizza isst, bist du nicht automatisch gesünder. Dazu gehört mehr.«

»Klar. Aber was hat das mit der dritten Möglichkeit zu tun?«

»Nichts.« Max grinst. »Ich wollte dir nur klarmachen, dass es oft viele Möglichkeiten gibt und sie selten in richtig oder falsch aufzuteilen sind. Sie alle haben ihre Vorteile und Nachteile.« Max macht eine Pause und wartet, bis ich nicke. Dann redet er weiter. »Jetzt wird es spannend. Warum glauben wir trotzdem oft, dass es nur zwei Möglichkeiten gibt?

Ich zucke mit den Schultern. Eine gute Frage, aber ich habe keine Ahnung.

»Die Antwort ist: Wir Menschen gehen bei der Suche nach Möglichkeiten immer von Prämissen aus, das heißt von Annahmen. Zum Beispiel nehmen wir oft an, alles Wichtige zu wissen und übersehen daher andere Möglichkeiten.«

»Das verstehe ich nicht«, sage ich stirnrunzelnd. Irgendwie ist mir das zu hoch.

»Ich gebe dir ein Beispiel, dann wird es dir sofort

klar. Eben bei dem Problem mit deiner Luftmatratze hast du geglaubt, alles Wichtige zu wissen. Erstens: Der Stopfen ist weg und unauffindbar. Die Luftmatratze lässt sich nicht aufblasen, und ohne die hast du keinen Bock. Zweitens: Deine Alternative ist zurück zum Haus zu gehen, um zum Beispiel Monopoly zu spielen, oder einen Stadtbummel zu machen. Aber die doofen Anderen wollen hier am Strand bleiben. Dein Resultat: Der Tag ist im Arsch.«

Ich grinse noch einmal über seine Ausdrucksweise.

»Dein eigentliches Problem war aber nicht erstens und zweitens, sondern dass du nicht alles Wichtige gewusst hast. Dir hat Information gefehlt. Hättest du zum Beispiel gewusst, wie schnell ich einen Ersatzstopfen mit meinem Taschenmesser schnitzen kann, wärst du locker geblieben und hättest mich darum gebeten? Oder?«

»Klar«, sage ich.

»Und genau das war die Information, die dir gefehlt hat. Hättest du das gewusst, wäre dir die dritte Möglichkeit sofort in den Sinn gekommen.«

Jetzt habe ich es begriffen, habe aber direkt eine weitere Frage parat.

»Aber wie komme ich denn dann an das Wissen, das mir fehlt? Damit ich die dritte Möglichkeit finden kann.«

»Leider gibt es dafür nicht die eine Antwort«, sagt Max, »Ganz oft hilft es aber, wenn man versucht, das Problem aus einem anderen Blickwinkel zu betrachten, zum Beispiel aus der Vogelperspektive. Ich mache ein ganz einfaches Beispiel. Die Weggabelung.«

Max malt ein großes Ypsilon in den Sand und legt weit oberhalb des Ypsilons eine Muschel. Er zeigt auf die Muschel.

»Das ist ein Berg und dein Ziel. Du stehst hier.« Max zeigt mitten in das Ypsilon. »Du stehst an einer Weggabelung, siehst den Berg und fragst dich, welcher der beiden Wege der Richtige ist. Ist es der Linke oder etwa der Rechte?«

Das macht Spaß. Eifrig nicke ich.

»Jetzt kommt der Punkt. Die Frage kann schon falsch sein.«

Ich bin verwirrt. Wie meint er das? Max sieht mein fragendes Gesicht und erklärt.

»Die Frage geht von der Prämisse, also der Annahme aus, dass einer der beiden Wege wohl der Richtige sein wird. Auch hier glauben wir fälschlicherweise alles Wichtige zu wissen. Aber wissen wir das wirklich? Es könnten auch beide Wege verkehrt sein, zum Beispiel so.«

Max verbindet die oberen Schenkel des Ypsilons.

»Du würdest einfach nur im Kreis gehen. Oder so«

Er malt jetzt die beiden Schenkel in einem Bogen nach links, weit weg von der Muschel.

Begreifen erhellt mein Gesicht. Klar! Auch beide Wege können falsch sein.

»Ein Vogel würde das von oben natürlich sehen und er würde auch sehen ...«, Max macht den unteren Strich des Ypsilons etwas länger, »dass du schon eine Weile vorher hättest rechts abbiegen müssen, weil da der richtige Weg ist«. Er zieht eine geschlängelte Linie von dem unteren Strich bis zur Muschel. In meinem Kopf macht es »Klick«.

Max sieht mich an und spricht langsam.

»Das ist jetzt ganz wichtig. Wenn du nur zwei Möglichkeiten siehst, ist das ganz oft ein Hinweis, dass du etwas übersiehst. Dass dir Wissen, dass dir Informationen fehlen. Oder deine Annahmen falsch sind. Oder dass du die falschen Fragen stellst. Suche nach dem, was unklar ist, nach dem, was du noch nicht weißt und es kann dein Problem in einem ganz neuen Licht erhellen und vielleicht sogar lösen.« Dann nimmt er sein kleines rotes Taschenmesser, und drückt es mir in die Hand. »Das schenke ich dir«, sagt er, »vielleicht hilft es dir noch ein weiteres Mal aus der Patsche.«

Ich bin wieder zurück im Jahr 2018 und es macht noch einmal vernehmlich »Klick«, als mir bewusst wird, wie sehr diese Erinnerung in meine jetzige Situation spricht.

Sofort fallen mir drei Punkte auf, die ich vorher weder bedacht, noch in meine Überlegungen habe einfließen lassen.

1. Was mich treibt. Die Behauptung, ich wäre kontrollsüchtig, ist natürlich eine Übertreibung. Es gibt aber einen wahren Kern. Es stimmt, ich habe gerne die Kontrolle, weil es mir das Gefühl von Sicherheit gibt. Mein Wunsch nach Kontrolle prägt aber auch, wie ich die Alexander-Situation analysiere. Meine Überlegungen gehen von der Frage aus, was im Bereich meiner Möglichkeiten liegt. Die Antwort darauf ist wenig überraschend. Viel zu wenig und daher ist auch das Gesamtergebnis automatisch im Minusbereich.

2. Die Information über die Natur von Alexanders Fluch ist mangelhaft. Hat der Fluch eine zeitliche Beschränkung? Gibt es einen Gegenfluch? Oder, wie es die Amerikaner gerne sagen, gibt es ein Loophole, das berühmte Hintertürchen im Fluch? So etwas wie: Wenn ihm eine blonde Chinesin mit blauen Augen die Haare lila färbt, bekommt er Falten wie ein Schottenrock, wird aber sterblich. Auch wenn Alexander schon viel

über den Fluch recherchiert hat. Fakt ist, dass er, beziehungsweise wir immer noch nicht wissen, wie er funktioniert oder wirkt. Wir wissen nicht, welche Möglichkeiten es gibt ihn zu aufzuheben, oder durch die Hintertür hinaus zu schlüpfen.

3. Wir wissen überhaupt nicht, was passiert. Die Zukunft ist noch nicht geschrieben. Es kann noch eine Menge geschehen. Und es kann uns wie Martin Luther ergehen. Auch bei uns kann die richtige Zeit kommen und uns die nötigen Mittel zur Problemlösung auf dem Silbertablett präsentieren. Wir können in den Besitz einer alten Schriftrolle geraten, die den Wortlaut des Fluches enthält oder durch Zufall die Hintertür aktivieren. Ein Loophole finden.

Die deutsche Wiedervereinigung hat es gezeigt. Es können Dinge geschehen, die vorher undenkbar waren.

Die deutsche Wiedervereinigung ist ein Wunder.

Das Alexander und ich einander gefunden haben und dieses Band zwischen uns besteht, ist ein Wunder.

Das ich, ohne an Gott zu glauben, anfange zu beten und tatsächlich eine Lösung bekomme, ist ein Wunder.

Wunder geschehen immer wieder!

Daran halte ich mich fest und so finde ich ein »Ja«. Ein »Ja«, dass größer ist als das Trauma von Alexanders Vergangenheit und auch größer als meine Angst vor einer ungewissen, unkontrollierbaren Zukunft.

Ein »Ja«, das »Gestern«, »Morgen« und »Heute« vereinigt.

Dann stehe ich auf und mache das Seltsamste, Abgedrehteste und vielleicht aber auch Wundervollste in meinem ganzen Leben. Das wird es sicher auch bleiben.

Ich umarme und küsse das Kreuz.

Epilog

Die letzten neun Wochen waren anstrengend, aber auch voller Überraschungen. Als erstes hatte ich Azra umfassend informiert. Ohne etwas zu verschweigen. Alexander hatte keine Einwände erhoben.

Er teilte mir mit, dass er meinem Urteil vertrauen würde und ich selber entscheiden müsse, wem ich was mitteile. Das Azra sich generell für mich und uns freute, brauche ich ja nicht weiter zu erwähnen. Über Episode auf der Brücke war sie geschockt und weinte viel zu lange bittere Tränen.

Nachdem sie sich beruhigt hatte, teilte sie mir ernst mit, dass das letzte Wort diesbezüglich noch nicht gefallen sei und sie mir bei Gelegenheit die Frisur gewaltig zurechtrücken würde. Ansonsten kam sie aus dem Staunen nicht mehr heraus und hätte sie nicht hautnah all die merkwürdigen Dinge miterlebt, wäre es ihr wohl sehr viel schwerer gefallen, die Geschichte zu glauben.

Das ist auch der Grund, warum ich Mama eine sehr viel kürzere Version erzählte. Zu einem späteren, wohl überlegten Zeitpunkt werde ich ihr mehr erzählen. Was sie zuerst hören musste, war, dass es mir gut ginge und dies auch so bleiben würde. Das konnte ich ihr glaubhaft versichern, ohne einen Schimmer zu haben, wie mir das gelungen sein mag. Jedenfalls ihr fiel ein riesen Stein vom Herzen.

Am nächsten Tag, den Mittwoch, habe ich der Ärztin einen Besuch abgestattet. Sie brauchte nur wenige Sekunden, um die neue Lage zu checken.

»Wie ich erkennen kann, haben sie ihre Krise überwunden, das freut mich sehr«, sagte sie, nachdem sie mich kurz gemustert hatte. Ich dankte ihr noch einmal für ihre Unterstützung und am Donnerstag war ich schon wieder in der Uni und wurde von meinen Freunden warmherzig begrüßt.

Einen Tag später zog mich Daniel beiseite in einen Raum. Dort warteten bereits Luisa, Anna, Philipp und Wilma. Und eine merkwürdig nett lächelnde Franziska. Das war beinahe unheimlich. Diese ergriff dann zu meiner Überraschung auch noch das Wort.

»Julia, wir freuen uns sehr, dass du wieder gesund bist und wollen nicht, dass du das Semester wiederholen musst, nur weil du so viel verpasst hast. Aus diesem Grund haben wir beschlossen, eine Art Nachhilfegruppe zu gründen. In den nächsten Wochen werden wir mit dir allen Stoff und unsere Mitschriften durchgehen und gemeinsam pauken.«

Ich war so berührt, dass mir ein, zwei Tränen die Wangen herunterliefen, als ich mich bedankte. Später erzählte mir Anna, dass die gesamte Aktion auf Franziskas Initiative hin entstanden war und sie sogar sämtliche Lehrkräfte aufgesucht hatte, um für Skripte und Lehrmaterialien zu bitten. Das machte mich fast sprachlos.

Durch das harte Lernen und viele Arbeiten bis in die Nacht sind die Wochen wie im Fluge vergangen. Die wenige freie Zeit hatte ich mit Alexander verbracht. Wir unternahmen Spaziergänge und er erzählte mir Geschichten aus der Vergangenheit. Über den Bau der U-Bahn in Berlin, die Goldenen Zwanziger, Las Vegas Mitte der Dreißiger.

Es scheint ihm in seinem Heilungsprozess enorm zu helfen, endlich über Teile seiner Vergangenheit angstfrei reden zu dürfen. Er sieht so befreit aus, dass ich manchmal vor Glück weine.

Unser erstes Mal hatten wir immer noch nicht. Wir haben es uns für die vorlesungsfreie Zeit aufgehoben, die nächste Woche beginnt.

Die vergangene Woche war für uns beide allerdings durchwachsen. Ich fühlte mich unausgeglichen, war schnell genervt oder gereizt und nörgelte oft herum. Das Lernen für eine Wiederholungsprüfung hatte enorm Kraft gekostet. Unerklärlicherweise habe ich jede Nacht der letzten Woche wieder von Beathag geträumt, unklare verworrene Träume. Sie scheinen aber meine eigenen zu sein. Alexander habe ich nichts davon erzählt, weil er eigene Probleme zu haben scheint.

Er hat das Gefühl observiert zu werden, ist aber nicht in der Lage, es zu konkretisieren, wer, wo, wie und wann. Das macht ihn nervös. Dauernd schaut er sich um, oder eilt spontan zum Fenster, um die Umgebung zu kontrollieren. Ich habe ihm nicht gesagt, dass auch ich mich beobachtet fühle. Es könnte ja sein, dass es an meiner Laune liegt oder das sich seine Paranoia auf mich übertragen hat.

Er ist einsilbig und lethargisch. Als ich heute Morgen aufgewachte, war das Bett leer, obwohl ich das felsenfeste Gefühl hatte, er würde neben mir liegen. Ich fand ihn mit mürrischer Miene in einem Sessel sitzend. Es ist jetzt fast Mittag und er sitzt immer noch da, wie eine Statue und stiert mir einem verkniffenen Gesicht ins Leere. Küsse auf seinen Kopf, Streicheln durch die Haare, all das scheint keine Wirkung zu haben und ich bin mit meinem Latein am Ende. Ich verstehe das nicht. Es fühlt sich alles so falsch an. Jedes Mal, wenn ich ihn so sehe, bin ich aufs Neue überrascht, weil ich meinte, er wäre besser gelaunt. Das verwirrt mich. Es ist, als hätte ich wieder so ein *Anti-Déjà-vu*, als müsse der Tag anders verlaufen. Aber wieso sollte es so sein? Es würde bedeuten, dass Alexander einen Rücksprung hinter sich hat und ich glaube, dass er mir das gesagt hätte. Meine Andeutungen diesbezüglich hat er jedenfalls unwirsch abgetan.

Nur mit großem Gequengel kann ich ihn dazu überreden, mit mir einen Mittagsspaziergang zu machen. Irgendwann lenkt er mit einem seufzenden: »Es macht ja keinen Sinn, dem Unausweichlichen zu entrinnen« ein. Ich bin kurz versucht, ihm eine reinzuhauen, aber in seinem Blick erkenne ich so viel Trauer, dass meine Wut schnell verpufft und statt einem Fausthieb erhält er mehrere sanfte Küsse auf den Hals. Ich flüstere ihm: »Ich liebe dich, mein Schatz« zu. Das scheint ihn zumindest kurzzeitig ein wenig zu beleben. Die Gelegenheit am Schopf ergreifend, ziehe ich ihn zur Tür.

Jetzt stehen wir auf der Modersohnbrücke und schauen nach Westen hinüber zur Warschauer Brücke und dem Fernsehturm. Die Mittagssonne bricht durch die Wolkendecke, wärmt ein wenig und ich denke darüber nach, wie sehr ich mich nach dem Frühling sehne. Ich kann es kaum erwarten.

Alexander hat den ganzen Spaziergang nicht ein Wort gesprochen. Sein Gesicht ist wie versteinert. Ich überlege, was zum Kuckuck los ist, warum er heute so verschlossen ist. So ernst war es seit dem Tag unserer Trennung nicht mehr, das macht mir etwas Angst.

Doch dann spricht er und seine Stimme reißt mich aus meinen Gedanken.

»I have already expected you«, sagt er unangenehm laut. Ich kapiere rein gar nichts. Wieso spricht er Englisch mit mir und behauptet, er hätte mich bereits erwartet?

Die Schlussfolgerung lautet: Er redet gar nicht zu mir. Obwohl er weiter in Richtung Fernsehturm starrt. Ich drehe mich hin und her, halte nach anderen Personen Ausschau. Da, hinter uns, auf der anderen Seite der Brücke zwischen zwei Stützen, steht eine dunkle Gestalt. Die Person steckt in einer schwarzen Motorradkluft. Es ist eine Frau. Sie hat lange, dunkle Haare und trägt eine große verspiegelte Sonnenbrille.

»Hello Alasdair«, sagt sie und prüft, ob die Straße frei von Verkehr ist. Die Frau überquert die Straße und kommt auf uns zu.

»Alasdair?«, frage ich mich. Wen meint sie? Doch nicht etwa meinen Alexander, woher sollte sie auch seinen Geburtsnamen kennen?

»Oh, sorry, you're calling yourself Alexander now«, sagt sie mit ironischem Tonfall. Sie meint sehr wohl meinen Alexander. Das verwirrt mich und ich schaue mir die näherkommende Frau genauer an. Etwas an ihr kommt mir dunkel bekannt vor. Ist sie eine Schauspielerin? Sie beachtet mich gar nicht, sondern sieht nur Alexander an, nachdem sie direkt neben uns stehen geblieben ist. Der hat sich bisher nicht umgedreht, sondern blickt weiter stur nach Westen.

Die Frau zieht die Sonnenbrille ab und ich erleide beinahe einen Herzstillstand, als ich sie endlich erkenne. Alles in mir schreit, dass ich entweder mit offenen Augen träume, oder sofort in die Nervenklinik muss. Denn das, was ich sehe, kann nicht real sein.

Doch dann höre ich Alexanders müde und traurige Stimme.

»Beathag, where have you been the last 180 years?«

Ende

Nachwort

Ich hoffe, dass Dir das Buch gefallen hat und es Dich interessiert, wie es mit Julia und Alexander weitergeht.

Bitte besuche mich auf meiner Website www.jowilhelms.de.

Dort kannst Du dich für einen Newsletter eintragen, der Dich über Neuigkeiten und meine anderen Projekte informiert.

Auf der hompage kannst du auch mit mir in Kontakt treten und mir Nachrichten hinterlassen.

Ich freue mich, von Dir zu hören.
Jo Wilhelms

Printed in Poland
by Amazon Fulfillment
Poland Sp. z o.o., Wrocław

63680266R00244